Faites-moi confiance

Du même auteur
dans la même collection

Drôles de frères (n° 19)
Levine (n° 26)
Un jumeau singulier (n° 168)
Ordo (n° 221)
Aztèques Dansants (n° 266)
Kahawa (n° 277)

dans la collection Rivages/Thriller

Aztèques Dansants
Faites-moi confiance
Histoire d'os
361
Moi, mentir ?
Le Couperet

Sous le pseudonyme de Richard Stark

La Demoiselle (n° 41)
La Dame (n° 170)
Comeback

Donald Westlake

Faites-moi confiance

Traduit de l'américain par
Marie-Caroline Aubert

Collection dirigée par
François Guérif

Rivages/noir

Titre original : *Trust me on this*

106, boulevard Saint-Germain, 75006 Paris

ISBN : 2-7436-0409-3
ISSN : 0764-7786

Pour Paul Corkery, qui s'amuse des faits comme moi de la fiction, et pour Dean et Richard, les premiers à nous envoyer enfants, jouer dehors.

Un petit mot dans le creux de l'oreille

Bien qu'il n'existe nulle part aux États-Unis de journal semblable à *Galaxy-Hebdo*, comme le lecteur avisé l'aura tout de suite remarqué, il n'en demeure pas moins que si un tel journal existait dans la réalité, ses agissements seraient infiniment plus bizarres, brutaux et scandaleux que ceux ici décrits. L'écrivain de fiction œuvre sous la contrainte du plausible. Ses inventions doivent se plier à la capacité d'acceptation et de crédibilité du public. Dieu, bien évidemment, qui manipule des faits, n'est pas soumis à de telles contraintes. Si d'aventure un équivalent de *Galaxy-Hebdo* existait réellement, il serait bien pire que le journal né de mon imagination. Ses employés et ses propriétaires seraient encore plus insensibles à tout ce qui peut toucher la vérité, le goût, le sens de la mesure, l'honneur, la moralité ou la plus infime parcelle d'humanité élémentaire. Vous pouvez me faire confiance.

Le premier jour

1

Sara roulait dans l'immensité sauvage. La nouvelle route immaculée s'étendait sous ses yeux, vide et blanche, quatre voies de béton cuisant sous le soleil, séparées par une glissière de sécurité en ciment gris dont la courbe dessinait la vague idéale qui habite les rêves de tous les surfers. Dans le rétroviseur délicatement bleuté de la Chevette de location, la même route vide se déroulait en sens inverse, s'éloignant vers la ville en miroitant dans l'onde de chaleur, telle une toile de fond qui tanguerait maladroitement.

Il était 9 h 40 en ce lundi matin. L'autoroute, longue d'une vingtaine de kilomètres, défilait au milieu d'un maquis plat et brun sous un ciel bleu pâle, absolument vide d'usagers en dehors de la Chevette marron aux vitres étincelantes qui filait vers l'ouest à 130 kilomètres-heure avec, à son bord, un système de climatisation et la personne de Sara Joslyn. Loin devant, encore hors de portée, le bâtiment commençait à apparaître, haute structure couleur de sable qui se dressait à l'extrémité de l'autoroute. Sur le tableau de bord, les chiffres verts de l'horloge numérique indiquaient 9 : 42. Finalement, je ne vais pas être en retard, pensa Sara.

« C'était quand, mon cancer ? » demanda Jack Ingersoll.

Mary Kate Scudder feuilleta son Rolodex.

« Ça fera trois semaines mardi prochain. »

Jack secoua la tête, dépité.

« Trop tôt, dit-il. Trop tôt. » Et il se mit à arpenter pensivement le quadrilatère qui lui servait de bureau.

Le soleil faisait étinceler un objet lointain, là-bas. Puis l'objet se rapprocha. Sara eut le temps de repérer la voiture bleu foncé garée de son côté de la route, sur le talus en pente, la lumière blanche jaillissant comme les morceaux d'un kaléidoscope de la lunette et du pare-chocs arrière. Mais sa petite Chevette passa comme une flèche devant la scène et sa vision ne fut plus qu'un souvenir : la voiture était inclinée, son côté droit plus bas que le gauche parce que l'accotement rejoignait à cet endroit le niveau de la plaine alentour. La portière avant droite était ouverte. Quelqu'un était couché en travers, le corps à moitié sorti de la voiture.

Le quoi ? Le pied de Sara lâcha brusquement l'accélérateur, la Chevette ralentit, Sara regarda dans le rétroviseur. Mais déjà, elle ne distinguait presque plus la voiture garée là-bas, ce n'était pour ainsi dire qu'une petite bosse sombre perdue dans l'étendue beige et blanche.

Que devait-elle faire ? Cette personne était-elle blessée ? Et d'ailleurs, avait-elle vraiment vu quelqu'un ?

Et s'il y avait là de quoi faire un article ? Son pied se posa sur le frein. Mon premier jour, et je tombe aussitôt sur un sujet ! Si ce n'est pas un démarrage en fanfare !

Mais comment allait-elle franchir la glissière médiane pour rejoindre la voie d'en face ? Elle ralentit, ralentit encore – il n'y avait toujours personne sur la route. Puis il lui vint à l'esprit que rien ne l'obligeait à passer de l'autre côté. La route était tout à elle. Même la voiture garée n'était plus visible dans le rétroviseur.

Parfait. Un demi-tour rapide, quelques projections de gravier quand les pneus virèrent en mordant sur l'accotement, et elle revint sur ses traces en poussant le moteur jusqu'à 130, les yeux clignant sous le soleil matinal de plus en plus chaud. Ça serait chouette si une autre voiture arrivait maintenant !

Mais personne ne vint. La voiture garée sur le bas-côté grossit devant elle, apparut de plus en plus distinctement. Elle leva le pied en constatant qu'il y avait effectivement quelqu'un, vêtu de sombre, à moitié sorti de la voiture, la tête, les épaules et un bras étalés sur le sol comme une tache d'huile.

Elle s'arrêta juste derrière. En ouvrant la porte, un paquet d'air chaud et sec s'engouffra à l'intérieur de la Chevette et s'abattit sur Sara comme une couverture de laine. « Sapristi ! » s'exclama-t-elle en sortant. Elle se sentit bouger avec lourdeur, aussitôt anéantie par la chaleur. Elle avança sous le soleil de plomb dans ses vêtements pétrifiés, ses chaussures produisant des raclements secs sur le gravier.

La voiture en question était une Buick Riviera bleu foncé vieille d'un an ou deux, avec des plaques minéralogiques de Dade County. Ou plutôt, une plaque, vu qu'en Floride, les voitures n'ont pas de plaque à l'avant. La banquette arrière était vide. Un type costaud d'une cinquantaine d'années était étalé sur les deux sièges avant, le visage tourné vers le sol, une partie du corps à l'extérieur. Le moteur était arrêté mais la clé de contact était encore dans la serrure. La radio jouait de la salsa, on aurait dit des criquets shootés à la coke.

L'homme était mort. Sara s'accroupit près du corps, toucha le cou. Le soleil avait réchauffé la peau, mais il n'en était pas moins mort. Elle remarqua alors une sorte de bosse molle à l'arrière de son crâne, sous ses fins cheveux gris, et la toucha. C'était répugnant, on sentait quelque chose de spongieux sous la peau. Ravalant sa bile, elle se rappela à l'ordre : je suis une journaliste. En tant que journaliste, je suis censée faire ce genre de choses.

Malgré sa répugnance, elle posa les deux mains sur l'épaule, qui avait durci à l'intérieur de la veste de Nylon gris foncé, et souleva le mort juste ce qu'il fallait pour voir son visage. Du gravier s'était incrusté dans sa joue. Il avait un visage rond, pâle, pas très bien rasé, et l'air d'un dur. La bouche était molle, les yeux clos. Au-dessus de l'œil gauche, un trou bordé d'ecchymoses, noir, gris et rouge, avec des filaments de sang.

C'est par là qu'est entrée la balle. L'endroit spongieux, derrière, c'est là où la balle a brisé le crâne, mais sans ressortir.

Nom d'un chien ! pensa Sara.

L'intrépide rédacteur en chef Jack Ingersoll cessa d'arpenter son bureau. « La maladie du légionnaire, annonça-t-il. C'était la culpabilité. »

Mary Kate, sa secrétaire, lui lança un regard écœuré.

« La culpabilité ?

– Évidemment. » Jack agita les bras au-dessus de sa tête, papillonnant des doigts comme s'il cherchait des poignées en l'air. « C'était tous des anciens combattants, ils avaient fait des trucs pendant la guerre, pas moyen d'oublier, cauchemar sur cauchemar, ils ne se le pardonneront jamais... »

Mary Kate dit : « N'est-ce pas comme la fois où

Binx a essayé “ La maladie du légionnaire – Était-ce un suicide ? ” »

Jack fronça les sourcils.

« Trop proche, vous trouvez ?

– Massa n’avait pas beaucoup aimé celui-là. »

Jack se détourna en faisant la grimace, passa ses doigts tachés d’encre dans sa chevelure clairsemée. « Si seulement je pouvais trouver le régime à base de crème glacée, la pression se relâcherait. »

L’autoroute s’étrécissait pour aboutir au pied du bâtiment, qui dressait sa masse de quatre étages au milieu de nulle part. Au sommet de l’immeuble, une immense enseigne en néon rouge et bleu, qui faisait deux étages de haut, annonçait, au bénéfice exclusif du parking et du terrain vague alentour :

GALAXY-HEBDO
« LE PUBLIC, OUI ! »

À cet endroit, les quatre voies se fondaient en deux qui passaient de part et d’autre d’une guérite de gardien en crépi et verre. STOP, intimait le panneau hexagonal rouge plaqué sur la guérite. Sara s’arrêta et baissa sa vitre tandis que le gardien en uniforme marron émergeait, bloc à pince en main. La canicule ambiante enveloppa le visage de Sara. « Fait drôlement chaud ! » dit-elle.

Le gardien, un vieux type hyperbronzé dont les yeux se cachaient derrière des lunettes de soleil, opina du chef. « Ouais, m’dame. J’étais déjà au courant.

– Et vous êtes au courant pour le mort ? »

Le bloc à pince s’anima d’un léger frémissement. Derrière l’écran de ses verres foncés, le gardien prit ses distances.

« Et de quel mort s’agit-il donc ? demanda-t-il.

– Celui qui est là-bas sur la route – elle consulta le compteur kilométrique – à 3,7 kilomètres exactement, du côté qui va vers l'ouest, dans une Buick Riviera bleu foncé, immatriculée en Floride, numéro de la plaque 277 ZRQ, Dade County. Il a été tué par balle ! »

Dommage, elle s'était laissée emporter sur la fin, alors qu'elle s'était efforcée de faire son rapport avec une froideur toute professionnelle. Enfin, dans l'ensemble, elle était plutôt satisfaite.

Le gardien, lui, semblait moins content. Ayant scruté pendant quelques secondes la route déserte en fronçant les sourcils, il demanda :

« Vous en êtes sûre ?

– Évidemment que j'en suis sûre ! Sûre de quoi ? Qu'il y est bien ? Qu'il est mort ? Qu'on lui a tiré dessus ? »

Le gardien secoua lentement la tête.

« Je ne mets aucunement en doute l'exactitude de vos propos, m'dame.

– C'est pourtant l'impression que ça donnait », dit Sara. Elle ne s'était pas attendue à ce genre de réaction.

« Seulement, poursuivit le gardien, je ne crois pas vous connaître, m'dame. Comment se fait-il que vous soyez ici ?

– Je travaille ici. C'est-à-dire, je travaille à partir de maintenant. C'est mon premier jour. » Jetant un coup d'œil éloquent au bloc à pince, elle ajouta : « Mon nom est Sara Joslyn. »

De retour sur son territoire familier, le gardien reprit calmement sa routine. Il consulta sa feuille et dit : « Oui, m'dame, vous êtes bien là.

– Mon premier jour au journal, dit-elle, incapable de contenir davantage son excitation, et mon premier sujet !

– Ce mort... dit le gardien d'un ton où le doute perçait de nouveau.

– Mais il est là-bas, dit Sara avec le plus grand sérieux.

– D'accord, d'accord. » Le gardien souleva son bloc à pince comme s'il s'agissait d'un bouclier. « Il est là-bas, et il est mort, et on lui a tiré dessus.

– Dans une Buick Riviera.

– Oui, m'dame.

– J'imagine que c'est à vous d'avertir la police, dit Sara, mais je vais néanmoins signaler l'incident au bureau.

– Excellente idée, admit le gardien. Mais attendez une minute. »

Ayant prélevé un autocollant sur le bloc à pince qu'il posa sur le toit de la Chevette, il détacha le dos de l'autocollant et, disant « Excusez-moi », passa la tête et le haut du torse par la fenêtre ouverte.

« Je vous en prie », dit Sara en le regardant coller le papillon dans l'angle inférieur gauche du pare-brise.

Le gardien se dégagea, récupéra son bloc et expliqua : « Celui-ci, c'est en attendant, alors vous devez vous garer dans l'espace réservé aux Visiteurs, là. Quand votre période d'essai sera terminée et que vous serez vraiment membre du personnel, on vous donnera un autocollant permanent.

– Un autocollant permanent, dit Sara. Comme c'est romantique. »

Jack faisait les cent pas sous les yeux de Mary Kate assise à sa machine, doigts en suspens au-dessus du clavier. Bob Sangster, un des reporters de Jack, Australien doté d'un énorme nez, franchit l'espace-porte du quadrilatère. Jack lui lança un regard où se mêlaient espoir, désespoir, rage et soumission.

« Un sénateur, dit Bob. Avec un nez refait. »

Jack fronça les sourcils.

« Au nord ou au sud ?

– Le nez, répéta Bob en désignant le sien.

– Quelle partie du pays ?

– Comment je saurais ? Je ne suis qu'un simple Australien. » Consultant un bout de papier froissé au creux de sa main, il ajouta : « C'est où, le Nebraska ?

– Nulle part, dit Jack. Laisse tomber. »

Il n'y avait pas d'autres Visiteurs. Sara tourna dans l'espace vide, où de grosses lignes blanches délimitaient sur l'asphalte les emplacements assignés aux Visiteurs, au-delà du secteur archiplein réservé aux membres du personnel, et gara avec précaution sa Chevette entre les deux lignes blanches les plus proches du bâtiment principal.

Il régnait une drôle d'atmosphère dans cet endroit, même sans tenir compte du mort de la Buick. Une atmosphère qui vous donnait plutôt l'impression d'être... à part. Étranger. Comme si l'immeuble qui se dressait là, posé comme une tortue dans son décor désertique, souffrait du poids du panneau haut de deux étages posé sur sa tête, comme si le bâtiment lui-même était un vaisseau spatial venu d'un univers lointain. Et voilà qu'elle s'apprêtait à y pénétrer.

Un vaisseau spatial doublé d'une tortue. « Élimine cette métaphore », se dit Sara en riant. Et elle sortit de la voiture.

Étant en odeur de sainteté – son équipe avait récemment produit d'excellents articles sur l'arthrite –, Jack avait droit à un espace-bureau muni d'une fenêtre, par laquelle il était justement en train de regarder, caressant l'idée de se défenestrer en sautant par la vitre inamovible.

À ses pieds, dans le parking réservé aux Visiteurs, une jolie fille sortait d'une Chevette marron. Elle portait un chemisier bleu foncé à manches courtes et une jupe de lin jaune paille, ses cheveux blond cendré étaient longs et raides. Avec ses lunettes de soleil sur le nez, elle ressemblait – comme toutes les femmes – à Jacqueline Kennedy. Elle s'avança vers le bâtiment et Jack apprécia sa démarche. Elles ont des roulements à billes dans les hanches, pensa-t-il. Il se retourna vers Mary Kate, dont la face de rat, toute pâlotte sous la perruque blond platine façon Zsa-Zsa Gabor, paraissait vive, compétente, parée pour l'action. Le moindre mot qu'il proférerait serait tapé.

Il reporta son attention sur la fenêtre, n'ayant pas le moindre mot à proférer. La fille avait quasiment disparu de son champ visuel. Il demanda :

« Est-ce que faire l'amour guérit les calculs biliaires ?

– C'est que... ça ne m'est jamais arrivé », répondit Mary Kate.

Jack se retourna pour la regarder.

« D'avoir des calculs biliaires », précisa-t-elle.

Sara poussa une porte de verre fumé et entra dans une petite pièce nue qui évoquait une agence bancaire de quartier défavorisé, à cette différence qu'ici, il régnait un froid polaire. Le mur d'en face était percé d'une grande vitre derrière laquelle siégeait une réceptionniste. Les murs latéraux étaient couverts de cadres : des couvertures de *Galaxy-Hebdo* aux couleurs criardes – prédictions pour la nouvelle année, morts de vedettes de la télévision par overdose, invasions d'extraterrestres.

Sara s'avança vers la vitre et regarda la réceptionniste de l'autre côté, une montagnarde décharnée dont la chevelure noire était tortillée en une explosion de plumeaux. Lorsque cette personne ouvrit la bouche, sa voix amplifiée sortit d'une grille de haut-parleur située à plusieurs mètres de là sur la droite.

« J'peux vous aider ? »

C'était déconcertant de parler à quelqu'un dont la voix se trouvait à l'autre bout de la pièce.

« Mon nom est Sara Joslyn. Je viens d'être engagée ici.

– Effectivement, dit la voix désincarnée, synchrone avec le mouvement de lèvres de la réceptionniste. Prenez ce badge. » Un tiroir métallique coulissa à la base de la grande vitre et la voix poursuivit : « Et prenez l'ascenseur jusqu'au troisième étage. Vous demanderez M. Harsch. »

Le badge était un rectangle bleu et rouge rempli de mots dont un sautait particulièrement aux yeux : VISITEUR. Sara le ramassa et dit « Merci ». Un grésillement strident sortit – apparemment – de la réceptionniste. Ou, du moins, de la grille qui avait produit sa voix jusqu'alors. Sara sursauta, regarda autour d'elle, repéra la porte en dessous de la grille, se dirigea vers elle. En poussant la porte après l'interruption du grésillement, elle se posa la question : Qui pourrait songer à venir en *visite* ici ?

Jack regarda Mary Kate pendant qu'elle tapait et la regarda s'arrêter. « Ça fait combien ? demanda-t-il.

– Vingt-huit. »

Un jeune reporter maigrichon, la mine déprimée, apparut dans l'espace-porte.

« J'imagine que vous n'êtes pas intéressé par un veau à deux têtes. »

Jack le dévisagea.

« Vous avez des photos ?

– C'est possible.

– Où se trouve la chose ?
– Au Brésil.
– Ah, vraiment ? Dans ce cas, je veux que les photos soient signées par un prêtre.
– Si on en trouve un », dit Don, ressortant.
Jack contempla successivement la fenêtre, le plafond, son poing gauche serré, Mary Kate...
« Le *Galaxy* clone un rat !
– Quoi ! dit-elle. Un rat ?
– Quelle heure est-il ? »
Elle consulta sa montre – un gros mécanisme terriblement élaboré qui disait tout, depuis l'heure en n'importe quel point du globe jusqu'aux quinze preuves de l'existence de Dieu – et annonça : « Neuf heures, cinquante-huit minutes et onze secondes.
– Virez-moi ça. Un homme ! »
Continuant à taper, Mary Kate reprit : « *Galaxy* clone un homme.
– Il y a vraiment des alligators dans les égouts de New York !
– N'importe quoi !
– Tapez, tapez. »
Et elle continua de taper, non sans arborer une expression dédaigneuse. Autour d'eux, l'agitation régnait. Des rédacteurs et leurs assistants, des enquêteurs et des secrétaires émergèrent de leurs quadrilatères, avançant à grandes enjambées, sautillant ou trottant dans les travées, se dirigeant tous vers les ascenseurs. Mary Kate continua de taper jusqu'au moment où Jack arracha la feuille du chariot, rassembla dans un mouvement frénétique ses blocs-notes et ses crayons et se lança à la poursuite du courant fébrile.

2

Sara sortit de l'ascenseur et regarda autour d'elle. Elle se trouvait dans une immense salle sans cloisons qui occupait presque entièrement la surface du troisième étage. Sous ses yeux, jusqu'aux fenêtres là-bas au fond, bureaux, tables, personnes et piliers carrés de soutènement se mêlaient dans un fouillis inextricable.

Un homme venant de la droite fonça droit sur elle avec une expression féroce, des feuilles et des stylos plein les mains. Elle dit : « Je cherche...

– Attention ! » Loin de ralentir, il passa comme un ouragan en la projetant brutalement contre la porte de l'ascenseur qui se refermait au même instant et poursuivit son chemin sans se soucier d'elle.

Sidérée, elle le suivit des yeux. Il y avait là une rangée de quatre ascenseurs, et Sara était sortie du deuxième à partir de la droite. Une longue table de conférence était placée devant le dernier ascenseur de gauche, un de ses côtés étroits collé contre la porte. Des chaises étaient disposées de part et d'autre de la table, et d'autres formaient une deuxième rangée derrière. Des gens se précipitaient maintenant de tous les coins de la salle, convergeant vers la table autour de laquelle ils prenaient place. Parmi eux, vers le milieu du côté où se trouvait Sara, le grossier personnage étalait ses papiers et ses crayons.

Sara s'écarta des ascenseurs et s'avança de quelques pas dans la salle pour avoir un meilleur point de vue sur cette étrange mise en scène. Au même moment, alors que les derniers arrivants se laissaient tomber haletants sur leur siège, la porte de l'ascenseur s'ouvrit en coulissant silencieusement, dévoilant non pas une cabine normale mais un véritable bureau. Sara écarquilla les yeux.

L'intérieur était à la fois trop grand pour un ascenseur et un peu exigu pour un bureau. Des photos encadrées décoraient les murs lambrissés. Une vitrine de trophées se détachait dans le fond, un canapé de cuir noir occupait un côté, et un meuble hi-fi, en face, abritait un écran de télévision, un magnétoscope et du matériel stéréo. Au milieu de la pièce-ascenseur trônait un imposant bureau en châtaignier ; derrière, deux hommes, l'un assis, l'autre debout.

Alors que Sara poursuivait sa progression en crabe, ouvrant des yeux ronds à cette apparition, un ronronnement s'éleva et le bureau en châtaignier glissa vers l'avant pour venir s'accoler à l'extrémité de la table de conférence. L'homme assis fut propulsé en même temps que le bureau, mais celui qui était debout dut avancer de deux pas pour maintenir sa position, juste derrière le coude droit de l'autre.

« Bonjour », gronda l'homme assis d'une voix râpeuse, foudroyant du regard l'ensemble de l'assistance. C'était un costaud d'une cinquantaine d'années, joues gonflées, cheveux noirs hérissés et front bas, tout noueux.

« Bonjour, monsieur », répondirent les uns, les autres lui donnant du « Bonjour, M. DeMassi ». C'était donc lui, se dit Sara, le grand patron en personne, Bruno DeMassi, éditeur, directeur de la rédaction et propriétaire de *Galaxy-Hebdo*. Elle ne savait pas à quoi elle s'était attendue au juste, mais certainement à quelque chose qui penchât plus du côté de Perry White et moins de celui de Don Corleone.

« Alors, gronda DeMassi, prêts à travailler ?

– Oui, monsieur, répondirent ses sujets.

– Faites passer », ordonna DeMassi, et tandis que les feuilles de papier remontaient jusqu'à lui, transmises de main en main, il saisit une bouteille de Heineken 35 cl, et avala une gorgée.

« Hé, là ! » cria une voix scandalisée, juste derrière Sara. Elle se retourna et découvrit qu'elle avait manqué percuter un bureau derrière lequel une femme notait des commentaires au feutre sur le dos de photographies. Mitraillant Sara de regards incendiaires, le feutre pointé vers le sol, elle lui lança : « Ça ne va pas, ou quoi ? Vous n'avez donc pas vu le mur ? »

Le *mur* ? Interloquée, Sara baissa les yeux. Le sol était recouvert d'une moquette industrielle, grise et neutre, mais par-dessus il y avait aussi, elle le remarqua en cet instant, une bande noire de cinq centimètres de large. En la suivant des yeux, Sara vit qu'elle continuait sur quelques mètres avant de tourner brusquement à droite. Au-delà, il y avait une autre ligne identique. En fait, il y avait des lignes noires partout où son regard se posait.

Une centaine de personnes devaient être réunies dans cet immense espace, sans compter les vingt et quelque qui participaient à l'étrange scène de l'ascenseur. En regardant autour d'elle, Sara constata que les gens se déplaçaient d'une façon extrêmement bizarre, effectuant de brusques changements de direction à angle droit et des manœuvres superflues qui ne pouvaient s'expliquer que par ces lignes noires sur le sol. Ils traversaient la salle géante comme s'ils suivaient des rails, telles les figurines d'un jeu mécanique, à la fois archaïque et complexe.

« Voulez-vous bien sortir de mon bureau ! exigea la femme.

– Excusez-moi, dit Sara en reculant pour se placer de l'autre côté de la ligne.

– Une visiteuse, hein ? » dit la femme en lisant le badge que Sara avait accroché à la bandoulière de son sac. Cela parut la calmer. Désignant un autre point de l'espace avec son feutre, elle ajouta : « Si vous voulez me parler, passez par l'espace-porte.

– Je voulais seulement...

– Si vous voulez me parler, répéta la femme, de nouveau gagnée par l'indignation, passez par l'*espace-porte* !

– Excusez-moi. »

Bien, maintenant, je suis en train de le faire, se dit Sara en longeant la ligne noire vers la droite, où elle s'arrêtait brusquement pour redémarrer quatre-vingts centimètres plus loin en laissant – comme avait dit la femme – un espace-porte. Sara le franchit. « Je viens juste d'arriver, s'excusa-t-elle.

– Je vois bien.

– Je cherche M. Harsch. »

La femme tendit de nouveau son feutre, désignant cette fois l'ascenseur-bureau. « C'est lui, là-bas, debout derrière Massa. »

Apparemment, on avait le droit de regarder à travers les non-murs, même si l'on n'était pas censé les franchir. Sara regarda donc, s'attardant pour la première fois sur l'homme qui se trouvait à côté de Bruno DeMassi dans l'ascenseur-bureau. Grand, mince, une soixantaine d'années, quasiment chauve hormis une couronne de fins cheveux gris qui paraissaient morts, un visage émacié au nez en bec d'aigle et aux yeux gris polaire : Jacob Harsch semblait aussi sympa, chaleureux et humain qu'avait dû l'être Torquemada. Sara le regarda se pencher, tête baissée, tel un vautour pour lire avec DeMassi les papiers qu'on leur avait remis. Elle sentit un frisson lui parcourir le dos. « Il a l'air occupé, dit-elle. Je ferais peut-être mieux de ne pas l'interrompre. »

Massa lut à voix haute : « Comment donner une soirée. » Il redressa la tête et son regard foudroyant longea la table pour se poser sur Binx Radwell. « Binx ? Qu'est-ce que c'est que cette connerie ? »

Binx Radwell, trente-deux ans et les cheveux blonds, était enveloppé de graisse juvénile et d'une bonne couche de panique. Un léger voile de transpiration le recouvrait en permanence et son sourire permanent implorait un salut dont lui-même savait fort bien qu'il n'existait pas. Il exhiba ses dents étincelantes, frétilla des sourcils et lança : « C'est bien ça, M. DeMassi. Comment donner une soirée, chez vous, dans votre propre maison. Cette enquête sur notre lectorat, vous vous souvenez, monsieur, prouvait qu'il y avait beaucoup de gens qui n'étaient pas sûrs d'eux, socia...

– Évidemment, qu'ils ne sont pas sûrs d'eux, rétorqua Massa. Ils ne font même pas la différence entre leur cul et une bouche d'incendie. Mais cette *soirée*, c'est quoi, au juste ? »

Binx se tortilla sur sa chaise.

« Eh bien, nous expliquons comment être un bon hôte, une bonne hôtesse, comment on... »

Massa fronça les sourcils.

« Vous voulez dire une soirée ? » Agitant les mains au-dessus de sa tête, il précisa : « Avec des chapeaux ?

– Euh, pas nécessairement, dit Binx. On peut très bien le faire sans chapeaux. La vraie question est, lorsque les gens arrivent chez vous, comment êtes-vous censé les accueillir ? »

DeMassi mastiqua l'idée et la trouva dépourvue de saveur. Son stylo rouge traça un grand trait en travers de « Comment donner une soirée ». Massa était l'unique personne de *Galaxy* autorisée à détenir et utiliser un stylo rouge. Ainsi, on était sûr de l'authenticité de n'importe quel ordre écrit en rouge. Tout membre du personnel surpris en possession d'un stylo rouge sur le territoire de *Galaxy* était par définition un faussaire, que l'on renvoyait immédiatement. Barrant d'un deuxième, puis d'un troisième trait, le sujet refusé, Massa déclara : « Personne ne va dans des soirées. »

Binx opina du bonnet et afficha un sourire crispé.

Décidée à retarder autant que possible sa rencontre avec M. Harsch, Sara continua d'arpenter la salle géante en prenant bien soin de ne franchir aucune ligne noire. Plus loin vers la droite, à une distance raisonnable des ascenseurs, elle tomba sur une zone où les lignes noires se raréfiaient. À leur place se succédaient huit tables extrêmement longues, l'une derrière l'autre. Autour de chacune d'elles, dix ou onze personnes faisaient face à la partie centrale de la salle, évoquant plus ou moins les équipes de bénévoles qui se chargent du standard dans un téléthon. Des cloisons de bois d'une trentaine de centimètres de haut, distribuées à intervalles réguliers le long de chaque table, garantissaient à chacun son petit espace perso. Sur ces surfaces plutôt exiguës s'empilaient machines à écrire, téléphones, magnétophones, blocs-sténo, gobelets bourrés de crayons et stylos, cendriers, ouvrages de référence, et de loin en loin, un carnet d'adresses, une photo de famille dans son cadre, une violette d'Afrique ou une figurine comique.

Ceux-ci étaient de toute évidence les reporters de *Galaxy*. Un bon tiers d'entre eux martelaient des claviers de machine à écrire ou gribouillaient des notes sur des blocs, mais la majorité étaient accrochés à leur téléphone, donnant coup de fil sur coup de fil. Parvenue à leur hauteur sans se faire remarquer, Sara écouta ce qu'ils racontaient.

« À quoi ressemblait l'intérieur de la navette spatiale ? »

« Je travaille à l'émission de Barbara Walters. Bien sûr que c'est l'émission de Barbara Walters ! Est-ce que l'émission de Barbara Walters irait vous mentir ? »

« Et pendant que vous les serviez, vous avez pu remarquer qu'ils se tenaient par la main, c'est ça ? Bon, d'accord, leurs mains étaient posées sur la table, mais tout près l'une de l'autre, et ils se regardaient avec passion. Est-ce que vous pourriez dire que c'était un regard follement passionné ? »

« Professeur, seriez-vous très étonné si je vous confiais qu'il y a en ce moment même dans mon bureau un habitant de Saturne, soixante-quinze centimètres de haut ? »

« Docteur, en tant que spécialiste reconnu de l'arthrite, pouvez-vous me dire si... je travaille à *Galaxy-Hebdo*, et... Docteur, docteur ? »

« Je peux faire quelque chose pour vous, mon petit ?

– Oh, dit Sara, sursautant. Non, j'attendais juste de pouvoir parler à M. Harsch. » Et elle s'éloigna doucement en direction de la conférence et des ascenseurs.

Massa en avait terminé avec Binx Radwell. Binx épongea son front, son cou et la tendre saignée de ses coudes en même temps que son sourire crispé envoyait des signaux de détresse – Je me noie ! Aidez-moi ! Je coule ! – à des gens qui avaient leurs propres ennuis à régler.

Massa, qui s'était ensuite attaqué à la liste de Jack Ingersoll, travaillait furieusement du stylo rouge. La technique de Jack, quand les vents ne lui étaient pas favorables, consistait à être de plus en plus immobile, de plus en plus figé et replié sur lui-même. Il aurait très bien pu, en cet instant, être une statue de granit avec ses yeux qui fixaient sans ciller le front plissé de Massa.

Qui s'éclaircit brutalement, telle une journée de printemps. « Est-ce que faire l'amour guérit les calculs biliaires ? » lut Massa à voix haute et il leva les yeux avec un sourire radieux. « Voilà qui serait une bonne nouvelle, non ?

– Là, je dis amen, monsieur », déclara Harsch de sa voix désincarnée, ce qui provoqua un gloussement feutré chez les rédacs-chefs présents.

Massa but une lampée de bière et pointa la bouteille vers Jack.

« Pouvez-vous me répondre oui à coup sûr ?

– Je ferai de mon mieux, monsieur.

– Ne faites pas de votre mieux, mon vieux, faites de *mon* mieux. » Baissant de nouveau la tête, il continua à lire : « *Galaxy* clone un être humain. » Horrifié, il posa le regard sur Jack, au bout de la table. « Vraiment ? Nous pourrions faire ça ?

– Bien entendu, j'aurais besoin que l'équipe scientifique me donne un coup de main. Cela pourrait...

– Quel genre d'être humain ? demanda Massa. Homme ou femme ?

– Eh bien, à l'origine, je pensais à un homme...

– Et alors, où est la pin-up ?

– Nous pourrions faire une femme, évidemment, admit Jack. Mais n'oubliez pas, monsieur, que ça va être un bébé pendant...

– Un quoi ? s'écria Massa, lui jetant un regard noir. Vous voulez dire que nous ne commençons pas avec un adulte ?

– Non, monsieur, répondit Jack du ton le plus calme du monde. Les clones doivent naître, comme tout le monde...

– Vous voulez dire qu'on va s'appuyer un *bébé* ici pendant vingt ans ?

– C'est-à-dire qu'il n'est pas vraiment nécessaire de... »

Binx, qui se lançait toujours au secours des autres aux moments les moins prévisibles, même si personne n'essayait jamais de l'aider, proposa :

« Cela pourrait être notre mascotte, monsieur.

– Oh, non, dit Massa en agitant sa bouteille de bière pour souligner son refus. Nous avons déjà eu cette chèvre, dans le temps, et ça n'a pas marché. Un bébé ne peut pas être mieux qu'une chèvre. »

Jack lança à Binx un bref regard dépourvu d'expression tandis que Massa biffait le clone d'un trait rouge. Binx sourit comme s'il était victime d'un empoisonnement. Massa poursuivit sa lecture.

« Il y a vraiment des alligators.

– Dans les égouts de New York ! » s'exclama Jack.

Potentiellement vexé, Massa fusilla le bout de la table du regard.

« Quoi ?

– Il y a des alligators dans les égouts de New York, expliqua Jack. C'est là qu'ils se trouvent.

– Des conneries, marmonna un rédac-chef à la droite de Jack.

– Ce n'est pas ce qui est marqué ici, dit Massa en agitant le papier de Jack.

– Ma secrétaire doit avoir...

– Dans les égouts de New York. » Massa compléta au stylo noir et reprit son stylo rouge qu'il tint en l'air le temps de relire. « Il y a vraiment des alligators dans les égouts de New York. » Une pause infime, et le verdict tomba : « Non. » Le stylo rouge barra énergiquement. « C'est anti-Floride, décréta Massa et d'ailleurs, il n'y a personne à New York. » Il était de notoriété publique que Massa s'était tenu complètement à l'écart de New York et de sa banlieue ces dix-sept dernières années, essentiellement parce que trois de ses cousins qui contrôlaient là-bas les industries du ramassage d'ordures et du juke-box étaient prêts à lui coller plusieurs balles dans la tête s'il se risquait à y retourner. Avant de s'installer en Floride, *Galaxy* avait été imprimé à New Brunswick, dans le New Jersey.

« Je peux vous aider, mademoiselle ? »

Au son glacé de la voix de Harsch, l'assistance leva les yeux : il regardait une jeune femme tout à fait charmante mais apparemment nerveuse qui rôdait du côté de la table en tripotant son sac en bandoulière. Jack reconnut la fille qu'il avait vue de sa fenêtre. Elle était mieux de près.

Quoique nerveuse.

« Oh ! » dit-elle en s'emmêlant les pieds, ayant voulu reculer sans en donner l'impression. « M. Harsch ? Je suis une nouvelle employée, je m'appelle Sara....

– Très bien, dit Harsch. Parfait. » Puis, se tournant vers Massa : « Qu'est-ce qui nous reste ?

– Seulement Boy Cartwright, répondit Massa en parcourant rapidement ses papiers. Il ne pose pas de problème, vous pouvez y aller. »

Assis en face de Jack de l'autre côté de la table, Boy Cartwright, un abject Britannique d'une quarantaine d'années, le visage bouffi par des années d'alcool et de féculents, arbora le sourire suffisant des vainqueurs. *Boy* ne posait pas de problème. Boy était un bon sujet.

Massa loucha en direction de la nouvelle venue et lança : « Elle s'adressera aux scientifiques, compris ?

– Ils adorent les étudiantes », confirma Harsch.

Harsch quitta l'ascenseur pour aller parler à l'étudiante. Massa se pencha sur la liste de Boy et lut : « La marine argentine responsable du triangle des Bermudes. » Il releva la tête, laissant apparaître un sourire béat. « Formidable, Boy, formidable. »

Boy se mit à ronronner, fermant à moitié les yeux dans un accès de bonheur félin.

3

Le plus curieux, c'est que Sara avait refusé le poste quand on le lui avait proposé. Cela se passait un an et demi plus tôt, au printemps, lorsque les recruteurs étaient venus parler aux diplômés de l'école de journalisme à Syracuse. *Galaxy* avait une épouvantable réputation de tabloïd vulgaire, tout juste bon pour les supermarchés, plein de vedettes de la télé et de créatures surgies de l'espace, mais la femme chargée du recrutement, à peine plus âgée que Sara, s'était montrée raisonnable et engageante, et Sara avait été tentée. Il y avait là une occasion de quitter les profondeurs glacées du Nord-Est pour le soleil de la Floride, de travailler dans un environnement qui avait l'air marrant et de toucher un salaire fabuleux.

Trop fabuleux, c'était bien le hic. Trente-cinq mille dollars par an pour une débutante ? Il devait y avoir un sérieux os quelque part. De sordides scénarios de traite des blanches lui avaient effleuré l'esprit – la Floride, après tout, était sur la route de l'Amérique du Sud – ce qui était absolument ridicule, bien entendu. N'empêche, il y avait forcément un truc qui clochait, sans quoi ils ne paieraient pas autant. Sinon, par l'entremise d'une copine de l'école, elle avait reçu une proposition d'un petit journal de la Nouvelle-Angleterre, pour un salaire de misère. Ce n'était pas très loin de chez elle, c'était du véritable journalisme à un niveau suffisamment modeste pour se sentir en confiance et le rédac-chef ressemblait énormément à Ed Asner. De plus, le salaire, vu sa modicité, ne l'intimidait pas trop.

Et pourtant, elle se retrouvait là, un an et demi plus tard, et *tout* l'intimidait, y compris Jacob Harsch aux yeux de glace qui s'approchait maintenant d'elle tandis que les autres dirigeaient de nouveau leur attention soumise sur M. DeMassi. Un sourire froid sur son visage froid, Harsch la rejoignit en suivant les lignes noires – lui aussi se pliait à la règle, remarqua-t-elle – et lui tendit une main dont elle constata sans surprise qu'elle était également froide. Il garda la sienne une fraction de seconde en demandant : « Rappelez-moi votre nom, mon petit.

– Sara Joslyn.

– Ah, oui, je me souviens de votre C.V. » Sa main froide sur le coude de Sara, il l'emmena à l'écart de la conférence éditoriale, le long de la rangée d'ascenseurs. Il était extrêmement grand et devait se pencher vers elle pour lui parler sur le ton de la confidence, de sa voix grinçante : « Vous avez travaillé pour un journal du Vermont.

– Du New Hampshire, corrigea-t-elle. Il a coulé. Ou plus exactement, il a fusionné.

– Nous ne coulerons pas », affirma Harsch. Il énonçait simplement le fait, n'exprimant aucune satisfaction particulière. « Nous répondons à un besoin, et les gens viennent à nous », expliqua-t-il. Après les ascenseurs, ils s'étaient arrêtés dans un espace ouvert qui précédait une zone ayant toutes les apparences d'une bibliothèque avec ses étagères remplies d'annuaires téléphoniques et autres livres de référence. « Nous nous considérons comme une organisation au service de la communauté.

– Ah bon ? dit poliment Sara.

– Non seulement dans nos articles à sensation mais aussi dans nos rubriques, précisa-t-il. Notre public, c'est la femme moderne, avec tout ce qu'elle a de complexe. »

Se rappelant les premières pages criardes encadrées dans l'entrée au rez-de-chaussée, Sara hocha sobrement la tête : « Je vois.

– Non seulement en tant que mère et femme au foyer, poursuivit Harsch avec la même assurance calme, mais en tant que consommatrice, public sophistiqué pour les loisirs de notre époque, et vestale de la flamme de la civilisation occidentale. Nous autres, ici à *Galaxy*, pensons bien connaître la femme d'aujourd'hui, plus informée, plus intéressée, plus impliquée, et nos chiffres de vente en témoignent. Notre moyenne hebdomadaire dépasse largement les cinq millions d'exemplaires, ce qui nous procure assez de puissance financière pour nous permettre d'aller chercher nous-mêmes, et d'obtenir avec punch, les sujets que nous voulons, les sujets qui, nous le savons, intéressent nos lecteurs. »

Sara acquiesça de la tête en gardant ses pensées pour elle. C'était exactement les termes employés par la femme venue la recruter, un an et demi plus tôt, mais elle y avait mis plus de passion, elle avait vendu le concept. Harsch, lui, ne le vendait pas, il était plutôt comme un missionnaire prêchant pour sa religion. Sa certitude était telle que ni miracles ni agnostiques ne pouvaient le déstabiliser. Tout en l'écoutant, Sara se demanda si cet homme croyait vraiment ce qu'il disait. Nous sommes tous ici pour le fric, non ? Mais ce n'était pas le genre de question qu'il fallait poser.

Et son cadavre, alors, l'homme qu'elle avait trouvé sur l'autoroute, une balle dans la tête ? Son premier sujet pour ses débuts ! Elle s'était imaginée arrivant avec la nouvelle, se précipitant sur une machine à écrire, sortant son texte à toute allure tandis que dans les recoins de son imagination, ses nouveaux collègues murmuraient : « Elle est épatante, la petite nouvelle, vous savez ? ». Elle avait déjà son accroche : « La radio de la voiture continuait à jouer un air entraînant, mais le conducteur ne pouvait plus l'entendre. Il était mort. »

Seulement voilà, Jacob Harsch ne semblait pas être le genre d'homme à *s'intéresser* à un cadavre au bord de la route. Il vivait dans un monde beaucoup plus relevé. Je raconterai ça à mon rédacteur en chef quand je le rencontrerai.

Pendant qu'elle suivait le fil de ses pensées, Harsch continuait à proférer son discours préfabriqué. « Notre puissance financière nous permet également d'engager les collaborateurs que nous voulons, en particulier des jeunes femmes travailleuses et perspicaces telles que vous, qui nous aident à garder *Galaxy-Hebdo* alerte, vigilant et adapté à un public en mutation constante.

– Adapté, répéta Sara d'une voix parfaitement neutre.

– Oui, adapté, reprit Harsch, la dominant de sa haute taille, un sourire sévère aux lèvres. Ce mot ne nous fait pas peur, Sara. La seule chose que nous craignions, c'est de devenir rances, vieux, fatigués. C'est pourquoi nous voulons des jeunes femmes comme vous, capables de créer des défis, de nous inciter à tenir la cadence, pour rester... adaptés.

– Seigneur... » fut tout ce que Sara trouva à répondre.

Ayant rendu ses papiers à chacun – Jack considéra avec un désespoir tranquille les innombrables zébrures rouges qui barraient ses propres propositions – Massa conclut cette réunion éditoriale par un petit discours à l'usage de tous : « Personne ne m'a apporté la moindre nouvelle concernant John Michael Mercer. Vous rendez-vous compte que cet homme est la vedette la plus populaire de la télévision ? Savez-vous que sa série, *Breakpoint*, arrive en première position à l'audimat ? Et qu'elle est tournée ici même, en Floride ? »

Massa promena autour de lui un regard incendiaire, dans l'attente d'une réponse. Le voisin de gauche de Jack finit par dire : « Mercer n'a l'air de rien faire de spécial pour l'instant, monsieur.

– John Michael Mercer ? s'exclama Massa, les yeux écarquillés. Qu'est-ce que vous me chantez là ? Il est *intéressant* ! Les gens veulent savoir ce qui lui arrive. *Je* veux savoir ce qui lui arrive ! Hier soir... dans l'épisode d'hier soir, il a traversé une grange en flammes au volant de sa petite voiture de sport ! C'était sensationnel ! J'étais cramponné à mon fauteuil. Et vous me dites qu'il ne fait rien de spécial ? Il a traversé cette grange en flammes au volant de sa voiture, non ? Eh bien, pourquoi ne nous raconte-t-il pas l'effet que ça lui a fait ? »

Un autre rédacteur en chef prit la parole, sur un ton et avec une mine qui exprimaient sa réticence :

« C'est, monsieur, que John Michael Mercer refuse de nous parler.

– Quoi ? » Massa était proprement sidéré. « Mais nous sommes l'Amérique ! *Galaxy* est le peuple américain ! »

Le journaliste hocha la tête.

« Nous le lui avons déjà expliqué, monsieur. »

Les menaçant collectivement de son index tendu, mais dirigeant toute la flamme de son regard incendiaire vers Jack – du moins Jack eut-il cette impression –, Massa déclara : « Je veux des interviews de John Michael Mercer. » Puis, du même index, il enfonça une touche qui provoqua le retrait de son bureau vers l'ascenseur et la fermeture des portes de la cabine. La réunion éditoriale était terminée.

Sa main froide la tenant de nouveau par le coude, Harsch ramena Sara vers la table de conférence : « Nous allons vous installer, maintenant. Je vais vous donner l'un des meilleurs rédacteurs en chef de la boutique. Vous apprendrez beaucoup aux côtés de Jack.

– J'en suis certaine », murmura Sara.

À première vue, la conférence était finie. DeMassi avait disparu dans son bureau-ascenseur ; plusieurs individus se levaient de table et s'éloignaient, l'air soucieux. Harsch héla : « Jack ! Jack, juste une minute. »

C'était le grossier personnage qui avait bousculé Sara à son arrivée. Elle put constater qu'il avait une trentaine d'années, était grand et bien foutu, et que ses cheveux bruns commençaient à se raréfier. S'il n'avait pas eu l'air de mauvais poil et grincheux, elle l'aurait même trouvé beau. Voyant Harsch approcher, il fit un effort manifeste, et vain, pour chasser la mauvaise humeur qui assombrissait son visage.

« Jack, dit Harsch, voici Sara Joslyn. Elle travaillera avec votre équipe. Sara, je vous présente Jack Ingersoll. »

Jack Ingersoll était franchement antipathique, à tel point que Sara afficha un sourire supergéant pour célébrer les présentations.

« Bonjour, comment allez-vous ?

– J'ai déjà été mieux, répondit-il, ce que l'on avait peine à croire.

– Jack va vous prendre sous son aile, maintenant », déclara Harsch avec un sourire distant. Et il tourna les talons.

« Vous feriez mieux de me suivre », dit Ingersoll, agitant vaguement un tas de feuilles froissées en direction du secteur des lignes noires. « C'est quoi, votre prénom, déjà ?

– Sara, répondit-elle alors qu'ils s'engageaient entre les lignes.

– Moi, c'est Jack.

– Je l'avais retenu, dit-elle d'un ton légèrement pincé.

– Pas de coups de pied dans le ventre, jeune personne, lui demanda Ingersoll. Je viens de laisser mes tripes là-bas.

– Qu'est-ce que *c'était*, au juste ?

– Tous les matins, à dix heures du matin, dit-il, redondant, les rédacteurs en chef, dont je fais partie, c'est déjà ça, se rendent à la Sainte Chapelle, là derrière, et déposent trente sujets d'articles aux pieds de...

– Trente, tous les jours ?

– Croyez-le ou non. À mon arrivée ici, j'étais une belle jeune femme, tout à fait comme vous. »

Elle lui lança un regard rapide mais quelque part, la remarque n'avait rien d'un compliment ni d'une allusion. Il n'y avait donc rien à répondre et Sara poursuivit son chemin près de lui en silence.

La réunion éditoriale avait généré une augmentation considérable du volume de bruit et d'activité à l'intérieur du territoire délimité par les lignes noires. Plusieurs reporters avaient abandonné leur table à l'autre bout de la pièce pour se précipiter vers leur rédacteur en chef et échanger quelques mots en vitesse avec lui. Certains rédacs-chefs s'étaient rués sur leur téléphone, d'autres effectuaient des allers et retours fébriles entre leurs bureaux et ceux de leurs voisins. Tout ceci en passant par l'espace-porte, bien entendu.

Mais pourquoi cet homme, là-bas, s'affublait-il d'un masque de Bela Lugosi et d'une cape noire ? Pourquoi quatre jeunes femmes à l'accent anglais chantaient-elles, sur le mode de la fugue, « Ramez, ramez à l'unisson » devant un magnétophone ? Et puisqu'on était le 12 juillet, que faisait donc cet homme, occupé à décorer un sapin de Noël artificiel sur son bureau ?

Une chose était certaine, c'est que travailler ici ne devait pas engendrer l'ennui.

Jack emmena la nouvelle dans son quadrilatère, où Mary Kate demanda : « Quel est le score, patron ?

– Cinq.

– Ouille. »

Mary Kate secoua sa tête emperruquée. Primes, récompenses, augmentations et quadrilatères munis d'une fenêtre dépendaient entièrement de la quantité d'articles qu'une équipe réussissait à faire *paraître* dans le journal. Normalement, l'équipe de Jack s'en tirait plutôt bien mais depuis une bonne semaine, la moyenne avait chuté et l'équipe avait de bonnes raisons de s'inquiéter.

« Et ce n'est pas le pire, ajouta-t-il. L'un des cinq est infaisable.

– Lequel ?

– Les calculs biliaires. J'ai posé la question. Massa a répondu : Oui.

– Oh, mon Dieu. » Mary Kate, regardant derrière Jack, vit la nouvelle. « Et qu'est-ce que c'est que ça ?

– Notre dernière vestale. Sara Machin-Chose.

– Joslyn.

– Mais oui ! » Se tournant vers Sara, Jack dit : « Mary Kate Scudder ici présente est ma secrétaire, pas la vôtre. Si vous ne l'oubliez pas, elle pourrait se montrer gentille avec vous. »

« Bonjour, comment allez-vous ? dit Sara Joslyn à Mary Kate.

– Je me le demande, répondit Mary Kate, tournant son regard vers Jack. Des calculs biliaires, hein ?

– On va essayer quand même, dit Jack. Donnez-lui les nutritionnistes. »

Au moment où Mary Kate ouvrait un tiroir de classeur, l'une des journalistes de Jack, une dure à cuire nommée Ida Gavin, pénétra dans l'espace-bureau en annonçant : « C'est confirmé, c'est une histoire de cul.

– Excellent », approuva Jack. Se tournant vers Mary Kate, il précisa : « Donnez-lui aussi le formulaire pour les fournitures. Signez de mon nom. » Puis, s'adressant de nouveau à Ida, il demanda : « Des détails.

– L'histoire Keely Jones, expliqua Ida, faisant allusion à une vedette alors en vogue à la télévision. À l'évidence, non seulement elle trompe son mari avec son imprésario, mais elle trompe l'imprésario avec M. X.

– Et tu tiens M. X., avança Jack.

– Un représentant en piscines.

– Bon, mais c'est moins bien qu'un cardinal.

– Et il a fait de la taule, ajouta Ida.

– Oh, oh ! Excellent.

– Accident de la circulation. Pick-up, femme enceinte, couic.

– Massa voudra la réaction de Mlle Jones à l'annonce de cette nouvelle. Enregistrée.

– Oui, mais cette jeune dame ne parle à personne ces temps-ci. Pas même à Dieu.

– Trouve une solution, Ida. C'est pour ça que nous sommes ici. » Ida repartit et Jack se retourna vers la nouvelle qui, debout, tenait une liasse de papiers. Il les lui prit des mains et les retourna un par un, donnant des explications au passage. « Ceci est votre demande de fournitures. Prenez l'ascenseur jusqu'au premier, tournez à droite, donnez-leur cette feuille. Ils vous remettront une machine à écrire, un magnétophone, tout ce dont vous avez besoin.

– D'accord. »

Désignant les tables des reporters de l'autre côté de la salle, Jack ajouta : « Ensuite, trouvez-vous un banc de nage vide là-bas et commencez à ramer.

– N'importe lequel ?

– Vous êtes rapide, ça me plaît. » Lui tendant deux autres feuilles, il poursuivit : « Voici la liste des nutritionnistes bien disposés à notre égard, ceux-ci *parleront* à *Galaxy*. Appelez-les et... mais pourquoi vous ne prenez pas de notes ?

– Oh, pardon ! » Elle posa les papiers sur le bureau de Mary Kate, fouilla dans le sac accroché à son épaule et sortit bloc-sténo et stylo. « Prête.

– Bien. Voici votre premier témoignage bingo. Les pommes de terre... » dit Jack.

La fille le regarda avec des yeux ronds.

« Mon quoi ?

– Vous devez sortir d'une école de journalisme ?

– Et alors ? répondit-elle, l'air boudeur.

– Ici, on a un langage plus percutant. Le témoignage bingo est ce que vous devez absolument *faire dire* à votre interlocuteur.

– Très bien, répondit-elle, toujours boudeuse.

– Cette fois, le témoignage bingo est : les pommes de terre frites sont un aliment nourrissant, elles contiennent toutes les vertus de la pomme de terre, plus de la graisse, plus du sel – essayez de trouver un meilleur mot que graisse, quelque chose avec protéines. Consommées avec modération, les pommes de terre frites peuvent apporter pour ainsi dire tous les éléments, connus et inconnus, nécessaires au régime alimentaire humain. Trouvez-moi des pourcentages, tant de nitrate de machin, tant de sodium. »

La fille leva les yeux de son bloc-notes, abasourdie.

« Mais c'est pour quoi faire ?

– Le régime bière-frites. »

Jack lui arracha des mains les papiers qu'il venait de lui donner, barra un des noms d'un trait noir en expliquant : « N'appelez pas celui-ci, c'est lui qui nous a donné le témoignage sur la bière », et lui rendit les papiers.

Elle resta plantée là, l'air abasourdi.

« Le... le régime bière...

– Ne vous tracassez pas, conseilla Jack. Trouvez-moi le témoignage d'un toubib qui confirme le truc, c'est tout. »

Il se détourna au moment où Don Grove se glissait dans le quadrilatère, l'air plus pessimiste que jamais.

« Ouais ?

– Tu ne prendrais pas un mariage de Martiens, j'imagine ?

– Non. Qu'est devenu ton veau à deux têtes ? »

Don haussa les épaules.

« Ils voulaient l'argent avant de nous donner la photo. »

Il fila vite fait et la nouvelle toussota.

Se retournant vers elle, Jack demanda : « Il y a autre chose ?

– Enfin, c'est que... en réalité, j'ai un sujet. Un autre sujet. »

Jack recula d'un pas pour mieux voir cette merveille.

« Un sujet ? À peine arrivée ? Vous entendez, Mary Kate ?

– Oui, dit Mary Kate sans plus de commentaires.

– Racontez-moi ça, dit Jack, en une seule phrase explosive, brève, qui résume tous les faits.

– Il y a un homme assassiné au bord de la route », dit-elle d'un air satisfait, comme si elle s'attendait à ce qu'on lui tapote la tête.

Jack retint son souffle en espérant qu'elle allait lâcher une bombe. Mais en fait, il n'y croyait pas. Il ne doutait pas un seul instant de la véracité de l'information ; si elle disait qu'il y avait un homme assassiné au bord de la route, c'est qu'il y en avait un, mais quelle était l'utilité du fait ? Il finit par poser la question cruciale :

« Et alors ? »

Elle en resta bouche bée.

« Je vous demande pardon ? »

D'accord, d'accord, inutile de s'en prendre à elle. Elle est innocente comme l'agneau qui vient de naître. Rien de ce qui s'est, jusqu'ici, produit dans l'histoire du monde ne peut lui être imputé. Et voici de surcroît une excellente occasion de lui donner une leçon de journalisme basique, niveau débutant.

« Qui est le mort ? » demanda Jack.

Les yeux écarquillés, elle tendit les mains en balbutiant :

« Je l'ignore, j'ai juste...

– Qui l'a tué ?

– Comment pourrais-je...

– Dans quelle série télévisée apparaît-il régulièrement ? »

La mâchoire de la fille s'affaissa, puis elle serra les dents.

« Seriez-vous en train de vous moquer de moi ?

– Absolument pas, répondit Jack d'un ton rassurant tandis que Mary Kate secouait la tête avec mépris. J'essaie simplement de vous faire comprendre que *Galaxy* est un quotidien national et non la feuille de chou locale d'une bourgade reculée. Nous nous trouvons dans l'État de Floride, où, pour ainsi dire, chaque route a son homme assassiné, quand ce n'est pas plusieurs. Il s'agit pour l'essentiel de petits crimes crapuleux concernant des petites crapules, généralement liés à la cocaïne ou aux Marielistas, ou aux deux. Nos lecteurs se moquent de la cocaïne et n'ont jamais entendu parler des Marielistas, et ils s'en portent très bien. Ce qui intéresse nos lecteurs, c'est le régime bière-frites. Ils vont nous adorer, nous bénir et nous honorer comme des sauveurs de l'humanité lorsqu'ils liront le régime bière-frites, et vous êtes en train de retarder l'heureux moment de la révélation. Bien sûr, vous sortez tout juste de votre école de journalisme, et naturellement, vous...

– Mais non, objecta-t-elle, j'ai travaillé un an pour...

– Bon, eh bien maintenant, vous travaillez *ici*. Évidemment, si vous préférez *ne pas* poursuivre le régime bière...

– Je n'ai jamais dit ça ! » Furieuse, la mâchoire agressive et les mains sur les hanches, elle poursuivit d'une voix forte : « Il se trouve que je suis journaliste, et une bonne journaliste, et que je suis capable de suivre les consignes de mon rédacteur en chef...

– Parfait, dit-il avec désinvolture, affrontant le regard meurtrier de la jeune fille en la laissant exprimer sa rage et sa frustration. Car, ajouta-t-il en martelant ses mots, *ma* survie dans ce torchon n'est suspendue qu'à une chose : les gens de mon équipe doivent me donner ce que Massa demande. Si vous pouvez le faire, faites-le. Si vous ne pouvez pas, vous nous épargnerez bien des tracas en laissant tomber tout de suite. » L'idée l'effleurant alors qu'il avait peut-être dépassé les bornes, qu'il était sur le point de mettre à la porte cette pauvre fille avant même qu'elle ait eu l'occasion de faire ses preuves, il se tourna vers Mary Kate et déclara : « Je vais aux chiottes pour méditer sur le suicide. »

Bouche bée, Sara regarda l'insupportable individu s'éloigner d'un pas martial, à gauche, à droite, le long des lignes noires. La secrétaire maigrichonne à face de rat dit alors : « Mon chou. »

S'attendant à un geste de sympathie, une explication, *quelque chose*, Sara tourna son visage irrité vers Mary Kate Scudder : « Quoi ? »

Mary Kate désigna le fond de la salle.

« Les téléphones sont là-bas. »

4

En remontant au troisième étage, chargée d'une machine à écrire portable, de pochettes de crayons et stylos, de blocs-notes et rames de papier machine, de trombones, Tipp-Ex, ciseaux et rouleaux de papier collant, Sara était toujours furieuse. À la sortie de l'ascenseur, son regard franchit le territoire des lignes noires et s'arrêta sur lui Jack Ingersoll, qui, de retour dans son carré, haranguait un homme et une femme, se passait la main dans les cheveux, tempêtait en faisant les cent pas. De temps à autre, l'homme et la femme hochaient la tête ou risquaient un mot, tandis que la secrétaire, Mary Kate Scudder, continuait à taper comme si de rien n'était.

Pourquoi les gens acceptaient-ils de travailler pour une brute pareille ? Moi, je vais travailler dans son équipe, songea-t-elle, mais ce sera uniquement pour lui faire ravaler sa méchanceté et son cynisme. Je vais faire mes preuves avec lui, et quand ils découvriront que je peux non seulement supporter ça mais lui rendre la monnaie de sa pièce, ils m'affecteront à un nouveau rédac-chef et alors là, on verra ce qu'on verra.

Pour l'instant, Ingersoll se trouvant hors de portée de son regard incendiaire et le matériel qu'elle trimbalait étant horriblement lourd, Sara préféra tourner les talons et se diriger vers les rangées de tables où les journalistes continuaient de taper, de gribouiller des notes ou de parler, parler, parler au téléphone. Les places libres étaient rares, et Sara hésita, ne sachant où se poser. C'est alors qu'une jeune femme, au milieu de tout ça, leva la main et lui fit signe de s'approcher.

Il y avait une place libre à sa gauche. Reconnaissante, Sara laissa tomber son matériel sur la table et dit : « Merci beaucoup. Je suis nouvelle.

– Je m'en serais doutée », dit la jeune femme avec un accent qui sentait les quartiers chics. Elle avait un visage osseux, d'une séduction toute patricienne. « Je suis une vieille de la vieille, expliqua-t-elle. Ça fait des mois et des mois que je suis là. Bonjour, je m'appelle Phyllis Perkinson.

– Sara Joslyn. »

Elles se serrèrent la main. Phyllis Perkinson avait le sourire d'une gamine qui joue les grandes personnes.

« Qui est votre rédac-chef ?

– Un individu vraiment abominable. Il s'appelle Jack Ingersoll. »

Phyllis Perkinson parut surprise.

« Vraiment abominable, Jack Ingersoll ? Mais c'est un ours en peluche.

– Pas avec moi, en tout cas. Je suis arrivée en proposant... » Se penchant vers Phyllis, Sara dit d'une voix dramatique, en baissant instinctivement le ton : « Il m'est arrivé une chose absolument incroyable, sur la route pour venir ici. »

Phyllis sourit, retenant manifestement son envie de rire.

« Il vous est arrivé quelque chose de drôle en venant travailler ?

– Pas si drôle que ça. J'ai découvert un homme assassiné. »

La perplexité se lut sous le sourire de Phyllis, comme si elle s'attendait encore à une blague.

« Vous avez découvert quoi ?

– Un homme assassiné. » Sara exposa rapidement les éléments de la scène, sans aucune des fioritures qu'elle y aurait apportées si on l'avait autorisée à l'écrire, et conclut par ces mots : « Lorsque j'en ai parlé à ce type, Ingersoll, il a juste dit : " Ah bon ? Dans quelle série télévisée apparaît-il *régulièrement* ? " Comme je vous le dis, vraiment puant.

– Oh, dit Phyllis, fronçant les sourcils en repensant à la scène. Eh bien, peut-être que Jack s'est levé du mauvais pied ce matin, suggéra-t-elle. Je veux dire, c'était drôlement grossier, tout de même.

– Je trouve aussi.

– D'un autre côté, ce n'est pas tout à fait le genre de sujet que nous traitons, vous savez, poursuivit Phyllis. Je veux dire, pas exactement.

– Je comprends bien. Enfin, maintenant, je comprends. »

Phyllis enterra l'affaire d'un haussement d'épaules désinvolte. « Jack est aussi mon rédac-chef, confia-t-elle, et quand vous le connaîtrez mieux, vous le trouverez formidable, croyez-moi.

– J'en brûle d'impatience, dit Sara, peu convaincue.

– Vous travaillez sur quoi ?

– Un truc intitulé " régime bière-frites ", dit Sara sans enthousiasme. Les vertus nutritives de la pomme de terre frite.

– Oh, il vous a donné quelque chose de facile, s'exclama Phyllis en applaudissant d'un air ravi. Vous voyez, je vous avais bien dit qu'il était sympa. Il vous met sur un sujet simple et facile pour commencer, vous n'avez même pas besoin de mentir sur votre identité, et hop ! en un rien de temps vous devenez une vieille pro comme moi. » Éclatant d'un rire léger, Phyllis ajouta : « Bien, maintenant, je ferais mieux de me remettre au travail. » Sur quoi elle se retourna en papillonnant du bout des doigts et se jeta sur son téléphone.

Tout en organisant sa surface de travail, Sara ne put s'empêcher d'entendre la conversation de Phyllis. Ayant composé ce qui, à l'oreille, donnait l'impression d'être un numéro à distance, Phyllis adopta un ton formel et professionnel fort différent de celui qu'elle employait une minute plus tôt. « Les Frères Rosso ? Oui, bonjour, ici Mlle Ballantine, de chez Garfield Fiskin, le comptable de John Michael Mercer. Si j'ai bien compris, c'est maintenant vous qui entretenez les jardins de la propriété de M. Mer... Non ? Ah, bon, désolée. » Et elle raccrocha.

Ayant installé son matériel dans un ordre relatif sur la petite surface qui lui revenait, Sara consulta la liste de nutritionnistes bien disposés et tendit la main vers son téléphone. Mais elle n'appela pas tout de suite, son attention étant retenue par la conversation que Phyllis engageait avec un autre service d'entretien de jardins, se faisant encore une fois passer pour la comptable de John Michael Mercer. Sara savait que John Michael Mercer était une star de la télévision qui avait le rôle vedette dans un feuilleton à succès, et il était prévisible qu'on parle de lui de temps en temps dans les journaux. Mais son *jardinier* ? Que se passait-il au juste ? Incapable de contenir sa curiosité, elle attendit la fin du deuxième coup de fil de Phyllis et demanda : « Phyllis ? Je peux vous poser une question ?

– Il a viré notre autre espion », dit celle-ci.

Sara n'y comprenait rien.

« Viré ? Quel espion ?

– John Michael Mercer, expliqua Phyllis. Massa a une véritable passion pour lui, il veut qu'on en parle tout le temps ; or Mercer n'aime pas *Galaxy*. Donc, nous introduisons un espion chez lui, mais il le découvre et le vire, après quoi nous devons en introduire un autre. Le dernier était formidable, il travaillait pour le service de sécurité, il était gardien de la propriété, il savait absolument tout.

– Un gardien privé, qui travaillait pour lui ? Et c'était un espion ?

– La société de gardiennage a fait toute une histoire, quand ça s'est su, dit Phyllis en riant comme s'il s'agissait d'une blague de collégiens. Aussi, maintenant, nous allons essayer de soudoyer son jardinier, à condition de le trouver. Excusez-moi. » Et elle retourna à son téléphone.

Je ne devrais pas rester ici, se dit Sara. Je devrais quitter cet endroit de dingues. Je devrais franchir la porte immédiatement. Oh, si seulement le *Courier-Observer* n'avait pas été racheté ! J'adorais travailler là-bas. Jamais je ne serai heureuse ici. Je devrais me lever à l'instant même, sortir et ne plus revenir.

Mais elle n'en fit rien. Elle décrocha le téléphone et appela un nutritionniste bien disposé.

Assis à sa machine, Jack tapait. Cela donnait :

Est-ce que faire l'amour guérit les calculs biliaires ? Est-ce que faire l'amour guérit quoi que ce soit ? Bien, attendez, attendez, attendez, une vie sexuelle équilibrée... Et l'acné ? Une activité sexuelle régulière tonifie le corps, élimine les déchets... laissons tomber cette partie-là. Tonifie le corps. Une activité sexuelle régulière, orthodoxe, entraîne la santé morale et physique. On peut aborder la question comme ça ? Docteur, diriez-vous qu'une vie sexuelle normalement active peut entraîner une amélioration de la santé morale et physique ? Pourrait-il y avoir des maladies physiques, docteur, telles que l'acné, divers déséquilibres hormonaux, qu'une activité sexuelle régulière améliorerait ? Docteur, je vous prie de me répondre sur ce point. Est-il possible que certains dérèglements des organes internes soient prévenus ou soulagés par une activité sexuelle normale régulière ? La prostate, par exemple. Mon Dieu, la prostate ! Nous avons peut-être...

La nouvelle s'approcha de l'espace-bureau, un sourire crispé aux lèvres, plusieurs feuilles à la main. Jack essaya de se concentrer sur son texte mais elle persista, passa devant Mary Kate, traversa l'espace, jeta les feuilles sur le bureau de Jack, à côté de la machine à écrire. « Le témoignage sur le régime bière-frites, annonça-t-elle.

– Très bien, très bien. Donnez-le à Mary Kate. »

trouvé là...

« Vous ne voulez pas le lire ? »

Jack lui lança un regard à transpercer une porte de coffre-fort. « Je suis occupé, expliqua-t-il. Vous êtes une journaliste de haut vol, à ce que je comprends. Vous avez compris la mission, à ce que je comprends. Vous dites que vous avez accompli votre mission, à ce que je comprends. Je comprends. Donnez ça à Mary Kate. »

Docteur, la prostate est une glande que l'on trouve chez l'homme et qui peut être affectée par la fréquence et la qualité de l'activité sexuelle. Maintenant, est-il possible...

« Attendez ! » hurla Jack au moment où, ayant remis à Mary Kate le fruit de sa science en matière de bière-frites et boudant ouvertement, la nouvelle s'apprêtait à ressortir. « Je vais avoir autre chose pour vous dans moins d'une minute.

– À ce que vous comprenez. »

Il n'avait pas le temps de riposter. L'avenir même de l'humanité était en jeu.

que d'autres organes internes du corps humain soient également affectés, en bien ou en mal, par l'activité sexuelle ? Docteur, peut-on envisager que l'association du bien-être mental et du bien-être physique, due à une activité sexuelle normalement saine, puisse réduire la menace d'une formation de calculs biliaires, par exemple ?

« Hourra ! » Jack arracha la feuille de papier du chariot de la machine et se tourna vers Mary Kate avec un grand sourire. « Donnez-lui les spécialistes de médecine interne, dit-il. Une fois de plus, nous arrachons la victoire des mâchoires de la défaite.

– Ça ressemble plutôt à l'estomac de la défaite, dit Mary Kate en ouvrant un tiroir de classeur.

– Très spirituel », admit Jack en se tournant vers la nouvelle. S'il avouait encore qu'il avait oublié son nom, elle allait se remettre dans tous ses états. « Maintenant, Championne, dit-il en lissant doucement la feuille à plat sur son bureau, laissez-moi vous expliquer notre prochain témoignage bingo. »

Lors du déjeuner à la cantine des employés, une vaste salle beige du deuxième étage qui alliait les caractéristiques les plus charmeuses d'un terminus de cars à Newark aux vertus d'un établissement pénitentiaire, Phyllis proposa à Sara de venir partager son appartement. « Il est immense, lui affirma-t-elle. Mon salaire est tellement colossal que j'ai fait une folie, et me voilà coincée avec le loyer. Mais il est tout simplement trop grand pour moi. Allons, Sara, venez, ça sera marrant.

– J'aimerais beaucoup », avoua Sara qui avait passé la nuit précédente en ville, à l'*Holiday Inn*, et se demandait déjà comment elle trouverait le temps de chercher un logement. L'affaire fut donc conclue et Sara termina son repas, qui était drôlement bon malgré le décor, et extrêmement bon marché.

Le déjeuner intervint entre le moment où elle réussit à obtenir un témoignage concernant les calculs biliaires – l'abominable Ingersoll réussit même à sourire lorsqu'elle le lui apporta, ou plus exactement, l'apporta à Mary Kate qui s'exclama « Merde alors ! » – et celui où elle essaya vainement de découvrir quel service de maintenance de piscines, parmi les nombreuses sociétés de ce type que comptait Miami, s'occupait de celle de John Michael Mercer. « L'un d'eux nous ment, affirma Phyllis d'un air sombre, au bout d'un certain temps, ne parvenant toujours pas à localiser le jardinier de Mercer. La question demeure, lequel ? Le problème avec ces sociétés de services, c'est qu'elles passent leur temps à mentir au téléphone. »

La question devait rester sans réponse, du moins ce jour-là, mais à la faveur de l'exercice, Sara apprit l'existence de la section de référence, une zone de rayonnages qui s'étendait dans un coin reculé de la salle. Outre toutes sortes de dictionnaires, encyclopédies, *Who's Who*, almanachs et atlas, la section de référence abritait, semblait-il, tous les annuaires téléphoniques jamais publiés en Amérique, classés alphabétiquement par État et par ville. Sara et Phyllis firent la navette entre la section de référence et leur table, rapportant les annuaires de Floride deux par deux, et contactèrent inlassablement services de maintenance de piscines et sociétés d'entretien de jardins. Sans résultat. Puis, vers les quatre heures moins dix, la journée de travail touchant à son terme, Sara vit, en regagnant sa place, que le voyant blanc de son téléphone clignotait. Serrant fébrilement les derniers annuaires contre son cœur, elle demanda : « Pourquoi fait-il ça ?

– Quelqu'un t'appelle, expliqua Phyllis. Ces téléphones ne sonnent pas, ils se contentent de clignoter. Tu imagines ce que serait cet endroit, sinon ?

– Même dans un million d'années, je ne serai toujours pas capable d'imaginer ce qu'est cet endroit », dit Sara en posant ses annuaires. Elle décrocha, porta précautionneusement le récepteur à son oreille, comme si, pourvu de dents, il était capable de mordre, et lança : « Allô ?

– Ceci est la voix de votre maître. »

Son regard glissa vers l'univers des rédacteurs en chef et soudain elle le vit, là-bas près d'une fenêtre, avec son téléphone, qui agitait sa main libre dans sa direction.

Non. Elle était toujours furieuse, et avec raison. D'un ton aussi glacial que possible, elle répondit : « Oui ?

– Je voulais simplement vous dire, poursuivit joyeusement la voix, que vous avez illuminé ma journée en obtenant ce témoignage sur les calculs biliaires. Voilà un excellent début, Championne. »

Sara savait qu'elle prenait un risque, mais au diable la prudence, sa colère n'était pas retombée. « À ce que vous comprenez, rétorqua-t-elle.

– Oh, allons ! dit-il, prenant un ton badin. Il y a eu un peu de tension en début de journée, d'accord, rien de grave. Pardonnez et oubliez, Championne.

– Mon nom, qui de toute évidence vous a échappé, est Sara Joslyn. Et je regrette, M. Ingersoll, mais vous ne pouvez pas être à la fois le méchant flic et le bon flic. » Sur ce, elle raccrocha.

Phyllis soupira à côté d'elle.

« Et vlan, me revoilà seule dans l'appartement. »

Vont-ils me virer ? se demanda Sara. Elle n'en avait aucune idée. Ai-je *envie* d'être virée ? Là non plus, elle n'avait pas de réponse.

« Elle m'a raccroché au nez, dit Jack à Mary Kate en reposant le récepteur.

– Coriace, constata Mary Kate.

– Elle ou moi ?

– Les deux.

– Mais je suis le patron, gémit Jack. Pourquoi y a-t-il une petite voix, au fond de moi, qui chuchote : " Vire-la " ?

– Vous voulez la sortir des griffes de la corruption », suggéra Mary Kate. Jack secoua la tête. « Non, ce ne peut pas être ça. »

« Tu n'as qu'à me suivre, dit Phyllis quand elles furent devant la grande porte, quelques minutes après quatre heures. J'ai une Corvette blanche.

– À tout à l'heure. »

Sara se dirigea vers le parking des visiteurs tandis que les autres employés, plusieurs centaines, affluaient dans l'autre direction.

Elle n'avait pas pris la peine de fermer la voiture à clé, puisqu'elle était en location et n'abritait aucun objet personnel. Pourtant, la boîte à gants était grande ouverte. L'aurait-elle laissée ainsi ? Certainement pas. Alors, comme ça, on commet de menus larcins à *Galaxy* ? Elle n'avait laissé dans la boîte à gants que le contrat de location et la carte routière de Floride fournie en même temps. Ils y étaient toujours. Ayant refermé le battant, Sara roula jusqu'à la sortie où elle attendit, observant le flot de Cadillac, Mercedes, Jaguar, Triumph et Thunderbird qui passaient devant la guérite du gardien avant de s'engager sur l'autoroute vide. Elle compta plusieurs Corvette blanches avant celle que conduisait Phyllis, sourire aux lèvres. Phyllis agita le bras par sa fenêtre ouverte ; Sara lui rendit la pareille, manœuvra la Chevette pour se placer derrière elle et passa à son tour devant la guérite. Le gardien de service n'était plus le même : un Noir, trapu et rondouillard, observait maintenant le flot avec une expression de profond ennui.

C'était un des deux moments de la journée, cinq fois par semaine, où cette super autoroute de près de vingt kilomètres de long servait à quelque chose. La petite affluence d'heure de pointe émanant de *Galaxy-Hebdo* se déroulait vers l'est, en direction de la ville, comme une marée mécanique, soulevant une poussière pâle, laissant le vide dans son sillage.

Un journaliste d'investigation pourrait s'amuser à retracer l'histoire de cette route, songea Sara, à exhumer les liens politiques, les dettes et les faveurs qui avaient pu entraîner la construction d'une super autoroute de vingt kilomètres de long pour l'usage et le plaisir d'une seule personne, en fait : Bruno DeMassi. Dommage, se dit-elle, que je ne travaille pas pour un journal que ce genre de sujet intéresserait.

La Buick Riviera bleue avait disparu, ainsi que le corps. Sara savait exactement à quel endroit ils s'étaient trouvés, la scène était gravée dans son cerveau. Et voilà qu'elle n'était plus là, comme si elle n'avait jamais existé. Enfin, cela prouvait au moins que la police locale prenait le crime au sérieux, même s'il n'était pas digne de l'intérêt de *Galaxy-Hebdo*.

Je lirai ça dans mon torchon local, pensa-t-elle avec amertume.

L'appartement de Phyllis se trouvait au septième étage d'une grande boîte blanche plantée juste au bord de l'eau. Au pied des larges baies vitrées du salon, l'océan Atlantique allait et venait, d'un bleu grisâtre couronné de crêtes blanches mousseuses. Le front pressé contre la vitre fraîche – l'appartement bénéficiait d'une climatisation impitoyable – Sara baissa les yeux vers la plage en contrebas, que recouvrait à cette heure l'ombre de l'immeuble.

« C'est à nous ? demanda-t-elle.

– Tout est à nous, affirma Phyllis. Le monde entier est à nous. Tout ce que tu vois est à nous. N'est-ce pas fabuleux ? »

C'était fabuleux. L'immeuble, semblable à tant d'autres en bordure d'océan, où s'empilaient appartements en location ou en copropriété, avait été baptisé Le Sybarite. Une belle tentative vers la reconnaissance culturelle doublée d'une évidente incertitude historique : un mélange pour le moins répandu chez les donneurs de noms le long des côtes de Floride. L'appartement de Phyllis comportait, hormis l'immense salon auquel on accédait en descendant une marche, trois vastes chambres à coucher assorties chacune d'une salle de bains sophistiquée, une salle à manger à part, avec un lustre en cristal qui arrivait à hauteur du menton, et une cuisine ultra-équipée aux dimensions impressionnantes. Le tout était un peu trop rutilant pour le goût de Sara, mais une chose demeurait certaine : le promoteur n'avait lésiné sur aucun élément de confort moderne.

En quelques mois d'occupation, Phyllis n'avait pas fait grand-chose pour meubler les lieux. Sa chambre à coucher contenait un gigantesque lit double, deux commodes anciennes désassorties, et quatre mètres de placards remplis à craquer de vêtements. Dans le salon, un long canapé recouvert de panne de velours blanc, une télévision, un magnétoscope et une chaîne stéréo, avec des CD et des cassettes vidéo dispersés par terre au milieu des fils électriques, ainsi que deux guéridons surmontés de lampes au rabais. Rien dans la salle à manger. Sara se cogna dans le lustre en y entrant la première fois. L'une des autres chambres était vide, mais il y avait un matelas double à même le sol dans la deuxième. « Tu peux t'en servir en attendant d'avoir acheté ce qu'il te faut, dit Phyllis.

– Je crois que je vais m'en occuper tout de suite, dit Sara. Les magasins sont encore ouverts.

– Bonne idée. Tu veux acheter de quoi dîner devant la télé ou tu préfères qu'on fasse livrer plus tard ? »

Comme au temps de la fac, songea Sara. L'idée lui parut tellement drôle qu'elle se détendit pour la première fois de la journée en se disant qu'après tout, l'avenir immédiat allait peut-être se révéler amusant.

« Je rapporterai une pizza. »

La première semaine

1

La Peugeot dégageait une telle odeur de *neuf*. En partant travailler le vendredi matin, dernier jour de sa première semaine à *Galaxy* et premier jour sans sa voiture de location, Sara s'émerveillait de trouver la Peugeot si neuve avec son volant un peu raide et son tableau de bord à la fois sombre et brillant, tellement moderne. D'autres voitures neuves, rutilantes et onéreuses la doublèrent, ou elle en doubla d'autres, et faillit croire qu'elle roulait sur une autoroute ordinaire, après tout. À ceci près qu'il n'y avait absolument aucune circulation dans l'autre sens.

Ici. C'est ici que la Buick Riviera était arrêtée, avec l'homme assassiné. Sara repérait l'endroit chaque matin, et un peu plus loin, celui où elle avait fait demi-tour. En fait, jusqu'à mercredi, où il avait plu dans la nuit, on pouvait encore voir la marque des pneus de la Chevette sur le bas-côté, là où elle avait projeté des gravillons en effectuant sa manœuvre.

Elle se demandait ce qui s'était produit ensuite, avec l'homme assassiné. Avaient-ils trouvé son meurtrier ? Elle n'avait rien lu à ce sujet dans le journal local, mais son travail et l'ameublement de sa partie de l'appartement de Phyllis l'avaient tellement occupée, de toute manière, qu'elle n'avait pas sérieusement lu la presse du coin. Peut-être en avait-on parlé et elle l'avait raté.

D'ailleurs, Jack Ingersoll avait probablement eu raison, le premier matin. L'homme assassiné devait avoir des liens avec le monde de la drogue... Il avait un visage très marqué, se souvenait-elle, même dans la mort. Et son assassinat devait présenter à peine plus d'intérêt pour un journal normal que pour le *Galaxy-Hebdo*.

« LE PUBLIC, OUI ! » Le message se dressait sous ses yeux et une fois de plus, elle se demanda combien de gens, en dehors de Phyllis, n'avaient pas encore saisi qu'il s'agissait d'une citation de Sandburg. Combien d'employés de *Galaxy* – ne parlons même pas des lecteurs de *Galaxy* – connaissaient le nom de Carl Sandburg ?

Étrange monde que celui où je me trouve, songea Sara, se demandant combien de temps elle aurait envie d'y rester tout en bifurquant vers la voie unique qui passait devant la guérite sur la droite. À son approche, le gardien sortit et leva la main, ce qui la prit de court. Les autres matins, elle était entrée normalement avec les autres. Elle s'arrêta, curieuse de savoir ce qui n'allait pas.

Le gardien noir habituel était de service à la grille ; elle n'avait jamais revu le gardien blanc du premier jour, celui à qui elle avait signalé le crime.

« Bonjour ! dit-elle. Qu'est-ce qui ne va pas ? »

Rien dans l'expression de l'homme n'indiquait qu'il l'ait reconnue.

« À votre service, mademoiselle ?

– Je travaille ici. Sara Joslyn.

– Je ne crois pas vous connaître, mademoiselle. »

Son visage rond restait volontairement courtois et impersonnel, mais il était manifestement vigilant.

« Je travaille ici depuis lundi », expliqua Sara, se sentant désemparée et, curieusement, un peu effrayée.

Le regard soucieux du gardien alla du visage de Sara à l'angle du pare-brise. Dans son rétroviseur, Sara pouvait voir une file d'attente qui s'allongeait : elle empêchait tout le monde d'aller travailler. Le gardien demanda :

« Où est votre autocollant, mademoiselle ? »

Soudain, cela lui revint. « Oh, Bon Dieu, j'ai oublié. C'était une voiture de location, j'ai acheté celle-ci... »

L'air de plus en plus désapprobateur, le gardien dit : « Vous avez laissé votre autocollant sur une voiture de location ?

– Je suis désolée, j'ai... »

Des coups de klaxon commencèrent à retentir derrière eux. Le gardien lança un regard incendiaire dans cette direction et le reporta plus spécifiquement sur Sara. « Ce n'est pas bien, dit-il.

– Je suis vraiment désolée, j'ai complètement...

– Garez-vous dans le parking des Visiteurs pour aujourd'hui. Je vais voir ce que je peux faire.

– Merci », dit Sara avec humilité, tout en pensant : quelle manière de terminer ma première semaine.

Jack, assis à son bureau, mâchonnait un crayon. À côté de lui, Binx Radwell, perché sur le coin de la table, transpirait doucement en serrant d'un air sombre une balle de caoutchouc rose. Un peu plus loin, Mary Kate tapait à la machine. Jack enleva le crayon de sa bouche, parcourut la pièce d'un regard maussade, secoua la tête, inspira profondément, redressa les épaules et lança : « Le Défi de *Galaxy*. Qui fabriquera une réplique du Spirit of St. Louis et réussira à la faire voler jusqu'à Paris ? »

Binx le regarda, sans cesser de serrer, serrer, serrer la balle rose.

« Les sponsors de *Galaxy*, tu veux dire ?

– Évidemment. Le prix est trois leçons de français chez Berlitz.

– L'assurance, dit Binx.

– Je déteste être de ceux qui votent non », déclara Jack, recommençant à suçoter le crayon.

Louis B. Urbiton, qui était à cinquante et un ans le plus âgé des reporters australiens de la rédaction et fréquemment le plus ivre, suivit le parcours de lignes noires et franchit l'espace-porte du quadrilatère de Jack.

« Notre correspondant à Spokane a annoncé la mort de leur panda. »

Jack leva les yeux sans lâcher le crayon.

« A-t-il laissé une épouse en larmes ?

– Je n'ai pas demandé, admit Louis.

– Alors, demande », conseilla Jack.

Louis repartit. Jack continua à mâchonner son crayon, Binx à serrer sa balle. Mary Kate arrêta de taper et bâilla. Les mots de Jack se frayèrent un chemin autour du crayon : « Écoute, Binx, tu aurais l'impression que je te vole si je faisais " La maladie du légionnaire : c'était la culpabilité " ?

– La mienne était un suicide et ça n'a pas plu à Massa, lui fit remarquer Binx. Qu'est-ce que tu entends par culpabilité ?

– Psychosomatique. »

Le voyant du téléphone clignota. Mary Kate répondit d'une voix feutrée. Hochant la tête, Binx commenta : « " Les maladies psychosomatiques sont entièrement dans votre tête, disent les scientifiques. " J'ai essayé ça une fois. Massa n'en a pas voulu.

– Tu as de la veine. D'accord si j'essaie ? »

Binx lança la balle en l'air et dut bondir pour la rattraper. « Tu as ma bénédiction », dit-il en se rasseyant sur le coin du bureau.

Ayant raccroché, Mary Kate annonça : « M. Harsch veut voir Sara dès son arrivée

– Justement, la voici, dit Jack, regardant Sara s'engager dans le labyrinthe.

– Virée ? demanda Binx. Dès la première semaine ?

– Non, répondit Jack. Harsch ne vire que le mardi, afin de ne pas vous payer vos deux dernières journées.

– Peut-être, dit Binx en serrant la balle des deux mains, peut-être que c'est ça la solution. Si je ne venais jamais le mardi... »

Les sentiments de Sara à l'égard de Jack Ingersoll s'étaient radoucis vers la fin de la semaine mais elle restait sur ses gardes. Quand Phyllis lui avait expliqué sous quelle sorte de pression Jack et les autres rédacs-chefs opéraient, sa mauvaise humeur du départ lui avait paru plus compréhensible – « à ce que je comprends » – mais il n'empêche, ce n'était vraiment pas juste de tout rejeter sur quelqu'un qui débarquait pour sa première journée de travail. Jack lui-même devait en convenir, car il s'était montré beaucoup plus aimable par la suite. À moins que ce ne fût parce qu'elle avait réussi dès le premier matin à obtenir le témoignage sur les calculs biliaires : elle comprenait maintenant – à ce que je comprends – que cela avait été une authentique prouesse. Qui ne s'était malheureusement pas reproduite depuis.

Enfin, une nouvelle journée commençait, porteuse de promesses. En arrivant à l'espace-bureau de Jack où se tenait Binx Radwell, l'air aussi terrifié que d'habitude, elle se dit que la situation aurait été bien pire si elle avait été affectée à l'équipe de Binx. Selon la terminologie impitoyable de Jack Minter, son ancien rédac-chef du *Courier-Observer*, Binx baignait entièrement dans la transpiration du perdant-né.

Quelques espaces-bureaux plus loin, une famille nucléaire au complet, papa, maman et fiston, traînassait sans but. Ils étaient vêtus de combinaisons de cosmonautes fabriquées à la maison à partir de feuilles d'aluminium étincelantes, et tenaient leur casque sous le bras. Sara faillit ignorer l'espace-porte qui permettait d'accéder au quadrilatère de Jack, mais elle se reprit à temps et, moyennant un petit saut latéral un peu maladroit, fit son entrée sans enfreindre l'étiquette des lieux.

« Bonjour ! lança-t-elle à la cantonade. Du nouveau sur John Michael Mercer ?

– Pas encore, répondit Jack. Sa Seigneurie Harsch veut que vous vous pointiez dare-dare dans son bureau.

– Je ferais mieux d'y aller, dans ce cas », dit Sara, se demandant de quoi il s'agissait. Harsch ne lui avait pas adressé la parole depuis son discours d'accueil du premier jour. Désignant la famille d'astronautes de la main, elle demanda : « Qu'est-ce qui se passe avec " Perdus dans l'Espace " ?

– Pas la moindre idée, répondit Jack.

– C'est un sujet de Boy, je crois, précisa Binx.

– Cette limace puante », dit Jack, aussitôt rattrapé par sa mauvaise humeur chronique. Foudroyant Sara du regard, il ajouta : « Je ne vous retiens pas, vous savez. »

Il ne m'en veut pas personnellement, pensa Sara, mourant toutefois d'envie de lui décocher un bon coup de pied dans les couilles. « À tout à l'heure », lança-t-elle d'un air suave.

Ils la regardèrent longer les lignes noires pour rejoindre les ascenseurs.

« Mignonne, suggéra Binx.

– Très mignonne », concéda Jack.

Binx fit passer la balle rose d'une main dans l'autre, la laissa tomber, la rattrapa au rebond.

« Écoute, dit-il, ne lui dis surtout pas que je suis marié, d'accord ?

– J'entends tout, intervint Mary Kate.

– Bouchez-vous les oreilles », ordonna Binx.

Ida Gavin pénétra dans le bureau à grandes enjambées et lâcha :

« Keely Jones.

– Je me souviens d'elle, admit Jack. Celle qui trompe son mari avec son imprésario, et l'imprésario avec le représentant en piscines qui a fait de la taule. »

Binx leva les yeux, les mains crispées sur la balle.

« Un représentant en piscines qui a fait de la taule ?

– Attention, ce sujet m'appartient, objecta Jack. À moi exclusivement. Et nous avons enregistré M. X...

– Le représentant en piscines, devina Binx.

– ... sur une bande.

– En ce moment même, expliqua Ida, nous diffusons la bande par haut-parleur devant la maison de Keely à Bel Air.

– Super, dit Jack.

– Je vous tiendrai au courant », promit Ida en les quittant.

Binx soupira. Il coinça la balle dans le creux de son coude, plia le bras pour la presser, grimaça de douleur, reprit la balle dans sa main droite et la regarda tel Puck contemplant le globe terrestre. « Si tu l'invitais à notre barbecue, hein ? »

Jack le regarda avec stupeur.

« *Ida* ? »

Binx lui lança un regard où la tristesse l'emportait sur la colère. « Sara.

– Elle verra bien que tu es marié.

– Je ne veux que son amitié », dit Binx en laissant tomber la balle rose. Il la regarda franchir une ligne noire et rouler dans le quadrilatère d'un voisin. « À ton avis, qu'est-ce que Harsch peut bien lui vouloir ? demanda-t-il. Lui faire une démonstration des techniques sexuelles à appliquer aux professeurs de fac, peut-être ?

– Non, dit Jack. Harsch a abandonné le sexe il y a de nombreuses années, le jour où il a découvert ce qu'il aimait vraiment. »

Binx attendit, fixant des yeux la balle réfugiée sous le bureau d'un collègue. Le silence s'épaissit. Mary Kate arrêta de taper. Binx soupira et accepta l'inévitable. « D'accord, dit-il. Qu'est-ce donc, la chose que Harsch aime vraiment ?

– Faire rôtir des nouveau-nés », dit Jack.

Le bureau que Jacob Harsch occupait au dernier étage était une vaste pièce basse de plafond, dans des teintes gris sourd, tout en rondeurs. Les vitres fumées des larges fenêtres adoucissaient la vue sur le désert, plein sud, qu'elles transformaient en une vision idéalisée. Les rayonnages abritaient de gros volumes sombres rangés par thème : guerre, peste, esclavage, Elvis Presley. Le mobilier était bas, massif, foncé, luxueux. Harsch se tenait derrière une longue table de bibliothèque à pieds trapus disposée contre un des murs ; à côté de lui, Fred Mooney, le directeur artistique de *Galaxy*, un homme nerveux et bedonnant qui arborait une calvitie naissante et une moustache mitée. Ils étudiaient ensemble une série de photos étalées sur la table. Les doigts maigres et effilés de

Harsch et ceux, courts et impatients, de Mooney, poussaient les photos dans tous les sens, en révélant certaines, en cachant d'autres.

« Toutes ces femmes ont la bouche ouverte, commenta Mooney d'un ton irrité.

– Elles feront l'affaire, dit Harsch d'un ton conciliant. On a décidé qu'elles allaient très bien.

– Très bien, très bien, d'accord. » Les doigts de Mooney continuaient à déplacer nerveusement les photos. « Bon, maintenant, les photos d'enterrement. Ces photos d'enterrement ne montrent rien. C'est trop foncé, il n'y a aucune vie, il n'y a rien.

– C'était un grand Américain, Fred, dit Harsch en tapotant le célèbre menton de son ongle gris. Il a été en tête du box-office pendant trois décennies. Massa veut sa photo en couverture. »

Sceptique, mais aussi mort de trouille, Mooney cligna des yeux et loucha vers les clichés. « Bon, je vais voir ce que je peux faire, dit-il. On peut essayer un tirage plus clair, en faisant ressortir certains détails.

– Il y a un joli décolleté, là, dit Harsch en tapotant plus impérieusement. Les veuves sont considérées comme sexy.

– Hum, hum. » Évitant le sujet et manifestement irrité, Mooney ramassa une autre photo. « Bon, et ça, dit-il. C'est l'histoire de la bataille dans l'espace, vous savez. La voyante de Dallas nous en a parlé. Deux vaisseaux spatiaux ont engagé un combat de l'autre côté de la lune, c'était quand déjà ? en octobre dernier. Elle voit des débris d'engins spatiaux retomber chez nous entre fin août et début septembre.

– Je me rappelle cette histoire, admit Harsch.

– Et maintenant, regardez-moi ça », dit Mooney.

Harsch prit la photo, l'un de ces clichés noir et blanc dans le style réaliste de *Galaxy*. « Oui ? » L'ongle froid tapota, toc, toc. « Voici les deux engins spatiaux, pas le même genre parce qu'ils appartiennent à deux civilisations différentes. Et voici la lune. On ne voit pas la terre, elle est cachée par la lune. Eh bien ?

– Eh bien, dit Mooney en reprenant la photo et l'examinant avec mauvaise humeur, ce cliché est complètement flou, comme si le point n'avait pas été fait. On peut se demander s'il s'agit d'un dessin ou d'une photo. »

Harsch leva les yeux et rencontra le regard nerveux de Mooney.

« Ce que je veux dire, expliqua Mooney, c'est qu'il faut que je sache, pour ma propre gouverne, parce que si nous la retouchons ou je ne sais quoi... Et puis, si Massa me pose la question ?

– Fred, cela fait combien de temps que vous travaillez ici ? demanda Harsch, non sans une certaine gentillesse.

– Neuf ans », répondit Mooney, absolument terrifié. Au même moment, l'interphone grésilla sur le bureau de Harsch.

« Un instant », dit Harsch. Il alla à son vaste bureau massif et appuya sur le bouton. « Oui ?

– Sara Joslyn, M. Harsch.

– Ah, oui. Faites-la entrer.

– Bien, monsieur. »

Harsch retraversa la pièce pour rejoindre Fred Mooney et admit : « Je crois qu'il s'agit d'un dessin.

– Très bien », dit Mooney en hochant nerveusement la tête, sans regarder la photo qu'il tenait à la main. La porte s'ouvrit et Mooney jeta un regard de peur abjecte dans cette direction, comme si l'Inquisition espagnole allait faire son entrée.

Sara pénétra dans l'austère et opulent bureau de M. Harsch et le trouva en train de bavarder avec un type à moustache fripée qui tenait une espèce de photo d'un air affolé. M. Harsch lui disait au même moment : « Mais vous pourriez revérifier. Appelez la comptabilité, voyez s'il n'y a pas un photographe qui a passé une note de frais pour deux années-lumière. »

L'homme fripé cligna des yeux comme s'il venait de recevoir une gifle. « Bien, dit-il. Bon, bon, c'est un dessin. » Il jeta un coup d'œil furtif vers Sara et, constatant que sa conférence avec M. Harsch touchait à sa fin, entreprit de réunir les autres photos éparpillées sur la table de bibliothèque, dans son dos. « Et nous ferons de notre mieux pour l'autre, ajouta-t-il.

– La volonté de Massa, précisa Harsch de sa voix froide et feutrée.

– D'accord. Bien entendu. » Les bras chargés de photos, l'homme jeta un dernier regard terrifié à Sara et trotta vers la porte.

Harsch allait parler à Sara pour la première fois depuis qu'elle était arrivée le lundi, et elle n'avait cessé de s'interroger dans la cabine d'ascenseur : Que pouvait-il avoir en tête ? Des félicitations pour le témoignage sur les calculs biliaires ? Une mission spéciale ? Un transfert chez un autre rédac-chef ? (Sur ce dernier point, ses sentiments étaient mélangés.) En tout cas, elle ne s'attendait absolument pas à entendre ce qu'il lui dit pour commencer. La fixant de son regard glacial, il déclara : « Sauf erreur, Mlle Joslyn, vous avez perdu un bien appartenant à *Galaxy*. »

Abasourdie, Sara répondit : « Vraiment ?

– L'autocollant que vous... »

Sara était tellement soulagée qu'il ne s'agisse de rien de grave qu'elle lui coupa la parole.

« Oh, ça ! J'ai complètement oublié...

– Mlle Joslyn, tonna la voix d'un ton coupant, *Galaxy* est un journal qui frappe fort et n'a peur de rien. »

Désarçonnée, Sara ne trouva rien d'autre à dire que « Oui ?

– Ce qui signifie, lui expliqua Harsch, que *Galaxy* a des ennemis. C'est pour cela que nous avons un service de sécurité.

– Oh, dit Sara en acquiesçant de la tête, je vois ce que vous...

– Un autocollant appartenant à *Galaxy* circule maintenant à l'extérieur, Mlle Joslyn. Il a échappé à notre contrôle. »

Comprenant, sans arriver à le croire, qu'elle était censée réagir comme s'il s'agissait d'une tragédie shakespearienne, Sara risqua : « Mais, c'est seulement un...

– Je veux que vous compreniez bien une chose, Mlle Joslyn, interrompit Harsch. Ici, nous ne prenons pas la sécurité à la légère. Et pas davantage le vol d'un bien appartenant à *Galaxy*. »

Scandalisée et profondément vexée, Sara haussa le ton :

« M. *Harsch*, je...

– C'est ainsi que nos avocats le qualifieraient, si nous jugions nécessaire de leur confier l'affaire. » Harsch se détourna alors sous les yeux alarmés et incrédules de Sara, et se plongea dans la contemplation du désert gris aux contours adoucis par les vitres teintées. « Mais je prends en considération le fait que vous êtes nouvelle ici. » Se retournant vers elle, il lui accorda un sourire chaleureux comme une tempête de neige : « Chacun a droit à une erreur.

– Je vous remercie », dit Sara dont l'esprit fonctionnait à toute vitesse. Tout ceci était-il simplement destiné à l'effrayer, une manœuvre minable pour lui montrer où était le pouvoir ?

« Cependant, poursuivit Harsch en reportant toute son attention sur elle, il faut absolument que nous récupérions cet autocollant. »

Sara ne comprit pas.

« Mais il a disparu.

– Vous êtes journaliste, non ?

– Oui, monsieur, affirma-t-elle en rassemblant toutes ses forces.

– Votre mission, Mlle Joslyn, poursuivit Harsch d'un ton menaçant, consiste à quitter ces lieux au volant de votre voiture sans autocollant et à revenir pas plus tard que demain avec l'autocollant fixé là où il doit être. »

Appeler la société de location de voitures ? Pourquoi pas. Absurde, mais pas impossible.

« Très bien, répondit-elle, se sentant au bord de la révolte mais sachant parfaitement que toute révolte serait aussi absurde que cette hystérie au sujet d'un autocollant de pare-brise.

Lui tournant de nouveau le dos pour aller à son bureau, Harsch dit ensuite, d'une voix plus calme et plus pensive : « Ceci est un mauvais point pour Jack Ingersoll, et...

– Quoi ? s'exclama Sara, les yeux écarquillés. Pourquoi *lui* ? »

Harsch la regarda en haussant les épaules comme si la chose coulait de source.

« Vous travaillez dans son équipe. Si vous ne rapportez pas l'autocollant, ce sera un *très* mauvais point. Et si vous n'êtes pas de retour demain, Mlle Joslyn, autant ne pas revenir du tout. »

Mais demain est un samedi, se dit-elle soudain, pensant qu'il avait oublié. « Il n'y aura personne demain, avança-t-elle. C'est samedi.

– Le gardien sera à la grille. Il vous attendra. »

Ainsi, voilà ma punition, pensa Sara. Je dois me taper toute la route jusqu'ici un jour de repos.

« Très bien. Ce sera tout, M. Harsch ?

– Pour l'instant. »

Au moment où Harsch prononçait ces mots, une partie du mur qui se trouvait sur sa gauche recula brusquement de quelques centimètres en émettant un *clac* sonore, et glissa vers la droite, derrière le panneau de mur adjacent, révélant Bruno DeMassi assis à sa table dans son bureau-ascenseur. Il a l'air ridicule là-dedans, jugea Sara. Mais en même temps, elle lui trouva l'air assez inquiétant, comme une araignée mécanique dans sa toile. Tout ce qui touchait à *Galaxy* semblait allier ces deux caractéristiques, l'inquiétant et le ridicule.

« Occupé, Jack ? demanda DeMassi en lançant un bref coup d'œil dans la direction de Sara – sans toutefois la regarder vraiment.

– Non, monsieur, répondit Harsch d'un ton qui, sans rien perdre de sa froideur, n'était plus du tout menaçant. Mlle Joslyn allait justement partir en mission.

– Très bien, très bien, dit DeMassi. Une partie de golf cet après-midi ?

– Avec plaisir, monsieur. » L'expression qui anima les commissures de la bouche de Harsch n'était pas loin de ressembler à un sourire.

Se dirigeant vers la porte, Sara annonça : « Je vais m'y mettre tout de suite, M. Harsch.

– Vous, dit DeMassi en agitant la main vers elle. Mlle Chose.

– Joslyn.

– Allons, dit-il en lui faisant signe de le rejoindre dans l'ascenseur. Venez, je vous donne un *lift.* »

Étonnée quoique soumise, Sara dit « Eh bien, merci » et traversa la pièce pour entrer dans l'ascenseur.

Entre-temps, DeMassi avait dû prendre conscience de son jeu de mots et cela l'avait mis en joie. Adressant un large sourire à Harsch, il demanda : « Vous avez entendu celle-là ? Nous sommes dans un ascenseur ! En Angleterre, ils appellent un ascenseur un *lift* ! Vous avez entendu ce que j'ai dit ? Je vous donne un *lift* ! [1].

– Très drôle, reconnut Harsch.

– Je vous reparlerai plus tard », dit DeMassi en appuyant sur un bouton de son bureau.

À l'intérieur de la cabine, Sara vit les deux panneaux de mur se refermer sur l'ouverture, effaçant la sinistre silhouette de Jacob Harsch. La face intérieure du panneau, lambrissée de bois et décorée de deux gravures de chasse anciennes, s'ajusta impeccablement et la cabine de l'ascenseur devint tout simplement une pièce sans porte ni fenêtre, meublée comme un bureau. Si je reste ici plus de trente minutes, je deviens folle, se dit Sara en sentant l'ascenseur amorcer la descente.

« Asseyez-vous », proposa DeMassi en lui désignant le canapé de cuir vert adossé à une des parois. Pendant qu'elle obtempérait, il ouvrit le réfrigérateur encastré dans son bureau, en sortit une bouteille de bière qu'il agita vers elle.

« De la bière ?

– Non, merci. »

DeMassi grogna, referma la porte, décapsula la bouteille.

« C'est bon pour la ligne, affirma-t-il. Nous préparons un sujet là-dessus.

– J'y ai travaillé », dit Sara.

Il s'illumina à cette nouvelle. « C'est vrai ? Alors, vous êtes au courant. Un sujet formidable. Vous savez pourquoi c'est mon bureau, ici ?

– Non, monsieur, reconnut Sara.

1. Jeu de mots sur « *To give a lift* », emmener quelqu'un en voiture, et *lift*, ascenseur en anglais, qui se dit *elevator* en américain. *(N.d.T.)*

– Attention, on arrive à votre étage. »

Sara sentit la cabine s'arrêter. DeMassi appuya sur le bouton et le panneau lambrissé glissa latéralement avec ses gravures de chasse, révélant la table de conférence et, au-delà, le territoire des rédacteurs en chef et des lignes noires. DeMassi se pencha en avant, balayant son domaine d'un regard noir et soupçonneux. Puis il se détendit un peu, regarda Sara, cligna de l'œil et expliqua : « Ils ne savent jamais où je suis, ni quand je les vois ! Ça les force à travailler sans arrêt, à rester sur le qui-vive.

– Ça, je veux bien le croire, concéda Sara. Bon, merci beaucoup. » Elle sortit de l'ascenseur, se faufila le long de la table de conférence et lança : « Je ferais mieux d'aller travailler. Le patron nous a à l'œil.

– Et comment ! » cria DeMassi en éclatant de rire. Il appuya sur le bouton. Pendant que la porte de l'ascenseur se refermait, il but une grande gorgée de bière.

Jack était au téléphone et écumait de rage.

« Qu'est-ce que vous me racontez, hurla-t-il, l'inceste n'est pas intéressant ? L'inceste a toujours été intéressant ! Qu'est-ce que ça peut foutre que ce soient des girafes ? »

La voix métallique retentit dans son oreille.

« Non. »

Jack raccrocha brutalement au moment où Sara Joslyn pénétrait dans l'espace-bureau. Absorbé dans ses propres difficultés, il ne remarqua pas qu'elle avait l'air préoccupé et lui lança un regard foudroyant en aboyant : « Les évaluateurs ! »

Elle le regarda sans comprendre.

« Oui ?

– Ils me haïssent, du plus profond de leur cœur noir.

– Amen, mon frère, conclut Mary Kate sans cesser de taper.

– Les évaluateurs ? reprit Sara. Qu'est-ce que c'est ? »

Jack se mit à tambouriner l'air à hauteur de son estomac et, débordant de sarcasme, s'exclama : « Quelle heureuse existence vous menez, loin des soucis de cette terre, petite demoiselle Sara ! Une vie sans évaluateurs !

– Jusqu'à ce jour, dit Sara.

– Vous savez ce qui est comptabilisé, dans cette maison ? demanda Jack. Ce qui paraît effectivement dans le journal ! Et qui porte le ballon jusqu'à l'en-but ? Les rédacs-chefs. *Moi.*

– Ça, je le savais.

– Ça, vous le savez. » Jack fusilla le téléphone du regard comme s'il venait de se moquer de lui. « Laissez-moi vous raconter ce que je fais.

– Oh, chouette, dit Mary Kate, continuant à taper comme une forcenée. Maintenant, il va lui raconter ce qu'il fait.

– Vous, bouclez-la, lui intima Jack, ou bien je raconte *votre* secret à tout le monde. Que sous cette perruque, vous êtes Pee-Wee Herman.

– Pourquoi vous ne vous défoulez pas sur les autres ? » suggéra Mary Kate.

Se tournant vers Sara, Jack poursuivit :

« J'invente le sujet, ou je le pompe dans un torchon local du fin fond de l'Est. Je vends l'idée à Massa. Voilà la *première* haie. Puis je vous le passe, vous vérifiez l'histoire, la mettez en forme, l'écrivez et me la remettez. Là, vous en êtes débarrassée, tranquille comme Baptiste à *Galaxy*. Mais moi, est-ce que je suis débarrassé ?

– Je l'ignore, dit Sara. Eh bien ?

– En un mot, je ne suis pas du tout débarrassé.

– Ça en fait sept », persifla Mary Kate.

L'ignorant, Jack poursuivit : « Mon boulot suivant est de faire franchir à l'article le barrage des contrôleurs des faits. C'est l'heure de l'avocat du diable. Avons-nous toutes les déclarations, les photos, la preuve ? Si l'histoire tient la rampe avec eux, elle devrait tenir devant un grand jury. *Alors*, je la présente au Rewriting. Vous savez ce qu'il y a de vraiment chou, avec le Rewriting ?

– Elle ne le sait pas encore mais elle va bientôt le savoir, intervint Mary Kate.

– Ce qu'il y a de vraiment chou avec le Rewriting – Mary Kate, vous ne devez pas aller voir votre chère maman à l'hôpital, ou quelque chose dans ce genre ?

– Elle vient de mourir.

– Ah, voilà une bonne nouvelle. Trop tard pour l'empêcher de vous mettre au monde, mais c'est déjà ça. » Reportant son attention vers Sara, Jack reprit : « Massa adore les initiatives personnelles, aussi les garçons et filles du Rewriting peuvent-ils choisir les articles qu'ils vont réécrire. Votre article, mon article, ils s'empilent tous sur leur bureau jusqu'à ce que les pages jaunissent. Je monte les voir, je taille une bavette avec eux, je verse une larme, parfois deux, *par pitié*, réécrivez mon histoire.

– Oh, mon Dieu, dit Sara, choquée et compatissante.

– Comme vous dites. *Alors*, une fois que le Rewriting a daigné réécrire, nous sommes confrontés aux évaluateurs. Ils siègent au quatrième, pratiquement dans la narine gauche de Jock Harsch, au sommet de tout le tremblement, et ils lisent l'article, et ce sont eux qui décident s'il est *intéressant*. Il faut que ce soit intéressant, mais intéressant *à leurs yeux*. Si d'aventure nous ennuyons un évaluateur, si tous nos efforts combinés – les vôtres et les miens, ceux des contrôleurs de faits et des garçons et filles du Rewriting – suscitent un seul bâillement d'évaluateur, eh bien l'article est mort. Il ne paraît pas dans le journal.

– Je n'imaginais pas... dit Sara, les yeux écarquillés d'horreur.

– Une heureuse existence. » Désignant du doigt la table de conférence et la rangée d'ascenseurs, Jack expliqua : « Chaque semaine, on compte les points sur le bureau de Massa. Tel rédacteur en chef a eu six articles dans le journal, tel autre en a fait passer neuf, Boy Cartwright en a eu cinquante-sept et par conséquent conserve l'unique espace-bureau d'angle que nous connaissions en ce bas monde, mais tel rédacteur en chef n'en a eu que *deux*, ce qui signifie que le pauvre homme est en train de se diriger tout doucement vers la porte de sortie.

– Bon, en tout cas, l'article sur le régime bière-frites va passer », dit Sara, essayant de l'encourager.

Mais Jack n'était pas d'humeur à se laisser encourager. « Une goutte d'eau dans le seau. Un nouveau seau chaque semaine. Au fait, quand on parle du loup... », et il ramassa sur son bureau une pile de feuilles retenues par un trombone. La première mission de Sara pour ce matin-là. Mais elle dit :

« Je suis désolée. »

Il la dévisagea, ne comprenant pas.

« Quoi ? Vous voulez dire que vous avez été *virée* ? Un vendredi ?

– Pas exactement », répondit-elle. Il trouva qu'elle prenait un petit air coupable assez sournois. Allons, qu'est-ce qui se passe au juste ? se demanda-t-il en reposant la liasse de feuilles sur son bureau afin de consacrer toute son attention à la jeune fille.

« Qui, quoi, quand, où, pourquoi ? »

Sara soupira.

« Il semblerait que j'aie laissé mon autocollant de parking sur la voiture de location...

– Oh, Bon Dieu ! » s'exclama Jack. *Il* allait encore trinquer. Ils lui fourguent toutes les demeurées et après, c'est *sa* faute quand elles font une sottise. Bien trop déprimé pour élever la voix, il se laissa tomber sur sa chaise et la regarda.

« Je suis désolée, répéta-t-elle, ce qui n'était pas d'un grand secours. M. Harsch a dit que j'étais censée aller le récupérer.

– Alors que nous sommes ici, souligna Jack, à deviser agréablement. »

Vexée, elle pinça les lèvres. Le visage fermé, elle tourna les talons sans dire mot et s'éloigna avec raideur, droite, gauche, droite, le long des lignes. Jack la regarda partir et dit :

« Peut-être que je déteste les femmes, au fond. »

Mary Kate secoua la tête.

« Vous n'êtes pourtant pas difficile. »

2

Ils n'avaient pas encore reloué la Chevette. Marchant à côté du jeune mécano noir tout maigre dans sa salopette blanche, Sara remarqua en passant entre les rangées de voitures alignées derrière le bureau de location, que toutes les plaques minéralogiques commençaient par la lettre Z. Elle demanda pourquoi et le mécano répondit « C'est comme ça dans cet État. En Floride, toutes les voitures louées et en location-vente ont un numéro d'immatriculation qui commence par Z. »

Sauf erreur, la voiture de l'homme assassiné avait une plaque Z, non ? Elle avait rapidement noté le numéro dans son carnet, ce jour-là. Une voiture plus grande et plus luxueuse que sa Chevette, d'ailleurs, genre Buick. Peut-être l'avait-il louée. Pourtant, c'était un comportement d'homme d'affaires, que de louer une voiture comme ça, et cela collait mal avec le visage dur de la victime. Au fond, il pouvait aussi bien l'avoir volée.

Le mécano se servit d'une lame de rasoir pour détacher avec précaution l'autocollant VISITEUR du pare-brise de la Chevette. « Une grosse boîte comme *Galaxy*, commenta-t-il en même temps, on imaginerait tout de même qu'ils ont les moyens de s'offrir plusieurs autocollants.

– Je suis bien d'accord, approuva Sara. Vous lisez *Galaxy* ?

– Oh, bien sûr, dit-il avec un large sourire. Tout le temps. C'est géant. »

Les redoutés évaluateurs avaient-ils donc cet individu à l'esprit lorsqu'ils se demandaient si un sujet était suffisamment intéressant pour paraître dans le journal ? Jack pensait-il aussi à lui ? Suis-je censée fonctionner de même ?

Il finit par lui tendre l'autocollant tout fripé mais intact et elle lui donna cinq dollars pour sa peine, plus son sourire le plus ravageur en prime. « Je suis vraiment contente », lui dit-elle.

Le type empocha le billet en haussant les épaules : « J'aurais dû l'enlever de toutes manières avant de relouer la bagnole. On peut pas donner des voitures qu'ont un tas de saloperies sur les vitres. » Et autant pour la sécurité de Jacob Harsch.

Ce n'était même pas l'heure du déjeuner et elle était déjà en possession de l'autocollant. Elle s'acheta un jambon-fromage au pain de seigle et un flacon de café dans un bistro proche de l'agence de location de voitures et avala le tout dans la Peugeot, sur le chemin qui la ramenait à *Galaxy*. Elle aurait probablement pu prendre son après-midi, puisque Harsch lui avait donné jusqu'au lendemain, mais elle allait leur prouver quelle bonne petite travailleuse elle était, combien elle regrettait sincèrement d'avoir perdu l'autocollant, et tout et tout. Avec un peu de chance, Jack oublierait peut-être de manifester sa mauvaise humeur. Et d'ailleurs, qu'avait-elle d'autre à faire ? Elle ne connaissait personne dans cette partie du monde en dehors de ses collègues de travail. La plage à laquelle elle pouvait accéder par l'immeuble de Phyllis devait être plongée dans l'ombre à cette heure et elle ne voyait pas l'intérêt de traîner toute la journée dans le grand appartement vide.

Ici. L'endroit où elle avait découvert l'homme assassiné. Mercredi soir, dans une lettre destinée à sa mère (qui vivait à Great Barrington), elle avait décrit l'incident comme « la chose la plus excitante qui ne me soit arrivée », mais elle avait perçu que ces mots sonnaient faux au moment où elle les écrivait. L'expérience avait été étrange, inquiétante, sinistre, pas vraiment excitante. Et il n'y avait eu aucune suite. L'aspect irréel de tout ça, depuis le commencement, n'avait fait que croître, pour tout recouvrir. Comme s'il n'était rien arrivé.

Mais l'endroit était là : c'était bel et bien arrivé. Elle le regarda en passant, le regarda de nouveau dans le rétroviseur. Elle était seule sur l'autoroute comme ce jour-là, elle se retrouvait dans les mêmes circonstances pour la première fois depuis que cela s'était produit. Car ses autres trajets sur cette route, elle les avait effectués dans le flot biquotidien des employés de *Galaxy*.

L'heure n'était pas tout à fait la même, cela dit. On approchait de treize heures, alors qu'il était dix heures moins le quart le matin où elle avait découvert l'homme, son premier rendez-vous avec M. Harsch ayant été fixé à dix heures.

Hummm. Les employés arrivaient tous à neuf heures, à quelques minutes près en plus ou en moins. Comme il y avait toujours quelques retardataires, on pouvait situer vers neuf heures dix le passage des dernières voitures. Donc, entre neuf heures dix et dix heures moins le quart – non, disons plutôt dix heures moins vingt, puisqu'elle n'avait pas vu la voiture du meurtrier devant elle – l'homme était arrivé à cet endroit au volant de sa voiture, s'était arrêté au bord de la route, et avait été assassiné.

Attention, une seconde. C'était la première fois qu'elle repensait au meurtre depuis lundi, quand Jack Ingersoll lui avait si brutalement enlevé ses illusions au sujet de l'article épatant qu'elle croyait lui apporter. Maintenant qu'elle y réfléchissait vraiment, en conduisant le long de cette route vide sous le soleil écrasant de midi, il lui apparut qu'elle savait – ou pouvait présumer – plusieurs choses concernant l'homme assassiné. À commencer par la première : il se rendait nécessairement à *Galaxy*. Il n'y avait rien d'autre sur cette route, ni d'un côté ni de l'autre. Par conséquent, la destination de l'homme assassiné était les bureaux de *Galaxy-Hebdo*.

Pour quoi faire ? Pour apporter la preuve d'une quelconque déclaration ? *Galaxy* n'était pas ce genre de journal. Ce qu'elle soupçonnait déjà auparavant lui apparaissait maintenant évident après une semaine de travail. *Galaxy* ne s'intéressait pas aux véritables scandales mais aux problèmes conjugaux des vedettes de la télévision, aux peccadilles sexuelles des membres du jet-set, aux aberrations médicales. S'il y avait quelque lien avec la mafia, par exemple, ou des politiciens véreux, si quoi que ce soit impliquait de vraies informations appelant une enquête sérieuse, c'est dans un autre journal, n'importe lequel, que l'homme assassiné avait sa place. Même le pauvre vieux *Courier-Observer* aurait offert un meilleur accueil à l'information que *Galaxy*.

Bref, quelle qu'en fût la raison, *Galaxy* n'en demeurait pas moins la destination probable de l'homme assassiné. Aussi, le fait qu'il ait été assassiné pouvait fort bien être lié à la raison pour laquelle il se rendait au journal.

À moins qu'il n'y ait travaillé, évidemment. Il faisait peut-être partie du personnel. Vu la description que Jack donnait des évaluateurs, l'homme assassiné aurait fort bien pu être l'un d'eux.

Donc, c'était peut-être Jack qui l'avait tué, dans un accès de mauvaise humeur. Poursuivant sa route et voyant apparaître loin devant elle l'immeuble et le panneau géant de *Galaxy*, Sara sourit à cette idée. L'évaluateur évalué.

En tout cas, celui qui l'avait tué, quel qu'il fût...

Celui ou celle qui avait tué l'inconnu du bord de la route s'était très vraisemblablement rendu ensuite à *Galaxy*.

Absolument. Le corps était encore chaud, rien à voir avec cette horrible *rigor mortis*. Il n'avait pas dû être tué plus d'une demi-heure avant qu'elle le trouve, sans quoi les employés se rendant à leur travail auraient été témoins de la scène. Bien entendu, il était *possible* que le meurtrier, à partir du théâtre du crime, ait roulé jusqu'à la première brèche ouverte dans la glissière de sécurité médiane – il y avait des interruptions de ce type environ tous les trois kilomètres –, fait demi-tour et soit reparti vers la ville, quittant l'autoroute à l'entrée de la ville quelques minutes seulement avant que Sara ne s'y engage dans l'autre sens. C'était possible, mais ça se jouait à un poil. L'explication la plus plausible – rien de certain, mais extrêmement plausible – était que le meurtrier s'était rendu directement à *Galaxy*, était entré sans encombre dans le parking sur un signe du gardien grâce à l'autocollant *permanent* apposé sur son pare-brise (sa Chevette était la seule occupante du parking Visiteurs ce matin-là), et était monté travailler, tout simplement.

D'où il ressortait que le meurtrier était très probablement un employé de *Galaxy-Hebdo*.

Y avait-il eu un autocollant permanent sur la voiture de l'homme assassiné ? Fronçant les sourcils alors que l'immeuble de *Galaxy* se dressait de plus en plus haut sous ses yeux, Sara essaya de se remémorer le pare-brise de la Buick, de le reproduire dans sa mémoire visuelle, de voir si oui ou non il y avait quelque chose dans l'angle inférieur gauche de la vitre. Mais elle ne savait pas. Son attention ne s'était pas fixée sur ce point dans l'instant, et maintenant, elle visualisait le pare-brise de la Buick avec autocollant aussi bien que sans.

Le gardien manifesta sa satisfaction quand elle lui tendit l'autocollant fripé. « M. Harsch m'a fait parvenir une note spécifiant que vous ne le rapporteriez probablement pas avant demain.

– Je travaille vite.

– Normalement, vous ne devriez pas obtenir votre autocollant permanent avant la semaine prochaine, mais je ne vois pas l'intérêt de vous donner le temporaire pour un seul jour, alors... Excusez-moi. »

Et avec les mêmes gestes que le gardien blanc le lundi précédent, celui-ci préleva un autocollant sur son bloc à pince, posa le bloc sur le toit de la voiture de Sara, détacha le dos de l'autocollant et se pencha par la vitre ouverte pour le coller sur l'angle inférieur gauche du pare-brise.

L'autocollant permanent.

Massa avait apprécié onze des idées proposées par Jack ce matin-là. Un record. Sans la nouvelle et son putain d'autocollant, l'univers de Jack, pour une fois, aurait été raisonnablement acceptable, infiniment moins Jérôme Bosch que d'habitude. Sans l'autocollant et le régime crème glacée, qui continuait à échapper aux limiers les plus fouineurs. C'était les deux nuages qui obscurcissaient l'horizon de Jack.

Et voilà justement qu'un des nuages apparaissait, beaucoup plus proche que la ligne d'horizon. « Ben, ça alors ! » s'exclama Mary Kate, pour le moins stupéfaite. Jack leva les yeux et vit Sara Joslyn en personne, qui slalomait son bonhomme de chemin entre les quadrilatères. « Tiens, tiens, dit Jack. Tiens, tiens.

– C'est tout à fait ce que je dirais », répliqua Mary Kate.

Sara Joslyn. Elle vira à gauche, puis à droite, continua, ralentit à un angle oblique, tourna court, et fonça droit sur le bureau de Jack, pénétrant par l'espace-porte. « Je l'ai, annonça-t-elle. Tout est arrangé. »

Jack lui sourit, il ne put s'en empêcher.

« Et vous êtes venue aujourd'hui plutôt que demain.

– C'est-à-dire que ça m'embêtait d'avoir créé des ennuis.

– Vous aviez raison. » Au même moment, Ida Gavin fit son entrée et lança : « Keely Jones.

– Ah, oui, dit Jack en pivotant pour lui faire face. Nous sommes en train de déverser l'histoire du représentant en piscines par haut-parleur devant la maison de Mlle Jones.

– Non, c'est fini, dit Ida. Elle est sortie de chez elle et a tiré un coup de fusil sur notre camion.

– Oh, génial ! » dit Jack. Mary Kate leva les yeux, un sourire radieux aux lèvres.

« Nos avocats, poursuivit Ida, sont en train de négocier avec les siens.

– Ida, sois prête à t'envoler vers Los Angeles d'une minute à l'autre.

– Mon putain de sac de voyage est déjà bouclé. Je te tiendrai au courant. » Elle quitta le quadrilatère d'un pas martial.

Jack se retourna vers la nouvelle. Était-il donc possible que les choses aillent *bien* pendant quelque temps ? Que cette Sara Joslyn finisse par devenir un élément de solution au lieu d'un élément du problème ?

« Votre comportement est digne de louanges, Sara. Et je vais vous récompenser en vous surchargeant de travail. » Il sélectionna deux liasses de papiers sur son bureau et les lui tendit. « Je veux espérer qu'ils parlent d'eux-mêmes.

– Je veux espérer qu'ils accepteront de me parler », dit-elle en prenant les papiers.

Mais d'abord, il y avait l'Affaire – non résolue – de l'Homme Assassiné. Que s'était-il passé sur cette route, après tout ? L'immense section de référence de *Galaxy* ne contenant pas d'anciens numéros de la presse locale, elle aurait du mal à retrouver ce qui avait été publié sur la question, à condition qu'il y eût quelque chose. Sara était maintenant persuadée que Jack avait eu tort de traiter l'incident à la légère le premier jour, qu'il ne s'agissait pas simplement d'une histoire de trafiquants de drogue – ou du moins, que s'il s'agissait effectivement d'une histoire de drogue, la piste n'en remontait pas moins jusqu'à *Galaxy*. Or, elle n'avait eu connaissance d'aucune espèce d'enquête sur la question, n'avait pas vu le moindre policier à *Galaxy* ni sur la scène du crime. Personne n'était venu lui poser la moindre question. Ce meurtre était-il sans importance pour la police aussi ? Existait-il des meurtres sans importance ?

Lorsque Sara quitta l'espace-bureau de Jack Ingersoll, les papiers de sa nouvelle mission sous le bras, son esprit se laissa emporter par l'histoire inachevée et cette question sans réponse : Qu'était-il advenu de l'homme assassiné au bord de la route ? En vérité, cela ne la regardait pas. En vérité, elle avait suffisamment de sujets de réflexion comme ça. En vérité, elle ne pouvait absolument *rien* faire pour résoudre le problème. N'empêche qu'il était bien présent, en train de la narguer.

Par exemple. Elle avait beau tenir là, serrée dans sa main, sa nouvelle mission, elle ne s'en remit pas moins à élucubrer sur la plaque minéralogique du mort. Est-ce que ses lettres, oui ou non, commençaient par un Z ? Enfin sortie du labyrinthe des lignes noires, Sara traversa la salle jusqu'aux tables des reporters où Phyllis l'accueillit d'un sourire éclatant tout en poursuivant sa conversation téléphonique avec le plus grand sérieux : « Et lorsque vous avez rencontré Cléopâtre dans votre vie antérieure, est-ce que par hasard elle aurait fait une allusion quelconque à des serpents ? »

À gauche de l'espace réservé à Sara – Phyllis se trouvait sur sa droite – était assis Harry Razza, l'un des huit reporters de Jack et l'un des nombreux employés originaires d'Australie. Avec son physique de jeune premier sur le retour, sa chevelure auburn généreusement crantée et son sourire canaille, il se rangeait manifestement dans la catégorie Douglas Fairbanks et Sara avait été obligée maintes fois, le lundi et le mardi, de le remettre fermement à sa place. Depuis lors, il s'était montré amical et était resté tranquille. Pour l'instant, au téléphone, il opérait avec une patience obstinée : « Puis-je vous citer pour avoir dit que sa mort vous réjouissait ? Bon, puis-je vous citer pour avoir dit que vous ne le ramèneriez pas à la vie si c'était en votre pouvoir ? Bien, puis-je répéter que vous avez reconnu avoir éprouvé un certain soulagement ? »

Bob Sangster, l'Australien au grand nez qui occupait l'espace juste en face de Sara, était en train de dire : « Maintenant, le gouvernement des États-Unis n'a-t-il pas effectivement *payé* ces grenouilles ? » Et dans le dos de Sara, Don Grove, le jeune reporter pessimiste qui, cette semaine, avait échoué avec le veau brésilien à deux têtes et le mariage entre Martiens à Marin County, Californie, parlait également au téléphone : « Et quel âge avait la victime ? Et ce nain, combien mesure-t-il exactement ? »

Sara s'était tellement bien accoutumée à ces nouvelles conditions de travail qu'aucune conversation ne la dérangeait. Elle s'installa à sa place, mit les nouvelles consignes de Jack d'un côté, posa son sac à bandoulière sur la machine à écrire – il n'y avait pas d'autre endroit libre – en sortit son carnet à spirale et glissa comme d'habitudc le sac sous sa chaise. Bien, maintenant... la page où elle avait noté le numéro de la voiture de l'homme assassiné...

... n'était plus là.

Elle feuilleta son carnet d'un bout à l'autre. L'aurait-elle arrachée ? Cela lui arrivait parfois, lorsqu'une page ne contenait que des indications d'intérêt passager, genre liste de courses, mais elle n'aurait sûrement pas été déchirer celle des renseignements sur la voiture de l'homme assassiné.

Il devait y avoir sur la même page les détails concernant son rendez-vous du premier matin avec M. Harsch : son nom, comment arriver à *Galaxy*, l'heure du rendez-vous. Mais cela aussi avait disparu.

D'accord. Elle pouvait très bien avoir jeté ce genre de renseignements, une fois le rendez-vous terminé. Mais l'aurait-elle fait sans remarquer ce qu'il y avait d'autre sur la page ? Drôlement peu probable.

Très bien, reprenons. Voici la page avec le témoignage bingo sur les pommes de terre frites, qui devrait normalement suivre celle du rendez-vous et de la voiture. Elle alluma sa lampe de bureau orientable et inclina son carnet de façon à inonder de lumière le témoignage sur les frites. Elle se pencha en avant, le nez sur le carnet, et essaya de lire à travers la feuille, dans l'espoir que ce qu'elle avait noté sur la page précédente apparaîtrait en creux. Cela marchait quelquefois, mais c'était beaucoup plus facile si la page suivante était vierge. Sara se concentra, loucha, et vit effectivement des traces, mais indéchiffrables.

Bon, parfois, c'était mieux quand on effleurait la surface de la page avec la mine d'un crayon. Les mots inscrits en creux se détachaient alors en plus clair sur le fond gris. Sara essaya donc ce vieux truc et put constater une fois de plus la présence de traces, mais trop faibles, trop fragmentées sous le témoignage des frites pour être lisibles.

Et en combinant les deux méthodes ? En tenant la feuille ombrée de traits de crayon sous le faisceau de la lampe inclinable, Sara scruta les traces qui, cette fois, lui apparurent plus clairement. Le mot « Dade », d'abord, c'est-à-dire le comté indiqué sur la plaque minéralogique, Dade County signifiant Miami. Puis les mots « Buick Riviera ». Le gribouillis « bl fcé » fut plus difficile à déchiffrer. Bleu foncé, couleur de la voiture. Plus difficile encore, le numéro d'immatriculation. Il commençait par « 2 », mais les deux chiffres suivants lui échappèrent jusqu'au moment où cela lui sauta aux yeux : c'était deux « 7 », tout simplement. Et les lettres ? La première était un « Z », exactement ce qu'elle pensait. Puis « R ». Et une dernière dont elle n'était pas du tout sûre : « G », ou « Q » ou « O ».

Eh bien, voilà, se dit-elle en contemplant les lettres et chiffres qu'elle venait d'inscrire sur son bloc-notes de *Galaxy*, celui qu'elle laissait sur la table. 277-ZR (G / Q / O). Et maintenant, qu'est-ce que j'en fais ? En remettant son carnet dans le sac glissé sous sa chaise, il lui vint à l'esprit que pendant qu'elle était à la section de référence ou aux toilettes, à peu près n'importe qui aurait pu venir là et arracher la page.

Est-ce que quelqu'un avait vraiment fait ça ? Ou bien était-ce elle qui avait jeté la feuille sans y prendre garde, ne prêtant attention qu'à la mention du rendez-vous avec M. Harsch ? Ce qui était beaucoup moins plausible.

Alors, *pourquoi* quelqu'un voudrait-il détruire cette page ? Elle avait déjà signalé le meurtre, n'est-ce pas ?

N'est-ce pas ?

Elle réfléchissait à la question, pensant au gardien morose du lundi, les yeux fixés sur le numéro d'immatriculation qu'elle venait d'écrire, lorsque le voyant blanc de son téléphone se mit à clignoter. Elle pensa aussitôt, saisie d'un frisson de peur, *On me surveille.* Elle eut envie de ne pas répondre, mais c'était idiot. Retenant sa respiration, elle tendit la main, décrocha et articula « Allô ? » d'une toute petite voix. Celle de Jack retentit à son oreille : « Traitement de faveur. »

Le soulagement lui coupa les jambes.

« Ah, oui ?

– Puisque vous avez été très sage, lui dit-il d'une voix quasiment joyeuse, vous êtes invitée à un barbecue demain.

– C'est vrai ?

– Cela se passe chez Binx Radwell et sa femme, précisa Jack en appuyant délicatement sur le mot « femme », suggérant ainsi que l'occasion serait des plus respectables.

– Eh bien, ça m'a l'air très sympathique. Merci.

– Binx m'a dit que je devrais vous inviter, dit Jack, gâchant un peu son effet, alors il faudra le remercier.

– Certainement.

– Je passe vous prendre demain à midi ?

– Parfait. À demain, donc. »

Elle raccrocha, vaguement satisfaite. Une brèche dans la routine et l'occasion de rencontrer des gens dans cet étrange nouveau monde. Mais maintenant, puisqu'elle était si sage, il fallait se mettre au travail. Elle tendait la main vers ses feuilles de consigne quand son regard s'arrêta sur le bloc où elle avait noté le numéro d'immatriculation et les renseignements concernant la voiture. Elle hésita un instant. Que devait-elle en faire ? Était-ce vraiment important qu'elle le garde, ou non ?

Se sentant passablement ridicule, mais toujours animée de l'impression irrationnelle d'être surveillée, elle arracha la page du bloc *Galaxy* et la glissa dans la poche de son chemisier.

3

Phyllis n'irait pas au barbecue. Elle s'était absentée toute la nuit du vendredi – la première fois qu'elle sortait et la seule indication à ce jour de la présence d'un homme dans sa vie – et n'était réapparue que brièvement samedi en fin de matinée pour se changer et jeter dans son grand sac en vinyle rouge vif un maillot de bain, quelques produits de beauté, deux trois vêtements et un roman sur la Révolution française. Elle avait lancé joyeusement : « À *mañana*, ma jolie. Tu devrais prendre un peu l'air.

– Mais c'est ce que je vais faire », protesta Sara. Trop tard, Phyllis s'était déjà envolée dans une pirouette de longues jambes, s'en moquant complètement. Sara, quoique irritée d'être injustement classée parmi les laissées-pour-compte, retourna dans sa chambre, secrètement ravie d'avoir l'appartement pour elle seule.

Sara avait un vice caché : elle était romancière. Ou plus exactement, elle ne l'était pas mais avait la ferme intention de le devenir. Quel genre de romancière serait-elle ? Elle ne savait pas vraiment – et c'était un obstacle à son éclosion, elle le sentait bien – mais elle saisissait avec détermination chaque occasion de pratiquer un art qu'elle espérait maîtriser un jour. Voilà pourquoi un bureau et une chaise avaient été ses troisième et quatrième investissements mobiliers, aussitôt après un grand lit et une commode spacieuse.

Il lui semblait parfois peu réaliste qu'une jeune femme d'une vingtaine d'années comme elle, n'ayant connu aucune expérience extraordinaire dans sa vie, puisse même envisager de devenir romancière, mais elle opposait à cet argument la force de son envie, et tout lui paraissait possible. L'une des raisons qui l'avaient incitée à accepter cet emploi après la fusion du *Courier-Observer* était la nouveauté de l'expérience, certainement différente de ce qu'elle avait connu jusqu'alors. Et cela en prenait incontestablement le chemin.

Depuis son arrivée en Floride, c'était la première fois qu'elle avait réellement l'occasion de relire ses œuvres en cours et de mettre de l'ordre dans ses pensées. Quatre grandes enveloppes jaunes formaient une pile nette sur son bureau. À l'intérieur, les quatre romans auxquels elle travaillait plus ou moins assidûment : LA FAC ; L'ESPION ; LA GUERRE CIVILE ; LE JOURNAL. L'un d'eux allait devenir son projet du moment, et avec un peu de chance, elle le mènerait à terme.

Des quatre enveloppes, LA FAC (titre de travail de *I pour Incomplet*) était la plus épaisse, mais cela faisait plus d'un an qu'elle n'y avait pas travaillé, n'ayant plus de sympathie pour ses personnages. L'enveloppe la plus mince était LE JOURNAL (pas de titre pour l'instant), commencé lorsque la rumeur concernant la fusion du *Courier-Observer* s'était mise à circuler. Elle y avait travaillé d'arrache-pied jusqu'au jour où elle s'était aperçue qu'elle ne croyait pas beaucoup aux personnages des traîtres.

Le matin même, elle s'était réveillée en pensant au roman d'espionnage pour la première fois depuis plusieurs mois. La perspective de l'intrigue, du suspense, des vérités cachées la séduisait tout à coup. Ayant nagé pour la première fois dans l'Atlantique sous le soleil, elle avait sorti l'enveloppe de L'ESPION (titre de travail pour *L'Heure du héros*), punaisé au mur des cartes de Bulgarie et du Costa Rica. Elle s'apprêtait à relire ce qu'elle avait écrit jusqu'alors quand Phyllis était passée en coup de vent. Passagèrement déconcentrée, elle avait entrepris de disposer différemment ce qui était punaisé au mur, au-dessus de son bureau : une photo au Polaroïd de la maison de sa mère à Great Barrington, planches blanches et bordure vert foncé ; un autre cliché au Polaroïd, le salon de sa mère à Noël ; deux de ses dessins humoristiques préférés, découpés dans le *New Yorker* ; une photo de Bill Hunnicut, son petit ami officiel pendant ses deux dernières années de fac ; la page de bloc-notes avec le numéro d'immatriculation et les détails concernant la voiture de l'homme assassiné ; la lettre du groupe New England Newspapers lui annonçant son licenciement ; et deux ou trois bricoles. Elle arrangea le tout à son goût, relut les pages de *L'Heure du héros* en apportant quelques corrections et inscrivant des annotations au passage, et bientôt il fut près de midi, l'heure de passer un jean et un chemisier sans manches, la tenue qui convenait pour un barbecue, du moins l'espérait-elle.

Quel homme était donc Jack Ingersoll en dehors de son travail ? se demanda-t-elle.

4

Binx faillit perdre le ballon de basket. Se ressaisissant, il dribbla à gauche, puis à droite, feinta un escadron entier de défenseurs imaginaires, fonça droit sur la grande porte blanche du garage, s'éleva avec une grâce magnifique pour lancer le ballon en douceur dans l'arceau orange, rata et tricota des bras et des jambes pour l'attraper au rebond.

« Bii-inx ! »

C'était Marcy. Binx récupéra le ballon, sauta en l'air comme un guerrier Masai ou je ne sais quoi, effectua un superbe lancer d'une main, et le ballon dessina un arc de cercle, retombant en plein milieu de l'arceau. « Panier ! » hurla Binx, bien que le filet, complètement pourri, se fût détaché de son support trois ans plus tôt.

« Bii-inx ! C'est *ton* barbecue ! »

Elle n'avait pas entièrement tort, Binx était forcé de l'admettre. Là-bas, sur la droite, le barbecue battait son plein, et c'était lui qui l'avait organisé, et l'on s'attendait à ce qu'il y participe.

Le château de Binx Radwell était un ranch à deux niveaux dans un lotissement de ranches à deux niveaux au sud-ouest de la ville, à une demi-heure de route du travail. Binx vivait là avec sa Marcy, une poignée d'enfants, un chien et un chat, voire deux, probablement un hamster et peut-être même un perroquet. Chaque parcelle couvrait vingt-cinq ares. Le promoteur avait laissé pas mal de pins rabougris et procédé à de nouvelles plantations, les routes étaient sinueuses et les bulldozers avaient créé sur leur passage des petites collines et des vallons peu profonds, si bien que l'endroit ne ressemblait pas tellement à un lotissement, d'autant que le promoteur proposait trois modèles de constructions et une gamme quasiment illimitée d'options.

Sur la gauche de la maison de Binx d'une blancheur aveuglante, une interminable allée noire menait à son garage d'une blancheur aveuglante, capacité d'accueil deux voitures, et son arceau de basket orange. Derrière le garage et presque aussi grand, se tenait son hangar en métal préfabriqué de chez Sears, et derrière la maison s'étendait une vaste pelouse d'un vert luxuriant sous le soleil de Floride, qui descendait en pente jusqu'à un jardin de rocailles, une treille, une palissade, une clôture métallique et quelques buissons, le tout, fort mal entretenu, servant à cacher le voisin installé au-delà.

De-ci, de-là sur la pelouse, on voyait un toboggan, une balançoire, une pyramide tubulaire à escalader, un très gros bassin gonflable, deux cabanes et enfin, un impressionnant barbecue à roulettes derrière lequel Marcy bavardait avec une voisine, tapotant à l'occasion les travers de porc du bout de sa cuiller en bois et hurlant à intervalles réguliers le nom de Binx de sa voix éraillée de corneille. Derrière tout cela, dans le fond, la pelouse était délimitée par le garage, le hangar et les buissons d'un autre voisin, ce qui offrait une zone de fraîcheur et d'intimité. Un endroit charmant pour donner une fête.

Le barbecue de Binx. Quelque vingt-cinq adultes – très peu de voisins, une majorité de collègues de bureau – déambulaient sur l'herbe, un verre ou une bouteille à la main, et bavardaient en attendant que le repas soit prêt. Au beau milieu, plusieurs milliers d'enfants trottinaient en se faufilant, tels des cafards lorsque la lumière est allumée, mais en plus bruyant. Une odeur de viande brûlée flottait dans l'atmosphère.

« Bii-inx !

– Tout de suite, ma chérie ! »

Et voici Binx avec son ballon de basket. C'était dur de dribbler sur l'herbe, mais quand le terrain est mauvais, les vrais durs dribblent plus fort. À l'approche du gril, Binx cria « Hé, Chuck » à l'adresse d'un voisin et essaya de faire rebondir le ballon dans sa direction. Mais il heurta un caillou, ou un jouet ou les jointures de Satan ou n'importe quoi, et au lieu d'arriver dans les mains tendues (dont une tenant une bouteille) de Chuck qui attendait le sourire aux lèvres, il eut un sursaut malencontreux, dévia sur la droite et alla atterrir sur le gril en faisant voltiger les travers de porc au passage, avant de repartir droit sur la piscine gonflable.

« Bii-inx !

– Désolé, Marcy », dit Binx avec un sourire penaud, et il s'élança au petit trot derrière le ballon.

« Si je l'ai épousé, c'est uniquement parce que ma mère ne pouvait pas le supporter », confia Marcy à la voisine.

Un moteur de voiture ronronna sur l'allée qui longeait la propriété, puis s'arrêta. Des portières claquèrent. Binx se retourna, ballon en main, et fixa d'un regard brillant le coin de la maison. De nouveaux invités. La fête prenait de l'ampleur.

Sara ne savait pas très bien à quoi elle s'était attendue au juste, mais en tout cas, à rien d'aussi *normal* que ça. La banlieue résidentielle de la bourgeoisie cossue, aussi rassurante que dans les publicités télévisées, avec gamins à bicyclette, arrosages automatiques pschitt-pschittant en cadence, breaks garés sur des allées ensoleillées. En traversant tout cela, Sara se sentit mal à l'aise, elle ne s'y retrouvait pas. C'était en partie dû à la voiture de Jack, qui se révéla être une vieille Honda Civic rouge, la caisse la plus déglinguée, la plus antique qu'elle ait jamais vue entre les mains d'un employé de *Galaxy*. (Jack n'avait offert aucune explication, et elle n'avait trouvé aucun stratagème suffisamment courtois pour satisfaire sa curiosité. Du moins était-il dans les normes du comportement national : elle avait remarqué que les Américains de *Galaxy* affectionnaient les voitures étrangères – époustouflantes ou exotiques –, tandis que les Britanniques et les Australiens préféraient les gros paquebots américains.)

Mais si Sara ne savait pas très bien où elle en était, c'était à cause de la personnalité de leur hôte. Binx Radwell, toujours transpirant, paniqué, courant après quelque chose, aurait normalement dû vivre en haut d'un interminable escalier escarpé. Or ce voisinage dégageait une indéniable odeur de réussite.

Tout comme la maison de Binx, à laquelle rien ne manquait, pas même l'arceau de basket au-dessus de la porte du garage. Sara sortit de la Honda et sourit ironiquement à Jack : « Est-ce donc là le véritable Binx ?

– Il n'y a pas de véritable Binx », lui répondit-il. Sa manière était exactement la même le week-end que pendant la semaine : brusque, impatiente, préoccupée. « Allons-y », ajouta-t-il.

Ils contournèrent la maison, se dirigeant vers les bruits qui s'élevaient de l'arrière. Le jardin apparut à leurs yeux, avec les gens, la fête, *tout ça*. Binx apparut également, quelque chose à la main, avec un sourire dément. « Hé, Jack ! » s'écria-t-il, en lui faisant une passe.

Jack n'était pas prêt. Avant qu'il ait pu réagir, le ballon lui heurta la poitrine et rebondit en laissant derrière lui une tache gluante d'une teinte marron rougeâtre qui ressemblait terriblement à de la sauce de barbecue.

« Eh bien, merci, Binx.

– Oh, mon Dieu ! s'écria Binx en se précipitant, consterné au-delà de toute attente. Jack, je suis vraiment désolé !

– Ce n'est rien, dit Jack. Ça partira au lavage. » Se tournant vers Sara, il ajouta : « Je reviens tout de suite. » Il s'élança vers l'entrée de service de la maison, saluant au passage d'un signe de la main une femme à l'air revêche qui tenait une cuiller en bois au-dessus du gril.

« Nom d'une pipe », dit Binx en suivant Jack des yeux. Puis, tout à coup joyeux, il prit Sara par le bras : « Venez, je vais vous présenter tout le monde. »

Elle se laissa conduire jusqu'au jardin. La bonne femme près du gril n'arrêtait pas de leur jeter des regards incendiaires. Remarquant que Sara l'avait repérée, Binx s'expliqua : « Là-bas, c'est une femme avec qui je suis marié. En ce moment précis, elle est furieuse après moi.

– Vous l'avez heurtée avec le ballon de basket ?

– Pire, dit-il en secouant la tête. Bien pire. Allons, laissez-moi vous montrer des trucs. »

Derrière le garage, il y avait un hangar en préfabriqué. Par la porte ouverte, on voyait tout un fouillis. Binx s'arrêta devant la construction et, agitant les bras, débita à toute allure, comme s'il remplissait un devoir : « Ça c'est ma tondeuse électrique, ça c'est mon motoculteur, ça c'est mon tracteur, ça c'est ma semeuse, ça c'est ma voiture de golf, ça c'est ma mobylette, ça c'est mon broyeur de documents, ça c'est ma scie électrique, ça c'est mon canot en caoutchouc.

– Et ça, c'est votre hangar. »

Il sourit et tendit la main. « Et ça, c'est mon herbe, et ma maison, et mes amis.

– C'est votre vie », conclut Sara.

Manifestant quelque inquiétude, Binx demanda : « Seigneur ! Vous croyez ? »

Regardant le hangar et son contenu, et vaguement déprimée par l'ensemble, Sara dit : « Toutes ces choses que vous possédez...

– Vous devriez aussi posséder quelque chose, dit Binx en la reprenant par le bras. Venez, je vais vous donner une bière.

– D'accord. »

Ils revinrent vers la maison. La femme près du gril – ce devait être la femme de Binx, après tout – s'était remise à surveiller le repas et ne lançait plus de regards incendiaires à personne. La maison projetait une étroite bande d'ombre à l'arrière, où l'on avait dressé une longue table pour y poser trois glacières remplies de bouteilles de bière flottant dans de l'eau fraîche. En s'approchant, Binx expliqua : « Ils me paient trop, alors, qu'est-ce qu'il me reste à faire ? Acheter des choses.

– Les salaires, ici... dit Sara en secouant la tête, pensant à la somme astronomique qu'elle gagnait.

– Montrez-moi le vôtre, je vous montrerai le mien, proposa Binx.

– Pardon ? demanda-t-elle avec étonnement.

– Votre salaire, précisa Binx en ouvrant une bouteille. D'ailleurs, je le connais. Tenez.

– Merci, dit-elle en prenant la bière.

– Trente-cinq, dit-il en ouvrant une bouteille pour lui.

– C'est ça. »

Binx secoua la tête avec un large sourire.

« Mon chou, il n'y a pas un seul reporter débutant, à l'essai de surcroît, qui touche trente-cinq mille dollars par an sur cette terre. Vous savez combien je gagne ? »

L'ignorant, Sara devina :

« Soixante ?

– Ha, ha, ha, dit Binx d'un ton sinistre, je gagne quatre-vingt-cinq mille dollars américains par an.

– Fichtre !

– C'est exactement ce que je répète chaque semaine. " Fichtre ! M. DeMassi, dis-je, je ne vaux même pas la moitié. " " Je sais, répond-il, mais prenez quand même et vivez heureux. " *Galaxy* vend cinq millions d'exemplaires par semaine. Nous avons le budget éditorial le plus important du monde. Vous voyez tous ces gens ?

– Oui.

– Ils sont surpayés par *Galaxy*, dit Binx en balayant l'espace avec sa bouteille de bière et renversant quelques gouttes au passage sans d'ailleurs s'en rendre compte. Et vous savez pourquoi ? Si vous êtes un peu anxieuse, un jour, si votre situation vous déprime, vous vous direz que vous aimeriez peut-être bien retourner dans le monde normal. Eh bien, vous savez quoi ?

– Quoi ?

– Vous ne pouvez pas vous permettre le monde normal. » Sur quoi, il leva les yeux et sourit largement en voyant Jack sortir de la maison et se diriger vers eux. La tache sur sa chemise paraissait plus pâle, mais en même temps plus grande. « Épatant, dit Binx, c'est complètement parti.

– Hum, dit Jack en prenant une bière.

– Jouez ensemble, tous les deux, dit Binx. Il faut que j'aille m'aplatir un peu devant Marcy. »

Binx partit mollement rejoindre le gril et la femme qui tenait la cuiller en bois. En le regardant s'éloigner, Sara dit : « Binx n'est pas vraiment heureux, n'est-ce pas ? Sous la bonne humeur et les blagues, en fait, il est désespéré. »

Jack but une longue gorgée de bière avant de répondre.

« Il a essayé de changer de boulot il y a deux ans. Dès que les gens ont vu le nom de *Galaxy-Hebdo* sur son C.V. ça a été terminé. »

Effarée, pensant à sa propre carrière, Sara demanda : « Est-ce vrai ?

– L'ensemble du milieu journalistique désapprouve le *Galaxy*.

– Mais alors, il est... » Regardant du côté de Binx, qui présentait de plates excuses à la femme à la cuiller, laquelle ne décolérait pas, Sara conclut : « Il est comme un esclave.

– Il s'est enchaîné lui-même », affirma Jack en haussant les épaules.

Sara le regarda. Son indépendance confinait à la suffisance. Tentant une percée, elle demanda : « Et vous ? Vous êtes un esclave ?

– Je ne possède pas une Marcy.

– Oh, vous êtes un vrai dur à cuire », dit Sara, vaguement agacée.

Il finit par la regarder.

« Vraiment ? Je ne sais pas, au début, j'étais l'idéaliste le plus allumé que vous ayez jamais rencontré. Vous avez déjà entendu parler du *St. Louis Massacre* ?

– Les Indiens ?

– Non, un journal, contre-culture hebdomadaire. Comme le *Berkeley Barb*, le *Village Voice*, ce genre de choses. Nous avions l'intention de changer le monde.

– Pour le meilleur, suggéra Sara.

– C'était effectivement l'idée. Les gens autour de moi ont tous fini par se vendre à l'ennemi, l'un après l'autre. Et moi, j'ai fini par comprendre pourquoi.

– Pourquoi ?

– Parce que nous ne faisions aucun bien. » Jack but une autre lampée de bière. « Les années 80 ont été pires que les années 70, mais les 90, ça va être le pompon.

– Vous avez perdu votre idéalisme.

– J'ai perdu la graisse infantile qui m'obstruait le cerveau. Je suis descendu ici, j'ai accepté le boulot à cause de l'argent et du soleil perpétuel, et je me suis retiré de la course.

– Pour toujours ?

– Ils ne me reprendraient pas, même si je le voulais. Et je ne veux pas. »

Binx surgit devant eux, la mine confuse.

« Toc, toc, dit-il.

– Qui est-là ? demanda Jack.

– Excusez-moi. Ida Gavin pour toi au téléphone.

– Sapristi ! » Il posa la bouteille de bière sur la table. « Je reviens tout de suite. »

Il s'éloigna dare-dare et Binx dit à Sara : « Je suis vraiment désolé.

– Ce n'est pas grave », lui assura Sara, alors qu'en fait, les choses commençaient tout juste à devenir intéressantes. Regardant autour d'elle, elle remarqua : « Aucun des Anglais n'est là.

– Vous pensez bien, dit Binx en contemplant ses invités avec un sourire, comme s'ils lui appartenaient également.

– Cela me surprend toujours qu'il y ait autant d'Australiens et d'Anglais dans la rédaction de *Galaxy*.

– Massa les aime beaucoup, expliqua Binx. Ils apprennent le métier dans des torchons encore plus sordides que le nôtre.

– Mais je croyais que l'on ne pouvait pas donner un emploi à un étranger si un Américain qualifié le voulait aussi. Comment obtiennent-ils les autorisations ?

– Vous voulez dire la Carte Verte ? demanda Binx en souriant. Ils n'en ont pas.

– Ils n'ont pas de Carte Verte ? Comment cela peut-il marcher ?

– *Galaxy* a un bureau exclusivement administratif à Manchester, en Angleterre. Tous les Australiens et les Anglais font partie dù personnel de là-bas, sont payés par ce bureau en livres sterling, et sont dépêchés ici en mission permanente temporaire. »

Stupéfaite, Sara s'inquiéta : « Vous croyez que c'est légal ?

– Je l'ignore, dit Binx. Vous trouvez que ça a de l'importance ?

– C'est que, bien sûr... Mais que voulez-vous dire ?

– Vous êtes-vous jamais demandé pourquoi le gouvernement de cet État a fait construire une énorme route de vingt kilomètres de long qui ne mène nulle part, sauf chez Massa ?

– Bien sûr que je me suis posé la question. Vous voulez dire que Massa a le gouvernement de l'État dans sa poche ?

– C'est ce que vous diriez ? demanda Binx avec un large sourire.

– Mais non, allons. Vous parlez sérieusement ? »

Les yeux brillants, l'air moqueur, Binx commença : « Puis-je vous citer pour avoir dit.... », mais Jack, revenant au même instant, dit à Sara : « Il ne faut rien admettre.

– C'était bien mon intention. »

Mine de rien, Binx demanda : « Tout va bien à la boîte ?

– Ça gaze », répondit Jack.

Binx scrutait l'expression de Jack avec une telle intensité que Sara s'attendait à le voir renifler ses vêtements comme un chien.

« Ida avait quelque chose d'important à te dire, non ?

– C'est ce qu'elle croyait, répondit Jack d'un ton détaché en reprenant sa bouteille de bière.

– Il y a du nouveau sur Keely Jones ? »

Jack but une gorgée et regarda calmement Binx.

« Est-ce que Macy irait se confier à Gimbel[1] ?

– Probablement, dit Binx. Tout ça est une énorme conspiration, de toutes manières. Bon, à tout à l'heure, vous deux. » Et il fila. Pendant quelques secondes, il eut l'air tourmenté et abattu, puis il se ressaisit et se lança dans une nouvelle conversation animée avec un couple d'invités.

Jack avait toutes les peines du monde à ne pas consulter sa montre. Il avait largement le temps et il n'était vraiment pas utile d'arriver là-bas trop tôt. Et puis, ici, il y avait trop de collègues à lui... La nouvelle du coup de fil d'Ida Gavin allait rapidement se propager parmi eux, c'était inévitable. Si on le voyait regarder l'heure, l'un ou l'autre allait finir par comprendre qu'il y avait anguille sous roche.

Il prit son mal en patience. Fit semblant de boire deux autres bières mais en réalité, les troqua contre deux bouteilles vides. Avala un peu de cette viande grasse et carbonisée. Lorsque Sara lui sembla suffisamment rassasiée, il l'attira de l'air le plus naturel du monde à l'écart des invités et de la pelouse. Là, il lui dit à voix basse, guettant les alentours comme un détenu à l'heure de la promenade dans un film

1. Allusion à deux célèbres grands magasins de New York, Macy's sur la 34e Rue et Gimbel's, son rival sur la 33e, en perte de vitesse ces dernières années. *(N.d.T.)*

d'aventures : « Qu'est-ce que vous en pensez ? Ça va comme ça, non ? »

Étonnée, Sara répondit : « Comment, vous voulez déjà partir ?

- Il n'y a plus rien à regarder, dit-il fort justement, et cela ne risque pas de s'arranger. À moins que vous ne préfériez rester encore un peu pour voir de quoi ils ont l'air quand ils sont ivres ? »

En quittant la fête, alors qu'ils serpentaient dans l'interminable étalage cossu de bourgeoisie bon ton, tellement net, sain et baigné de soleil que même la Honda de Jack ronronnait gentiment, Sara ne pouvait oublier sa dernière vision d'un Binx réduit en esclavage, prisonnier des chaînes invisibles de cette mine de sel d'apparence aimable et verdoyante, son visage désespérément levé vers le ciel, luisant de panique, implorant le destin. Étaient-ils donc tous voués à terminer ainsi ? Était-elle semblable à une nouvelle venue dans l'Île des Plaisirs qui remarquerait pour la première fois, comme dans l'histoire de Pinocchio, la présence d'un petit garçon ayant des oreilles d'âne ?

« Je donnerais cher pour savoir à quoi vous pensez », dit Jack en rompant un long silence. Sara sursauta et observa le profil bosselé et sévère qu'il lui offrait, concentré sur les tortillons de la route. Pas d'oreilles d'âne, du moins à première vue. « Mes pensées ne valent pas bien cher. » Puis, se rappelant ce que Binx lui avait dit concernant tout l'argent qu'il gagnait à *Galaxy* et ne méritait pas, elle ajouta : « Je pensais à nos salaires. »

Jack eut un rire rauque et scruta le rétroviseur. « Binx trouve immoral d'avoir encore un sou en poche à la fin de la journée.

– C'est ce que j'ai remarqué.

– Ce à quoi je pensais, dit Jack en ralentissant devant un stop, mais sans s'arrêter, et s'engageant à droite sur une route plus directe, moins proprette et résidentielle, au bout de laquelle se profilait une autoroute encombrée, c'était au dîner. Vous avez des projets ?

– Rien de spécial, avoua-t-elle, oubliant qu'elle avait eu l'intention de consacrer la soirée au prochain chapitre de *L'Heure du héros*.

– Il y a un endroit à Miami qui a la réputation de ne pas être trop mauvais. Vous voulez essayer ? » Il jeta un autre coup d'œil dans le rétroviseur.

« C'est très loin, non ?

– Pas tellement. Les routes sont bonnes. Il faut juste que je passe chez moi prendre deux ou trois trucs, et on repart directement.

– Mais je ne suis pas habillée pour dîner dans un endroit convenable.

– Eh bien, nous nous arrêterons aussi chez vous », lui dit-il, ayant à l'évidence décidé qu'elle acceptait l'invitation. « Mais d'abord chez moi. »

5

Sara ne fut pas du tout surprise en découvrant le quartier où vivait Jack. Ni pelouses ni systèmes d'arrosage sophistiqués dans ces parages, seulement de mauvaises herbes poussiéreuses cuites à mort par le soleil, piquant lamentablement du nez sur la terre brune craquelée qui bordait les maisons basses recouvertes d'un crépi de la même couleur défaitiste que le sol. À chaque carrefour se dressait un bar à façade d'aluminium marron et fenêtres en briques de verre opaques. Les quelques passants à l'allure traînassante incarnaient l'égalité démocratique multiraciale jusque dans leur désenchantement et leurs T-shirts déchirés qui vantaient des bières ou des champs de courses.

La maison de Jack, un minuscule cube crépi avec un toit plat incliné vers l'arrière, flanquée d'une terre dure et nue à l'avant et de buissons miteux sur les côtés, aurait tout à fait pu servir de planque à un voleur recherché par la police. Seule la Jeep Laredo rouge vif, flambant neuve, qui était garée dans le jardin devant la porte d'entrée paraissait déplacée sous son linceul de feuilles de plastique transparent. Ayant repéré que Sara la dévorait des yeux pendant qu'il arrêtait la Honda le long du trottoir, Jack expliqua : « La prime offerte par Massa quand j'ai obtenu un corps dans la boîte.

– Une prime ? » Abasourdie, Sara regarda alternativement le véhicule étincelant et Jack qui descendait de la Honda. « Il vous a donné une *Jeep* ?

– Massa peut se montrer très généreux quand il veut. »

Jack se pencha à l'intérieur de la voiture et dit à Sara : « Je la vends demain matin. Entrez donc pendant que je cherche une cravate. »

Sara descendit sur le trottoir craquelé en essayant de se rappeler les mots utilisés par Jack pour expliquer sa prime – quelque chose dans une boîte ? – mais cette histoire de Jeep était trop perturbante. « M. DeMassi offre des Jeep en prime, dit-elle en le suivant sur la terre battue jusqu'à la porte d'entrée (il n'y avait pas d'allée), et vous allez vendre celle-ci et garder... » Ne sachant exactement en quels termes décrire la Honda ou ce qu'elle lui inspirait, Sara se contenta d'un geste vers la voiture qui s'harmonisait si parfaitement avec le décor.

« Exactement, dit Jack en utilisant trois clés pour ouvrir sa porte. Et je ne vais certainement pas m'installer dans la Tour de l'Avenir avec vous et Chicos Perkinson.

– Je ne trouve pas que le style et l'accent de Phyllis soient affectés, objecta Sara. Je pense qu'elle a vraiment été élevée comme ça.

– Je suis tout à fait d'accord, dit Jack, réussissant enfin à ouvrir la porte et faisant signe à Sara de passer la première. Et elle ne s'encanaille pas avec nous. C'est vraiment son niveau. Ça ou un peu en dessous. »

Étonnée par cette remarque déplaisante, Sara prit à peine conscience de la nudité désolée de l'intérieur de Jack. Elle se tourna vers lui et demanda :

« Qu'est-ce qui ne va pas avec Phyllis ? Elle ne fait pas bien son travail ?

– Plus ou moins, dit-il en refermant la porte. Le problème avec elle, comme avec beaucoup de ces nanas qui sont nées une cuiller en argent dans la bouche, c'est qu'elles ne se mettent à avoir peur que lorsqu'il est trop tard. Je reviens tout de suite. »

Il s'enfonça dans les profondeurs de la maison, laissant à Sara le loisir d'examiner autant son intérieur que son attitude à l'égard de Phyllis. Dans les deux cas, ce n'était pas très net. Sa réflexion mélodramatique sur la désinvolture de Phyllis devant la peur était révélatrice : il croyait que les gens venant d'un milieu aisé ne crevaient pas de trouille à l'idée de perdre leur job parce que à l'inverse des pauvres, ils ne dépendaient pas de leur travail pour vivre. Ce qui était probablement exact, mais qu'est-ce que ça changeait ? Si Phyllis faisait son travail (or Sara avait l'impression qu'elle le faisait très bien), quelle importance si elle ne s'arrachait jamais les cheveux et n'exprimait pas de pathétiques états d'âme, façon Binx Radwell ? C'était vraiment du snobisme à l'envers, de la part de Jack.

De même pour la maison, à en juger par ce qu'elle en voyait. Le salon était un carré nu dont les murs avaient été peints en bleu il y a fort longtemps et les boiseries en blanc cassé, un peu plus récemment. Pas de rideaux ni de stores aux fenêtres, pas de tapis sur le sol, pas de tableaux ou autres décorations sur les murs. Le mobilier – trois fois rien, de bric et de broc – consistait en un canapé scandinave de ligne moderne, un gros fauteuil défoncé recouvert d'une affreuse housse à grandes fleurs, un lampadaire en fer rouillé à l'abat-jour jauni, une vieille table de cuisine supportant le téléviseur et la chaîne hi-fi. Tout avait manifestement été acheté en mauvais état, en privilégiant l'aspect fonctionnel et sans tenir compte de l'apparence. Ce lieu évoquait un décor pour une pièce de Sam Shepard.

Par conséquent, contrairement à Binx, à Phyllis, et même à elle, il fallait le reconnaître, Jack ne dépensait pas son opulent salaire mais l'engrangeait quelque part. Pour quoi faire ?

Lorsqu'il réapparut au bout de quelques minutes, Sara fut à la fois étonnée et soulagée de le voir vêtu d'une veste de lin de bonne qualité, d'un pantalon, d'une chemise et de chaussures convenables, et d'une cravate classique. Sa pulsion « destroy » ne s'appliquait heureusement pas à ses vêtements. Le voyant ainsi habillé au milieu de son salon, Sara eut soudain le sentiment de comprendre.

« J'y suis », dit-elle.

Il lui adressa un sourire en coin.

« Vraiment ? Racontez-moi ça.

– Vous ne voulez pas être comme Binx, esclave de votre travail, en état de dépendance. Mais vous ne voulez pas non plus le traiter à la légère, ce qui est le cas de Phyllis, selon vous. Vous voulez être sérieux, mais sans vous laisser piéger.

– Pas mal, dit-il en la regardant avec intérêt.

– Vous pensez qu'un de ces jours, ils vous vireront. »

Il haussa les épaules sans cesser de sourire. « Un jour, ils vont virer tout le monde.

– Vous ne possédez rien, dit-elle en montrant la pièce. Vous n'avez ni dettes ni liens. » Elle avait failli dire *ni liens affectifs* mais s'était retenue à temps, de crainte qu'il ne prenne cela pour une invitation. « Vous serez prêt, conclut-elle.

– Je suis prêt, dit-il en hochant la tête. Mais je suis également affamé. Allons-y. »

C'était un restaurant espagnol. Les meubles en bois foncé étaient massifs et les murs, couverts d'immenses tableaux sinistres représentant différentes phases d'une corrida. L'endroit était réputé pour ses spécialités de grillades quasiment crues. En arrivant, Sara fit un détour par les toilettes et Jack en profita pour susurrer une question au maître d'hôtel, un costaud en habit qui arborait une moustache épaisse comme un trait de crayon, tout en lui glissant un billet de vingt dollars dans la main. « Oui, il sont bien là, mais voyez-vous, nous leur avons juré qu'ils ne seraient pas importunés.

– Je ne les dérangerais pour rien au monde, lui assura Jack. Nous aimerions simplement être assis assez près, mais pas trop. Nous pourrions peut-être prendre une des tables de service.

– Je vais voir ce que je peux faire », promit le maître d'hôtel qui avait promptement subtilisé le billet de vingt dollars. Lorsque Sara réapparut, on leur avait attribué une table qui répondait exactement aux desseins de Jack. Il plaça Sara de façon qu'elle leur tourne le dos et qu'il puisse, assis en face d'elle, les surveiller discrètement. Les apéritifs commandés, ils étudièrent le menu et la carte des vins, puis s'engagèrent dans une conversation sans histoire. De temps en temps, mine de rien, Jack jetait un coup d'œil derrière Sara.

Elle avait plusieurs questions à lui poser sur la vie à *Galaxy-Hebdo*. Il y répondit sans difficulté. Elle hésita ensuite et commença : « Jack, je ne veux pas que vous le preniez mal, mais... » Elle fronça les sourcils, cherchant le mot exact.

« Je ne le prendrai pas mal. Vous pouvez vider tout votre chargeur.

– Mais non », dit-elle en souriant, secouant la tête pour l'assurer qu'elle ne voulait pas l'attaquer.

« C'est juste que... C'est-à-dire... vous n'avez jamais envie de traiter des sujets... plus importants ? »

Il lui sourit, ne le prenant pas mal.

« Quels sujets ? Attaques de banques, élections municipales ou tempêtes de neige ? »

Elle y réfléchit un instant. « Vous voulez dire que tout est pareil ?

– Non. Comment soigner l'arthrite rapporte plus.

– Le sujet auquel je pense tout le temps, dit-elle – pendant que le serveur, un petit Espagnol mince au faciès patibulaire, vêtu d'un boléro rouge, leur apportait le vin –, est le meurtre. »

Soit le serveur ne l'entendit pas, soit il surprenait si souvent ce genre de déclarations qu'il n'y prêtait même plus attention. Il se contenta de montrer à Jack l'étiquette du vin rouge espagnol, pour s'assurer que c'était bien celui qu'il avait choisi, et avec un sourire triste, déboucha la bouteille tandis que Jack s'intéressait de nouveau à Sara (et au couple visible derrière une hideuse composition florale dans des tons de pourpre et écarlate), demandant : « De quel meurtre s'agit-il ?

– Celui dont je vous ai parlé lundi. Mon premier jour. » À la voir, il aurait vraiment dû s'en souvenir.

Jack goûta le vin, approuva – on aurait dit du sang, il dégageait un arôme de lessive et un goût de bois – et dit : « Ah, oui ! Votre fameux mort au bord de la route.

– Je me demande ce qui s'est produit ensuite. Je n'ai jamais vu les flics à *Galaxy*, et pourtant, ils ont dû venir.

– Et pourquoi ça ? Attendez une minute, le Señor Wences veut prendre notre commande. »

Jack commanda un steak et Sara des crevettes. Le maître d'hôtel s'éloigna et Jack dit : « Je me demande pourquoi nous ne venons pas à Miami plus souvent, les uns et les autres. C'est tout près. »

Elle lui lança un regard calme et circonspect. « Auriez-vous une raison particulière de ne pas vouloir parler du meurtre ? »

Surpris, il porta une main à son cœur pour protester de son innocence. Nom de Dieu, pensa-t-il, je ne sais même plus prendre l'air innocent ! À voix haute, il reprit : « Ne pas vouloir parler du meurtre... ? Oh, pardon, le garçon m'avait distrait. Bien sûr, votre corps au bord de la route, ça doit vous revenir tout le temps à l'esprit, c'est quelque chose qui ne se produit pas tous les jours.

– Certainement pas.

– Aussi, ça doit occuper une grande place dans votre imaginaire. Bon, alors, où en est-on ? Ils ont mis la main sur le coupable ?

– Je n'en ai pas la moindre idée. Je n'ai rien vu dans le *County*. »

Le *County*, journal local, était une de ces affligeantes gazettes amateurs de province, violon d'Ingres d'un imprimeur du coin davantage obsédé par l'orthographe des mots que par leur sens.

« Je ne vois jamais rien dans le *County*, dit Jack. Je hais les journaux, si vous voulez mon opinion.

– Le fait est, dit Sara en tripotant ses couverts, que si les flics ne sont pas venus à *Galaxy*, en tout cas je ne les ai pas vus, je me demande si je devrais aller les trouver. »

Il fronça les sourcils, sentant qu'elle commettait une erreur sans très bien savoir quel genre d'erreur c'était.

« Pourquoi ? demanda-t-il.

– Parce que mon témoignage, expliqua-t-elle gravement, prouve que le meurtrier travaille pour *Galaxy*. »

Jack fut soudain pris d'une sérieuse inquiétude. Il ne pensait certes pas qu'elle le croyait coupable, mais il voyait bien qu'elle faisait partie de ces filles capables de s'engager au milieu d'un champ de mines sans même jeter un coup d'œil au panneau d'avertissement posté à l'entrée. Et tout ce qu'elle pourrait causer comme ennuis à *Galaxy* ne ferait que rejaillir horriblement sur lui. Ne voulant pas se retrouver pris dans une histoire du type « Ah, si j'avais su... » à cause d'une idiote soucieuse de bien faire, il dit : « Sara, ne faites pas de déclarations insensées sauf si vous travaillez sur l'affaire.

– Ce n'est pas une déclaration insensée, affirma-t-elle. Vous voulez connaître mon raisonnement ? »

Du moment que ce n'est pas Massa qui entend ça, songea Jack.

« Oui, j'aimerais beaucoup.

– Il était dix heures moins le quart quand j'ai découvert le corps.

– Décrivez-le-moi.

– Un homme d'une cinquantaine d'années, l'air d'un dur, avec une veste légère en polyester gris. À ce que j'ai pu voir, il n'a été touché que par une seule balle, en plein milieu du front. La balle a fait des dégâts à l'arrière du crâne, mais elle n'est pas ressortie de l'autre côté. » Elle se tapota la tête de l'index pour souligner sa démonstration.

Surpris, Jack demanda : « Vous l'avez touché ? L'arrière du crâne ?

– Je suis journaliste », dit-elle en essayant de balayer la remarque comme si elle ne s'en tenait qu'aux faits, sans prétendre jouer les fortiches. Il laissa passer.

« Bon. Quoi d'autre ?

– La voiture était une Buick Riviera bleu foncé, plaque minéralogique de Dade County. Une voiture de location, ou en location-vente.

– Comment le savez-vous ? Vous avez regardé dans la boîte à gants ?

– Non, le numéro d'immatriculation comportait un Z.

– Ah ! » Il ignorait qu'une plaque minéralogique avec un Z signifiât une voiture louée ou en location-vente, mais si la reporter géniale l'affirmait, il était prêt à l'admettre. « Alors, avez-vous regardé dans la boîte à gants ?

– Non. Et puis la radio était allumée, c'était de la musique salsa.

– Le mort avait-il un type hispanique ?

– Pas particulièrement. Il avait simplement l'air d'un dur.

– Comme quelqu'un qui aurait pu se faire descendre au cours d'une transaction de drogue ?

– Je suppose que oui », dit-elle, mais à contrecœur. À l'évidence, elle espérait quelque chose de plus intéressant.

« Vous pensez cependant qu'il avait quelque chose à voir avec quelqu'un de *Galaxy* ?

– Je *sais* que c'était le cas.

– Parce qu'il se trouvait sur cette route ? Ils l'ont emmené là parce qu'il n'y a jamais personne. La nuit, les jeunes font des courses de drags sur cette route.

– Non, dit-elle en feignant la patience. Parce qu'il se trouvait sur cette route *à cette heure-là*.

– Dix heures moins le quart du matin.

– Précisément. » Le garçon apporta leurs salades, remplit leurs verres et s'éloigna. Sara reprit : « Le corps ne pouvait pas être là pendant l'heure de pointe, quand tout le monde fonce au travail. *Quelqu'un* l'aurait nécessairement vu, se serait arrêté.

– Ça se conçoit, admit Jack.

– Et à quelle heure a dû passer le dernier ? Vers neuf heures et quart ?

– Probablement. Quelque chose de cet ordre.

– Or moi, je suis arrivée à dix heures moins le quart.

– Et alors ? demanda-t-il en haussant les épaules.

– Il n'y a pas une seule sortie du début à la fin de cette route. » Sa voix était vibrante d'intensité, ses yeux lançaient des étincelles. « Pendant tout le temps où j'ai roulé dessus ce matin-là, je n'ai pas vu la moindre voiture venant dans la direction opposée. Il est impossible que quelqu'un ait eu le temps d'atteindre cet endroit *après* le flot de voitures allant au travail mais *avant* mon arrivée, de tuer cet homme et de repartir en ville, soit au volant d'une autre voiture, soit à pied.

– Il est peut-être parti à pied à travers champs.

– Je l'aurais vu, objecta-t-elle en faisant un grand geste pour illustrer un immense espace vide. On peut tout voir à des kilomètres.

– Parfaitement vrai. Vous affirmez donc que puisque le meurtrier n'est pas retourné en ville et n'a pas filé dans la campagne, c'est qu'il a continué jusqu'à *Galaxy* ?

– C'est évident. Où serait-il allé, sinon ?

– C'est votre sujet, n'oubliez pas. Mais il peut très bien être venu en visiteur, vous savez.

– Ma voiture était la seule dans le parking des visiteurs, ce matin-là. »

Il se souvint alors de la première fois où il avait vu Sara, quand elle descendait de la petite Chevette marron, dans le parking des visiteurs. C'est en la voyant qu'il avait eu l'idée du traitement des calculs biliaires par le sexe. Ensuite, c'est elle qui avait réussi à faire sortir ce sujet des limbes.

Elle fronça les sourcils en l'observant et demanda : « Qu'est-ce qui vous fait sourire ?

– Rien. Quelque chose de complètement étranger au sujet. Alors, quelles sont vos conclusions, inspecteur-chef ?

– C'est évident. Le meurtrier conduisait forcément une voiture munie d'un autocollant *Galaxy*. Il a tiré sur cet homme, puis il est allé travailler, s'est garé à son emplacement habituel et s'est comporté comme si de rien n'était.

– Ce n'est pas impossible, admit-il, répugnant à la laisser mettre la pagaille dans les affaires de *Galaxy*. Mais il doit aussi y avoir d'autres explications.

– Donnez-m'en trois.

– J'essaie déjà d'en trouver une », dit Jack en souriant, tandis qu'un aide-serveur débarrassait leurs assiettes et que le serveur posait devant eux le plat principal avec un effet de manches inimitable. « Attaquons, je vais y réfléchir en mangeant.

– Prenez tout votre temps. »

La nourriture, même si elle était supérieure au vin, ne devait pas faire beaucoup de bien aux artères. Jack mangeait méthodiquement en souriant de temps en temps à Sara, pensant mollement au meurtre mystérieux tout en gardant à l'œil le couple dissimulé par l'horrible bouquet. Mais en admettant qu'elle ait raison ; que quelqu'un lié à *Galaxy* ait descendu un type d'aspect coriace sur la route en se rendant au travail le lundi matin ; que la police n'ait pas encore trouvé le coupable, et probablement, qu'elle en sache moins que Sara sur la question. Même en admettant tout cela, la réponse n'en restait pas moins la même que lorsqu'elle lui avait raconté succinctement la chose le lundi matin : Et alors ?

Ce meurtre anonyme sans importance n'empiétait en aucune manière sur la vie et les préoccupations de Jack Ingersoll. Non, et sur celles de Sara Joslyn non plus, d'ailleurs. Elle avait trouvé le corps, elle l'avait signalé au gardien de service à la grille de *Galaxy*, et basta. On pouvait supposer que le gardien avait transmis l'information à son supérieur direct plutôt qu'à la police, et le temps que celle-ci en prenne connaissance, on ne savait plus qui avait découvert le corps. Cela pouvait expliquer pourquoi personne n'était venu solliciter le témoignage de Sara. Il était également possible que le crime ait été immédiatement élucidé et qu'aucune enquête n'ait été nécessaire. Un petit crime sans importance, de toute façon, trop ordinaire et mineur pour mériter d'être cité même dans le *County*.

En tout cas, le meurtre avait certainement été signalé le lundi à un moment quelconque par une voie ou une autre, puisque la voiture et le corps avaient été enlevés dès l'après-midi. Aussi, à moins que Sara ne commence à faire un tas d'histoires pour rien, ils en étaient au stade du jeu, de l'exercice intellectuel, des acrobaties sur le thème « Oui, mais si... ». Tout ce que Jack avait à faire était de s'assurer que cela reste sous son contrôle.

Ni l'un ni l'autre n'abordèrent le sujet jusqu'au moment où, ayant terminé le steak et les crevettes, leurs assiettes furent débarrassées et ils répondirent oui au garçon qui leur proposait du café, et non pour le dessert. Sara demanda alors : « Eh bien ? Vous avez trouvé une autre explication, un autre endroit où le meurtrier aurait pu aller ?

– Non. Je dois avouer que je n'ai rien trouvé, mais l'idée que le *Galaxy*... » Il secoua la tête.

« Depuis, dit-elle, il y a eu deux ou trois autres choses qui se sont passées à *Galaxy*.

– Quoi donc ?

– Je n'ose pas vraiment vous en parler. C'est trop bête. Une note disparue, un changement de gardien depuis lors. Rien d'important, et pour chaque question, il y a plusieurs explications.

– C'est toujours comme ça, dit-il. Et pour ce que vous en savez, l'affaire a jusqu'ici été entièrement... Attendez un instant. Qu'est-ce qui... ? »

Suivant son regard, Sara tordit le cou pour observer le couple que Jack surveillait discrètement. La jeune femme émettait en cet instant de petits sanglots, portant une main tremblante à son visage, tandis que l'homme se penchait par-dessus la table, l'air à la fois embarrassé et furieux, pour lui chuchoter quelques propos énergiques ; très certainement l'exhortant à la boucler, à se ressaisir, quelque chose de réconfortant dans ce genre.

Sara pivota, les yeux écarquillés.

« Mais c'est John Michael Mercer !

– Chuut ! Bien sûr, c'est lui. » Jack avait les yeux rivés sur la vedette de la télé, la personnalité favorite de Massa, guettant ce qui allait arriver ensuite.

Tout à coup, la fille qui accompagnait Mercer se leva. Une blonde habillée de manière un brin trop voyante, juste assez pour mettre ses courbes en valeur. Se détournant de Mercer, se tenant toujours le visage d'une main, elle longea d'un pas mal assuré d'automate la table qu'occupaient Jack et Sara et poursuivit son chemin. Pas en direction de la sortie, c'était de l'autre côté. Par conséquent, vers les toilettes.

Aussitôt, Jack se pencha vers Sara et lui intima vigoureusement : « Suivez-la ! Allez la consoler. Faites-lui raconter ce qui s'est passé. »

Sara cligna des yeux.

« Lui faire raconter quoi ?

– C'est un cadeau du Ciel ! Allez-y ! Vite ! Massa va nous adorer pendant plusieurs semaines. »

Enfin, elle comprit. L'air nerveux mais déterminé, elle se leva à son tour et s'élança sur la trace de la blonde. Jack resta tranquillement assis pendant une ou deux minutes, regardant Mercer se servir du champagne avec l'expression sévère mais calme de l'homme qui a su faire face à une corvée pénible.

Ayant calculé que Sara avait eu le temps d'établir le contact, Jack se leva à son tour, tapota les revers de sa veste, tira sur les poignets, caressa son appareil photo dans sa poche gauche et, contournant l'abominable bouquet, se dirigea vers la table de John Michael Mercer où il s'arrêta, un sourire encourageant aux lèvres.

« Veuillez m'excuser. »

Mercer lui adressa un regard assassin, le genre de regard dont il fusillait les truands dans sa série télévisée. À l'évidence, il n'était pas d'humeur à supporter des admirateurs. Sans dire un mot, il laissa l'hostilité visible sur son visage parler pour lui et attendit avec une colère difficilement contenue que Jack déguerpisse.

Au lieu de quoi, Jack s'inclina légèrement vers lui et lâcha sur le ton de la confidence : « Je ne sais pas si c'est important, mais il y a une journaliste de *Galaxy-Hebdo* dans les toilettes avec votre petite amie. »

La réaction de Mercer dépassa toutes ses espérances. Il releva la tête, pareil au valeureux Indien entendant un craquement de brindille la nuit dans la forêt, au dix cors lorsque le chasseur arme son fusil ou à l'opérateur financier apprenant la baisse d'un taux d'intérêt. « C'est... dit-il, se levant d'un bond.

– Elle est entrée il y a une minute. »

Mercer fila sans même le remercier.

La seule, la vraie question que Sara avait toujours voulu poser à des filles du genre de cette blonde n'avait rien à voir avec *Galaxy-Hebdo*, John Michael Mercer (sauf indirectement) ou son travail en général. Ce qu'elle avait toujours voulu demander aux filles comme cette blonde – des seins, des hanches, une moue, la chair pneumatique – était : prenaient-elles plus leur pied qu'elle lorsqu'elles s'envoyaient en l'air ?

Oh, Sara trouvait agréable de faire l'amour, pas de problème, du moment que c'était avec quelqu'un qu'elle aimait bien et qui l'aimait bien et qui s'intéressait raisonnablement à elle pendant la durée de l'exercice. Mais est-ce que ça pouvait être *mieux* ailleurs, plus *électrique*, plus *palpitant*, plus profondément *épanouissant* ? Et si c'était le cas, est-ce que ces poupées gonflables étaient au courant ? Est-ce qu'elles étaient capables d'expliquer pourquoi, de transmettre le secret à une collègue digne de confiance ?

Seulement, c'était une question ridicule, non ? Il n'y avait même pas moyen de l'énoncer sans paraître stupide. Aussi, une fois de plus, Sara s'abstint-elle de poser la question la plus brûlante du siècle – est-ce que les blondes *comme ça* s'éclatent plus *que ça* ? – et s'approcha de la fille en pleurs avec toute sa sympathie et sa compassion. Elles étaient seules dans les toilettes pour dames, un espace restreint mais intensément décoré : papier mural à motif d'orchidées sur fond noir, sur lequel étaient accrochés de grands cadres sombres et tarabiscotés contenant des portraits en pied d'aristocrates espagnoles vous toisant par-dessus leur éventail. La blonde, misérablement recroquevillée entre le lavabo beige et le distributeur de serviettes en papier de teinte corail, reniflait et hoquetait en se frottant les yeux de ses petits poings ronds. Sara sortit deux Kleenex de son sac et les lui tendit en disant : « Oh, mon pauvre chou, est-ce vraiment si affreux que ça ?

– Il... » La gorge nouée, elle déglutit pitoyablement, incapable de pleurer et parler en même temps. Les poings soudés aux paupières, elle secoua la tête de droite à gauche. « Il ne veut pas de moi », réussit-elle à murmurer en hoquetant.

« Qui que ce soit, dit Sara, il n'en vaut pas la peine. Aucun homme n'en vaut la peine. »

La fille poussa alors un long soupir frémissant qui la fit trembler des pieds à la tête et provoqua une compassion réelle chez Sara, sincèrement désolée pour cette malheureuse petite, victime de son physique fracassant et de la frivolité des hommes. Elle tapota l'épaule du pauvre petit chou, serrant les mouchoirs en papier dans son autre main, et la fille tourna légèrement la tête, l'implorant de l'œil droit à travers son poing serré en chuchotant : « Mais si, il en vaut la peine. Je l'aime !

– Oh, pauvre petit lapin, et il est méchant, c'est ça ? Il ne vous aime pas autant que vous l'aimez ?

– Il a dit que c'était *finiiii* !

– Oh, ma pauvre, pauvre petite. Allons, pleurez un bon coup. Il faut que ça sorte. »

Finissant par accepter la boule de Kleenex ratatinés, la fille accepta également l'épaule complaisante de Sara. La tête qu'elle y appuya était extrêmement chaude et fiévreuse, son lobe délicat avait viré au rose vif. Sara tapota le dos animé de soubresauts de la fille qui marmonna contre sa clavicule : « Je lui ai donné les meilleures semaines de ma vie.

– Mais oui, j'en suis sûre. Je sais que c'est vrai.

– S'il préfère cette Felicia, il peut l'avoir », hulula-t-elle, mais d'abondantes larmes et des spasmes brisés vinrent contredire son cri de défi.

« Felicia, vous dites ? demanda Sara, l'attention en éveil. Parlez-moi d'elle.

– *Dehors* ! » aboya une forte voix masculine, tremblante de rage.

Saisies, Sara et la fille se séparèrent et se tournèrent vers l'embrasure de la porte que remplissait maintenant la silhouette furibarde et menaçante de John Michael Mercer.

« Johnny ! couina la fille, tu n'as pas le droit d'entrer ici !

– Sors de là, idiote ! hurla Mercer en avançant d'un pas. C'est une journaliste de *Galaxy* ! »

La fille se tourna vers Sara, le regard éperdu sous le choc et le sentiment de trahison, puis vers Mercer, l'air affolée.

« Johnny ! Je n'ai pas... »

Jetant un dernier regard à Sara, un œil noyé de larmes, l'autre rond de stupeur, la fille prit la fuite. Sara tint bon, pas très rassurée, tandis que Mercer reportait son attention sur elle et, la dominant de toute sa hauteur, agitait son poing serré sous son nez. « Je vous ai avertis, siffla-t-il d'une voix rauque et sauvage qu'il contrôlait difficilement. Je vous ai prévenus, si vous me faites encore des histoires...

– Sara ! cria Jack. Reculez. »

Elle recula, pur réflexe, et regarda du côté de Jack qui, dans l'embrasure de la porte, tenait un petit appareil photo à hauteur des yeux. *Clic-vrrrr, clic-vrrr, clic-vrrr*, l'obturateur cliqueta à toute vitesse et Mercer pivota sur place en rugissant. À la même seconde, Jack disparut, claquant la porte derrière lui. Mercer se retourna vers Sara, les poings serrés, le visage tordu de rage, et cette fois, Sara recula pour de bon.

Mais son ex-petite amie était également partie, il en prit brutalement conscience, et lâchée dans un monde désormais rempli de journalistes de *Galaxy-Hebdo*. Il fonça donc aveuglément vers la porte, se cognant au passage une épaule contre le chambranle et hurlant « Peluche ! » La porte claqua derrière lui et Sara resta seule, toute tremblante, les jambes molles.

Eh bien, pour une première sortie, c'était réussi ! De tous les restaurants au monde, il avait fallu qu'ils tombent juste sur celui où John Michael Mercer était en train de rompre avec sa petite amie. D'ailleurs, où était Jack en ce moment même, dehors ? Sara se dit qu'elle devrait sortir pour voir, proposer son soutien, un témoignage, son influence apaisante ou quoi que ce soit d'utile, mais en même temps, elle n'était pas pressée de sortir de là. Elle s'attarda donc trois ou quatre minutes pour calmer ses nerfs tendus, faire bouffer ses cheveux et retoucher son maquillage, s'attendant plus ou moins à voir la porte s'ouvrir brusquement, livrant passage à Dieu sait qui : Mercer pour la mettre en pièces, Peluche (Peluche ? a-t-on idée ?) pour lui lancer un autre regard déchirant, ou même Jack pour lui annoncer que la voie était libre ?

Mais personne n'entra, pas même une cliente innocente. Quand l'ennui l'emporta enfin sur les nerfs et que son visage, dans le miroir, ne lui renvoya plus l'expression de quelqu'un à côté de qui une bombe vient d'exploser, Sara ouvrit avec maintes précautions la porte des toilettes pour dames, jeta un coup d'œil à droite, puis à gauche, et, ne voyant rien d'inquiétant à l'horizon, regagna leur table où le serveur en boléro rouge, assis sur *sa* chaise, parlait devant Jack et un petit magnétophone.

Abasourdie – c'était la première fois qu'un serveur de restaurant s'asseyait sur sa chaise –, Sara resta plantée à côté de la table, ne sachant quoi faire, tandis que le serveur continuait à raconter laborieusement son histoire à Jack dans un anglais fortement hispanisé. Au bout d'une minute, Jack leva les yeux, remarqua sa présence et dit : « Ah, vous voilà ! Prenez une chaise. »

Prenez une chaise ! Tiens, le gentleman se réveille en lui ! D'accord, Jack était absorbé par l'interview impromptue du serveur, mais tout de même ! Bah, tant pis. Sara regarda autour d'elle, constata que John Michael Mercer et sa Peluche avaient quitté le restaurant et qu'un garçon nettoyait leur table. Elle prit donc la chaise de Peluche et revint s'asseoir à sa table pendant que Jack demandait au serveur : « En tant que père de famille, diriez-vous... Attendez une minute. » S'adressant à Sara, il dit : « Écrivez tout ce qui s'est passé, comme ça vous n'oublierez rien.

– Je n'oublierai rien, vous pouvez me croire.

– Écrivez, je vous dis. » Sara haussa les épaules et sortit de son sac calepin et stylo, tandis que Jack reprenait avec le serveur : « Donc, en tant que père de famille, diriez-vous que vous avez été choqué lorsque John Michael Mercer a fait pleurer cette jeune fille ?

– Oh, oui », dit le serveur.

Sara écrivit un compte rendu simple et rapide des événements pendant que Jack poursuivait son interrogatoire : « En les servant, avez-vous surpris la conversation entre John Michael Mercer et cette jeune fille ?

– Oh, oui, certainement.

– Est-ce que la jeune fille était heureuse au début du repas ?

– Oh, oui, certainement.

– Diriez-vous qu'elle avait l'air vraiment très amoureuse de John Michael Mercer ?

– Oh, certainement, dit le serveur avec un petit sourire salace. Elle était littéralement collée sur lui.

– Vous diriez qu'elle ne faisait aucun effort pour cacher son bonheur, c'est ça ?

– Elle ne cachait absolument *rien*, mon vieux. »

Criss, criss, criss... Les billets verts frémirent dans la main gauche de Jack, bien en vue du serveur mais hors de sa portée. Jack répéta avec calme : « Diriez-vous qu'elle ne faisait aucun effort pour cacher son bonheur ?

– Oui, c'est ça, une fille parfaitement heureuse.

– Donc, vous diriez que cela a été un vrai choc pour elle lorsque...

– Eh, dites donc ! » Sara, ayant atteint le point de son récit où Mercer avait fait irruption dans les toilettes des dames, leva les yeux en fronçant les sourcils. « Attendez une minute. Comment savait-il que j'étais de *Galaxy* ?

– Je le lui ai dit », expliqua Jack. Poursuivant avec le serveur :

« Avez-vous le sentiment que ce fut un vrai choc... »

« Vous lui avez dit !

– Ça faisait partie de l'histoire. Bon, maintenant, chut, on en parlera après. Je voudrais mettre au clair le témoignage de Pedro pendant que sa mémoire est encore fraîche. »

Sara regarda le petit magnétophone posé au milieu de la table. Et Jack avait aussi apporté un appareil photo. Et il se trouvait qu'ils étaient assis à la table voisine ! « Vous *étiez au courant* ! s'écria-t-elle. Depuis... depuis qu'Ida a téléphoné ! Quand elle a appelé chez Binx ! Vous saviez déjà !

– Sara, je suis en train de travailler, lui dit Jack sèchement, l'air vraiment contrarié.

– Quand est-ce que vous ne travaillez pas ? demanda-t-elle, comprenant enfin.

– Nous en discuterons plus tard, d'accord ?

– Il n'y a rien à discuter », déclara-t-elle en se levant. Elle ramena la chaise à la table de Mercer et s'y assit pour terminer son récit pendant que le ronronnement de l'interrogatoire se poursuivait dans son dos. Jack cornaquait le serveur pouce par pouce dans la version des événements de la soirée dont il avait besoin pour écrire son article.

C'est surtout à elle-même que Sara en voulait, pour avoir pensé un instant qu'il pourrait y avoir quelque chose de personnel entre Jack et elle. N'avait-il pas expliqué clairement qu'il ne voulait aucune attache ? N'avait-il pas expliqué plus que clairement que son travail était la seule chose importante pour lui ? N'avait-elle pas déjà compris, et cru qu'elle s'était faite à cette idée, que la seule manière de s'entendre avec Jack Ingersoll était de se comporter en bonne petite journaliste efficace et impersonnelle, et de ne se froisser ni de ses accès de mauvaise humeur, ni de ses déplorables manières ? Alors, pourquoi s'était-elle laissée berner au point de penser...

Non. Comment s'était-elle elle-même bernée au point de penser qu'il pouvait s'agir d'autre chose que de travail lorsqu'il l'avait emmenée au barbecue, puis invitée à dîner ? D'accord, Jack Ingersoll était un malotru et un butor, mais elle le savait avant, non ? Par conséquent, si elle était furieuse, si elle décidait qu'on s'était servi d'elle, si elle était prête à faire toute une histoire parce qu'il l'avait emmenée ce soir dans le seul but d'avoir une couverture en même temps qu'une proie à lancer à John Michael Mercer pour pimenter l'article, si tout ceci devait la perturber, il n'y avait qu'une seule personne à blâmer et, bordel de bordel de bordel, c'était elle-même ! À cette seule pensée, elle grinça des dents de honte, de colère et de dépit.

Le garçon finit par apporter le café qu'elle avait commandé avant l'esclandre. Elle le but, termina son récit et commença à écrire à sa mère, là-bas à Great Barrington, une lettre où elle s'apitoyait sur son propre sort, lettre dont elle savait très bien qu'elle ne la terminerait ni ne l'enverrait jamais. Jack la rejoignit alors à sa table avec sa tasse de café à demi pleine et s'installa sur la chaise qui avait été celle de Mercer. Il s'efforçait manifestement de prendre un air concerné, voire contrit, mais en réalité, il était extrêmement content de lui et sa satisfaction le faisait rayonner comme s'il était couvert de paillettes.

« Écoutez, Championne, il ne faut pas m'en vouloir.

– Vous avez encore oublié mon nom ? » Mais elle n'avait plus envie de jouer à ce petit jeu. Avant qu'il ait pu lui répondre, elle secoua la tête, arracha les pages contenant son récit et les poussa vers lui. « Je ne vous en veux pas. Surtout, je suis crevée. Voilà ce qui s'est passé. On peut rentrer, maintenant ?

– Bien sûr. Écoutez, j'aurais sans doute dû vous prévenir que c'était un coup monté, mais vous êtes nouvelle, vous savez...

– Je sais », dit-elle. Elle était réellement très fatiguée, mais cette fatigue, elle ne l'ignorait pas, était en grande partie de la déprime.

« Je ne savais pas comment vous alliez réagir, expliqua-t-il. Je me suis dit que votre attitude serait plus naturelle si vous ignoriez ce qui se tramait.

– Ce n'est pas un problème, Jack. J'étais folle de rage, et puis j'ai pensé à tout ça, à ce que vous voulez dire. Je suis complètement calmée maintenant, à tel point que j'ai même mis le nom », dit-elle en désignant son récit.

Soudain, il fut sur le qui-vive.

« Le nom ? Quel nom ?

– Cette fille – vous croyez qu'elle s'appelle vraiment Peluche ? – m'a dit pour qui Mercer la plaquait. Une nana nommée Felicia.

– Felicia ! » Ravi, surexcité, il posa sa main, doigts écartés, à plat sur les pages comme s'il voulait les empêcher de s'envoler, ou d'être volées. « Un nouveau nom, quelqu'un de nouveau, dit-il les yeux perdus au-dessus de la tête de Sara, pensant tout haut. Maintenant, il va falloir trouver qui c'est. » La regardant de nouveau, il eut un large sourire et s'exclama : « Du super boulot, Championne ! Et je me souviens de votre nom, vous êtes Sara la Championne !

– Nous faisons de notre mieux », dit-elle modestement en lui rendant son sourire pour lui montrer qu'elle n'était plus furieuse.

Elle le haïssait.

Le premier centenaire

1

Lorsque Sara arriva au journal le lundi matin et alla se présenter dans le quadrilatère de Jack pour sa mission suivante, il l'accueillit avec un sourire tourmenté et impersonnel comme s'il ne s'était rien passé du tout pendant le week-end. Et d'une certaine façon, c'était vrai.

Il ne restait qu'une heure avant la conférence éditoriale avec Massa. Jack devrait y présenter ses trente idées quotidiennes, c'est pourquoi il arpentait son espace comme un rat en cage et Mary Kate se tenait sur le qui-vive devant sa machine à écrire. Les coupures de journaux entassées sur leurs deux bureaux représentaient, Sara ne l'ignorait plus, des pistes prometteuses dénichées dans d'obscurs quotidiens du monde entier : les créatures nées avec deux têtes ou d'autres parties du corps en surnombre venaient le plus souvent du Brésil, avait-elle remarqué, alors que les rencontres avec des habitants – obsédés sexuels mais pas nécessairement inamicaux – d'autres planètes se produisaient généralement en Scandinavie.

Cependant, pour atteindre le nombre magique de trente, Jack ne pouvait pas s'en tenir aux coupures de presse et aux petits ragots concernant la vie des stars que ses huit reporters glanaient pour lui. Il devait *inventer*. « La terre », reprit-il, et les doigts de Mary Kate restèrent suspendus au-dessus du clavier. « La terre », répéta-t-il, marchant inlassablement, les yeux rivés sur la moquette grise, « est venue d'un autre système solaire. C'était un, un, un météore ou une comète ou... c'était une *planète détachée* ». Il se redressa, comme si les lanières de cuir, qui le maintenaient jusque-là courbé tel un singe, ou plutôt, une imitation de Lon Chaney Sr., lui avaient soudainement été enlevées. Rayonnant de joie, il entonna : « Des extraterrestres désespérés en quête de la planète Terre détachée ! Une collision de systèmes solaires a provoqué la dérive de notre planète ! »

Mary Kate tapait, tapait, ses doigts fondant sur les touches comme de petits prédateurs. Jack, gagné par un soulagement évident à ce moment précis, sourit à Sara et dit : « Bonjour. Vous venez chercher votre mission ?

– Voulez-vous que je retrouve Felicia ?

– Non, non. Nous avons des esclaves pour draguer ces étangs-là. Vous avez trouvé le *nom* de Felicia, vous avez reculé *magnifiquement*, comme vous pourrez le constater en voyant la photo, et vous méritez une récompense.

– Vraiment ? demanda Sara, n'en croyant pas ses oreilles. Comment ?

– Vous partez en Amérique. Dans une ville nommée... » Il claqua des doigts à plusieurs reprises dans le dos de Mary Kate, manifestant son impatience. « Nommée, nommée... »

Mary Kate lança un regard désapprobateur à Sara. Cessant de taper, elle ramassa une pile de feuillets retenus par une pince et lut « Whitcomb.

– Précisément. Dans une ville nommée Whitcomb, au cœur du grand État d'Indiana, pas vraiment folichon par ailleurs, il y a des jumeaux, Jim et Joe Geezer. C'est bien ça ? »

Mary Kate lui tendit la liasse qu'il consulta. « *Geester*. Ça sonne bizarre quand même. Bref, après-demain, les deux garçons vont célébrer ensemble leur centième anniversaire dans leur maison de retraite là-bas à... Whitcomb, et *Galaxy-Hebdo* va leur offrir une fête.

– C'est très gentil, dit Sara d'un ton neutre.

– N'est-ce pas ? en convint Jack. Et la récompense pour Felicia et votre dérobade géniale, c'est que vous allez tout organiser. Vous aurez le Trio des Aborigènes pour... »

Sara écarquilla les yeux. Le Trio des Aborigènes ? Comment pouvait-ce être une récompense ? C'étaient les trois reporters australiens de l'équipe de Jack – Bob Sangster et son gros nez ; Harry Razza, le bellâtre des lieux huppés ; et Louis B. Urbiton, le plus vieux, le plus ivrogne de toute la rédaction. Sara ne les avait jamais vus faire autre chose que créer des ennuis, aux autres et à eux-mêmes. « Les Australiens ? demanda-t-elle. *Tous* ?

– C'est votre équipe, insista Jack. Ils exécutent très bien les consignes claires et seront d'un grand secours en cas de grabuge. Et puis, eux aussi ont droit à une récompense pour avoir trouvé un corps dans la boîte le mois dernier. Et puis, nous... »

Encore cette expression, « un corps dans la boîte ». Qu'est-ce que ça pouvait bien signifier ? Jack avait reçu une Jeep Laredo pour en avoir obtenu un, et voilà que pour les récompenser du même exploit, on envoyait les trois Australiens à cet anniversaire. Sara aurait voulu demander des précisions à Jack, mais il était lancé comme une frégate et rien ne pouvait l'arrêter :

« Et nous vous enverrons un photographe d'Indianapolis ou d'ailleurs. Allez-y, préparez la fête, voyez ce que vous pouvez obtenir comme personnalités locales. Le gouverneur de l'Indiana aimerait peut-être être dans le coup.

– De toute manière, il n'a rien d'autre à faire, commenta Mary Kate.

– Justement. Les Aborigènes sont formidables avec les attachés de presse, mettez-les là-dessus. Et il nous faut un gâteau d'anniversaire gros comme un char de carnaval. » Joignant le geste à la parole, il écarta les mains et précisa ce qu'il voulait comme inscription : « " Joyeux Anniversaire, Joe et Jim Trucchouette, Toute l'Amérique et *Galaxy-Hebdo* vous Félicitent pour votre Premier Siècle. " Les mots *Galaxy-Hebdo* doivent être inscrits sur le gâteau.

– Bien sûr, dit Sara. Je peux dépenser combien ?

– Ce que cela coûtera.

– On ne demande jamais " Je peux dépenser combien ? ", intervint Mary Kate. Pas ici.

– Absolument, renchérit Jack. Quand la question est purement matérielle, aucune dépense n'est excessive. Allez voir Sally Forth, je lui ai dit que vous étiez en route. Et renseignez-vous sur le lieu de rendez-vous avec les Aborigènes, là-bas à...Whitcomb. Vous serez contente d'apprendre qu'ils voyagent de leur côté. »

Sara cligna des yeux, ayant du mal à suivre. « Sally Forth ? » N'était-ce pas un personnage de bande dessinée ?

« En fait, dit Jack en consultant sa montre, à nouveau gagné par l'impatience et la nervosité, elle s'appelle Sally Farber. Elle s'occupe de tous nos voyages, au premier étage, et par conséquent...

– Compris, dit Sara. Sally Forth. »

Sally Forth (*née* Farber) était une imposante matrone qui n'allait jamais nulle part en dehors de l'agence de voyages au premier étage de l'immeuble de *Galaxy-Hebdo*. Le bureau d'accueil de l'agence de voyages était une pièce oblongue coupée en deux par un comptoir à hauteur de poitrine. Sally Forth siégeait d'un côté, les clients se tenaient de l'autre. Lorsque Sara entra et s'approcha du comptoir, Sally Forth s'arracha à la lecture d'une édition de poche des *Voyages de Marco Polo* et attendit, nerveuse et mécontente, visiblement prête au pire.

« Bonjour ! » lança Sara. La matrone ne répondit pas. Sara voulut demander si elle était bien celle qu'elle cherchait, mais elle ne pouvait décemment pas dire : *Excusez-moi, êtes-vous Sally Forth ?* Aussi choisit-elle de se présenter : « Je suis Sara Joslyn. On m'a envoyée ici pour...

– Ah, oui ! dit la femme, posant son bouquin avec une brutalité superflue. On m'a prévenue de votre arrivée. » Sur quoi elle reprit son livre avec un regard féroce, comme si elle soupçonnait Sara de vouloir le voler, et l'emporta dans le bureau du fond.

Restée seule, Sara regarda autour d'elle. On aurait pu s'attendre à voir des affiches de voyages sur les murs, eh bien, non. Les choses encadrées, de la taille d'une affiche, n'étaient, là aussi, que des premières pages de vieux *Galaxy-Hebdo*. Mais en y regardant de plus près, elle remarqua que sur chaque page, il y avait un grand titre évoquant une destination exotique : Afrique du Sud, Rio de Janeiro, Tahiti, la planète Mars.

Sally Forth ressortit de la pièce du fond en claquant la porte derrière elle, traînant un sac à provisions blanc dont un des flancs était décoré d'un visage circulaire jaune arborant un large sourire. Son propre visage y apportait un démenti flagrant. Soulevant le sac pour le poser sur une étagère basse, de son côté du comptoir, elle lança d'une voix hargneuse : « C'est la vie de patachon, y a pas à dire. Courir le guilledou à longueur de temps, dépenser de l'argent sans limites. Ah, les globe-trotters !

– C'est mon premier voyage », dit Sara, pensant lui clouer le bec.

Ce n'était pas si facile. Sortant des objets du grand sac, elle les plaqua violemment sur le comptoir en les identifiant un à un : « Billet d'avion. Carte American Express. Carte Air Travel. Master Card ; celle-ci, je la déteste. Carte Visa. Carte de téléphone. Carte Hertz. Carte Exxon. Deux mille dollars en espèces. Une deuxième carte American Express sans le nom de *Galaxy-Hebdo*. Signez ici. »

Soumise, Sara signa le formulaire que Sally Forth poussait vers elle tandis que celle-ci ricanait en voyant son écriture : « Le Chat botté, voilà ce que vous êtes. Des bottes de sept lieues. Je monte, je monte et je file. »

Lui arrachant le formulaire des mains, Sally Forth aboya : « Et moi, pendant ce temps, qu'est-ce que je fais ? Je reste ici et je regarde ce comptoir. »

Cherchant quelque chose à dire, quelques paroles de réconfort, de consolation pour établir un contact humain, Sara hésita, et finit par admettre : « La vie n'est pas juste, c'est vrai. »

Sally Forth la fixa d'un regard meurtrier, quoique parfaitement calme.

« Première nouvelle ! »

Sara ramassa tout ce qui était sur le comptoir et prit ses jambes à son cou.

Son nom était inscrit sur toutes les cartes de crédit. La grosse liasse de billets de banque usagés, retenus par une bande de papier portant l'inscription 2 000 dollars, se révéla être un assortiment de billets de 20 et 50 dollars, plus quelques-uns de 100. Le billet d'avion lui garantissait une place en première classe entre Miami et Indianapolis, avec changement à Atlanta. (On disait que les morts en route pour le paradis changeaient à Atlanta. N'était-ce pas plutôt ceux qui allaient en enfer ? Pour aller au paradis, on change à Amsterdam.)

En lisant les feuilles de renseignements retenues par un trombone que Mary Kate lui avait remises, Sara apprit qu'une voiture de location l'attendait à l'agence Hertz de l'aéroport d'Indianapolis et qu'une chambre lui avait été réservée à l'Holiday Inn qui donne sur l'autoroute, juste à la sortie de Whitcomb. Il ne lui restait plus qu'à prendre sa machine à écrire et filer.

Sa machine à écrire ? Oui. Le samedi, au barbecue, elle avait fait part de son étonnement à Binx : Comment expliquer que les reporters de *Galaxy* fussent équipés de machines à écrire portables, même pas électriques, au lieu des traitements de textes reliés à l'ordinateur central auxquels le pauvre vieux *Courier-Observer* lui-même s'était rallié, avant son rachat et le licenciement consécutif de Sara ? Binx avait répondu : « Massa aime que ses reporters soient mobiles. » C'était donc ça, l'idée.

Les Aborigènes, tout fébriles à la perspective du départ, souriant largement et se flanquant mutuellement de grandes claques dans le dos, promirent à Sara qu'ils prendraient contact avec elle dès leur arrivée au Whitcomb Holiday Inn. Phyllis, qui se tapait la corvée de rechercher la piste de la mystérieuse Felicia, manifesta sans détours une jalousie qui réchauffa le cœur de Sara tandis qu'elle bouclait sa machine à écrire et bourrait son sac de stylos et de cassettes. Non loin de là, Ida Gavin préparait également ses affaires. Elle allait interviewer en Californie l'insaisissable Keely Jones qui, en tirant audacieusement sur la camionnette équipée d'un haut-parleur de *Galaxy*, avait elle-même signé la fin de sa résistance à l'enveloppante affection du journal. De tous les voyages en Amérique prévus pour ce jour, c'était vraiment le gros lot, bavarder en bronzant avec une vedette de la télévision au bord d'une piscine de Bel Air, mais Sara n'éprouvait aucune envie à son égard. Whitcomb était déjà très excitant, pour une première sortie.

À quoi cela ressemblait-il ? La première journée d'école, la première *année* d'école ? Non, davantage. C'était comme la première fois où l'on va seule au supermarché, en serrant bien fort au creux de sa paume moite la liste des courses de maman et les billets verts.

Serrant bien fort dans sa paume moite la poignée de la valise qui abritait sa machine à écrire, la tête résonnant déjà de mille commentaires sur les jumeaux centenaires, Sara partit en courant attraper son avion.

2

Whitcomb, Indiana, un mardi de la mi-juillet. Même les chiens s'embêtaient. Il y en avait deux ou trois couchés à l'ombre en dessous d'Edsel et LaSalles, qui ne levèrent même pas la tête lorsque le car de la Trailways s'arrêta en grinçant devant le magasin Rexall, lâcha un pet tonitruant et ouvrit sa porte pour laisser descendre un chauffeur ventripotent aux vêtements tachés de transpiration et le Trio des Aborigènes. Bob Sangster gratta son gros pif, Harry Razza tapota son ondulante chevelure auburn et Louis B. Urbiton considéra avec ébahissement le centre-ville assoupi de Whitcomb. Le chauffeur ouvrit la soute à bagages et en sortit les valises cabossées des Australiens, tellement mal assorties que c'en était écœurant.

« Ainsi, c'est ça l'Amérique, dit Harry Razza.

– Peux pas dire que ça me plaise beaucoup, dit Bob Sangster.

– Oh, chouette ! s'exclama Louis B. Urbiton, il y a un pub.

– Un bar, rectifia Harry.

– Bonne fin de journée », leur lança le chauffeur avant de remonter dans son car.

Les Australiens le considérèrent avec stupeur, sous le choc.

« Quoi ? demanda Bob.

– C'est ce que j'appelle de l'insolence », dit Harry.

La porte du car se referma sans appel. Le véhicule s'ébranla en grondant. Le chien en dessous d'Edsel ouvrit un œil, vit les six chaussures bien cirées des Australiens, décida dans sa candeur canine qu'elles devaient appartenir à des membres décents et actifs de la société humaine, et referma l'œil.

« Il faut appeler l'adorable Sara et lui demander de venir nous chercher, proposa Harry.

– Peut-être qu'il y a un téléphone dans le bar là-bas, suggéra Louis.

– On pourrait aller l'y attendre, dit Bob.

– Quelle excellente idée », dit Louis en lui souriant.

Les Australiens empoignèrent leurs répugnants bagages et traversèrent Fremont Avenue pour rejoindre le Bar-Grill des Vétérans, établissement qui attirait la clientèle en plaçant en vitrine des pubs au néon vantant des marques de bière. En guise de décoration, un toit de chaume triangulaire coiffait l'entrée. Ils quittèrent l'éclat du soleil pour plonger dans une obscurité exhalant une odeur de moisi, et une fois que leurs yeux furent habitués à la nouvelle situation, ils constatèrent qu'ils n'étaient pas seuls, même si l'endroit était aussi silencieux qu'une salle complètement vide.

Une quinzaine ou une vingtaine de clients, de sexe essentiellement masculin mais pas exclusivement, étaient disséminés, pour certains le long du bar en bois foncé parallèle au mur droit, les autres attablés à des guéridons de Formica noir qui remplissaient l'espace sur la gauche. Tous les retraités des chemins de fer de Whitcomb traînaient dans ce lieu, plus quelques veuves et une paire d'ouvriers tôliers au chômage qui complotaient un avenir plein de crimes.

Peu de mots étaient échangés dans cette salle, et encore, ils l'étaient à voix basse. Les gens qui traînent au Bar-Grill des Vétérans en plein milieu d'un mardi ensoleillé de juillet n'ont pas envie de dire grand-chose.

Les Australiens balayèrent du regard cet intérieur sordide.

« Oh, Seigneur ! dit Bob Sangster.

– Docteur, demanda Harry Razza, peut-on sauver ce site ?

– Nous sommes arrivés juste à temps », affirma Louis B. Urbiton. Et en véritable homme d'action, il laissa tomber ses valises et leva la main. « Patron ! »

Dans la vaste cuisine d'une modeste boulangerie locale, où la chaleur des fours s'ajoutait à celle de la journée et où une douzaine de marmitons vêtus de blanc pétrissaient et déchiraient diverses catégories de pâtes à pain ou pâtisserie, Sara bavardait avec le propriétaire, troisième génération de père en fils, un quadragénaire rondouillard qui paraissait aussi futé, branché et dans le vent que le permettaient sa grosse bague verte et rose et sa veste à carreaux criards. Le Maître boulanger, un génie irascible d'une soixantaine d'années qui excellait dans son travail et n'avait en conséquence aucunement besoin d'être branché, n'appréciait pas du tout l'encombrante intrusion de Sara dans la moelleuse pâte à crêpes de sa vie quotidienne.

« Mais c'est juste un gâteau d'anniversaire », fit remarquer Sara, et ce n'était pas la première fois.

« Juste un gâteau d'anniversaire », répéta le Maître boulanger avec une ironie dont l'origine remontait à fort loin. Il donnait l'impression d'adhérer à quelque superstition primitive selon laquelle les femmes porteraient la poisse dans une cuisine, et il était clair qu'il aurait volontiers débarqué Sara.

« Et notre nom sera dans le journal, Gus », renchérit le propriétaire, prouvant ainsi qu'il ne comprenait rien aux mécanismes de la personnalité du Maître boulanger. « Boulangerie Hackmyer », murmura l'héritier de la troisième génération sur un ton de quasi-révérence, « Gus Altervegh, Maître boulanger.

– Juste un gâteau d'anniversaire, répéta le Maître boulanger avec la même intonation cinglante.

– Absolument, dit Sara comme si elle n'avait pas perçu le sarcasme.

– Juste un gâteau d'anniversaire de *six mètres* de long ! »

Le Maître boulanger semblait prêt à taper sur le front de Sara avec sa cuiller en bois.

« Bon, écoutez », dit-elle en se tournant vers le propriétaire, son allié. Il n'était d'aucune aide, mais c'était son allié. « Vous m'avez déjà convaincue de descendre de quinze à six mètres, mais je ne céderai pas un poil de plus. Six mètres est le minimum que je puisse accepter.

– Écoutez, lui assura le propriétaire, je comprends tout à fait. Je saisis très bien. Je sais d'où vous venez. »

Ignorant son patron, le Maître boulanger s'adressa à Sara : « Vous voulez faire le tour de mes fours, ma petite dame ? Vous promener dans les lieux, faire une partie de cache-cache ? À votre avis, c'est quoi ici, les Aciéries Bessemer ?

– Je suis d'accord, répondit Sara. Mais vous pouvez le faire en plusieurs morceaux et les réunir ensuite.

– Bien sûr, Gus, dit le propriétaire. Avec le glaçage par-dessus, on n'y verra que du feu.

– Non, mais regardez mes fours ! » glapit le Maître boulanger en agitant un bras musclé et une main couverte de cloques. « Je peux vous préparer un gâteau de cinquante centimètres, max, max, max.

– Eh bien, il nous faut quoi ? demanda le propriétaire. Douze, treize gâteaux ?

– Eh bien, il nous faut quoi ? demanda le Maître boulanger. Deux, trois *jours* ?

– C'est pour demain, dit Sara.

– Ils ne peuvent pas avoir cent ans tous les jours, Gus, fit valoir le propriétaire.

– Si ça dépend du gâteau de six mètres de long que je suis censé leur faire, ils ne les auront *jamais*, leurs cent ans.

– Et que diriez-vous d'un four à pizza ? » suggéra Sara.

Horriblement vexé, scandalisé jusqu'au tréfonds de son être, le Maître boulanger dévisagea Sara avec des yeux ronds, n'ayant jamais de sa vie entière rencontré une personne aussi peu honorable.

« Qu-qu-*quoi* ? »

Sara n'allait pas laisser le sens des convenances d'un Maître boulanger de province se dresser entre elle et la réussite de sa première mission sans chaperon dans le vaste monde. Creusant obstinément son sillon, ignorant le teint cireux de l'homme et la lueur étrange qui animait son regard, elle poursuivit son idée : « Si je vous fournissais un four à pizza, seriez-vous capable de préparer cinq gâteaux d'un mètre vingt ? »

Le Maître boulanger appuya ses paumes grasses contre ses tempes. « Cinq gâteaux d'un mètre vingt, dit-il d'une voix mourante. Je n'en crois pas mes oreilles.

– Dans le journal, Gus », insista le propriétaire pressé de conclure l'affaire, ajoutant à l'adresse de Sara : « Et avec une photo, n'est-ce pas ?

– Absolument. Une photo. » Cela lui revint subitement à l'esprit : « Oh, mon Dieu ! Le photographe ! »

Les deux hommes la regardaient avec des yeux ronds, maintenant.

« Mademoiselle ? s'inquiéta le propriétaire.

– Les *Australiens* ! »

Le propriétaire avait tout du type qui pense à l'assurance : couvre-t-elle les dépressions nerveuses de non-employés si elles se produisent dans la cuisine ?

« Que se passe-t-il, mademoiselle ? »

Mais Sara était déjà sur le sentier de la guerre. « Un téléphone, vite, un téléphone ! » Elle cria pardessus son épaule : « Je vais vous trouver le four et le moule. Je vous rapporterai tout ! » Et hop, elle était partie.

Le Maître boulanger et le propriétaire se regardèrent. « Un moule de six mètres, commenta le Maître boulanger. Ils ont trop de levure dans la tête. »

Qu'est-ce qu'on s'amusait ! Les habitués du Bar-Grill des Vétérans de Fremont Avenue n'auraient jamais imaginé que les murs de ce lieu crapoteux pouvaient résonner d'une telle hilarité. Tandis que Frank Sinatra, l'éternel non-accusé, chantait *My Way* sur le Wurlitzer croulant, les veuves, les retraités et les ouvriers tôliers se tenaient soit debout, soit bien droits sur leur chaise, le verre en main, les yeux brillants, leurs joues rouges fendues d'un large rire. Même le barman affichait de temps en temps un filet de sourire, mais il veillait à le dissimuler en se retournant pour taper sur sa caisse enregistreuse. Seule une clocharde avachie restait à l'écart, pas concernée.

Harry Razza baratinait les veuves, Bob Sangster racontait aux ouvriers tôliers la grande attaque du train postal en Angleterre par Ronnie Biggs. Louis B. Urbiton faisait des imitations de diverses vedettes de la scène, de l'écran et de la politique qu'il affirmait avoir interviewées au cours de sa longue et prestigieuse carrière de reporter. Toutes ses imitations se résumaient à celle de Burt Lancaster (qu'il n'essaya pourtant pas d'imiter), sauf celle de Mae West, qui ne ressemblait à rien de connu sur cette terre.

« Je n'avais pas autant ri depuis l'enterrement de ma femme, avoua un vieil habitué.

– Dites, les gars, vous devriez venir plus souvent par ici », dit un ancien contrôleur de la Compagnie des Chemins de Fer.

Battant des cils au point d'en avoir le tournis, une des veuves demanda à Harry Razza : « Alors comme ça, tous les trois, vous arrivez directement d'Australie ?

– Attirés par l'étincelle qui brille dans vos yeux, ma jolie.

– J'avais jamais rencontré d'Australien avant », confessa un ancien pompier de la B. P. & T.

Se tournant vers Louis B. Urbiton, Bob Sangster dit : « Montre-leur ton kangourou. »

Un retraité le regarda bouche bée, renversant sa bière sans alcool. « Vous avez un kangourou ? »

Le barman fronça les sourcils et fusilla l'assistance du regard. « Pas d'histoires de kangourous.

– Vous connaissez l'histoire du type qui entre dans un bar avec une carotte dans l'oreille ? lui demanda Harry Razza.

– Oui, répondit le barman.

– Non, dit Bob Sangster au retraité crédule. Il imite un kangourou. Vas-y, Louis, montre-lui », dit-il en s'adressant à Louis B. Urbiton.

Alors, Louis lui montra. La vision d'un Australien de cinquante et un ans, raisonnablement respectable d'apparence et décemment vêtu d'un costume et d'une cravate, bondissant sur les chaises et hop, sautant par terre, boxant des deux mains (dont une tenant son verre) comme un petit kangourou tout en *klaxonnant*, était tellement captivante que tout le monde se mit de la partie. Les retraités d'abord, puis les veuves en dernier, tous se mirent à sauter dans la salle, en haut, en bas, en avant, en arrière, en martelant l'air de leurs petits poings de kangourous. *Tut, tut, tut* ! Pendant ce temps, Harry Razza racontait son histoire au barman : « Le lendemain, le type se pointe avec une branche de céleri dans l'oreille.

- Ne me dites pas la fin, dit le barman. Je vous aurai prévenu. »

Voici donc la scène que Sara découvrit en entrant au Bar-Grill des Vétérans de Fremont Avenue : Louis B. Urbiton entraînant une troupe de vieux alcoolos dans une sorte d'infâme gymnastique collective, Bob Sangster montrant à deux ouvriers tôliers au chômage comment sortir en vitesse un pistolet imaginaire d'un holster non moins imaginaire, et Harry Razza devisant gaiement avec le barman en ignorant le poing que l'homme s'apprêtait à lui écraser sur le nez.

Sara cria « Salut ! » mais personne ne l'entendit et rien ne se produisit. Elle appela les noms des Australiens sans obtenir davantage de résultat. Ne voyant pas d'autre solution, elle inspira à fond et hurla : « AU FEU ! »

Rien. Elle recommença donc : « AU FEU ! » Et encore : « AU FEU ! AU FEU ! AU FEU ! AU FEU ! »

Les mots pénétrèrent progressivement les consciences, entraînant le silence sur leur passage comme la Peste noire traversant l'Europe. Le dernier kangourou cessa de sauter et de klaxonner, Bob Sangster leva les yeux vers la porte, la main glissée façon Napoléon sous sa veste, et Harry Razza arrêta son histoire juste avant la chute pour se tourner vers une Sara écarlate qu'il contempla avec une admiration ravie.

Sara cessa de crier. Il lui fallut quelques secondes pour reprendre son souffle. Tout près d'elle, un bon à rien l'apostropha : « Eh, ma petite dame, vous savez pas qu'on doit jamais crier “ Au feu ! ” dans un lieu public ?

– Ah, oui ? rétorqua Sara. Essayez donc de crier “ De l'eau ”, vous verrez le résultat que vous obtiendrez. » Désignant les Australiens un par un, elle déclara : « Ceux-ci m'appartiennent.

– Oh, zut, le prof ! dit Louis.

– Allons, venez, les garçons, enchaîna Sara. Où est le photographe ? »

Louis chercha consciencieusement dans toutes ses poches, sans résultat. « Un photographe ? »

Un retraité recommanda : « Demandez-lui de vous montrer son kangourou.

– Je ne veux pas de son kangourou, répondit Sara, je veux le photographe. »

La clocharde qui avait continué à dormir dans son coin la tête posée sur la table, seule rescapée du charivari provoqué par les Australiens, se redressa soudain, promena un regard vitreux autour d'elle et dit : « Photoga... ? Photoga ?

– Allons, dit Sara à son équipe. Il me faut ce photographe.

– Sara, ma chérie, dit Harry Razza sous les yeux dépités des veuves reniflantes, je jure qu'aucun de nous n'a vu le moindre photographe.

– Vous avez dit *photographe* ? cria la clocharde, réussissant enfin à prononcer le mot correctement. Je *suis*, je peux être, j'ai été... » Elle fit une tentative pour s'extraire de sa chaise, ses pieds s'empêtrant dans les nombreux sacs à provisions entassés autour d'elle.

« Non, non, dit Sara. Notre photographe vient de Minneapolis. »

Se levant péniblement, révélant un assemblage hétéroclite de vêtements parfaitement inacceptables, renversant au passage le verre de bière à moitié plein (à moitié vide) posé devant elle sur la table, se désignant plus ou moins d'un index crasseux et tremblotant, la clocharde s'écria : « C'est moi ! J'arrive de, je suis venue en voiture de, je suis la... »

Sara la dévisagea, n'en croyant pas ses yeux.

« Vous êtes *mon* photographe ? »

La clocharde acquiesça joyeusement de la tête. Les sacs à provisions entassés autour d'elle regorgeaient d'objectifs, de réflecteurs, de projecteurs, de trépieds pliables, de rouleaux de pellicules, de tentures noires, de cellules et de boîtiers. Deux autres appareils pendaient, telles les victimes d'un lynchage, au cou de la créature. Titubant dangereusement sur ses pieds bottés pour la circonstance, louvoyant entre les sacs de matériel, la clocharde ajouta : « D'Indiana – Indi – d'Indian... Ouais ! » Et bascula en arrière, retombant lourdement sur sa chaise, les bras tendus, un sourire radieux aux lèvres.

Sara les regarda. Les Australiens. La clocharde. Son équipe, c'était ça.

3

Le milieu de l'après-midi dans les bureaux bourdonnant d'activité des rédacteurs en chef de *Galaxy-Hebdo*. Jack Ingersoll arpentait son espace-bureau, composant sa liste de sujets en vue de la conférence du lendemain matin avec Massa. Marquant une pause, il loucha au-delà des bureaux éditoriaux transformés en ruche, en direction de la batterie de reporters qui arrachaient petit morceau par petit morceau leurs informations au téléphone. Puis reprit : « Des médecins s'inquiètent : la colle des timbres-poste peut vous donner la migraine. »

« Cela fait une phrase ou deux ? » demanda Mary Kate, sans pour autant s'arrêter de taper.

Jack hocha la tête sans tenir compte de l'interruption.

« Le jogging rend nymphomane. »

C'est alors que Boy Cartwright, l'ignoble salopard, l'infâme Britannique, le chouchou de Massa, l'unique individu sur cette terre à disposer d'un espace-bureau d'angle (de vraies cloisons et des fenêtres sur deux côtés !), la créature vivante que Jack aimait le moins au monde, Boy Cartwright, donc, se planta dans l'espace-porte et sourit. Jack ne supportait pas le sourire de Boy Cartwright, la vue de ces grosses lèvres roses s'étirant dans ce visage bouffi de mauvaise graisse infantile le rendait malade. Jack aurait préféré voir cette face malsaine se tordre de douleur, ou ce corps de limace molle se recroqueviller sous l'effet d'une abjecte terreur. Si Jack regardait *Le Salaire de la peur* chaque fois que le film passait à la télé, c'est parce qu'il pouvait s'imaginer que Boy Cartwright était celui que l'on traînait dans ce lac d'essence et qui se faisait écraser sous les roues du camion.

Seulement Boy était là, debout dans l'espace-porte du quadrilatère de Jack, son habituel sourire merdeux étalé en travers de son visage blanchâtre de citrouille anémiée.

« Écoute, Boy, attaqua Jack. Tu n'as pas quelque beffroi à hanter ?

– Demande-moi plutôt quelle est la formule magique.

– Et après, tu partiras ?

– Oh, certainement, promit Boy.

– Très bien, Boy. Alors, quelle est la formule magique ? »

Boy la prononça distinctement, en détachant amoureusement chaque syllabe : « Felicia. » Puis il afficha un sourire pire que les autres et, tenant parole, décampa.

Felicia ! Il *savait* ! Ce salopard *savait* ! Le visage ravagé par la souffrance, Jack se tourna vers Mary Kate dont les yeux lançaient des poignards enduits de poison dans le dos de Boy. « Comment ? demanda Jack. Et *qui* ? »

Car ce ne pouvait être qu'une taupe infiltrée à l'intérieur de son équipe, une vipère dans son sein. Son scoop n'en était plus un. Jack Ingersoll et son équipe n'étaient plus les seuls à savoir que John Michael Mercer avait plaqué Peluche MacDougall pour une certaine Felicia.

« *Qui* ? »

Est-ce que cela aurait pu être Sara ? Était-elle capable d'une telle mesquinerie, de se venger minablement parce qu'il ne l'avait pas mise dans la confidence samedi soir ? Non, à son avis, elle n'était pas capable d'une chose pareille. Elle réagissait vite et avait son caractère, mais elle n'était pas d'un naturel mesquin, c'était d'ailleurs le défaut de sa cuirasse qui l'empêcherait de gravir des échelons à *Galaxy*. Mais il était inutile qu'elle le découvre trop tôt. Donc, ce n'était pas elle. Sinon, celà se serait lu sur son visage ce matin même, quand il l'avait récompensée en lui donnant le voyage en Amérique : un soupçon de culpabilité, un éclair de regret, un voile de conscience troublée. Non, pas Sara.

Et pas davantage le Trio des Aborigènes. Les Australiens méprisaient Boy, leur mépris dépassait même celui de Jack, si c'était possible. Quant à Ida Gavin, qui volait en ce moment vers L.A. pour écraser son talon sur le visage de Keely Jones, si elle était devenue ce qu'elle était aujourd'hui, c'était bien à cause du caractère répugnant de Boy. Donc, elle non plus. Mais alors, qui ? *Qui* ?

Mary Kate. Impensable. Mary Kate et lui étaient des frères siamois, ils étaient soudés par la hanche, ils entretenaient la seule, la première liaison incestueuse platonique du monde.

Qui ? Mais *qui* ? Don Grove le pessimiste, qui rappliquait toujours avec des veaux bicéphales et des lunes de miel sur Alpha centauri ? Phyllis Perkinson, la diplômée de la Chambre de Commerce qui s'encanaillait avec nous ? Chauncey Chapperell, cinglé garanti, spécialiste B.C.B.G. du trekking et des balades dans l'espace, qui rentrait ce matin même d'une mission de trois semaines dans le delta de l'Amazone, où il était censé trouver une espèce de gorilles joueurs d'échecs ? (Manque de pot, ils n'y étaient pas.)

C'était ça, l'équipe. Huit reporters, une secrétaire, un rédac-chef. Les seules personnes de l'immeuble, les seules qui connaissaient le sens du nom Felicia.

Mais attendez. Il y avait une autre solution. Peu probable, mais pas impossible. Le serveur.

Pedro. Pedro pouvait très bien, au même titre que tant de loufiats, garagistes, employés de compagnies aériennes et autres pourvoyeurs de services, faire partie du gigantesque et très complexe réseau d'espions et d'informateurs liés à l'un ou l'autre des rédacteurs en chef de *Galaxy*. Si ce restaurant précis était une des adresses préférées de John Michael Mercer et qu'un membre de l'équipe de Boy avait déjà soudoyé Pedro au préalable, celui-ci n'aurait certainement pas été l'avouer à Jack. Surtout si les billets verts étaient visibles dans la main de Jack. Or Jack se rappelait maintenant que Pedro traînait encore dans les parages quand Sara avait prononcé le nom de Felicia et expliqué ce qu'il représentait.

Ainsi, cela pouvait très bien être Pedro. C'était possible. Peu plausible, mais pas impossible.

D'ailleurs, l'alternative – qu'un membre de sa propre équipe se soit laissé suborner par l'abject Boy – n'était pas admissible. Par conséquent, tant que les événements ne prouveraient pas le contraire, Jack allait considérer que Pedro était à l'origine de la fuite. Et il allait faire drôlement gaffe.

À ce moment précis du cours tristounet de ses pensées, l'un des membres absolument dignes de confiance de son équipe, Don Grove le pessimiste – était-ce lui ? n'était-ce pas lui ? – pénétra dans l'espace-bureau en disant : « J'imagine que tu ne veux pas d'un trou qui s'est ouvert dans la terre et a englouti un garage ? Il y avait une voiture dedans. »

Reprenons le travail. Jack demanda : « Quelqu'un dans la voiture ?

– Ça dépend, dit Don sans prendre de risques.

– À vérifier, Don.

– Je vais voir ce que je peux faire. »

Don Grove s'éloignait déjà mais Jack le rappela. « Sauf si c'est en Californie. »

« Qu'est-ce qui ne va pas avec la Californie ?

– Ça arrive tous les jours. »

Don Grove repartit en poussant un soupir et Phyllis Perkinson – était-ce elle ? n'était-ce pas elle ? – entra à son tour en déclarant : « Si ce n'est pas Felicia Farr, je donne ma langue au chat.

– Est-ce Felicia Farr ?

– Non.

– Donc tu donnes ta langue au chat, c'est bien ça ? »

Le grand front lisse de Phyllis se plissa de détresse. « Je suis désolée, Jack, je sais que c'est important.

– À peu près autant que les Manuscrits de la mer Morte, je dirais.

– Le problème, c'est qu'il a viré tous nos espions. » Phyllis secoua sa tête patricienne pour exprimer son dégoût de la race humaine. « Pourquoi Mercer doit-il se comporter de manière si désagréable ?

– Il y a des gens qui ne sont tout simplement pas drôles », admit Jack. Au même moment, le voyant du téléphone clignota et Mary Kate décrocha. Jack exhorta Phyllis : « Fonce, mon petit. Nous devons trouver Felicia. » Roulant des yeux pour désigner les autres rédacs-chefs dans les quadrilatères voisins, il ajouta : « Nous devons être les *premiers* à la trouver.

– Oh, je sais, je sais. Je vais continuer à chercher.

– Sara-des-triplés, annonça Mary Kate.

– Sautez en selle, gente dame, et me ramenez Felicia », dit Jack à Phyllis, qui hocha la tête et disparut tandis qu'il prenait le récepteur. « Ça boume à Warwick ?

– Whitcomb », rectifia Mary Kate, mais Jack écoutait déjà Sara, acquiesçant de la tête, souriant, l'encourageant : « Mais si, c'est elle, la photographe, ne vous préoccupez pas de son apparence, elle est formidable, elle vous fera des photos épatantes, merveilleusement humaines.

– Oh, *celle-là*, dit Mary Kate.

– Est-ce que les Australiens sont d'un quelconque secours ? demanda Jack à Sara. Ne les laissez pas trop boire. » Puis, regardant Mary Kate, il ajouta en aparté : « Elle rit.

– Eh bien, c'est une fille joyeuse, dit Mary Kate.

– Quoi ? » demanda Jack au téléphone. Il écouta, sa mine s'assombrit : « Pas de gouverneur ? » Puis son visage s'éclaira : « *Trois* maires ! Ça, c'est chouette. Et le gâteau d'anniversaire, aussi gros que le Ritz ?

– Dites-lui de m'en rapporter un morceau, demanda Mary Kate.

– Ce n'est pas dans votre régime », lui répondit Jack. Puis, s'adressant au téléphone : « Rien, je parlais juste à Mary Kate. Six mètres ? Mais ce n'est pas si gros que ça, mon petit lapin. Demandez à la photographe de le prendre en plongée, et de choisir un objectif grand-angle, enfin, ce qu'il faudra, elle est au courant. Dites-lui qu'il est censé avoir l'air aussi grand que ce porte-avions, vous voyez lequel. Enfin, elle saura lequel.

– Celui qui a des avions dessus, dit Mary Kate.

– Bon, amusez-vous bien là-bas, mon chou », dit Jack en gardant le sourire tant qu'il n'avait pas raccroché. Mais aussitôt après, le sourire laissa place à un noir froncement de sourcils. « Est-ce que ça *pourrait* être elle ? demanda-t-il. Est-ce que ça *pourrait* être elle ?

– Bien sûr que ça pourrait, dit Mary Kate. Ça pourrait être n'importe qui. Ça pourrait être *vous.*

– *Moi* ? dit Jack en écarquillant les yeux

– Je n'ai confiance en personne, rétorqua-t-elle. Et je vous conseille d'en faire autant. »

4

La salle de jour du Manoir de retraite des Champs-Élysées était un bel espace ensoleillé avec des rideaux blancs diaphanes qui avaient été tirés de chaque côté des larges baies vitrées, si bien que la lumière se déversait joyeusement à l'intérieur, saupoudrait les promeneurs et les béquilles, faisait luire les crânes chauves et les coudes blanchâtres, se reflétait sur les inhalateurs et les seringues. Parfois, le calme infiniment paisible était ponctué, sans jamais être perturbé, par le bruissement d'une carte à jouer que l'on abattait, d'une page que l'on tournait ou d'un soupir qui se prolongeait.

Des têtes se levèrent, des yeux roulèrent dans leurs orbites, des doigts se contractèrent sur les couvre-pieds lorsque Sara revint après le déjeuner, entrant d'un pas décidé dans la salle immaculée, son gros sac en bandoulière rebondissant contre sa hanche. L'infirmière impeccablement amidonnée et repassée qui l'accompagnait lui désigna l'encoignure la plus éloignée de la pièce, où une paire de fauteuils roulants identiques abritait une paire de vieillards identiques dans leurs pyjamas identiques sous leurs couvertures identiques. Sara hocha la tête et les deux femmes traversèrent la pièce pour rejoindre Joe et Jim Geester. Quand elles arrivèrent à leur hauteur, l'infirmière lança d'un ton enjoué : « Bonjour, Joe et Jim, votre visiteuse est de retour.

– Vous vous souvenez de moi, les garçons ? » demanda Sara, s'efforçant de prendre un ton aussi jovial et entraînant que celui de l'infirmière.

Joe Geester – celui de droite – leva une tête de pomme de terre bosselée avec un visage revêche et grincheux dessiné dessus et croassa : « La fille reporter.

– Exactement ! s'exclama Sara, tout sourire et étincelles. De *Galaxy-Hebdo*, qui va vous offrir la plus belle fête que vous ayez jamais eue ! Cent ans demain, n'est-ce pas, les garçons ?

– Bien, dit l'infirmière. Je vous laisse discuter les détails entre vous. » Se détournant, elle glissa à voix basse : « Ne vous approchez pas trop d'eux.

– Risque pas », murmura Sara en retour ; élevant gaiement la voix pour le profit des futurs centenaires : « Alors, on est prêts pour la grande fête ? »

Tandis que l'infirmière se dirigeait vers la sortie, la vieille main ratatinée de Joe émergea de sa cachette sous les couvertures, telle une serre qui veut se refermer sur quelque chose. « Rapprochez-vous un peu, dit-il.

– Oh, je crois que je suis bien assez près, dit Sara. Maintenant, laissez-moi vous parler de la fête. Nous avons retrouvé des Geester près de Cicero, dans l'Illinois, qui sont peut-être de votre famille et...

– Des menteurs ! glapit Joe.

– Bon, en tout cas, poursuivit Sara en conservant son sourire éclatant, ils viennent à la fête, vous pourrez échanger vos impressions demain. Et devinez qui d'autre va venir ?

– Cheryl Tiegs ? »

Impassible, Sara poursuivit : « Trois *maires* ! Et le Dr. Bark, et...

– Le boucher ! » hurla Joe.

Comme si de rien n'était, Sara reprit : « Vous voulez qu'on invite le boucher ?

– Bark est un boucher ! » aboya Joe, et quelques voix tremblotantes, à proximité, lancèrent : « Bien envoyé ! » et « Tu l'as dit, vieux frère ! »

« Oh, allons, Jim, dit Sara, prenez les choses du bon côté. Je parierais...

– Je suis Joe, grinça Joe.

– Oh, pardon. En tout cas, je suis persuadée que Jim n'est pas aussi...

– Jim est mort », dit Joe, faisant claquer ses gencives.

Sara cligna des yeux.

« Quoi ?

– L'est mort y a une heure environ, dit Joe avec une satisfaction sinistre. Parti... » Et il émit un raclement de gorge particulièrement atroce.

Sara, le cœur au bord des lèvres, se pencha vers Jim, dont le silence était suspect. Ce n'était pas les yeux d'un vivant. Ce n'était pas la bouche d'un vivant.

« Bon sang ! » s'exclama-t-elle.

Les doigts crochus de Joe s'approchèrent d'elle, mais trop lentement. Trop tard. Elle avait déjà tourné les talons, sous le choc, le visage gris, et elle partait en criant : « Infirmière ! Infirmière ! »

Assis à sa table dans son ascenseur-bureau, Massa buvait de la bière directement à la bouteille. Jacob Harsch marchait de long en large devant lui, étudiant différents feuillets. « Ils sont en train de se relâcher, ils ramollissent, marmonna-t-il. Quelques licenciements au hasard, voilà qui leur redonnerait du cœur à l'ouvrage. »

Massa éclata de rire.

« Ça fait longtemps que je n'ai pas eu un bon vieux bain de sang.

– Ils engraissent, ils trouvent que c'est trop facile, ils pensent qu'ils *méritent* tout ça, d'une certaine manière. Coupons quelques têtes, ça fera l'affaire.

– Mais pas Boy, dit Massa.

– Non, bien sûr que non.

– Boy les vaut tous à lui seul. »

Le téléphone sonna sur le bureau de Massa, qui regarda Harsch décrocher et répondre : « Bureau de M. DeMassi. » Harsch écouta, ses lèvres frémirent légèrement, puis il regarda Massa : « Les jumeaux, cent ans demain.

– Charmante histoire, dit Massa, souriant à cette perspective. Magnifique sujet.

– L'un d'eux vient de mourir. »

Massa en resta bouche bée.

« Mort ? Avant son anniversaire ?

– La journaliste qui est là-bas veut savoir si nous faisons quand même la fête.

– Bien sûr que non ! décréta Massa, trouvant aberrant qu'on puisse même poser la question. De quoi ça aurait l'air, une fête pour un seul jumeau ? »

Dans le téléphone, Harsch répéta : « Pas de fête. » Il écouta de nouveau, hocha la tête, demanda à Massa : « Qu'est-ce qu'on fait pour le gâteau ? »

Ridicule. Massa savait que c'était ridicule. Il appuya sur le bouton qui ouvrait les portes de l'ascenseur, révélant ainsi qu'ils se trouvaient au troisième étage, avec la table de conférence et, au-delà, l'espace éditorial. Tout au fond, parmi les autres personnes, les bureaux, les chaises, les meubles de classement, Jack Ingersoll se tenait debout à côté de sa table, l'écouteur en main. Mais Massa n'avait pas besoin d'un téléphone pour ça. Se levant à moitié de sa chaise, il braqua son index sur Ingersoll, sachant que l'individu pouvait le voir et l'entendre, et aboya : « *Il n'aura pas de gâteau* ! »

Dans la cabine téléphonique du coin de la rue du Manoir de retraite des Champs-Élysées, avec un bruit de fond de camionnettes pick-up et de vieilles Hudson, Sara demanda, n'en croyant pas ses oreilles : « Il n'aura pas de gâteau ? Vous voulez dire que non seulement il a perdu son frère, mais il n'aura pas sa fête ? Il n'aura même pas de gâteau ? »

La voix de Jack Ingersoll résonna à son oreille, vaguement contrite quoique intransigeante : « Désolé, Sara, mais la décision vient de Massa en personne. Il vient de me l'aboyer à travers la salle. »

Sara secoua la tête, essayant de réfléchir. « Je n'arrive pas à croire que même Massa, même le *Galaxy*, puissent être mesquins au point de... » Elle s'interrompit, cligna des yeux, se mordit les lèvres, eut une expression désespérée et dit hâtivement : « Oui, docteur ? Attendez un instant, Jack. Oui, docteur ?

– Qu'est-ce qui se passe ? Sara ? »

Parlant à quelques centimètres du téléphone, d'un ton à la fois plein d'espoir et de doute, Sara reprit : « Vous êtes sûr, docteur ? » Puis, avec un brusque élan de joie : « Mais c'est merveilleux, docteur !

– Sara ? Sara ?

– Un miracle ? cria-t-elle dans l'appareil. Jack, vous avez entendu ? Il n'est pas mort ! Il a eu une rechute ! Non, le contraire, je veux dire, dans l'autre sens. Il est vivant, Jack ! »

La voix de Jack se fit particulièrement soupçonneuse : « Sara ! Vous n'êtes pas en train d'essayer de me rouler ?

– Jack, comment pouvez-vous penser une chose pareille ! Le médecin est à côté de moi, vous pouvez lui demander... Oh, il est déjà reparti voir son malade. Écoutez, Jack, il vaut mieux que j'y aille, il y a cette fête à organiser.

– Je veux des *photos*, Sara, dit la voix particulièrement soupçonneuse.

– Mais bien entendu ! Toute la question est bien là, n'est-ce pas ? » Et soudain, au coin de la rue, Sara perdit la tête et se mit à rire comme une gamine, sous le regard réprobateur d'un couple d'un certain âge, en route pour visiter Maman aux Champs-Élysées. « Je les aurai, vos photos, Jack ! dit-elle en agitant joyeusement la main à l'intention du couple qui passait devant elle. J'aurai tout ce qu'il faut. Bon, je vous quitte, maintenant ! » Et elle raccrocha, les dents serrées, retenant son cri de désespoir jusqu'à ce que la communication soit définitivement coupée. Alors, elle s'effondra sur le téléphone, appuyant son front fiévreux contre le métal. « J'aurai les photos, marmonna-t-elle. J'aurai tout. D'une manière ou d'une autre. »

Lentement, Jack reposa le récepteur en le regardant comme s'il risquait de faire un geste brusque ou de le mordre brutalement. Mary Kate leva les yeux. « Sara ?

– Elle est là-bas. Avec un nombre de jumeaux discutable. Dites-moi le fond de votre pensée, Mary Kate. Cette fille sait-elle ce qu'elle fait ?

– Certainement pas. Pourquoi serait-elle différente de nous ? »

5

Tann-ta-raa ! ! Whitcomb, Indiana. La brigade de sapeurs-pompiers volontaires, compagnie motorisée N° 2, de Whitcomb, Indiana, en formation de fanfare – fifres, tambours, clairons, cornemuses, glockenspiel et clarinettes – avançait en bon ordre, soufflant et tintant, tapant et sifflant, martelant la pelouse vert émeraude de la façade du Manoir de retraite des Champs-Élysées avec une telle vaillance qu'elle la transformait progressivement en océan de boue. Son exécution à l'arraché de *When The Saints Come Marching In* (ce qui n'était pas, loin s'en faut, le plus judicieux des choix mais personne ne paraissait s'en rendre compte) fut interrompue par le coup de sifflet strident de J. Garrison Murchison IV, commandant de la brigade et chef de la fanfare, qui effectua un demi-tour impeccable et emmena ses dix-sept musiciens hétéroclites au-delà de la porte d'entrée, le long du vaste hall principal à l'extrémité duquel, au-dessus de la grande porte à double battant, se déroulait une bannière proclamant JOYEUX CENTENAIRE, JOE ET JIM, et enfin dans la salle de jour animée, si l'on peut dire, par la fête d'anniversaire.

C'était une véritable transformation. Des banderoles de papier crépon rose et blanc se tortillaient d'un angle à l'autre de la pièce, arrimées au passage à chaque plafonnier. Divers représentants de l'âge d'or, installés dans toutes sortes de chaises et véhicules, étaient alignés le long des murs, de part et d'autre du GÂTEAU, dont les six mètres occupant le milieu de la salle de neuf mètres de long créaient, par l'effet d'un processus mitotique, deux camps alors qu'un seul avait été prévu. D'un bout à l'autre, GALAXY-HEBDO ET LE PEUPLE AMÉRICAIN FÉLICITENT JOE ET JIM GEESTER POUR LEUR 100e ANNIVERSAIRE !!! s'inscrivaient en lettres d'un rouge criard sur le glaçage blanc immaculé.

Le gâteau n'avait pas encore été entamé. En attendant, on avait disposé sur des tables latérales des assiettes de sandwiches au fromage (pain blanc), des coupelles de crème de champignons Campbell dans lesquelles on pouvait tremper des chips, des pâtés impériaux décongelés mais pas réchauffés, un énorme plat de crudités vertes et rouges que chacun évitait, partant du principe que c'était un simple milieu de table à usage décoratif, des sablés aux pépites de chocolat et des Newton à la figue [1]. Quant aux breuvages, on avait le choix entre un café pâlot, un thé translucide et une grosse jatte de punch sans alcool.

En plus des habitués de la salle de jour, repoussés pour l'instant sur le côté, on notait la présence de nouveaux visages en cette circonstance exceptionnelle. Trois maires ahuris, une quantité impressionnante de Geester venus de Cicero (Illinois) qui mangeaient avec intensité, Dr. Bark le boucher et diverses autres célébrités grouillaient de part et d'autre du gâteau. La photographe, gauche et lour-

1. Le Fig Newton, petit gâteau extrêmement sucré et particulièrement mou. *(N.d.T.)*

dingue avec ses brodequins, ses chaussettes grises tubulaires, son épaisse jupe noire informe, son chandail marron mité passé sur un polo vert déchiré, et son bandana rouge délavé autour du cou, traînait d'un coin à l'autre avec son assortiment de boîtiers, d'objectifs et de cellules, voltigeait et s'accroupissait dans la salle telle une espèce menacée d'oiseau incapable de voler. Un instant, on la voyait penchée en avant, perchée sur une jambe, l'instant suivant, assise par terre au milieu de sa jupe étalée, puis allongée sur le dos, sous l'une des tables qui soutenaient le gâteau, ou fondant brusquement en avant par petits bonds, levant bravement les genoux vers un nouveau centre d'intérêt digne de sa curiosité de pie, tenant quoi qu'il arrive l'un ou l'autre de ses appareils à hauteur de son visage exalté et transpirant.

Juste à droite de la porte, alors que les musiciens entraient en cadence (pour bifurquer en atteignant le gâteau et terminer leur air en se plaçant tout autour, tandis que les différentes sections du chef-d'œuvre commençaient à s'écrouler), se tenaient Sara, Harry Razza et Louis B. Urbiton. Ces deux-là buvaient dans des verres en plastique le punch sans alcool qu'ils avaient discrètement modifié à leur convenance, Sara ne buvait ni ne mangeait rien, mais souriait largement de trouille et de satisfaction. C'était *sa* fête, sa création, et ce n'était pas rien.

Bien sûr, elle avait reçu de l'aide. Confrontés à cette alternative fort simple – se rendre complices d'un forfait ou être privés de la fête avec ce que cela comportait de nourriture et de boissons sans parler de la publicité et des visiteurs du vaste monde –, le personnel et les autres pensionnaires des Champs-Élysées avaient, immédiatement et comme un seul homme, reconnu où se situait leur devoir. (De fait, lorsque le jumeau survivant, par méchanceté pure, avait menacé de ne pas coopérer, ses camarades résidents du Manoir avaient promptement maté sa rébellion en lui représentant graphiquement ce que serait désormais sa vie – longue ou brève – parmi eux s'il s'avisait de leur mettre des bâtons dans les roues.)

Quant aux collègues représentants de *Galaxy-Hebdo*, leur soutien au projet de Sara avait été total, sans réserve et immédiat. La photographe, confrontée à la perspective de refaire toute seule la longue route d'Indianapolis sans même la consolation d'avoir vendu un cliché et séjourné tous frais payés, s'était jointe au complot avec un bel enthousiasme. Harry Razza et Louis B. Urbiton, vieux routiers de l'information fabriquée de toutes pièces, marchèrent dans la combine avec ardeur et offrirent plus d'une suggestion utile. Il n'empêche que rien de tout ça n'aurait été possible sans Bob Sangster et son nez.

Il s'avéra, après examen minutieux, que le nez de Bob Sangster et celui que partageaient Joe et Jim Geester présentaient de telles similitudes de volume et de structure qu'ils auraient pu être de lointains cousins, interprétation que Bob et Joe rejetèrent avec une répulsion véhémente. Partant de cette trompe qu'ils avaient en commun, avec le secours de Sara, Harry Razza et la photographe pour le maquillage, et moyennant un coup de tondeuse sélectif sur le crâne, un pyjama, des pantoufles, une couverture et un fauteuil roulant assortis à ceux du survivant, Bob Sangster fut transformé en simulacre de Jim Geester (ou plus exactement de Joe, le modèle dont ils s'inspirèrent). Un simulacre tellement convaincant que l'infirmière, voyant le faux Jim installé dans son fauteuil roulant à côté du vrai Joe, s'exclama : « Juste ciel, c'est comme si ce vieux dégueulasse était revenu parmi nous ! »

(Le vrai Jim Geester dormait du sommeil du juste là-haut dans sa chambre avec la clim tournant à fond et la porte fermée à double tour. Immédiatement après la fête, on découvrirait que la joie et l'excitation avaient eu raison du pauvre Jim. Dr. Bark le boucher, qui pour l'heure dévorait gaiement des Newton à la figue en bavardant avec les maires, remplirait, signerait et daterait le certificat de décès, et l'on pouvait compter sur Lloyd Llewellyn des Pompes funèbres Llewellyn, qui considérait, et de loin, le Manoir des Champs-Élysées comme son plus précieux et fidèle client, pour régler la question des obsèques sans faire de chichis.)

Les maires, les Geester de Cicero et les autres invités de marque furent les premiers dindons de cette farce, qu'ils avalaient avec beaucoup plus d'entrain que la crème de champignons. À l'extrémité de la salle, sous un éclairage subtilement atténué, les deux héros de la fête étaient avachis dans une posture identique, reflet de leur désespoir total, l'un serrant dans sa main un gobelet en plastique vide (il avait renversé le punch sur sa couverture), l'autre picorant débilement un Newton à la figue. Les observant de son poste près de la porte, tandis que les protagonistes de *When The Saints Come Marching In* atteignaient l'un après l'autre et dans le désordre le poteau d'arrivée, Sara se demanda l'espace d'une seconde qui était qui, remettant vite les choses à leur place : celui qui avait renversé son punch était Bob – découvrant avec stupeur qu'il n'y avait pas une goutte d'alcool dedans. Elle dit alors : « Nom d'un chien, je n'aurais jamais cru une telle chose possible.

– Saisissant, renchérit Louis B. Urbiton. Toutes ces qualités d'acteur de Bob, ignorées pendant tant d'années, méconnues.

– Il serait préférable qu'elles le restent, dit Sara.
– Oh, certainement, dit Louis. Ça vaudrait mieux pour notre job, n'est-ce pas ? »

Harry Razza avala d'un coup son punch amélioré : « Pour moi, ils sont absolument pareils, en tout cas.

– Mesdames et messieurs, cria Dr. Bark le boucher dans le silence relatif qui régnait depuis que les pompiers volontaires avaient posé leurs instruments, l'heure est venue de couper le gâteau !

– Ne le laissez pas le couper *lui-même*, glapit un vieux farceur. Le gâteau n'en sortira pas vivant !

– Ha ! ha ! ha ! » dit Dr. Bark le boucher, balayant la pièce du regard comme une lampe torche pour trouver le petit rigolo.

« Ne bougez pas ! cria la photographe en écrasant quelques invalides et deux ou trois Geester de Cicero pour se poster au bon endroit. Maintenant ! C'est fini !

– Joe et, euh, Jim, dit Dr. Bark le boucher en leur adressant un large sourire et brandissant au-dessus de sa tête un couteau démesuré, ceci est pour vous.

– Fais gaffe, Joe ! » cria le farceur anonyme.

Ignorant l'interruption, Dr. Bark le boucher plongea dans une partie du gâteau qui semblait avoir été victime d'un glissement de terrain et en ressortit le couteau tout gluant et baveux, auquel était accroché un point d'exclamation. Regardant l'instrument d'un air écœuré, Dr. Bark le boucher demanda : « Qui a préparé ce gâteau ? »

Bon, ça n'avait pas d'importance. La première incision ayant été faite, les invités se jetèrent dessus avec leurs couteaux, fourchettes et cuillers, des spatules et des cartes à jouer ou simplement leurs doigts avides, semblables à une foule d'Islamistes qui vient de repérer un hérétique. Dans l'accès de gloutonnerie frénétique qui s'ensuivit, personne ne songea à porter une part aux heureux centenaires, mais c'était très bien ainsi. Le gâteau était interdit par leur régime, de toutes manières.

Le charivari provoqué par la prise d'assaut du gâteau sortit Joe Geester d'un rêve où il réussissait enfin à coincer la petite Mme McKellahy, la femme du conducteur de tram du 3A ; soixante-sept années lui tombèrent dessus comme un buffle mort quand il redescendit sur terre. Aussi, qui a envie d'être conscient ? Il tourna la tête pour balancer une vacherie à Jim, et ce qu'il vit aligna sa mémoire à court terme avec sa mémoire à long terme, lui donnant des raisons supplémentaires d'être de mauvais poil. « Vous », dit-il sans plaisir.

Bob Sangster, dont l'humeur n'était pas plus folichonne, maintenant qu'il avait identifié, et renversé, le contenu de son prétendu verre de punch, acquiesça de la tête. « Moi », admit-il.

Joe, dont la mauvaise humeur augmentait de seconde en seconde, lui jeta un coup d'œil et, sachant qu'il n'oserait rien faire pour gâcher le complot, se sentit plus grincheux que jamais. « Vous ne me ressemblez pas du tout, aboya-t-il.

– Je ne suis pas vous, espèce de vieux dindon, je suis votre frère Jim, rétorqua Bob.

– Quand vous parlez, ce n'est pas moi non plus.

– Est-ce que votre frère était aussi mignon que vous ?

– Non, dit Joe d'un air pensif, sollicitant sa mémoire. J'ai toujours été le plus sympathique. »

Bob écarquilla les yeux, n'en croyant pas ses oreilles.

« Ne bougez plus ! » cria la photographe en s'accroupissant entre eux et le gâteau, les genoux écartés comme si elle envisageait de faire pipi sur-le-champ ; mais avec le boîtier noir écrasé contre son visage intense.

« Venez donc un peu plus près, lui dit Joe.

– C'est parfait comme ça ! lui répondit la photographe. Ne bougez plus ! »

Ils ne bougèrent plus.

6

Jack examinait la photo qu'il avait à la main. Il scrutait les deux vieux dans leur fauteuil roulant, entourés de gens qui participaient manifestement à une fête. Les deux vieux étaient identiques, avec des visages affichant une mauvaise humeur identique. L'un tenait une tasse en plastique à motif floral, l'autre un biscuit émietté. Jack pouvait voir la photo, la toucher, la scruter, alors, pourquoi nourrissait-il de tels doutes ?

« Eh bien ? » demanda Sara, debout devant lui, dansant sur place, remplissant à ras bord le volume de l'espace-bureau de sa présence triomphante et radieuse.

« Ça va, dit Jack à contrecœur, ça va. »

De fait, ça allait, n'est-ce pas ? Ils étaient bel et bien là, les jumeaux centenaires. Ils étaient là sur la photo, avec le gâteau d'anniversaire de six mètres de long où le nom de *Galaxy* tenait la vedette. Et ils étaient là avec les trois maires. Et les voici encore avec leurs cousins de Cicero, Illinois, perdus de vue depuis si longtemps. Et les revoici avec les médecins et le personnel de la maison de retraite. Et là encore, avec les autres pensionnaires. Et ici, regardant l'objectif d'un œil torve, coiffés d'un grand chapeau pointu.

Ils étaient bel et bien là. Et voici Jack, plongé à fond dans le processus de vérification et d'authentification. Mais qu'est-ce qui, dans ce reportage, lui donnait l'impression, quelque part, de s'être fait rouler dans la farine ?

Cela n'était pas important, après tout. Si le sujet était assez solide pour passer le barrage des contrôleurs de faits et se retrouver dans le journal, personne n'en demandait plus. C'était simplement que... c'était simplement que... s'il devait y avoir une entourloupe, Jack était censé faire partie des entourloupeurs, pas des entourloupés.

Et puis, basta. Sachant que s'il avait été mené en bateau, du moins cela avait été fait avec maestria, qu'il ne verrait jamais les raccords – non, ça n'avait pas été truqué avec des miroirs, il s'en était déjà assuré – il jeta la photo, qui rejoignit les autres empilées sur son bureau, et dit : « Eh bien, vous avez réussi.

– Bien sûr que j'ai réussi, renchérit-elle, rayonnante de fierté. Vous m'avez envoyée organiser une fête pour des jumeaux centenaires, et je l'ai fait. Désolée pour le gouverneur.

– Oh, non, c'est très bien comme ça, affirma Jack. Les trois maires sont épatants, très américains. »

Mary Kate interrompit la frappe pour lancer, la bouche en coin : « C'est une histoire qui vous réchauffe le cœur », et se remit à l'ouvrage.

« C'était vraiment une fête réussie, dit Sara.

– Je regrette de n'avoir pu être là », dit Jack très sérieusement.

Sara rit et demanda : « Et ensuite ?

– Felicia, lui dit Jack. La fameuse Felicia. Ou la plus tellement fameuse Felicia, malheureusement.

– Vous voulez que je lui parle ? Mais si elle....

– Il nous reste encore à la trouver, dit Jack. Aussi allez-vous repartir en voyage. »

L'idée la séduisait, ça se voyait tout de suite.

« Je retourne en Amérique ?

– Pas exactement. Seulement à Miami, cette fois. »

Avec un sourire sardonique, elle demanda :

« Dans un autre restaurant ?

– Mieux que ça, dit Jack, refusant de mordre à l'hameçon. Beaucoup mieux que ça, si ça marche. Vous êtes nouvelle ici, aussi personne ne sait que vous travaillez à *Galaxy*. Dieu sait si vous êtes débrouillarde, dit-il en tapant de l'index les photos de l'anniversaire. Alors, qui sait ? Ça peut marcher.

– Que suis-je censée faire ?

– Vous présenter pour un emploi. »

Plus tard dans la journée, Jack eut une petite conversation avec Ida Gavin qui rentrait elle aussi d'Amérique. Ou, plus exactement, de Bel Air et de la piscine de l'infiniment susceptible Keely Jones. L'interview s'était bien passée – quand Keely Jones finit par s'effondrer, ce fut un effondrement total, et Ida était précisément le genre de vautour à être posté sur une branche voisine au bon moment. Ida avait retranscrit la bande magnétique et rédigé son article pendant le vol du retour. L'herbe ne repoussait pas sous les pieds de la petite Ida.

L'attitude de Jack à l'égard d'Ida était ambiguë, comme peut l'être celle de quelqu'un qui emploie un chien enragé à cause des qualités utiles de ce chien. Dans son travail, Ida était rapide, dévouée à la tâche, maligne et parfaitement impitoyable. Derrière son expression farouche et ses yeux inquisiteurs se cachait une jolie femme de trente-quatre ans pour qui le sexe n'était qu'une arme parmi d'autres dans l'arsenal des techniques du reportage. Sa rapidité, son dévouement et sa détermination en faisaient la collaboratrice la plus fiable et la plus débrouillarde de l'équipe de Jack, la responsable (en dehors de Jack) de la plus grande partie de ses succès. Mais elle était aussi le seul membre de l'équipe avec qui il ne pouvait pas envisager de boire un verre, ou d'avoir une conversation, en dehors du bureau. (Quant à coucher avec elle, impensable !) Ida était un androïde femelle, froide, efficace et sans pitié, la candidate parfaite pour ce qu'il avait justement à l'esprit. « Ta prochaine mission t'attend », lui annonça-t-il quand elle entra dans le quadrilatère pour lui remettre l'article sur Keely Jones.

Ida fut aussitôt sur le qui-vive, tel le léopard flairant l'antilope. « Felicia ? demanda-t-elle.

– Non. Ce que je t'ai réservé est la seule chose à cette heure qui soit encore plus importante. C'est de l'espionnage industriel. »

Ida avait déjà fait ses preuves dans l'espionnage industriel. Elle esquissa un sourire, peut-être au souvenir de la liaison de trois semaines qu'elle avait eue avec un chirurgien-chef d'un grand hôpital de Dallas dans le seul but de découvrir si, oui ou non, une vedette de série télévisée avait le Sida. La réponse était négative, malheureusement, mais peu importe, il faut toujours être sûr.

« Quelle industrie ? demanda-t-elle.

– Celle-ci, répondit-il en agitant la main vers l'ensemble du secteur éditorial. Ida, il y a un membre de notre équipe qui a soufflé le nom de Felicia à Boy Cartwright. »

Les yeux d'Ida lancèrent des flammes, ses narines frémirent, ses ongles poussèrent de deux centimètres.

« Qui ?

– C'est toi qui vas me le dire.

– Compte sur moi. »

Il pouvait. La brève et triste histoire d'Ida tenait en peu de mots : lorsque, brillante journaliste d'une vingtaine d'années, elle présentait le journal télévisé sur la chaîne Midwestern, elle avait été déstabilisée par le Britannique sophistiqué de *Galaxy-Hebdo*, Boy Cartwright. Moins bouffi et pas aussi manifestement dégénéré à l'époque, il l'avait entraînée, sans lui laisser le temps de souffler, dans une liaison du genre de celle qu'elle provoquerait plus tard avec le chirurgien de Dallas, lui jurant une fidélité éternelle et l'encourageant à abandonner sa carrière prometteuse à la télévision, déjà riche de quelques premiers contacts utiles; il lui avait proposé de rentrer à *Galaxy* pour y être son tout premier bras droit, alors qu'il n'avait eu qu'une chose en tête depuis le début : une information sur les milieux du spectacle qui valait à l'époque son pesant d'or.

Sa première existence étant tombée en ruines, Ida avait suivi Boy en Floride, n'arrivant pas à croire au début que sa belle histoire d'amour avait fait son temps, et avait réussi à se faire embaucher par *Galaxy*, bien que Boy ait clabaudé en douce des horreurs sur elle, ne voulant pas prendre le risque de l'avoir toute sa vie sur le dos. (Comme il avait alors moins de pouvoir au sein du journal, sa manœuvre avait échoué.)

Lorsque Ida finit par comprendre ce qu'on lui avait fait, quelque chose se recroquevilla dans son corps et son cerveau. Elle décida de surpasser Boy, de le battre sur son propre terrain, de toujours arriver avant lui sur les scoops, de lui faire de l'ombre, de devenir la seule femme au monde que Boy Cartwright pourrait admirer et respecter, sans pour autant cesser de lui exprimer sa haine opiniâtre.

La haine que lui inspirait Boy, alliée à une efficacité glaciale et implacable dans son travail (au départ, une détermination née d'une prise de conscience) était vite devenue une seconde vie. Aujourd'hui, ces deux caractéristiques constituaient le personnage Ida Gavin, la machine à rapporter des informations. Si sa personnalité recelait d'autres facettes, personne ne les connaissait. Et personne ne voulait les connaître.

« Le traître est dans l'équipe, lui dit Jack. Trouve-le moi, Ida. Mets-les tous à nu.

– Je t'apporterai des Polaroïd de leur cœur », promit-elle.

Felicia

1

Felicia racla le fond de l'assiette et jeta le reste d'omelette dans la poubelle avant de placer l'assiette dans le lave-vaisselle. Johnny, ayant rangé le beurre et la crème, resta planté au milieu de la cuisine à la regarder, un froncement de sourcils contrariant son visage, ce visage presque parfait qu'un critique avait un jour qualifié de « première ébauche d'un sculpteur pour une tête d'Adonis ». Sentant le regard de Johnny posé sur elle, Felicia referma la porte du lave-vaisselle et regarda autour d'elle en souriant. La cuisine n'était pas absolument immaculée, mais cela ferait l'affaire. « C'est fini, dit-elle. Ce n'était pas si dur que ça, n'est-ce pas ?

– Felicia, tu ne devrais pas avoir à faire le ménage, dit Johnny de la voix étranglée de rage de l'homme qui n'a pas l'habitude d'être contredit. Et cela ne va pas durer, je te le promets. »

Felicia rit. Ce n'était pas une beauté à proprement parler, mais elle avait des traits réguliers et agréables, des yeux clairs et des cheveux blond cendré coiffés avec un chic qui, mine de rien, devait tout à la simplicité. C'était la personnalité derrière ces traits, l'être humain qui les animait, qui donnaient l'impression qu'elle était belle. Lorsqu'elle riait, rejetant à peine la tête en arrière, Johnny se sentait prêt à mourir pour elle, à lui sacrifier la vie de toutes les autres créatures de la terre. « Johnny, Johnny, dit-elle (il adorait sa voix, mais il ne l'aimait jamais autant que lorsqu'elle prononçait son nom), je ne suis pas la princesse au petit pois, tu sais. J'ai pris soin de moi toute seule pendant des années.

– Eh bien, maintenant, c'est moi qui prends soin de toi », dit-il, riant aussitôt de ce qu'il venait de dire. (L'une des raisons pour lesquelles elle l'aimait tant était, contrairement aux apparences, qu'il était capable de rire à ses propres dépens.) « Ou plutôt, rectifia-t-il, j'engage les gens qui vont prendre soin de toi maintenant. » Disparu, le rire : il promena un regard noir autour de la cuisine. « Bientôt, j'espère. »

Soudain préoccupée, Felicia demanda : « Tu es vraiment sûr qu'il fallait renvoyer tout le monde ?

– Cet endroit était un nid d'espions. J'ai été négligent, ma chérie. Avant de te rencontrer, je ne tenais pas à grand-chose, dans la vie. J'ai laissé les choses suivre leur cours. Et cette saloperie de *Galaxy*, à coups d'enveloppes, a réussi à s'introduire dans mes *placards*, dans ma *salle de bains*. Il n'y avait aucun moyen de savoir si quelqu'un était ou n'était pas à leur solde, aussi la seule solution était-elle de tout reprendre à zéro, pour être sûr.

– Oui, mais ce n'est pas juste pour les innocents.

– Ils ont tous eu des lettres de recommandation en béton et une généreuse indemnité de licenciement. Et si l'un d'eux, bien qu'innocent, en a souffert, c'est un poids de plus pour la conscience de *Galaxy*, à condition qu'il en ait une.

– Je ne vois pas très bien, dit-elle en pesant ses mots car elle le savait très susceptible sur cette question, pourquoi ils sont tellement importants. Ce n'est qu'un torchon qui colporte des ragots, personne n'y croit et personne n'y prête attention.

– Oh si, les gens y prêtent attention, absolument, dit-il d'un air fâché. Mais là n'est pas le problème. Ce qu'ils racontent, les intrusions dans la vie des gens, la violation du droit le plus élémentaire à la décence et à l'intimité. Tu n'as pas la peau assez épaisse, Felicia, tu n'es pas endurcie. » Il traversa la pièce pour la prendre dans ses bras, la regardant avec gravité comme si c'était une enfant. « Ils te mettraient en pièces, ma chérie, et je ne veux pas que cela se produise. Je ne veux pas te voir autrement qu'heureuse dans ce monde.

– Je suis heureuse », dit-elle en l'embrassant. Puis elle rit : « Et quand nous aurons tout ce nouveau personnel ici, vérifié, contrôlé et garanti par cet homme si brillant de l'agence...

– Reed. Il s'appelle Henry Reed. C'est vrai, il est brillant.

– Quand il aura terminé sa sélection, dit Felicia en se moquant gentiment de Johnny, et que nous aurons une nouvelle cuisinière, une nouvelle femme de chambre, un nouveau jardinier, un nouveau valet de chambre, un nouveau gardien et une nouvelle secrétaire, là, tu seras heureux, toi aussi, *mon général*, n'est-ce pas ?

– Reste avec moi, Felicia, dit-il en la serrant contre lui, reste avec moi et je serai heureux. C'est tout ce dont j'ai besoin. »

Henry Reed posa la paume sur le formulaire de candidature et regarda la jeune femme assise en face de lui. Dans quelques minutes, si cela lui paraissait en valoir la peine, il examinerait les réponses qu'elle avait écrites sur ce formulaire mais auparavant, et c'était là une pratique immuable, il allait simplement lui parler, lui poser des questions, écouter ses réponses, l'observer, prendre sa mesure en tant qu'être humain. C'était infiniment plus utile que tous les formulaires du monde, et c'était bien parce qu'il excellait à lire dans les gens – mieux encore que dans les formulaires – que le Cabinet Henry Reed était la meilleure agence de placement (jamais agence de recrutement, rien d'aussi grossier et administratif) du sud de la Floride. Et cela aussi bien pour les grandes sociétés que pour les individus les plus exigeants. Il y a beaucoup d'argent en Floride du sud et la mission de Henry Reed était de rendre justice à cet argent en fournissant le haut du pavé du personnel de maison : discret, expérimenté et techniquement irréprochable.

« Ainsi, mademoiselle Henderson, commença-t-il, vous cherchez un emploi de secrétaire particulière.

– Exactement. » Âgée d'une vingtaine d'années, elle était séduisante et vêtue d'une manière à la fois nette et personnelle. Elle avait affronté calmement, sans histoires, le regard inquisiteur de Reed. « Je préfère ne pas travailler dans un bureau, poursuivit-elle avec un sourire. En fait, je m'ennuie assez facilement, mais je ne devrais sans doute pas l'admettre devant vous.

– Ça ne fait rien », murmura-t-il. Jusqu'ici, il était impressionné. Il pensait à plusieurs clients – un plus particulièrement, en fait – qui lui seraient probablement très reconnaissants d'avoir introduit cette jeune femme dans leur vie.

« Pour ma part, enchaîna-t-elle, j'ai l'impression de beaucoup mieux travailler si c'est pour quelqu'un de précis dans un cadre moins informel, qu'il s'agisse d'un homme d'affaires, d'un artiste, d'un financier ou ce que vous voulez. » Riant légèrement, elle ajouta : « Mais ce peut être aussi une femme, je n'ai rien contre l'idée de travailler pour une femme. L'un ou l'autre, mais c'est la meilleure façon pour moi d'avoir un travail varié qui me donne satisfaction. »

Reed hocha la tête.

« Est-ce que cela pourrait s'étendre à des gens connus ? »

Elle se raidit mais parut ne pas comprendre.

« Pardon ?

– Des célébrités, comme l'on dit.

– Oh ! » Une expression sardonique balaya le visage de la jeune femme. Elle croisa les jambes, noua les mains sur ses genoux, se laissa aller légèrement contre le dossier de sa chaise : tous les signes du rejet, en langage corporel.

« Oh, j'ai eu ma part de célébrités, dit-elle, certainement.

– Aimeriez-vous retrouver un patron célèbre ?

– Oh, non, dit-elle en accompagnant ces mots d'un geste négatif de la main.

– Non ? s'étonna Reed en l'observant attentivement. Cela vous ennuierait de m'expliquer pourquoi ?

– Je suis une bonne secrétaire particulière, dit Mlle Henderson, désignant le formulaire de candidature posé sur le bureau, et tout le monde vous le confirmera. Mais les gens célèbres ont la grosse tête, ce sont les pires.

– Vraiment ?

– Ils estiment être ce qu'il y a de plus important sur cette terre, et *mon* travail consiste à en convaincre le reste du monde. Plus de vedette de cinéma pour moi, merci. Donnez-moi une gentille femme de médecin, un importateur, un magnat du pamplemousse. »

Reed sourit. Il la comprenait très bien et, dans une certaine mesure, était de son avis. Il avait son lot de vedettes, parmi ses clients, et les magnats du pamplemousse étaient certainement d'un commerce beaucoup plus agréable.

« Vous avez l'air bien sûre de vous.

– C'est parce que je le suis.

– Donc, si j'avais une célébrité à vous proposer, vous refuseriez le poste sans appel ? »

Elle fronça les sourcils, comme si la décision était vraiment difficile à prendre.

« C'est-à-dire... pas de façon catégorique. J'imagine que cela dépendrait. Mais sincèrement, j'aimerais mieux ne pas replonger dans cette foire d'empoigne.

– La personne à laquelle je pense, lui dit Reed avec précaution, est John Michael Mercer.

– Oh ! » Elle eut l'air surpris, décontenancé même, par cette perspective. « Eh bien, je ne sais pas... Il est vraiment célèbre et... Je ne voudrais pas refuser un bon emploi, mais... Enfin, je pense qu'il faudrait que je lui parle d'abord, pour voir si nous nous entendons...

– Bien entendu », dit Reed. Un léger sourire aux lèvres, il baissa enfin les yeux sur le dossier de candidature. Ce devait être solide, évidemment, les références allaient résister à toutes les vérifications. Continuant de sourire en pensant à la perversité et l'intelligence de l'esprit humain, il plia le formulaire en deux, puis en quatre, et se baissa pour le jeter d'un geste théâtral dans la corbeille à papier. « Merci beaucoup, mademoiselle... Bon, autant continuer à vous appeler mademoiselle Henderson, n'est-ce pas ? Merci d'avoir pensé à nous. »

Les yeux ahuris de la jeune femme se fixèrent alternativement sur lui et la corbeille à papier. « Mais que faites-vous ?

– Non que cela ait une grande importance, mais j'aimerais bien savoir pour qui vous travaillez, par pure curiosité. L'*Enquirer* ? *People* ? *Sixty Minutes* ?

– Je n'ai pas la moindre idée de ce que... bafouilla-t-elle. Je suis juste...

– Votre méthode d'approche était charmante, lui assura Reed qui ne voulait pas complètement lui gâcher sa journée. Pas d'une folle originalité, évidemment, mais c'est si rare. N'empêche, charmante. Et vous avez fait ça très bien. »

Le jeune femme, visiblement vexée, l'étudia quelques secondes et changea brusquement de comportement. Son attitude se fit plus décontractée, son expression plus franche, sa bouche plus sensuelle.

« Alors, qu'est-ce qui n'a pas marché ? »

Reed sourit. Il l'aimait bien, vraiment. Dommage qu'il ne puisse la détourner de son actuel employeur pour la placer chez quelqu'un de valable. Mais d'un autre côté, comment lui faire entièrement confiance ? Personne ne le pouvait.

« Vous avez changé d'avis un quart de seconde trop tôt », expliqua-t-il.

Elle se leva, hocha la tête et lui rendit son sourire : « C'est que je débute à ce jeu-là.

– Vraiment ? s'étonna Reed, la trouvant tout à fait sympathique. Eh bien qu'est-ce que ce sera, quand vous aurez un peu d'expérience ! »

« L'homosexualité est liée à l'athéisme, déclare un expert », dicta Jack.

« Massa déteste les pédés, lui rappela Mary Kate sans cesser de taper.

– Non, non, objecta-t-il. Mais il est vrai qu'il ne toucherait pas aux lesbiennes avec des pincettes. Vous vous rappelez ce titre formidable que j'avais trouvé ?

– Je me souviens. »

Jack leva les yeux, évoquant la chose avec des étoiles dans les yeux. « La femme d'un écrivain célèbre le plaque pour une actrice. »

« Massa est allé se laver les mains après avoir entendu ça, se souvint Mary Kate.

– J'avais tout, gémit Jack. Des enregistrements de conversations téléphoniques, des témoignages de leurs meilleurs amis. Ma couverture était meilleure que celle de J. Edgar Hoover.

– Et Massa a dit non, insista Mary Kate. Il déteste les pédés.

– Il déteste les *gouines*, rectifia Jack. C'est parce qu'il ne voit pas ce qu'il pourrait leur vendre. Ce que nous avons ici, c'est l'homosexualité masculine, dont il se fout complètement, doublée d'une vraie histoire de religion, ce qu'il adore. Attendez un peu, vous allez voir.

– Des grandes ratures rouges, dit Mary Kate. Je les vois d'ici. »

Ida Gavin pénétra dans l'espace-bureau.

« Espionnage industriel », annonça-t-elle en lançant un regard à Mary Kate. Jack regarda également Mary Kate, hocha la tête dans sa direction et demanda à Ida :

« Elle est innocente ?

– Oui.

– Par conséquent, tu peux parler devant elle. »

Mary Kate lança un regard appuyé à Jack pendant qu'Ida poursuivait : « Je n'ai trouvé personne qui entretienne une relation spéciale, ou ordinaire d'ailleurs, avec Cartwright. » (Elle ne l'appelait jamais « Boy ».) « Quant aux gens susceptibles de faire l'objet d'un chantage, je n'ai rien de solide encore, mais il y a une piste qui mériterait d'être approfondie.

– Et quelle serait cette piste ?

– Phyllis Perkinson. »

Le regard de Jack se perdit au fond de la salle, vers les rangées de reporters. Il pouvait voir Phyllis en train de téléphoner, se lançant dans son baratin en faisant de grands gestes. Jack revint à Ida. « Raconte-moi ça.

– Elle a travaillé deux ans pour le magazine *Tendances.* »

Tendances était un magazine branché pour les jeunes gens chics de New York, du genre qui réussit en publiant la liste des soixante meilleures pizzérias des États-Unis dans le même numéro que les scandales immobiliers de la haute finance. Bref, une publication donnant des recettes aux jeunes nantis titulaires d'une maîtrise de gestion. Jack hocha la tête : « Je le savais.

– Elle travaillait aux projets spéciaux sous la supervision de David Levin.

– Ça, je l'ignorais, admit Jack. Ensuite ?

– Elle est partie. Elle n'a pas été licenciée, rien n'indique qu'il y ait eu le moindre problème. Elle a bouclé un article sur la présence de jambon dans des hot-dogs casher, l'a remis à son supérieur, a donné sa démission et est venue ici.

– Avec une augmentation de salaire ?

– Bien évidemment.

– Et un meilleur climat, dit Jack en haussant les épaules. C'est la même histoire pour tout le monde, Ida. Qu'est-ce qui te gêne là-dedans ?

– Je ne sais pas encore.

– Tu veux poursuivre dans cette voie ?

– Oui.

– Alors, poursuis. Tu sais que je fais confiance à ton instinct.

– Merci. » Jack allait se détourner mais Ida n'avait pas terminé.

« John Michael Mercer », ajouta-t-elle. Jack lui consacra alors *toute* son attention. « Vas-y, Ida.

– Hier, il a pris un avion pour Boston, le jet de sa chaîne de télévision.

– Seul ?

– Selon notre contact à Logan, il était accompagné d'une femme nommée Felicia Nelson », poursuivit Ida, imperturbable.

Jack s'illumina comme un jeu vidéo. « Felicia *Nelson* ! Oh, Ida ! Où sont-ils descendus ?

– Ce matin, ils sont rentrés tous les deux de Boston pour aller s'enfermer dans la maison de Mercer à Palm Beach. »

Mary Kate se retourna à moitié et scruta pensivement le visage d'Ida. Jack plissa des yeux en regardant celle-ci. « Ils sont partis hier et rentrés aujourd'hui ? Qu'est-ce que tu en déduis, Ida ? Que faut-il en penser ?

– Jusqu'ici, nous n'avons aucun élément provenant des services d'état-civil de la mairie de la capitale du Massachusetts. Mais nous sommes sur le coup.

– Un certificat de mariage, Ida ? Est-ce bien ce qui se trouve au bout de cet arc-en-ciel ? Ou sommes-nous en train de prendre nos désirs pour des réalités ?

– Nous le saurons très bientôt, promit Ida. Tu veux que je suive la piste *Tendances* ou la piste Felicia Nelson ? »

Jack réfléchit. « *Tendances*, lâcha-t-il. Mais pas un mot sur Felicia Nelson à un seul des membres de l'équipe.

– D'accord.

– Ni sur Boston.

– N'en ai jamais entendu parler », conclut Ida.

2

Samedi matin. C'est bien parce qu'elle était en panne avec *L'Heure du héros* et ne pouvait se résoudre à jeter un coup d'œil aux trois autres embryons de manuscrits (qui, du fond de leur tiroir, lui envoyaient des ondes de reproche) que Sara était en train de lire les messages punaisés au mur, devant son bureau, dans sa chambre du Sybarite. Et c'est ainsi que son regard s'arrêta sur le numéro d'immatriculation et la description de ce qu'elle aurait certainement appelé « la voiture de la mort » si elle avait pu rédiger un article.

Après son échec de la veille à l'agence Henry Reed (Seigneur, ce type était vraiment fort ! Comment l'avait-il démasquée si vite ?) Sara avait téléphoné à Jack avant de quitter Miami. Elle se sentait complètement déprimée, surtout après avoir plané dans les hauteurs après son résultat magistral dans l'affaire des jumeaux. Il dut l'entendre au son de sa voix, car lorsqu'elle lui demanda quelle serait sa prochaine mission, il répondit : « Rien. Nous sommes vendredi. Rentrez chez vous, Championne, profitez du week-end. Nous nous verrons lundi à la mine. »

C'était vraiment sympa de sa part, mais le temps de rentrer de Miami, l'après-midi était largement entamée et la plage à laquelle elle avait librement accès était déjà plongée dans l'ombre de son immeuble. Aussi avait-elle filé à la bibliothèque du coin, histoire d'effectuer quelques recherches indispensables pour *L'Heure du héros*. Il y avait tellement de détails qu'elle ignorait en matière de romans d'espionnage : caractéristiques des armes à feu, noms des aéroports et des gares ferroviaires, histoire des lointaines provinces d'Europe de l'Est.

Sara s'était immergée quelques heures dans les sources pauvrettes de la bibliothèque. Puis, de retour à la maison, elle avait trouvé Phyllis qui, ayant passé un jean coupé aux genoux et un T-shirt, empilait de ravissants vêtements de week-end dans son petit sac de voyage. Jetant avec désinvolture quelques propos sans conséquence en direction de Sara, Phyllis s'était volatilisée dans un nuage de bonne humeur, lui laissant l'appartement pour deux jours. (Phyllis n'avait jamais prononcé un mot concernant l'homme qu'elle rejoignait en fin de semaine et comme Sara ne l'avait pas encore rencontré, elle en déduisait qu'il était marié.)

Elle passa le vendredi soir toute seule en compagnie de plats surgelés et de programmes télévisés, mais le samedi matin se révéla être chaud, ensoleillé et moins humide qu'on aurait pu s'y attendre en été ; aussi s'offrit-elle du bon temps sur la plage, éliminant en nageant les courbatures acquises dans l'avion et sur sa chaise de bureau. Là, elle rencontra un dénommé Bob, un beau garçon qui travaillait pour une charge d'agents de change de Boston. Il était venu passer une semaine auprès de ses grands-parents qui avaient un appartement au Sybarite (la plupart des résidents étaient considérablement plus âgés que Sara et Phyllis), et ils s'étaient très bien entendus tous les deux jusqu'au moment où, en réponse à sa question, elle lui avait avoué comment elle gagnait sa vie, déclenchant ses sarcasmes.

Qu'il fît preuve d'un sens de l'humour infantile, passe encore, mais le pire, c'est qu'il s'attendait à ce qu'elle abonde dans son sens. Pensait-il vraiment que pour travailler à *Galaxy*, l'intelligence était superflue ? Que cela ne demandait ni vivacité d'esprit, ni astuce, ni contrôle de soi ? Si l'on vendait plus de cinq millions d'exemplaires du journal chaque semaine, c'est que ce n'était pas complètement nul. Elle essaya de lui expliquer tout ça, elle essaya même de lui raconter l'histoire des jumeaux centenaires (son plus grand triomphe à ce jour, nom d'un chien !), mais plus elle essayait de se justifier, plus l'incompréhension se mêlait au mépris sur le visage de l'Apollon des Plages. « Vous me faites marcher ! » répéta-t-il si souvent qu'elle finit par répondre : « Risque pas. Pour aller où ? » Et mettant abruptement fin à sa séance de bronzage-natation, elle le planta bouche bée sur la plage.

De retour dans l'appartement, elle déjeuna tôt en marmonnant entre ses dents toutes les reparties assassines qu'elle aurait dû servir à ce taré de Bostonien. Elle était sur le point de s'asseoir à son bureau, munie des renseignements glanés la veille à la bibliothèque, lorsqu'on sonna à l'entrée.

Serait-ce donc lui, le Génie du Bord de Mer ? Tout à fait improbable, mais comme ce serait délicieux de pouvoir lui décocher pour de bon les flèches meurtrières qui lui étaient venues trop tard à l'esprit ! Le cerveau bouillonnant de sarcasmes vipérins, elle traversa en hâte le salon, ouvrit largement la porte et se retrouva... devant un technicien de la Compagnie des téléphones.

Enfin, une technicienne. Oui, une femme, du même âge qu'elle et d'une beauté saisissante, des tonnes de cheveux roux encadrant un ovale parfait. Vêtue d'un T-shirt, de jeans coupés aux genoux, de chaussettes tubes à rayures vertes, de solides chaussures montantes en cuir marron et d'une large ceinture bardée d'outils divers.

« Désolée de vous déranger, dit la technicienne. Nous avons un petit problème à l'étage supérieur et j'ai besoin de passer par la fenêtre de votre cuisine pour atteindre le boîtier.

– Bien sûr, dit Sara. Entrez donc. » Et comme n'importe quelle distraction est bienvenue lorsque votre bureau croule sous le travail à terminer, Sara suivit la technicienne dans la cuisine pour voir ce qui allait se passer ensuite.

Ce qui se passa ensuite fut qu'elles engagèrent la conversation. Dévorée de curiosité, Sara ne put s'empêcher de poser la question : « Comment avez-vous fait pour vous retrouver avec ce genre de boulot ?

– Oh, j'adore ça ! répondit la technicienne. Mon père et mon frère travaillent aussi pour Bell. Je déteste les bureaux et tous ces trucs-là, et puis c'est intéressant, je me balade, je rencontre des gens, ils ont tous des activités différentes. »

Sara regarda la fille se jucher sur le rebord de la fenêtre pour traficoter dans une boîte de raccordement qui se trouvait sur le mur extérieur. « Je ne vois pas encore l'accroche, dit-elle, mais je suis sûre qu'on pourrait faire un papier sur vous. »

La technicienne sourit d'un air intrigué : « Un papier ?

– C'est-à-dire que... je travaille pour un journal, voyez-vous, et...

– Un journal ? Lequel ? Le *County* ?

– Non. » Un brin gênée, regrettant vaguement d'avoir abordé le sujet, Sara avoua :

« *Galaxy-Hebdo*, pour être...

– Sans blague ? Mais *j'adore* ce journal !

– Vraiment ? s'étonna Sara.

– Je le lis chaque semaine. Vous travaillez vraiment pour eux ?

– Eh bien, oui », dit Sara, passant en souplesse de l'embarras à une curieuse fierté.

La technicienne rayonnait au cœur de sa forêt de cheveux roux.

« Et vous pensez que vous pourriez me mettre dans *Galaxy* ?

– C'est que... je n'en suis pas encore sûre, je n'ai pas trouvé l'accroche, le déclic... Nous pourrions peut-être bavarder un peu, euh...

– Bien sûr ! Laissez-moi juste terminer ce truc.

– Je vais chercher mon appareil. »

L'intervention de la technicienne sur la boîte de raccordement dura peu de temps, que Sara mit à profit pour prendre trois ou quatre photos. En tant que femme, et féministe de surcroît, elle était par principe opposée à l'utilisation racoleuse des charmes féminins, mais cette fille, avec ses jambes interminables finissant dans de grosses chaussures de chantier et son corps svelte enchâssé dans un épais ceinturon bardé d'outils de toutes sortes, sublimait le concept. Comment être un objet sexuel sans être un objet sexuel.

Elles s'assirent ensuite à la table de la cuisine et bavardèrent une vingtaine de minutes devant une tasse de café. Pendant tout ce temps, Sara ne cessa de chercher l'accroche qui ferait de cette fille un sujet pour *Galaxy*. Plus exactement, un sujet qu'elle-même pourrait vendre à Jack Ingersoll, que celui-ci pourrait vendre à Massa, et que tous pourraient alors vendre au Rewriting et aux évaluateurs. Pas facile.

En fait, pas facile du tout, du moins pour l'instant. La fille (elle s'appelait Betsy Harrigan) était un brin trop gaie, trop rayonnante et trop *compétente* pour fournir de la bonne copie. Elle n'avait aucun problème, les clients ne lui tapaient jamais dessus, ses collègues ne la jalousaient pas, elle n'avait aucune revendication à brandir aux yeux du monde, et aucun miracle ne lui avait permis d'en arriver là où elle était. « Il y a *quelque chose*, finit par dire Sara. Je sais que vous cachez un sujet quelque part, mais je n'arrive pas à mettre le doigt dessus. Laissez-moi y réfléchir et je vous rappellerai, d'accord ?

– Bien sûr, dit Betsy, quand vous voudrez.

– Dans l'intervalle, je vais faire développer ces photos et en parler à mon rédac-chef, nous verrons ce qu'on peut en sortir.

– Je suis terriblement excitée, avoua Betsy avec un sourire éclaboussant. Si je me retrouvais dans *Galaxy*, maman se retournerait comme une crêpe.

– Je veux bien le croire. Je vous rappellerai dans les semaines qui viennent, enfin, j'espère. »

Betsy partit et Sara retourna à son bureau, où elle rédigea une courte note sur Betsy Harrigan, technicienne d'intervention sur le réseau téléphonique, afin d'avoir quelque chose de concret par écrit, tant que sa mémoire était encore fraîche. Ensuite, enfin, elle reporta toute son attention sur son roman, *L'Heure du héros*.

Mais ça ne venait pas. Ce fichu bouquin refusait simplement de se produire.

Y a-t-il chose plus exaspérante ? Ici, sur le papier, était le livre en l'état. Là, sur d'autres feuilles de papier, étaient les résultats de recherches, les données, les faits à partir desquels construire la suite de l'histoire. Et ici, dans son cerveau, attendait la suite de l'histoire, ou du moins ses grandes lignes. Seulement, voilà, elle était incapable de se concentrer, de penser au livre plus de deux secondes d'affilée, de composer des phrases qui développent la vie de l'histoire. Tout la distrayait, comme Betsy Harrigan l'avait distraite. Maintenant, cela pouvait être un nuage isolé qui passait derrière la fenêtre ; la mine effilée de ses crayons ; les divers dessins humoristiques, messages et photos épinglés au mur, devant son bureau. C'est ainsi qu'elle se retrouva une fois de plus en train de lire les lignes concernant la Buick Riviera bleu foncé, plaque minéralogique de Dade County, numéro 277-ZR(G / Q / O).

Que s'était-il passé au juste dans cette affaire ? Pourquoi la police ne l'avait-elle pas interrogée ? Cela faisait près de quinze jours, maintenant. Le meurtre avait-il été élucidé ?

Ça, c'était une distraction digne de ce nom. Sans éprouver le moindre sentiment de culpabilité, Sara attrapa l'annuaire téléphonique, releva le numéro du journal local, le composa, demanda la Rédaction, et n'aboutit nulle part. Aucun de ses interlocuteurs ne savait quoi que ce fût, et elle abandonna lorsque le troisième lui suggéra de rappeler le lundi aux heures ouvrables. La phrase « Il n'y a personne ici en ce moment » en disait long sur l'image que ces gens entendaient donner de leur publication. Ayant consulté à nouveau l'annuaire, elle appela la police.

Là, le problème relevait d'un excès de zèle, par opposition au journal qui péchait plutôt par défaut. Sara eut grand peine à convaincre son interlocuteur qu'elle n'essayait pas de *signaler* un meurtre. « Le meurtre a eu lieu il y a douze jours, insista-t-elle. Il a déjà été signalé. »

En tout cas, pas à la police municipale. Lorsque Sara réussit enfin à énoncer clairement sa question, il lui fut répondu que ce crime n'était répertorié nulle part chez les services de police. « Où cela s'est-il passé ? » finit par lui demander l'homme, et quand elle décrivit l'emplacement, là-bas sur la route qui mène à *Galaxy*, il répondit avec un soulagement évident : « Oh, on ne risquerait pas de l'avoir, ce n'est pas notre secteur. Essayez la police de l'État. » Et il raccrocha avant qu'elle ait pu le remercier.

Mais la police de l'État, n'ayant pas davantage de traces du meurtre dans ses registres, suggéra d'essayer le shérif du comté, qui n'avait rien non plus. « Vraiment, je n'y comprends rien », dit Sara à l'homme qui avait répondu au numéro du shérif. « Quelqu'un a forcément *dû* être informé de la présence d'un mort au bord de l'autoroute.

– Avez-vous appelé l'hôpital Shore ? Quelquefois, ils... »

Sachant immédiatement que ce serait une perte de temps de contacter tous les hôpitaux de la région, Sara insista : « Cet homme a reçu une balle dans la *tête*. Il était *mort*. Un hôpital aurait signalé l'homicide, un homme tué par balle, sans...

– Une balle dans la tête ? » Un vague écho d'incrédulité se propagea le long de la ligne pour atterrir dans les oreilles de Sara. « En êtes-vous bien sûre, madame ?

– Évidemment que j'en suis sûre, dit Sara en s'efforçant de garder son calme, faisant appel à tout son sang-froid professionnel. Il a été touché d'une balle au front. Le projectile a éclaté le crâne à l'arrière, mais sans ressortir.

– Et cela se passait... excusez-moi, quand était-ce ?

– Lundi 12 juillet. Je l'ai signalé au gardien qui contrôle l'accès à *Galaxy-Hebdo* », répéta-t-elle, se souvenant au même moment qu'elle n'avait pas revu le gardien depuis ce jour-là. Un embryon de question isolée lui traversa l'esprit – la disparition du gardien avait-elle un sens particulier ? – mais sa réflexion fut interrompue par la question suivante de l'assistant du shérif : « Que faisiez-vous là-bas ?

– J'y travaille. Je suis journaliste, et c'est pourquoi je suis absolument sûre de...

– Oh, pour l'amour du Ciel ! » La voix exprima soudain un profond dégoût. « Vous n'avez donc pas mieux à faire, vous autres, que de monter vos coups foireux avec nous ?

– Quoi ? » Sara était tellement interloquée qu'elle ne se vexa pas tout de suite.

« Toutes les communications que nous recevons sont enregistrées, Mlle *Joslyn*, dit la voix avec un mépris absolu. Si nous entendons encore parler de vous une seule fois, vous aurez de nos nouvelles. » Et il raccrocha le plus violemment possible.

L'air embêté, Phyllis pénétra dans le quadrilatère de Jack à 10 h 45 le lundi matin. « Au sujet de Felicia Nelson », dit-elle.

Au même moment, Jack se sentait relativement humain, ayant obtenu neuf oui à la conférence éditoriale du matin et eu droit aux louanges publiques de Massa pour la quantité d'articles qu'il avait réussi à faire passer dans le dernier numéro de *Galaxy*. C'est pourquoi il ne montra pas les dents et ne gémit pas de désespoir en la voyant. Bien au contraire, il dit simplement : « Raconte-moi ça, ma chère Phyllis, dis-moi tout ce que tu sais de Felicia Nelson.

– Il n'y a pas de *tout*, voilà le problème. En vérité, il n'y a presque rien.

– Tout le monde est quelqu'un, Phyllis, lui dit Jack. C'est une règle de philosophie. Allons, raconte-moi. Qui est Felicia Nelson, que fait-elle ?

– Bon, commença Phyllis, elle est née et a grandi à Whittier, en Californie.

– Eh bien, tu vois ? Nous avons déjà des éléments de décor. J'imagine qu'il n'y a aucun lien avec Nixon.

– Pardon ? » Phyllis n'avait pas du tout l'air dans le coup.

« Peu importe, dit Jack. De toutes manières, ça ne passerait pas le cap du stylo rouge de Massa. » En général, Massa préférait les politiciens du parti Républicain, à l'exception toutefois des réformateurs, qu'il jugeait haïssables et contre nature, à l'instar des hermaphrodites. « Allez, Phyllis, brosse-moi la toile de fond.

– Il n'y en a pas, c'est bien le problème. En dehors de Lady Di, personne n'a jamais mené d'existence aussi vide. Elle n'a jamais été mariée, elle n'a pas avorté (du moins pas qu'on sache), elle n'a jamais été vidée de son job et personne ne lui a fait de procès.

– Comme c'est fastidieux. Cette petite m'est sympathique. Mais il a dû lui arriver *quelque chose* avant ce fameux jour où elle a rencontré John Michael Mercer.

– En tout cas, je ne l'ai pas trouvé, avoua Phyllis. Elle a suivi des cours de secrétariat. Maintenant, elle travaille pour une compagnie d'assurances. »

Un sourcil arqué, Mary Kate leva les yeux dans leur direction. « Elle porte toujours des sous-vêtements blancs.

– Ça ne m'étonnerait pas, dit Phyllis.

– Très bien, reprit Jack. Lieu, date et circonstances de ce fameux jour ci-dessus mentionné. »

Phyllis eut à nouveau l'air largué.

« Quoi ?

– Où et quand se sont-ils rencontrés, Mercer et elle ?

– Je l'ignore, dit Phyllis.

– Voilà qui est malencontreux, parce que si tu l'ignores, je ne le sais pas davantage, or Massa *voudra* savoir.

– Je fais de mon mieux, dit Phyllis, l'air tourmenté.

– J'en suis convaincu, mon chou. Connaîtrions-nous, par chance, le nom du bienheureux employeur de Mlle Nelson ?

– Feingold et Robinson, assureurs à Fort Lauderdale, répondit promptement Phyllis.

– Excellent. Peut-être M. Mercer avait-il un sinistre à leur soumettre. Et que fait Mlle Nelson pour MM. Feingold et Robinson ?

– Elle est secrétaire.

– Humm. » Jack réfléchit à diverses options et finit par dire : « Très bien, Phyllis, continue à creuser le passé de Mlle Nelson. Il doit y avoir *quelque chose*. Est-elle abonnée à *Hustler* ? Suit-elle une analyse ? Trouve quelque chose qui rendra Felicia Nelson aussi fascinante à mes yeux qu'elle l'est à ceux de John Michael Mercer. Tu vas pouvoir ?

– Veux-tu que je trouve comment ils se sont rencontrés ? demanda Phyllis.

– Non, nous mettrons un de nos infatigables limiers sur cette piste-là. Allez, Phyllis, ouste ! Et estime-toi heureuse. Si tu m'avais apporté ces minables renseignements vendredi, tu serais repartie avec des marques de dents sur la peau. »

Phyllis lança un petit rire qui ne réussit pas à compenser son air tourmenté. « Je ferai de mon mieux », dit-elle, ressortant en hâte.

Jack la regarda s'éloigner. Lorsqu'elle fut hors de portée de voix, il marmonna : « Comme dirait Massa, ne faites pas de *votre* mieux, faites de *mon* mieux. J'aimerais avoir assez de culot pour sortir ça à quelqu'un. »

Mary Kate interrompit la frappe pour le regarder. « Quand je pense à toutes les choses que vous avez pourtant le cran de dire.

– Oh, la barbe, Mary Kate ! Je suis simplement un petit plaisantin, tout le monde sait ça. » Il appuya sur une touche et à l'autre bout de la pièce, Sara sursauta en voyant la lumière blanche clignoter sur son téléphone. Elle répondit « Allô ? » et Jack lui dit : « Ici la voix de votre maître. Devinez quoi ? Vous allez adorer Fort Lauderdale. »

En quittant *Galaxy*, Sara arrêta sa Peugeot devant la guérite du gardien, qui lui avait pourtant fait signe de passer. Tandis que sa vitre s'abaissait, réduisant à néant les efforts de la climatisation qu'elle venait de brancher, le gardien s'approcha pour voir ce qui n'allait pas. C'était toujours le même Noir rondouillard.

« Oui, m'selle ?

– Vous vous souvenez de moi ? C'est moi qui ai laissé mon autocollant provisoire sur une voiture de location, il y a deux semaines. »

Le gardien ébaucha un vague sourire :

« Ouais, j'me rappelle. Et vous êtes revenue le vendredi au lieu du samedi.

– Exactement, confirma Sara en hochant la tête, lui souriant pour le remercier d'avoir si bonne mémoire. Mais voilà le problème, ce n'est pas vous qui m'avez remis cet autocollant provisoire la première fois. »

Il la regarda, n'ayant pas la moindre idée de ce qu'elle avait en tête.

« C'était pas moi ?

– Non. Il y avait un autre gardien qui assurait le service ici ce lundi matin-là. Ça fait deux semaines aujourd'hui. »

Le gardien afficha un autre sourire vague, quoique imperceptiblement différent : celui-ci impliquait que Sara avait une idée en tête et qu'il savait ce qu'elle mijotait. « Vous voulez dire qu'il aurait dû vous mettre en garde contre la perte de cet autocollant ? C'était sa faute, hein ?

– Non, non, dit-elle d'un ton rassurant. Ça, je ne le reproche à personne, je suis la seule à blâmer, honnêtement. De toutes manières, c'est une affaire réglée, je ne suis plus en difficulté.

– Je suis heureux de l'apprendre, dit-il, parfaitement neutre.

– C'est seulement que ce matin-là, quand je suis venue ici pour la première fois, j'ai confié quelque chose de précis à ce gardien, un fait, et je voudrais le revoir pour m'assurer qu'il m'avait bien comprise. Je sais que ça paraît bizarre », ajouta-t-elle avec empressement, comme pour souligner que cela devait avoir l'air faux et bricolé, « mais il saura de quoi je parle. Toujours est-il que j'ai attendu le moment de le revoir, je l'ai guetté, mais j'ai l'impression que c'est toujours vous ou ce type tout maigre...

– Mon remplaçant, dit le gardien en hochant la tête. Ce n'était pas lui, des fois ?

– Non, il était plus âgé, le teint très basané, avec un visage très buriné.

– Oh, ce doit être Jimmy, dit le gardien en secouant la tête comme si l'on venait de réveiller un mauvais souvenir. C'est vrai, il nous a quittés à peu près à ce moment-là. Il y a deux semaines ? Ouais, c'est là qu'il est parti. Ça m'a rendu les choses vraiment difficiles, je peux vous le dire.

– Il est parti ? répéta Sara, se hâtant aussitôt d'ajouter, en bonne journaliste : Il s'appelait Jimmy ? Jimmy comment ?

– Taggart. Mais ne vous avisez pas de faire appel à lui pour prouver quoi que ce soit ici ; au journal, on traîne son nom dans la boue. Il a pris ses cliques et ses claques sans crier gare. Ils m'ont trouvé au téléphone au moment même où je filais à la pêche.

– Et il a fait ça il y a deux semaines ?

– Ouais, à peu près... mais attendez une minute. »

Le gardien rentra dans sa guérite de plâtre et de verre tandis que Sara notait *Jimmy Taggart* sur le bloc-notes ouvert à côté d'elle. Le gardien revint en hochant la tête d'un air satisfait : « C'est bien ce que je pensais. Lundi 12 juillet, comme je vous le disais. Normalement, le lundi est mon jour de congé, mais comme vous pouvez le constater, je suis là quand même, un lundi ; nous sommes encore à court de personnel. Pas facile de trouver des gens fiables de nos jours, vous savez. »

Il est parti ce jour-là, songea Sara, ce n'est pas une coïncidence. « Eh bien, je vais devoir trouver un autre moyen de vérifier ce fait que je lui avais confié. Merci tout de même.

– Dans ce cas, je vous souhaite bonne chance », conclut le gardien en s'écartant de la voiture.

Elle le remercia une dernière fois, remonta sa vitre et prit le chemin de Fort Lauderdale où elle devint une jeune femme d'affaires dynamique nommée Alice Tucker. Propriétaire d'un magasin de jeans d'occasion à Boston, elle envisageait de s'agrandir en ouvrant une annexe dans le secteur de Fort Lauderdale, où elle cherchait également une maison à acheter. Elle ne gagnait pas sa vie en vendant des jeans, bien entendu, ça, c'était juste pour s'amuser. Elle vivait de sa pension alimentaire, ce qui faisait d'elle une interlocutrice solide et fiable. Toutefois, elle prenait très au sérieux la partie professionnelle de son existence, aussi voulait-elle connaître dans le détail les différents contrats d'assurance personnelle et professionnelle que l'on pouvait souscrire en Floride, sachant que les lois en la matière diffèrent d'un État à l'autre.

Pendant les deux heures qu'elle passa au cabinet Feingold & Robinson, Sara parla avec quatre employés aussi talentueux que soucieux de bien faire, résista aux avances de deux d'entre eux, apprit un nombre considérable de choses sur l'assurance personnelle et professionnelle en Floride et ne réussit ni à voir Felicia Nelson, ni à apprendre quoi que ce soit à son sujet. (L'unique photo de Felicia Nelson en possession de *Galaxy*, prise au téléobjectif du bord d'un bateau ancré au large de la propriété de John Michael Mercer à Palm Beach, avait tellement été agrandie qu'il en résultait un brouillard de points gris, mais l'être humain qu'elle représentait était encore identifiable, debout dans sa jupette légère et sa chemisette foncée sur le ponton de Mercer, souriant à Mercer qui se tenait en contrebas dans sa vedette ultrarapide du modèle appelé « cigarette », le *Zoom*. Si Felicia Nelson avait été chez Feingold & Robinson ce jour-là, Sara l'aurait su.)

Et zut ! Il n'était pas possible de parler de Felicia Nelson dans ces bureaux, ni même de mentionner son nom. La couverture de Sara risquerait d'exploser. Aussi, quand elle arriva au bout du rouleau, n'ayant plus la moindre question à poser et ayant entendu de la bouche des employés de F. & R. toutes les variantes possibles en matière d'assurance, Sara prit-elle congé le sourire aux lèvres, promettant de donner de ses nouvelles. Puis elle alla passer le reste de la journée dans sa voiture garée au bout de la rue, l'agrandissement de la photo posé sur le siège à côté d'elle.

Toujours pas de Felicia.

Jacob Harsch mettait rarement les pieds dans la section des rédacs-chefs, et lorsque d'aventure il le faisait, c'était toujours une surprise de le voir se conformer au tracé des lignes noires. L'on aurait raisonnablement pu s'attendre à ce que Jacob Harsch traverse naturellement les murs. Pourtant, ce n'était pas le cas. Il tournait à gauche, puis à droite, suivait les cloisons et les couloirs indiqués par les bandes noires, arpentant le vaste espace comme n'importe quel quidam, et chaque fois que l'événement se reproduisait, chacun des occupants de la section frôlait un peu plus la crise cardiaque. Vu que, évidemment, jusqu'à l'ultime seconde, personne ne savait lequel d'entre eux Jacob Harsch était venu voir.

Jack Ingersoll. Aujourd'hui, c'était Jack. « Bonjour, M. Harsch », lança jovialement Jack avec un grand sourire, mais en clignant sérieusement des yeux quand Harsch franchit l'espace-porte. (Derrière sa machine, Mary Kate commit une des rares fautes de frappe de sa carrière.)

« Bonjour, Jack », répondit Harsch de sa voix froide et parcimonieuse. Il toisa la masse scribouilleuse des rédacteurs comme si, du sommet de sa montagne, il allait offrir le monde à Jack. Au lieu de quoi, donnant plutôt l'impression de présenter un testament particulièrement compliqué devant le tribunal compétent, il dit : « Dans l'affaire John Michael Mercer. »

Jack se leva d'un bond en entendant l'hymne national de *Galaxy*. « Oui, monsieur ?

– Cette fois, expliqua Harsch avec une sorte de satisfaction lugubre, il semblerait qu'il ait l'intention d'épouser la fille.

– Effectivement, monsieur, Ida Gavin pense que ça en prend le chemin.

– Il y a d'autres sources qui étayent la rumeur, dit Harsch. Boy Cartwright a constitué un dossier.

– Moi aussi », affirma Jack tandis que Mary Kate retroussait les lèvres en un rictus meurtrier et, toujours dans le dos de Harsch, faisait mine de vomir dans la corbeille à papier.

« Il va nous falloir la biographie de la fille », poursuivit Harsch, les yeux errant à nouveau sur la Rédaction, comme s'il se dissociait de la conversation. « Ainsi que le récit émouvant de leur rencontre, la célèbre vedette de la télévision et la fille au cœur simple.

– Vous l'aurez, promit Jack.

– Nous voulons l'histoire dans le numéro de cette semaine, dit Harsch en lançant un coup d'œil rapide et acéré à Jack. La semaine prochaine, tout le monde l'aura déjà.

– Je suis dessus, monsieur.

– Si vous voulez que Boy se charge des informations de fond...

– Oh, non, monsieur ! Nous avons déjà réuni presque tous les ingrédients, il ne reste plus qu'à battre les blancs en neige.

– Bon. » Harsch sourit, ce qui n'était jamais un très joli spectacle. « Volonté de Massa », conclut-il en quittant le bureau et ressortant de la Rédaction comme le Véliplanchiste Masqué.

Jack se laissa tomber sur une chaise. Son visage luisait de transpiration.

« Bon Dieu de Bon Dieu. »

Ida, qui attendait à distance depuis quelque temps pour ne pas interrompre Harsch, entra à ce moment-là et lâcha : « Phyllis Perkinson.

– Non, répondit Jack. John Michael Mercer et Felicia Nelson. Où et comment se sont-ils rencontrés ? »

Ida secoua la tête. « Personne ne le sait. Nous avons soudoyé tous les gens que nous avons pu, mais personne de chez nous ne peut répondre à cette question. Un jour, il ne la connaissait pas, le lendemain, c'était fait.

– J'en ai besoin, dit Jack. Il me faut vraiment cette histoire, Ida. »

Ida eut l'air aussi navré que son visage dur le permettait. « Jack, tu me connais, je n'abandonne pas facilement. Mais aucune tierce personne ne sait la façon dont ça s'est passé, voilà tout.

– Ils se regardent dans les yeux, dit Jack. C'est ce moment précis où ils savent, *ce* moment où la chose est certaine. Ida, voulons-nous que cela tombe entre les mains de Boy Cartwright et de ses Mongoliens ?

– Il ne l'aura pas davantage, affirma Ida en retroussant les babines. Tu peux me croire.

– Très bien, dit Jack. Très bien. C'est l'heure des recours désespérés. Trouve-moi un meilleur ami à acheter.

– Son meilleur ami à lui ou à elle ?

– Aucune importance.

– Il y a le type du bateau de pêche que nous avons déjà utilisé. Mercer va quelquefois pêcher en haute mer avec lui. Ils boivent des coups et jouent les machos. Nous pouvons l'utiliser si nous ne citons pas son nom dans le journal. Juste pour confirmer notre propos.

– C'est le type qu'il nous faut, dit Jack. Prends contact avec lui et mets-le en attente.

– Comme si c'était fait.

– Je vais rédiger la rencontre et le coup de foudre, tu demanderas à ton pêcheur de te lire le texte au téléphone et quand nous aurons la bande enregistrée, nous serons couverts.

– C'est aussi facile que de tomber du toit d'une maison, dit Ida.

– Bien. Et *maintenant*, Phyllis Perkinson.

– Elle travaillait pour *Tendances*.

– Ça, je le savais.

– Elle travaille toujours pour *Tendances*. »

Jack la dévisagea avec des yeux ronds. Mary Kate cessa de taper et fit lentement pivoter son fauteuil pour regarder Ida qui resta silencieuse, robot tueur attendant le mot-clé pour passer à l'attaque. Jack demanda d'une voix douce : « Que fait-elle pour *Tendances*, Ida ?

– Je ne le sais pas encore. Mais elle y touche un salaire.

– En plus du nôtre ? Ça, c'est de la gloutonnerie.

– Sur ses relevés téléphoniques apparaît un numéro de Greenwich Village, à New York, qu'elle appelle souvent. Eh bien, c'est le numéro perso de David Levin, le rédacteur en chef responsable des projets spéciaux de *Tendances*.

– Qu'essaies-tu de suggérer, Ida ?

– À mon avis, il faudrait que j'aille à New York, dit Ida. Je crois que je devrais agripper David Levin par les couilles et serrer un bon coup, pour voir. Mais il y a le problème Mercer.

– Non, laisse tomber. Je ne peux pas me laisser doubler par Phyllis Perkinson. Suis cette piste. Tu penses qu'il y a un lien avec la fuite Cartwright ? C'est ce que tu dois trouver.

– Je ne sais pas encore, dit Ida, mais jusqu'ici, c'est la seule fenêtre devant laquelle il y ait des traces de pas.

– Eh bien, suis-les, ces traces, dit Jack. Quant au meilleur ami de Mercer, passe-le à... » Il s'interrompit, faisant le bilan de ses troupes. « Et Sara Joslyn ? Elle partage l'appart de Perkinson, serait-elle dans le coup ?

– Aucune preuve à ce jour. Perkinson et elle ne se connaissaient absolument pas avant tout ceci. À ce que j'ai pu voir, Joslyn n'a aucun lien avec *Tendances* ou David Levin. Cela reste dans l'ordre des choses possibles, mais peu probables.

– Alors, passe-lui le meilleur ami. »

« Je rentrerai assez tard », annonça Sara à Phyllis en traversant le parking en compagnie de nombreux employés dont le mardi laborieux touchait à sa fin.

« Pas de problème, dit Phyllis. Je me sens d'humeur gastronomique, ce soir. Je m'arrêterai au supermarché pour prendre des surgelés. Tu peux te charger du vin ?

– Rouge ou blanc ?

– Blanc, décida Phyllis. Je crois que je vais faire des folies de poisson. »

Affaire réglée. Elles se séparèrent devant leurs voitures respectives, Phyllis sautant à bord de sa Corvette blanche dans un tourbillon de jupe et de longues jambes, Sara montant avec plus de retenue dans sa Peugeot parce qu'elle se sentait fatiguée.

Cela avait été un drôle de mardi. Le matin, à Lantana, elle avait parlé à une Italienne costaude et désagréable qui avait été la propriétaire de Felicia Nelson l'année précédente ; malencontreusement, c'était avant la rencontre avec John Michael Mercer. Cette fois, pas de subterfuge, pas de nom d'emprunt ou de références tordues. Sara avait simplement décliné son identité et son lien avec *Galaxy-Hebdo*, comme Jack l'avait annoncé à la grosse Italienne par téléphone, et celle-ci avait exigé cinq cents dollars. Sara disposait d'un budget de deux cents dollars qu'elle était prête à dépenser entièrement, mais la bonne femme était tellement désagréable que Sara avait marchandé avec une férocité dont elle ne s'imaginait pas capable et réussi à la faire descendre jusqu'à cent cinquante. C'est seulement alors qu'elles avaient parlé, et de l'avis de Sara, cent cinquante dollars, c'était déjà cher payé. Aucun scandale, aucun ragot, aucun indice concernant Mercer, rien. Cela ne faisait que confirmer à quelle bonne fille on avait affaire, le tout était solidement consigné sur bande magnétique et elle avait fait économiser cinquante dollars à *Galaxy*, donc tout le monde devrait être content, normalement.

Le mardi après-midi, il y avait eu le coup de fil du meilleur ami. Ida avait expliqué la situation à Sara le matin même, avant de filer à New York pour une mystérieuse mission en solo. Quand le dénommé Rusty Scanlan appela à deux heures, Sara savait qu'elle était censée grommeler en répétant « oui » aux moments propices. Rusty Scanlan commença par dire : « Vous voulez savoir comment mon pote Johnny Mercer et la gentille Felicia se sont rencontrés, c'est ça ?

– C'est ça, dit Sara.

– Eh ben, j'vais vous le dire », promit-il. Ce qu'il fit, d'une voix lente, monotone et mal assurée, tandis que Sara écoutait sagement, marmonnant de temps à autre : « Euh, euh, oui. Je vois. C'est ça. » Ce n'était même pas la peine de prendre des notes, vu que l'unique raison de cet exercice était l'enregistrement de l'appel sur bande magnétique, que les contrôleurs de faits pourraient vérifier et qui servirait éventuellement de preuve en leur faveur si quelque avocat se dressait sur leur chemin ultérieurement.

Après le soliloque du meilleur ami, il avait fallu procéder à divers coups de fil, tous liés au passé de Felicia Nelson, tous d'un ennui fracassant – le lycée de Whittier, Californie, ce genre de choses – au milieu de quoi elle avait trouvé le temps de chercher dans les annuaires de la région le nom de James Taggart, qu'elle avait trouvé et dont elle avait relevé les coordonnées. Cet ancien gardien de la sécurité de *Galaxy* intéressait beaucoup plus Sara que l'actuel proviseur du lycée de Whittier. Pourquoi l'homme avait-il brusquement abandonné son emploi le jour où Sara lui avait signalé le meurtre ? Pourquoi n'avait-il pas rapporté l'incident à la police ?

Serait-ce lui, le meurtrier ? Mais alors, pourquoi avait-il laissé le corps sur place, aux yeux de tous, et avait-il paniqué seulement après qu'on l'eut découvert ? Et s'il n'était pas le meurtrier, pourquoi avait-il lâché son emploi sans préavis le jour même où elle lui avait fait part de sa découverte ?

Aussi était-ce bien là qu'elle se rendait, avant de rentrer à la maison : elle allait défier James Taggart dans sa tanière, qui s'avéra être une petite bicoque dans un quartier miteux et poussiéreux, pas le contraire du quartier et de la maison de Jack Ingersoll, mais à plusieurs kilomètres de distance. Il n'y avait personne en vue lorsque Sara gara la Peugeot et sortit dans la chaleur accumulée de la fin d'après-midi.

À dix-sept heures trente, en cette fin juillet, le soleil, encore haut dans le ciel occidental, scintillait vivement sur les paisibles stores vénitiens de la résidence Taggart. Sara entendit le grelot de la sonnette d'entrée se propager à l'intérieur de la maison mais personne ne vint ouvrir. Le plancher affaissé du modeste portique, peint en gris plusieurs décennies plus tôt, était maintenant passé de couleur et écaillé. Sara y fit quelques pas pour essayer de jeter un coup d'œil par une fenêtre mais le store était hermétiquement fermé.

Faire le tour par-derrière ?

Des traces de pneus et une tache d'essence sur la terre battue indiquaient l'emplacement où une voiture était habituellement garée, sur le flanc de la maison, dans un fouillis d'herbes folles. Sara contourna la bicoque par ce côté-là pour atteindre l'arrière, constatant au passage que tous les stores étaient fermés. Si elle effleura la poignée de la porte de derrière, qui s'entrebâilla silencieusement à son contact, ce fut plus par dépit que par espoir.

La cuisine plongée dans une pénombre grisâtre évoquait une cave recouverte d'une eau peu profonde. Sara avança un pied, touchant à peine le linoléum période pré-Mondrian, comme si elle redoutait les sirènes d'un système d'alarme ou une trappe surprise. Rien ne s'étant produit, elle porta tout son poids sur ce pied, lentement, et se retrouva à l'intérieur. Tout allait bien.

Enfin, pas si bien que ça, mais elle était à l'intérieur. Elle déplaça son deuxième pied et se retrouvant dans l'entrée, la main toujours sur la poignée, se pencha légèrement en avant pour crier : « Il y a quelqu'un ? »

Pas de réponse. Les mots furent absorbés par la maison comme par du coton hydrophile. Il y avait quelque chose de mousseux dans la qualité de ce silence qui faisait penser à une maison inoccupée depuis un bout de temps. « M. Taggart ? » appela-t-elle ensuite, adoptant un ton plus intime. N'obtenant pas davantage de réponse, elle lâcha la poignée, se résolvant à l'effraction, et fit un pas de plus vers le milieu de la cuisine.

Fallait-il fermer la porte ? Non, plutôt la laisser ouverte. Sinon, cela risquait de passer pour un cambriolage.

Aux yeux de qui ? De n'importe qui. Écartant de mythiques interrogateurs de son esprit, Sara regarda la cuisine autour d'elle. Elle était banale, toute simple, à l'ancienne. Une table de plastique blanc et quatre chaises, les ustensiles habituels, un petit ventilateur portable au-dessus du réfrigérateur. Des stores vénitiens fermés sur la double fenêtre au-dessus de l'évier. Ni vaisselle sale ni reliefs de repas. De l'autre côté, une arcade laissait entrevoir un couloir sombre.

Sara traversa l'innocente cuisine et se tint sous l'arcade. Un couloir tout ce qu'il y a d'ordinaire, avec des murs bleu terne, un plancher nu, des plaques d'isolation phonique au plafond, et la porte d'entrée tout au bout. Ni meubles, ni tableaux, ni patères. Sur la gauche, une large porte avec des angles supérieurs arrondis reprenant le motif de l'arcade, ouvrait sur un coin du salon. Sur la droite, trois portes grises, fermées.

Le silence qui régnait dans la maison, se superposant à une vie nourrie de films et de séries télévisées, suggérait à Sara qu'il y avait un cadavre caché derrière chaque porte, aussi procéda-t-elle avec une infinie lenteur. Mais il n'y avait aucun cadavre dans la maison. La première porte de droite donnait sur une salle de bains étroite, lavabo et baignoire en vieille porcelaine blanche, carrelage noir et blanc. La deuxième conduisait à une chambre à coucher d'un confort spartiate. Il y avait des vêtements usés et moches mais bien entretenus dans le placard et les tiroirs de la commode. Un chandail et une chemise étaient jetés sur une chaise, deux pantoufles gisaient côte à côte sur le petit tapis élimé, un verre vide était posé à côté d'un vieux numéro de *Penthouse* sur la table de chevet. À première vue, Taggart n'avait pas quitté les lieux.

La dernière porte de droite donnait sur une petite chambre de façade, stores baissés et aucun mobilier. En revanche, elle était bourrée à craquer d'un tas de caisses, valises et divers objets au rancart, dont un pneu de voiture et un baril de bière vide. De l'autre côté du couloir, les sièges fatigués et mal assortis étaient regroupés devant un énorme meuble abritant le téléviseur.

Il n'y avait pas d'autre endroit où regarder, ni sous-sol, ni garage, ni appentis. Taggart n'était pas chez lui. Il était au travail, ou en vacances, ou au bar du coin, ou au cinéma. Quelle que fût sa destination, il y était allé avec sa voiture, en tout cas. Sara retourna à la cuisine et avant de partir, releva le numéro inscrit sur le téléphone mural, près du réfrigérateur, avec l'intention d'essayer de le joindre, de temps en temps, puis elle jeta un dernier coup d'œil d'ensemble sur la pièce et ouvrit la porte du réfrigérateur.

Là non plus, pas de cadavre. Plusieurs flacons et pots en verre – ketchup, cornichons, des trucs comme ça –, un paquet de All-Bran ainsi protégé de l'humidité ambiante, un demi-citron qui bleuissait doucement sur sa soucoupe et un carton d'un quart de litre de lait.

C'est le citron moisi qui incita Sara à prendre le lait pour voir s'il avait tourné. Elle n'eut pas besoin de mettre son nez dessus pour savoir. Le seul fait de pincer le carton entre ses doigts dégagea une bouffée pestilentielle qui lui serra la gorge. Elle le remit prestement en place, claqua la porte du frigo et resta plantée là, figée par la nausée.

Combien de temps s'était écoulé depuis que Taggart – ou quiconque – avait regardé là-dedans pour la dernière fois ? Sara se détourna et passa un doigt sur la surface de plastique blanc de la table, creusant une route brillante dans la couche de poussière. Elle alla jusqu'à l'évier, ouvrit le robinet d'eau froide et dut attendre une seconde ou deux, le temps que la rouille disparaisse, pour que l'eau coule normalement.

Cela faisait deux semaines que Taggart n'était pas revenu chez lui. Il n'avait pas déménagé, mais il n'était pas rentré non plus, pas depuis... Probablement depuis le jour où Sara avait signalé le meurtre.

Était-il en fuite ? Était-ce lui, le coupable, après tout ? Avait-elle vraiment fait cette absurdité – signaler un meurtre à celui qui l'avait commis ? Ou avait-il une bonne raison de penser que lui aussi était en danger ? Est-ce qu'en décrivant l'homme mort dans la Buick Riviera bleu foncé, Sara avait sans le savoir lancé à Taggart le signal d'un danger imminent ? Ou alors, quelqu'un l'avait-il payé pour disparaître ?

Il paraissait désormais certain que d'une manière ou d'une autre, Taggart possédait des informations sur ce qui s'était passé. Et Sara avait plus que jamais besoin de lui parler. Mais où avait-il fui ?

La maison ne recelait aucune indication, pas après cet examen superficiel. Pas de message sur le bloc du téléphone, rien de ce genre. Même la fiche d'embauche de Taggart au journal devait en dire plus long, ne serait-ce qu'en indiquant le nom d'un proche. Elle allait certainement trouver le moyen d'y jeter un coup d'œil. Ayant décidé de s'en occuper dès le lendemain, Sara quitta la maison par la porte de la cuisine – en la tirant derrière elle sans la verrouiller, telle qu'elle l'avait trouvée – et regagna la façade par le même chemin qu'à l'aller. Là, elle trouva une femme portant des chaussures de jogging, un jean, un tablier délavé, un T-shirt décoré d'un personnage de dessin animé et des lunettes noires, appuyée au pare-chocs de la Peugeot, bras croisés sur la poitrine dans une posture qui annonçait ouvertement une détermination farouche. « Bonjour », dit Sara, à peu près sûre que les yeux cachés derrière les verres teintés étaient fixés sur elle. « Bonjour à vous, dit la femme. Et où est passé Jimmy Taggart ? » Elle avait une quarantaine d'années, osseuse et nerveuse comme du bétail habitué à couvrir des kilomètres, la voix rauque et cassée par l'association whisky-cigarette.

« Euh, eh bien, dit Sara, interloquée. Mais qui êtes-vous ?

– La proprio », dit la femme, toujours appuyée contre la Peugeot, bras croisés, exprimant clairement que Sara ne partirait pas sans son autorisation. « Et vous, vous êtes sa fille ou quoi ?

– Exactement, Sara Taggart. Comment allez-vous ?

– Extrêmement mal, voilà comment je vais. Mon nom est Carol Bridges et votre père me doit deux semaines de loyer, plus trente dollars qu'il m'avait empruntés en liquide, plus de sérieuses explications. »

Il couchait avec cette femme, se dit Sara. Elle était toujours sidérée de découvrir que des gens beaucoup plus âgés qu'elle avaient encore une activité sexuelle. Et trouvaient le moyen d'avoir des ennuis à cause de ça, aussi. « Je ne sais vraiment pas où est, euh... papa », dit-elle, se ressaisissant au dernier instant (les enfants de Taggart ne l'appelaient certainement pas « père »). Sans traîner, elle enchaîna : « Il ne savait pas que j'allais venir. En fait, je l'ignorais moi-même jusqu'à ce que... enfin, comme je passais dans le coin, je me suis dit... pourquoi pas essayer et, euh... » Tu parles dans le vide, voilà ce que tu fais, se dit-elle alors. C'est ainsi que tu gagnes ta vie, en mentant sept jours sur sept pour *Galaxy*, alors reprends les choses en main. Elle la boucla net, en ayant déjà trop dit.

La bonne femme avait un air drôlement soupçonneux, pour sûr, mais c'était plutôt une attitude générale qu'une méfiance dirigée sur la personne de Sara. Fronçant les sourcils derrière ses lunettes de soleil, elle demanda : « Peut-être que vous pourriez me laisser votre numéro de téléphone, des fois que j'aie besoin de vous joindre ?

– Me joindre ? Pour quoi faire ?

– Si vous voulez payer le loyer en retard, remettre les pendules à l'heure, suggéra la femme, ça serait bien aussi. Parce que sinon, il va y avoir un moment où toutes les affaires de Jimmy vont sortir d'ici et je vais louer à quelqu'un d'autre.

– Oh, bien sûr, certainement », dit Sara, pensant qu'il y aurait peut-être avantage à établir ce contact avec la dernière adresse connue de Jimmy Taggart. « Et vous pouvez aussi me donner le vôtre.

– D'accord », dit la femme en décroisant les bras. Elle fouilla dans la poche de son tablier et en sortit un bloc-notes de l'*Holiday Inn* ainsi qu'un stylo du *Sheraton*. « J'habite juste au bout de la rue, là. »

Et vous gardez un œil sur la maison, pensa Sara. « Je vais rester dans le coin quelques jours, expliqua-t-elle. En fait, je travaille à Charleston, mais je vais vous laisser le numéro de l'endroit où je suis en ce moment.

– Parfait. » Derrière les lunettes, les yeux étaient sur le qui-vive, mais sans méfiance. La femme nota rapidement son nom, son adresse et son numéro de téléphone, arracha la page du bloc-notes et la tendit à Sara qui répondit : « Ma copine s'appelle Sara Joslyn, vous pouvez demander à parler à l'une de nous deux. » Elle dicta son numéro à la femme et ajouta : « Si pè... papa revient, ça vous ennuie de me prévenir ?

– Ben, j'lui dirai de le faire. C'est votre père, après tout.

– Oui, mais vous savez comment il est, insista Sara sur le mode de la complicité entre femmes. La tête ailleurs, pas toujours très fiable.

– Ça, c'est bien vrai, il est comme ça, dit la femme, tombant dans le piège. Bon, d'accord, je vous appelle dès qu'il rapplique.

– Merci infiniment », dit Sara en contournant la Peugeot pour regagner son siège.

La femme s'écarta de la voiture et se tourna vers elle. « Mais s'il n'est pas de retour ce week-end, faudra que vous soyez prête à venir récupérer ses saloperies dimanche, parce que sinon, moi, je balance tout sur le trottoir. J'ai mes propres factures à payer, vous comprenez. Il faut que je loue cet endroit.

– Oh, je suis sûre qu'il sera rentré, affirma Sara. Vous connaissez papa ! »

3

Depuis son divorce, David Levin, rédacteur en chef responsable des projets spéciaux à *Tendances*, « le Magazine qui saisit l'instant », habitait un joli petit appartement dans Bank Street, paisible rue de Greenwich Village bordée de trottoirs d'ardoise et de maisons de brique d'une authenticité tellement superficielle que l'on n'arrêtait pas d'y tourner des films, ce qui était d'ailleurs à peu près le seul inconvénient du lieu. Ça, plus le fait que David ne vivait pas dans une charmante vieille maison de brique du XIXe siècle mais dans un de ces petits immeubles d'après-guerre pour l'édification desquels on avait détruit les autres, du temps où la Landmarks Commission n'existait pas encore. Cela dit, quand il regardait par sa fenêtre, il n'avait que des choses délicieuses sous les yeux. Si les gens qui occupaient effectivement les maisons charmantes en étaient réduits à contempler son immeuble banal, qui s'offrait à leur vue, c'était pas de pot, voilà tout.

Le courrier était distribué tous les matins entre neuf heures trente et dix heures dans la rue de David. Sa position au journal étant suffisamment solide pour qu'il puisse choisir ses horaires de travail, il quittait régulièrement son domicile vers dix heures quinze, ramassait son courrier au passage, prenait la 7e Avenue jusqu'au centre-ville et arrivait au bureau juste avant onze heures, ce qui lui laissait amplement le temps de régler ses coups de téléphone et autres problèmes avant le déjeuner.

En ce vendredi matin de la fin juillet, avec une température et un taux d'humidité planant aux alentours de 32, – et on n'était que le matin, juste ciel ! – David était légèrement en retard sur son horaire habituel, ce qui dérangeait quelqu'un dont il ne connaissait pas encore l'existence et allait lui coûter cher à un point qu'il ne comprendrait jamais. Il était dix heures trente passées lorsqu'il prit l'ascenseur pour descendre de son appartement du dernier (sixième) étage, ouvrit la serrure de sa boîte à lettres, retira son épaisse liasse de courrier, jeta dans la corbeille à papier prévue à cet effet tous les prospectus, dépliants publicitaires et autres catalogues du même acabit, et sortit sur le trottoir paisible de Bank Street, examinant les quelques lettres échappées de la purge avec une telle concentration qu'il ne la vit pas débouler sur sa bicyclette, en plein trottoir. À ce moment-là, une voix affreuse hurla « Attention ! » et elle lui rentra dedans avec assez de violence pour le propulser en l'air et l'envoyer atterrir de tout son long dans la rangée de poubelles alignées contre la façade. (C'était son châtiment pour être parti si tard au bureau. À l'origine, Ida Gavin envisageait seulement de le bousculer un peu.)

Les poubelles se télescopèrent et David entra brutalement en contact avec le trottoir qui pour être pittoresque n'en était pas moins dur. La bicyclette, livrée à elle-même faute de pilote, tituba incroyablement longtemps avant de basculer sur lui. Son courrier était dispersé aux quatre vents. Et une inconnue, assise jambes écartées à même le sol devant lui, vociférait : « Vous ne pouvez pas regarder où vous allez ? »

David la contempla, complètement abasourdi, saisi et décontenancé, et définitivement largué. « Comment ? réussit-il à dire. Mais je....

– Depuis combien de temps êtes-vous à New York, pauvre malade ? » hurla la femme. Quelle voix ingrate et braillarde elle avait ! « Vous êtes un touriste, ou quoi ? »

Comme la plupart des New-Yorkais, David Levin venait d'ailleurs, en l'occurrence d'Omaha dans le Nebraska, mais il était devenu un véritable New-Yorkais. (Tous ensemble : Ouais, il est d'Omaha, Nebraska, mais c'est un vrai New-Yorkais, désormais.) Se faire traiter de touriste touchait par conséquent sa fibre la plus sensible, le blessait là où il était le moins solide. (Tous en chœur : Manhattan est dans son rêve, mais le Nebraska est dans son sang !) Écartant la bicyclette pour s'asseoir et retrouver quelque apparence de dignité, il s'écria : « Manquerait plus que ça ! J'habite ici, c'est mon immeu...

– Vous êtes en train de regarder sous ma jupe, hein ? »

Interloqué, David regarda sous sa jupe. Cette couleur s'appelle pêche, c'est bien ça ?

« Non !

– Eh bien ! » glapit-elle sur le même ton, toujours assise sur le trottoir, jambes écartées, poings sur les hanches, voix d'airain rebondissant sur les façades. « Vous allez me donner un coup de main ou quoi ? Vous me foutez par terre, vous commencez à me reluquer et...

– Jamais ! » Embarrassé, affolé, souffrant physiquement, ne souhaitant qu'une chose, que cette abominable expérience se termine, David se remit maladroitement sur pied, vaguement surpris de voir tous les morceaux de son corps à peu près en état de marche. « Je serai ravi de vous aider, poursuivit-il en escaladant la bicyclette de la jeune femme et priant le ciel qu'elle ne se remette pas à hurler. Je n'avais certainement pas l'intention de...

– Bas les pattes ! aboya-t-elle alors qu'il la prenait sous les bras pour l'aider à se relever. Ne commencez pas à me peloter ! »

Oh, assez est assez. La lâchant aussitôt, David dit : « Madame (ça, comme insulte, c'était meurtrier), c'est vous qui m'avez demandé de...

– Attendez une minute, hurla-t-elle, absorbée dans sa propre contemplation, se tortillant en tous sens. Vous m'avez cassé quelque chose, j'en suis sûre. Vous habitez ici ? »

De nouveau interloqué, pris de court une fois de plus, il avoua : « Oui, tout en haut », en levant vaguement la main.

« Très bien, très bien, emmenez-moi chez vous », ordonna-t-elle de sa voix de stentor, péremptoire et envahissante, préoccupée uniquement d'elle-même. « Portez-moi à l'intérieur, nous verrons ce que... Portez-moi *à l'intérieur* ! »

Il tendit la main, ne sachant que faire d'autre, n'importe quoi du moment qu'elle se taisait, et elle le fusilla d'un regard incendiaire en hurlant : « Et ne recommencez pas à me peloter ! »

Il recula aussitôt en disant : « Je ne vois pas comment je vais pouvoir... »

Mais elle n'écoutait pas ce qu'il disait, elle n'écoutait jamais. Levant les yeux, elle déclara : « Vous habitez au dernier étage ? Très bien, on y arrivera. Il y a un ascenseur là-dedans ?

– Vous voulez que je vous porte jusqu'à mon appartement ?

– Ah, se mit-elle à hurler de plus belle, atteignant des sommets dans le registre offensé, c'est donc ça !

Vous me flanquez par terre et ensuite, vous êtes prêt à me laisser là, proie certaine pour les violeurs, les agresseurs et la traite des blan...

– D'accord, d'accord, d'accord », dit-il, mû par une seule obsession, faire taire cette voix abominable. Et il se pencha une fois de plus pour l'aider à se relever. Cette fois, il y parvint sans provoquer d'autres hurlements ni se faire traiter de peloteur, même si, l'espace d'une seconde, sa main effleura le sein droit de sa victime, mais il y remédia vite fait.

La traîner à l'intérieur, c'était ça le plan, la faire asseoir, la soustraire à la voie publique et la calmer, lui donner une tasse de café à boire, ou un verre d'alcool si c'était ce qu'elle voulait à cette heure de la matinée, téléphoner au bureau, se débarrasser d'elle dans les plus brefs délais, attendre cinq, non, dix bonnes minutes, voire quinze, après son départ avant de tenter une sortie, et arriver au bureau tout à fait dans les temps, finalement, pour le déjeuner. (Le déjeuner d'aujourd'hui, il s'en souvenait maintenant, était avec leur spécialiste de la Mafia, un journaliste qui avait toujours une profusion d'histoires impubliables à raconter. Il s'en réjouissait à l'avance.)

La femme pesamment appuyée contre lui, ils titubèrent vers l'entrée de l'immeuble. Ils avaient pour ainsi dire franchi la grande porte qu'elle se remit à hurler et glapir : « Ne laissez pas ma bicyclette comme ça ! Vous allez la faire voler ! »

Monter la bicyclette de cette épouvantable mégère jusque dans son appartement ? Oh, n'importe quoi, n'importe quoi pourvu que cette scène infernale se termine, que ce ne soit plus qu'un souvenir dont ils riraient avec Nick au déjeuner. « Je vais la chercher, votre bicyclette », lui dit-il, exaspéré quoique mystifié, en l'adossant à la porte avant d'aller récupérer le maudit objet.

Quelle façon de commencer la journée !

Quelle façon de commencer la journée, se dit Jack, pas peu fier de lui-même. *Neuf* oui de Massa et son stylo rouge, *six* sujets de la puissante équipe de Jack Ingersoll dans l'édition toute fraîche du *Galaxy* qui venait d'arriver sur son bureau, et un authentique sourire de Jacob Harsch le matin même, quand il avait murmuré « Bien joué » – allusion à l'article sur la rencontre et le coup de foudre John Michael Mercer-Felicia Nelson. De retour dans son quadrilatère, baignant dans une satisfaction peu coutumière, Jack dicta une lettre à la preste Mary Kate qui arborait exceptionnellement un air quasi joyeux. « Je me suis assuré qu'il n'existait aucun reporter de ce nom à *Galaxy-Hebdo*. Nous autres, employés de *Galaxy*, maintenons le plus haut niveau d'intégrité journalistique et n'irions jamais nous abaisser à... »

Jack laissa mourir sa phrase, levant les yeux vers l'espace-porte où se tenait Binx, un exemplaire du dernier *Galaxy* à la main.

« Salut, dit Binx.

– Salut, Binx, dit Jack. C'était un peu dur, ce matin. » Trois idées de Binx seulement avaient survécu au stylo rouge de Massa.

« Eh oui, c'est la vie », dit Binx en haussant les épaules avec un calme inhabituel. Binx avait-il enfin cédé à son désespoir ? Cela le reposerait certainement.

« Ce sera pour la semaine prochaine, lui promit Jack en agitant la main d'un geste vague.

– Sûr. » Binx brandit le dernier numéro de *Galaxy*. « Jack, cette rencontre entre John Michael Mercer et Felicia Nelson...

– N'est-ce pas épatant ? Le père Harsch m'a souri, quelle expérience !

– Un coup magistral, convint Binx. Mais en lisant l'article, il y a quelque chose qui m'a chiffonné.

– C'est passé chez les contrôleurs de faits comme une lettre à la poste, lui assura Jack. J'ai un meilleur ami sur bande magnétique.

– Je n'en doute pas. Mais j'étais en train de lire l'article, tu comprends, expliqua Binx en brandissant le journal et fronçant les sourcils comme s'il envisageait de le relire en présence de Jack, histoire de lui montrer à quoi ressemblait le processus. Je le lisais donc, et ça me paraissait familier, je me disais, j'ai déjà vu ça quelque part... Et puis ça m'est revenu. »

Jack le regarda avec attention.

« Oui ?

– C'est moi, dit Binx, regardant Jack avec des yeux écarquillés, tel un veau venant de recevoir le coup de grâce à l'abattoir. C'est *ma* rencontre avec Marcy, le cafouillage avec les clés de voiture, quand je me suis trompé de rue et tout le reste. Jack, tu as vendu l'histoire de ma vie au journal ! »

Jack inspira à fond et regarda Binx droit dans les yeux, conscient de la présence de Mary Kate qui s'appliquait pour ne pas le regarder. « Binx, pose-toi cette question : Est-ce que mon meilleur ami me ferait un coup pareil ? »

Binx hocha la tête et en convint : « Je l'ai fait, Jack. Je me suis posé la question. » Imperturbable, il posa le *Galaxy* sur la table de Jack et quitta le bureau.

Jack le suivit des yeux. Soupira. Ça aussi, ça passerait. Se tournant vers Mary Kate, il demanda : « Où en étions-nous ? »

Mary Kate se pencha sur son clavier et lut : « Nous autres, employés de *Galaxy*, maintenons le plus haut niveau d'intégrité journalistique et n'irions jamais nous abaisser à... » S'appuyant contre son dossier, elle regarda Jack : « Vous vous êtes arrêté là. »

Enveloppée dans un vaste peignoir en tissu éponge bleu, Ida Gavin farfouillait dans l'appartement de David Levin, insensible à la vue sur les charmantes maisons de brique du XIXe siècle que l'on avait des fenêtres du salon. La plupart des murs étaient couverts d'étagères. Bien que le mobilier, clair, bas et massif, ait été choisi par le décorateur conseil de Bloomingdale pour suggérer une virilité confiante mais sans agressivité, on avait plutôt l'impression que c'était des Munchkins satisfaits d'eux-mêmes qui vivaient là. Ida ouvrit des tiroirs, feuilleta des magazines, inspecta des placards, mine de rien mais méthodique, et continua de sonder et tester même lorsque David Levin entra dans la pièce, s'essuyant vivement les cheveux avec une serviette, une autre drapée autour des reins. Elle prit note de sa présence mais poursuivit ses recherches comme s'il n'était pas là.

David drapa la deuxième serviette autour de son cou. Il avait l'air content de lui, voire béat.

« Salut, dit-il.

– Toi de même », répondit Ida. Elle ouvrit le tiroir d'une table, promena ses doigts fureteurs au milieu des boîtes d'allumettes, jeux de cartes, crayons, cartes de crédit périmées et autres saloperies qu'il contenait, et le referma.

« Qu'est-ce que tu fais ? demanda David.

– Je fourre mon nez partout, dit Ida en se retournant pour lui lancer un sourire de défi. Tu penses que je ferais un bon reporter ?

– Tu viens de le prouver », dit-il avec un petit sourire entendu.

Elle se retourna, ignorant le commentaire, et s'attaqua à un autre tiroir. Il traversa la pièce, vint se placer derrière elle, l'enlaça et lui embrassa les cheveux. Elle étudia le fouillis à l'intérieur du tiroir. « Je suis content que tu ne sois pas blessée », dit-il. Elle se dégagea d'un haussement d'épaules et referma le tiroir.

« Il faudrait un type drôlement plus costaud que toi », dit-elle en ramassant sur la table basse un numéro du *Galaxy* de la semaine précédente. « Je croyais que tu travaillais pour *Tendances*.

– Effectivement. »

Elle agita le magazine sous le nez de David.

« Tu lis des saloperies pareilles ?

– C'est un secret », dit David en minaudant.

Ida laissa tomber le journal sur la table et le dévisagea des pieds à la tête. « Tu n'as aucun secret pour moi. »

4

James Taggart n'avait pas de secrets. Du moins, aucun secret qui pût intéresser Sara.

Pour l'instant, Taggart, le gardien en cavale, était sorti de ses pensées, exactement comme s'il n'avait jamais existé. Elle était allée chez lui le mardi, puis étant retournée travailler le mercredi matin avec l'intention de consulter sa fiche d'embauche, s'était vu confier par un Jack débordé la mission ultra-urgente et absorbante de découvrir dans quel endroit précis du Massachusetts John Michael Mercer et Felicia avaient l'intention de se marier. « Nous en avons absolument besoin, Sara, lui avait dit Jack, l'air d'un homme dévoré par un ver solitaire. Boy Cartwright est sur la piste.

– Mais nous avons Boston.

– C'est de l'histoire ancienne. » Ainsi, la course était repartie, et Taggart sortit complètement de sa tête jusqu'au dimanche matin dix heures : alors qu'abandonnée une fois de plus pour le week-end, elle mijotait les différents coups de fil qu'elle allait passer dès le lendemain dans le Massachusetts, Sara reçut un appel d'une bonne femme acariâtre qui prétendait s'appeler Carol Bridges.

Sur le moment, cela ne lui évoqua absolument rien. Elle était trop immergée dans le Massachusetts pour penser à la Floride. « Eh bien, Mlle Taggart, dit la femme. Avez-vous eu des nouvelles de votre père ?

– Oh ! Non, aucune ! Vous non plus ?

– Nous sommes le 1er août, dit Carol Bridges. J'ai la possibilité de louer la maison et je vais sauter sur l'occasion. Je voulais simplement vous en informer.

– Oh, eh bien, je trouve... je trouve que vous avez été très patiente. Je ne peux pas vous le reprocher.

– À moins que vous ne vouliez payer les arriérés.

– Oh, non, je n'ai pas les moyens. Et puis, je ne sais pas ce que papa voudrait faire, au juste.

– En tout cas, si vous voulez ses *affaires*, dit Carol Bridges d'un ton dramatique, vous les trouverez dans la rue devant la maison. Vous pouvez venir les prendre, sinon le camion de la voirie s'en chargera. »

Le camion de la voirie peut très bien s'en charger, songea Sara, dont les pensées furent brutalement interrompues par une prise de conscience : un indice concernant l'endroit où se trouvait maintenant Taggart, ou la raison de sa disparition, pouvait très bien être caché au milieu de ses affaires.

« Excepté la télé, poursuivit Carol Bridges. Je vais la garder en dédommagement du loyer dû. Si Jimmy veut la récupérer, il sait où me trouver. »

Se rappelant soudain l'énorme meuble abritant la télévision qui trônait dans le salon, le seul article de prix de toute la maison, Sara dit : « Ça me paraît normal. Je ne vois pas comment papa pourrait s'en plaindre.

– Je ne vois pas comment votre père pourrait se plaindre de quoi que ce soit, Mlle Taggart », conclut l'infortunée Carol Bridges.

À première vue, Carol Bridges n'était pas dans les parages lorsque, juste après midi, Sara gara sa Peugeot près du tas de possessions minables accumulées devant l'ancienne résidence de Jimmy Taggart. Il y avait là quelques articles qu'elle avait repérés en traversant la maison la première fois : le pneu de voiture, le baril de bière en aluminium, le ventilateur qui se trouvait au-dessus du réfrigérateur. (Mais du réfrigérateur proprement dit, pas trace ; il devait appartenir à la maison.) La table de plastique blanc de la cuisine était là, surmontée de piles de tasses et soucoupes en plastique dépareillées, de verres ébréchés et de divers plats et assiettes. L'ensemble constituait la brocante la plus déprimante du monde. La commode de la chambre était également là, avec ses tiroirs remplis de chemises et de chaussettes. Le sommier et le matelas étaient appuyés contre les pieds de la table et le dos de la commode ; le cadre métallique du lit, replié, était posé par terre. Quelques lampes se dressaient çà et là, pièces absurdes d'un jeu de quilles surréaliste. Deux ou trois fauteuils défoncés soutenaient des brassées de valises et de cartons, plus le petit tapis élimé de la chambre.

Qu'est-ce qui, au sein de cette sculpture dépresso-postmoderniste, pourrait bien lui donner une indication sur la retraite actuelle de Jimmy Taggart ? Descendant de la Peugeot qui semblait scandalisée de se trouver en pareille compagnie, Sara contempla ce monceau de cochonneries pendant un instant, plutôt disposée à tourner les talons et rentrer chez elle sans rien toucher.

Oui, mais s'il y avait justement là un indice ? Les possessions d'un homme ne disaient-elles pas inévitablement quelque chose sur l'homme lui-même ? En l'occurrence, l'endroit où il était allé, qui il était, pourquoi il était parti ?

Bon, si elle devait emporter des trucs, autant s'y mettre tout de suite. Elle n'avait pas spécialement envie d'engager une nouvelle conversation avec

Carol Bridges, qui devait être en train de l'épier derrière sa fenêtre. Mais par où commencer ?

Il était clair qu'elle ne pouvait pas tout prendre. D'abord, la moitié ne tiendrait pas dans la Peugeot. Ensuite, elle était venue chercher des indices, pas des meubles ; aussi le lit, les chaises, les lampes et ce genre d'articles pouvaient-ils parfaitement attendre le camion de la voirie ou les voisins pilleurs d'épaves qui risquaient de lui succéder sur les lieux. Idem pour le pneu, le baril de bière et autres étrangetés. Ce qui laissait les valises, les cartons et ceux des tiroirs de la commode qui contenaient autre chose que des vêtements.

Sentant qu'elle pouvait difficilement entreprendre une fouille systématique dans la rue, Sara ouvrit prestement le coffre de la Peugeot et entreprit de charger. Le dernier tiroir de la commode étant rempli de documents divers, elle l'enleva et le mit tel quel dans la voiture, laissant la commode avec un vide béant à l'étage inférieur et une drôle d'expression étonnée.

Était-ce bien tout ? Jetant un dernier coup d'œil autour d'elle, Sara remarqua une petite lampe de table munie d'un joli socle de verre et d'un abat-jour de lin propret. Beaucoup plus jolie que ses collègues. J'aurais bien l'usage d'une lampe sur ma coiffeuse, songea-t-elle. Elle étouffa un pincement de culpabilité en pensant à Carol Bridges et au téléviseur. Enfin, en agissant ainsi, elle sauvait la lampe du camion d'enlèvement de la voirie.

Ensuite, les préliminaires du départ : elle claqua le coffre et les portières du côté droit, la Peugeot bourrée à craquer comme une caravane de cirque débordant de clowns, et leva les yeux. Carol Bridges traversait la rue dans sa direction, l'air sinistre. Oh, mon Dieu, pensa Sara, se dirigeant vers la porte du conducteur en affichant un sourire de circonstance.

« Bonjour, dit-elle.
– C'est tout ce que vous prenez ?
– C'est que... je ne peux pas.... je n'ai...» Sara ébaucha un geste vague vers la Peugeot surchargée et les possessions restant sur le trottoir.
« Enfin, cela vous regarde, dit Carol Bridges. J'ai parlé à mon avocat, je suis absolument dans mon droit. Si tout ça est jeté à la décharge, je ne suis pas responsable. Je n'ai pas de déclaration du locataire, et j'ai informé son représentant que je mettais ses affaires dans la rue.
– Vraiment ? » demanda Sara tout en pensant, génial, un indice, quelqu'un qui sait peut-être où est parti Taggart. « Qui ça ?
– Vous, bien entendu, dit Carol Bridges. Vous êtes sa fille.
– Oh », dit Sara. Elle contempla les biens de Taggart entassés sur le trottoir, sur le point de disparaître à jamais. Elle était responsable. « Franchement, j'aimerais beaucoup savoir où se trouve papa », dit-elle du fond du cœur.

Pour une fois, elle était vraiment contente que Phyllis se soit absentée le week-end. Ainsi, il n'y aurait pas de questions embarrassantes concernant le tas de quasi-saloperies qu'elle introduisait dans l'appartement. D'un autre côté, une paire de bras secourables n'aurait pas été de trop pour l'aider à sortir tout ça de la Peugeot et le porter d'abord dans le hall du Sybarite, puis dans l'ascenseur, jusqu'à la porte de l'appartement et enfin jusqu'à sa propre chambre. Quand elle hala enfin les deux dernières valises et les lâcha sur le sol, sa chambre ressemblait à un dépôt d'autocars dans un film sur la Grande Dépression. Et maintenant, il fallait trier.
Cela faisait un drôle d'effet de se retrouver si près des effets personnels d'un homme plus âgé. À la fac,

et depuis lors, avec des colocataires telles que Phyllis, Sara s'était plus ou moins accoutumée à côtoyer les effets personnels d'autres jeunes femmes – et de-ci, de-là, de jeunes gens – mais ça, c'était différent. C'était comme si elle les avait rapatriés d'une autre planète, d'une civilisation antérieure.

Son premier réflexe fut d'ouvrir chaque carton et chaque valise pour voir quel genre de prise elle avait faite. Sa première conclusion concernant Jimmy Taggart fut qu'il était homme à ne jamais rien jeter. (Sa disparition n'en paraissait que plus curieuse, vu qu'elle mettait toutes ces possessions en péril.)

Des vêtements. Elle en avait laissé une pleine commode sur place, et pourtant, il y en avait encore et encore. Une grande caisse qui avait contenu des bouteilles d'alcool était remplie de chaussures. Toutes vieilles et défoncées, le cuir méchamment crevassé, la plupart avec un trou dans la semelle, quelques-unes sans lacets. Une autre caisse débordait de chemises en lambeaux avec des poches déchirées ou des boutons manquants ; certaines étaient des chemises de travail avec un nom brodé dessus : HAL, JERRY, FRANK. Mais pas JIMMY.

Et puis il y avait cette valise en carton bouilli aux serrures cassées qui se révéla contenir quantité de pièces détachées pour radios. Plus exactement, les pièces démontées d'une radio particulièrement archaïque. Et un carton de pots à confiture pleins de vis et de clous rangés en fonction de leur taille. Et un autre contenant des vieux jeux de société et des cartes à jouer écornées. Il était grand temps de virer tout ça.

Dans le couloir, entre l'appartement de Sara et l'ascenseur, une porte noire métallique ouvrait sur une espèce de placard peu profond qui abritait la trappe du vide-ordures. Les articles trop volumineux pour le vide-ordures devaient être laissés là, le gardien s'en chargeait. Sara y empila quelques cartons et valises et retourna voir ce qui restait.

Des papiers. C'était plus indiqué. Ayant enfin l'impression d'être un reporter sur la piste – un reporter de *Galaxy*, de fait – Sara s'attaqua à l'histoire de James Taggart sur le papier : ses vieux chéquiers, ses déclarations de revenus, diverses lettres, des rapports de l'armée, des factures réglées, des baux et des contrats. Maintenant, à nous deux, Jimmy Taggart, se dit-elle. Voyons un peu qui vous êtes et où vous êtes allé.

À neuf heures ce soir-là, s'étant juste arrêtée pour un dîner express arraché aux entrailles du congélateur, Sara en termina enfin. Elle avait tapé ce qu'elle savait de Jimmy Taggart, et cela donnait plus ou moins ceci :

Né à Brandon, Missouri, le 13 octobre 1931. Bac en sortant du lycée public de Marshallburg, Missouri, juin 1949. Armée américaine de janvier 51 à octobre 54. Ça devrait correspondre à la guerre de Ccrée mais ses états de service indiquent qu'il a passé une année en Italie et le reste de son temps obligatoire dans des bases militaires du sud des États-Unis.

Condamnation avec sursis, Elmford, Tribunal municipal de l'Illinois, conduite en état d'ivresse, mars 1963.

Condamnation avec sursis, Tulsa, Tribunal municipal de l'Oklahoma, conduite en état d'ivresse, a fui les lieux de l'accident, août 1966.

Divorcé de Ellen Marie (Neustadter) Taggart à Oklahoma, 1968.

Une carte de Noël, froissée, déchirée et sentimentale, sans enveloppe, avec la mention manuscrite « Papa » au-dessus du message imprimé, et la signature « Jill » en dessous, est la seule indication de l'existence d'un enfant.

Ses feuilles de paye du *Galaxy* montrent qu'il a commencé à y travailler il y a quatre ans. Parent le plus proche : Jack Taggart, adresse et numéro de téléphone à Hagerstown, Maryland. Avant cela, à en juger par des copies de déclarations de revenus remontant à une dizaine d'années, il avait travaillé pendant trois mois pour le supermarché Gulf Coast, Fort Myers, Floride. Et avant cela, sept mois pour US Plastic Novelties à Orlando, Floride. Et encore avant, il avait été employé pendant six ans minimum par la Compagnie de mobilier colonial, Lexington, Kentucky. Les déclarations de revenus n'indiquent aucune personne à charge.

Correspondance : quelques lettres, au fil des ans, écrites par des femmes apparemment inquiètes, et quelques autres, aucune récemment, de copains de l'armée, deux lettres d'un psychologue de Tulsa expliquant à Taggart que son problème essentiel était un manque de confiance en soi ; et une note datée du 8 juillet de l'année en cours, émanant des Caves Shamrock, annonçant à James Taggart qu'il avait gagné le troisième prix du Grand tirage spécial Shamrock, à savoir cent dollars. Pour toucher son chèque, il devait se présenter, muni de cette lettre, avant le 31 juillet à la succursale des Caves Shamrock où il avait rempli son bon de participation.

Carnet d'adresses : quasiment vide - banque, cinémas, restaurants qui vendent des plats à emporter, Carol Bridges, deux ou trois personnes du coin qui devaient être des collègues de travail, deux voisins et un dénommé Jack Taggart à Hagerstown, Maryland. Aucun élément signalant l'existence d'une relation plus durable avec quelqu'un habitant ailleurs dans le pays.

Des factures impayées, des magazines et du courrier arrivé ces trois dernières semaines, après son départ, y compris un rappel des Caves Shamrock lui signifiant qu'il avait jusqu'au 31 juillet seulement pour venir chercher son chèque. C'est-à-dire hier.

Pourquoi n'avait-il pas touché son chèque de cent dollars ? Le premier message datait du jeudi précédant sa disparition, aussi avait-il dû le recevoir le samedi. Il avait dû prévoir de l'apporter au magasin quand il irait faire ses courses. Pourquoi ne l'avait-il pas fait ?

Pour la première fois, il vint à l'esprit de Sara que Taggart n'avait peut-être pas disparu de son plein gré. Soit il avait été soudoyé avec une telle générosité que les cent dollars des Caves Shamrock ne comptaient plus, soit il avait été forcé de partir.

Jimmy Taggart serait-il mort ?

L'idée fit son chemin avec lenteur, essentiellement parce que Sara ne voulait pas l'affronter. D'abord, elle était porteuse de mélodrame, et *ça*, elle en avait suffisamment au travail. Et puis, si Jimmy Taggart était bel et bien mort, cela entraînait d'autres implications.

Que se passe-t-il ici ? se demanda-t-elle, prenant soudain conscience du vide qui régnait autour d'elle, dans l'appartement obscur. Le silence, derrière sa tête, le silence noir des autres pièces de l'appartement avait une qualité cotonneuse qui donnait l'impression que quelque chose y était caché. Mais quoi ?

Existe-t-il un lien entre la disparition de Taggart et le corps au bord de la route ? Et si c'est le cas, qu'est-ce que cela signifie pour moi ? Taggart a seulement entendu parler du mort. Moi, j'y étais, je l'ai vu.

Il doit y avoir une autre explication. Trois semaines ont passé, rien ne s'est produit. Si Jimmy Taggart.... avait disparu, était mort, s'il lui était arrivé quelque chose... à cause de ce que je lui ai dit, les choses ne se seraient pas arrêtées là. Quelque chose d'autre serait arrivé ; or il n'était rien arrivé. Le numéro d'immatriculation arraché de son carnet ne comptait pas, ce n'était pas un événement. Rien n'est arrivé.

Et il ne va rien arriver.

D'accord, d'accord. Y a-t-il une autre explication ? S'il y en a une, nom d'un chien, trouvons-la. Il n'était pas tout à fait vingt et une heures trente. Sara composa le numéro de Jack Taggart à Hagerstown, Maryland. Au bout de trois sonneries, une voix rocailleuse répondit : « Oui ?

– M. Taggart ? M. Jack Taggart ?

– C'est moi.

– Je cherche à joindre M. James Taggart.

– Oh, juste Ciel, dit la voix, exprimant un écœurement sincère. Qu'est-ce qu'il a encore fait ?

– Rien, dit Sara. Je cherche seulement à le joindre. Vous savez où il est ?

– Non, et je ne veux pas le savoir », dit la voix. Et l'on raccrocha.

5

Lundi après-midi, le 2 août. En cet instant, le bureau de Massa était garé au quatrième étage, portes ouvertes sur la pièce plus spacieuse et plus théâtrale de Harsch, avec sa vue sur le désert. Les pieds sur sa table, Massa s'était laissé aller en arrière contre son dossier et sirotait tranquillement une bière, tandis que Jacob Harsch longeait avec lenteur et application une ligne invisible, légèrement incurvée, qui reliait la table de Massa dans son ascenseur à la sienne dans son propre bureau. Assis sur le canapé à la gauche de Massa, les jambes négligemment croisées mais le stylo (noir) prêt à bondir sur son bloc-notes, Boy Cartwright avait le sourire du mouchard de l'école convoqué dans le bureau du proviseur.

Les trois avaient bavardé quelque temps, mais maintenant, le silence régnait, rompu seulement par le *glup-glup* de la bière de Massa, le frôlement des chaussures noires de Harsch sur le tapis gris et la crispation du sourire de Boy. *Tonk*, fit la bouteille de bière en atterrissant sur le bureau. *Grug, gerg, glou-glou*, dit l'estomac de Massa.

« Si seulement nous savions *quand*, lâcha le patron.

– Eh bien, monsieur, dit Boy avec cette désinvolture, cet air de tout savoir sans y toucher qui étaient devenus son label et résultaient essentiellement de son régime (Valium plus champagne), ce doit être pour bientôt, n'est-ce pas ? Ils ont leur licence et tout.

– L'autre question est, *où ?* enchaîna Harsch sans cesser de marcher. Le Massachusetts n'est pas un mouchoir de poche.

– Nos gens les suivent absolument partout, monsieur, dit Boy en s'adressant surtout à Massa. Ils nous conduiront à l'endroit le moment venu. »

La main de Massa effleura la couverture du *Galaxy* du vendredi posé sur sa table, le numéro qui contenait l'histoire de la rencontre et du coup de foudre entre John Michael Mercer et sa petite mademoiselle Tout-le-Monde. « C'est vraiment une belle histoire, dit Massa, le sourcil frémissant d'émotion. Comment ils se sont rencontrés et tout et tout.

– J'ai trouvé ça touchant », dit Boy. Sa politique était de ne jamais dénigrer un concurrent à moins qu'il n'y eût un avantage immédiat et indéniable à le faire. D'où une réputation de loyauté et de discernement auprès de ceux qui comptaient, tels que Massa et Harsch, une réputation qui le moment venu doublait l'impact de ses réflexions sournoises et de ses critiques.

« Supposons que Jack Ingersoll sache où et quand ? dit Massa.

– Non, dit Boy en s'autorisant un léger sourire. J'ai... *quelqu'un* dans l'équipe de Jack. Dès qu'il sait quelque chose, je suis au courant. »

Massa sourit. Il adorait les intrigues à condition de ne pas en faire les frais, et les encourageait au sein du personnel.

Revenant parmi eux telle la comète de Halley, Harsch dit : « Quels que soient l'endroit et la date, l'important est de se tenir prêts.

– Mais bien entendu, dit Boy au dos de Harsch qui repartait vers son bureau.

– Jake a raison », déclara Massa, soudain grave. Il posa les pieds par terre, s'accouda à la table : « Le problème se résume ainsi : Quel est notre sujet ? »

Dérouté, Boy écarta les mains et dit « John Michael Mercer se marie. »

Revenant vers eux après avoir fait demi-tour, Harsch lâcha : « Ça, c'est la porte, ce n'est pas la maison.

– Exact, dit Massa en acquiesçant de la tête et agitant sa bouteille de bière. C'est la porte, ce n'est pas la maison.

– Oui, bien sûr », admit Boy. Il dessina une petite porte sur son bloc-notes, se perdit dans la contemplation rêveuse de la poignée sophistiquée et se prit par la main pour redescendre parmi les mortels. « Nous devons pénétrer dans la maison », dit-il, développant la métaphore de Harsch aussi loin que son audace l'y autorisait.

« *Qui* épouse-t-il ? Est-ce là notre sujet ? » demanda Massa.

Maintenant qu'ils recommençaient à parler, l'orbite dessinée par les pas de Harsch avait diminué, de sorte qu'il pouvait prendre part à la conversation. Se laissant dériver à droite et à gauche, mais jamais bien loin, il demanda : « Qui Mercer épouse-t-il ? Une mademoiselle Tout-le-Monde venue de nulle part.

– C'est peut-être ça, notre sujet », suggéra Massa, tandis que Boy, sur le qui-vive, s'apprêtait à endosser la décision prise, quelle qu'elle fût.

On n'en était pas encore là.

« Elle est à mourir d'ennui, Bruno », dit Harsch sans cesser de marcher.

« Bon, d'accord, dit Massa, acceptant le fait accompli. *Pourquoi* l'épouse-t-il ? Qu'en pensent ses amis ? Qu'en pense le réseau ? Y a-t-il un sujet possible dans l'une de ces questions ? »

Comme Massa fixait Boy droit dans les yeux, celui-ci se sentit obligé de répondre. « Nous avons envisagé chacun de ces angles d'approche, évidemment, mais jusqu'ici, monsieur, ça n'a pas donné grand-chose.

– Dans ce cas, notre sujet, c'est *Mercer*, décréta Massa en écartant les mains. Et pourquoi pas ?

– Intéressant », déclara Harsch. Boy, quant à lui, sous ses airs bravaches, n'en menait pas large.

« Un entretien exclusif avec John Michael Mercer ! » annonça Massa, lisant le titre comme s'il se détachait en grandes lettres : " Pourquoi j'ai enfin décidé de passer devant le maire. "

« Mais, oui ! s'exclama Boy, tandis que livré à lui-même, son stylo barrait la porte d'une croix.

– Vous pouvez le faire, Boy, dit Massa. Si quelqu'un peut le faire, c'est vous.

– Mais, oui ! renchérit Boy, affichant son plus large sourire. Certainement ! »

Près de l'extrémité barricadée d'une route en cul-de-sac qui courait parallèlement à la plage sur six kilomètres entre baie et océan dans le périmètre de la ville de Palm Beach – avenue flanquée de part et d'autre de maisons donnant directement sur la mer (de plus en plus grandes et de mieux en mieux protégées) – une petite route latérale étouffée par des pins qui empiétaient sur son territoire était balisée par des panneaux municipaux annonçant : « SENS UNIQUE – ENTRÉE INTERDITE ». Ce qui était un mensonge, vu que cette route servait d'entrée autant que de sortie et constituait le seul accès par voie de terre à la résidence comprenant la villa de John Michael Mercer, vedette de la série télévisée *Breakpoint*.

Une maison blanche, basse, de style hispanisant revu et corrigé, qui s'étalait dans plusieurs directions, dominait la résidence. Ouverte de tous côtés et à tous les vents, elle offrait des points de vue sur l'océan, une piscine, un court de tennis et des jardins. Debout au milieu d'un superbe salon à la fois spacieux et agréablement aménagé, John Michael Mercer déclara : « Ils vont connaître leur douleur.

– Mais il n'y a vraiment rien à gagner en leur faisant un procès, Johnny, argua l'avocat assis sur le canapé.

– Oh, si, justement », répondit Mercer. Au début de leur conversation, il avait jeté par terre le *Galaxy* dont les pages s'étaient répandues en vrac. Maintenant, il les piétinait en faisant nerveusement les cent pas devant le canapé bas et confortable où étaient installés l'avocat et son attaché-case.

« Nous savons très bien comment ils travaillent, dit l'avocat en secouant la tête, mains écartées. Ils auront de quoi étayer tout ce qui est imprimé.

– Il n'y a pas un mot de vrai là-dedans !

– Bien sûr que non ! Ils...

– Toutes ces conneries sur des clés échangées, toutes ces âneries, comme si nous étions des retardés mentaux dans un film comique muet.

– Ils citent un – ouvrez les guillemets – ami de longue date – fermez les guillemets –, dit l'avocat. Ils auront quelqu'un, vous savez, quelqu'un à qui vous êtes lié socialement d'une manière ou d'une autre. Moyennant quelques centaines de dollars, le type a dû lire cette déclaration grotesque devant un magnétophone. Si nous portons plainte, ils présenteront la bande enregistrée au tribunal. Si c'est un faux témoignage, ils ne sont pas responsables. Ils ont gobé la déclaration de cet ami en toute bonne foi. Vous ne serez pas en mesure de les toucher et même, ils peuvent être fondés à vous attaquer en retour, ce qui ne serait pas du tout agréable. »

Mercer cessa d'arpenter la pièce, se planta sur les feuilles colorées de *Galaxy* éparses sous ses pieds écartés et, dominant l'avocat de toute sa hauteur, dit : « Si nous portons plainte, ils produiront la cassette. Et alors, nous saurons *qui* est cet *ami*.

– Oh, Johnny, ça servira à quoi ? demanda l'avocat. Ce ne sera pas un proche, ni quelqu'un qui compte pour vous. Si nous le traînons en justice, ou même si nous essayons de nous venger d'une autre manière...

– J'étais en train de penser, dit John Michael Mercer, à ce supplice où les gens meurent des suites d'un millier de coupures.

– Sur un plan strictement légal, je ne saurais recommander cette solution, dit l'avocat. Tout ce que vous y gagnerez, c'est de vous abaisser et donner de l'importance à ce vermisseau anonyme. Oubliez ça, Johnny. Traitez cette histoire pour ce qu'elle est, de la merde. »

Mercer jeta un regard assassin au journal qu'il foulait sous ses pieds. « Je ne peux rien faire, se lamenta-t-il d'une voix contenue. Je déteste ces gens, je les hais et les méprise et les abhorre, et je ne peux *rien* faire. J'aimerais montrer immédiatement ce que je pense de ce torchon, là, par terre, mais je ne peux même pas m'offrir ce plaisir parce que j'aime beaucoup le tapis qui est en dessous. »

L'avocat éclata de rire. « Tout va bien, Johnny. Tant que vous gardez votre sens de l'humour, ils ne peuvent rien contre vous.

– On peut aller beaucoup plus loin avec de l'humour et un fusil. »

L'avocat referma son attaché-case et se leva en disant : « Vous avez l'argent, la réussite, la célébrité et l'amour d'une chic fille. Et eux, qu'ont-ils ? L'envie, la méchanceté et une médiocrité congénitale. Profitez de ce que vous avez, Johnny, et ne pensez plus à eux.

– La prochaine fois que j'aurai besoin d'un conseil juridique, dit Mercer en raccompagnant son avocat à la porte, je ferai mieux d'appeler un psychiatre.

– Ce n'est pas une mauvaise idée », répondit l'avocat, impassible.

Ils se serrèrent la main, échangèrent quelques propos supplémentaires et sans importance, et Mercer referma la porte. Puis, traversant la maison dans toute sa profondeur, il regarda par la fenêtre et observa Felicia, vêtue d'un bikini, qui prenait un bain de soleil dans une chaise longue au bord de la piscine. Le plus raisonnable était de la rejoindre.

Exposée au soleil en bikini au bord de la piscine, Felicia, de sa chaise longue, suivait nonchalamment des yeux le nouveau jardinier qui soignait les rosiers. C'était le premier jour de travail de ce petit Asiatique tout ratatiné à qui on ne donnait pas d'âge, et Felicia était fascinée par la manière dont il communiquait avec les fleurs, les effleurant doucement, leur parlant et tapotant du bout des doigts la terre autour de leurs racines. Ça, c'était un honnête travailleur, aussi buriné et tordu qu'un vieil arbuste – sans l'aspect décoratif, il est vrai – et Felicia avait l'impression qu'il essayait de se faire aimer des fleurs autant qu'il s'appliquait à les connaître.

Johnny sortit de la maison en maillot de bain et lunettes de soleil, souriant avec cette assurance solide qui était comme sa seconde nature et faisait des merveilles devant la caméra.

« Sublime, dit-il.

– Vraiment sublime, admit-elle. Je voudrais qu'une journée pareille dure une éternité.

– Je parlais de toi, dit-il avec un grand sourire, en s'installant sur la chaise longue voisine.

– Je parlais de la journée. Et de toi, bien sûr. » Regardant autour d'elle, elle soupira. « C'est vraiment regrettable que nous ne puissions pas nous marier dans ce magnifique endroit.

– Pas question, dit Johnny d'une voix tendue. Les journalistes nous tomberaient dessus comme des sauterelles. Nous allons nous marier dans un endroit qui n'a aucun rapport avec nous, nous aurons une charmante petite cérémonie, juste nos amis les plus proches, pas de cirque, pas de médiocrité. Que Dieu bénisse Martha's Vineyard !

– Johnny ! » s'exclama-t-elle en jetant un regard furtif du côté du jardinier. Sachant parfaitement qu'elle se laissait contaminer par la paranoïa de Johnny, elle ne put s'empêcher d'ajouter : « Nous ne sommes pas seuls !

– Ne t'inquiète pas, dit-il d'un ton rassurant. Il ne parle pas un mot d'anglais. Henry Reed me l'a absolument garanti.

– Mais il pourrait connaître Martha's Vineyard, objecta-t-elle, peu convaincue.

– Aucune chance, dit Johnny en balayant l'éventualité d'un geste. Allons, faisons quelques longueurs. »

Ainsi, ils nagèrent côte à côte dans la piscine, deux créatures de rêve sous un soleil éclaboussant, dessinant des arcs-en-ciel dans les éclaboussures. Le nouveau jardinier poursuivit son labeur pendant une demi-heure avant de repartir tranquillement vers sa camionnette déglinguée. Là, il rangea ses outils, s'essuya les mains, déclencha l'ouverture de la grille électrique comme le lui avait montré M. Mercer, et quitta la propriété. Le petit camion tressauta le long des six kilomètres de la route sans issue, tourna à droite et s'arrêta devant une pompe à essence, où le jardinier descendit du véhicule, se dirigea vers une cabine téléphonique et appela un numéro éloigné quelque part en Floride. Là-bas, Boy Cartwright décrocha placidement le combiné quand son clignotant s'alluma et demanda : « Qui est à l'appareil ? », une manie typiquement britannique qu'il avait conservée pendant toutes ces années d'exil pour la seule raison que les Américains détestaient ça.

« *Istu mintacko kuminish*, dit le jardinier.

– Ah, mon petit camarade à la peau brune, dit Boy, se redressant derrière son bureau. *Stendoko mirik ?*

– *Dako maku*, dit le jardinier en hochant la tête, *chinchun mookako* Martha's Vineyard.

– Aahhhh ! dit Boy. *Mocko chicku watto.* »

Et il raccrocha, un large sourire aux lèvres.

6

Sara apprenait *tellement* de choses sur le Massachusetts, et ça ne valait pas un clou. Par exemple, le Massachusetts, quarante-cinquième État par la taille – il perdit la plus grande partie de lui-même en 1819, lorsque le Maine en fut détaché et devint un État à part – est aussi l'un des quatre États d'Amérique officiellement qualifiés de commonwealths, les trois autres étant le Kentucky, la Pennsylvanie et la Virginie. Mais dans la mesure où « commonwealth » n'est qu'une façon démodée de dire « État », ça nous avance à quoi, hein ?

Voilà le genre de choses que Sara apprenait, en même temps que la capacité de vénalité et de crédulité de certains fonctionnaires, employés et résidents de l'État, sans parler d'un tas de renseignements sur les attractions touristiques et les merveilles panoramiques de l'endroit, et surtout, de l'intégralité des dispositions concernant la législation matrimoniale dans le Massachusetts. Ce qu'en revanche elle ne réussissait pas à découvrir, en dépit de tous ses efforts, était le lieu où, dans ce grand et glorieux État – motto : *Ense petit placidam sub libertate quietem*, c'est-à-dire, Nous recherchons la paix par l'épée, mais seulement pour être libres – le futur ménage Mercer avait l'intention de devenir le ci-devant ménage Mercer. Ni *quand* cet heureux événement allait avoir lieu. Ni *où*, dans le Massachusetts, ils allaient séjourner, soit la nuit du mariage soit celle la précédant, quelle que fût la solution la plus croustillante. Ni selon quelles modalités – mariage civil ou religieux, intime ou mondain – ils envisageaient la chose.

Nous étions le mardi 3 août, et Sara avait passé ses quatre dernières journées de travail au téléphone, jouant tous les rôles envisageables, de la sœur enceinte de Felicia aux bureaux du Centre de Contrôle des Épidémies nationales, siège social à Atlanta. Et jamais de sa vie entière, c'est-à-dire au cours des trois semaines et deux jours où elle avait été employée à *Galaxy-Hebdo*, jamais elle n'avait été confrontée à une page aussi blanche que celle-ci. Son attention était intégralement concentrée sur ce problème, au point qu'elle ne pouvait rien faire d'autre, le soir, qu'entretenir Phyllis des subterfuges et stratagèmes qu'elle concoctait pour le lendemain. Au point qu'elle en rêvait la nuit, sortant de son subconscient des idées absolument géniales qui s'avéraient absolument inexploitables à son réveil. Et une fois de plus, le problème de Taggart, le gardien disparu, s'était estompé dans le lointain, n'apportant pas d'éléments supplémentaires capables de relancer son intérêt. Elle avait entassé ses derniers papiers au fond de son placard, sans leur accorder un regard.

Ce jour-là, Sara aurait sauté l'heure du déjeuner si Phyllis n'avait insisté : « Il faut manger, grosse bête !

– Oui, mais que va-t-il se passer si Boy nous devance ?

– Ah, oui, la belle affaire ! s'exclama Phyllis, ce qui choqua considérablement Sara. Honnêtement, Sara, je n'aurais jamais pensé que tu te laisserais embarquer comme ça. Dans un mois, qu'est-ce qui aura encore de l'importance ?

– Quelque chose aura de l'importance.

– Mais non, dit Phyllis en riant avec étonnement. Nous ne sommes pas sur la piste du Watergate, bon sang ! Le sujet est le *mariage* d'une vedette de la télévision, et franchement, mon chou, ce n'est pas la fin du monde. Allons, viens déjeuner. »

Aussi alla-t-elle déjeuner à la cantine avec Phyllis, mais elle ne cessa, pendant tout le repas, de penser aux appels qu'elle aurait dû être en train de passer, et elle n'accorda aucune attention à la conversation désinvolte de sa collègue, sauf lorsqu'elle dit : « Bien entendu, l'un des avantages, si notre équipe récupère la mission, c'est que nous irons tous faire un tour à l'extérieur.

– Oui, dit Sara d'un air farouche, mais *quand* ?

– Oh, allez, termine ton dessert. »

Mais elle ne put terminer son dessert. Elle avala son café, abandonna la tarte, remonta dare-dare à l'étage de la Rédaction et, quand le voyant blanc de son téléphone se mit à clignoter, fut contrariée par le retard que cet appel apporterait à la poursuite de ses travaux.

Plus qu'un retard, d'ailleurs. La partie était terminée. « Laissez tomber », lui glissa Jack à l'oreille.

Elle savait très bien ce qu'il voulait dire, évidemment, mais elle prétendit le contraire.

« Jack ? Qu'est-ce que ça signifie ?

– C'est les vacances, on rentre à la maison. Massa vient de confier le mariage Mercer à Boy.

– Oh, non ! Pourquoi ?

– Massa a parlé, expliqua la voix glacée de Jack. C'est maintenant l'exclusivité de Boy. Nous pouvons encore être appelés à traiter quelques détails annexes.

– Mais ce n'est pas juste !

– Je ne pense pas que ce facteur soit intervenu dans la décision. Venez chez Mary Kate chercher votre prochaine mission.

– Très bien.

– Et quand vous serez là...

– Oui ?

– Pas de commisération », conclut-il de sa voix posée et froide.

Au moment où Jack raccrochait, Ida pénétra dans son espace-bureau, arborant son nouveau teint new-yorkais. « Phyllis Perkinson, lâcha-t-elle succinctement.

– Elle travaille pour nous, dit Jack, et aussi pour *Tendances*.

– Effectivement, confirma Ida en hochant la tête.

– Et que fait-elle pour *Tendances*, Ida ?

– Nous. » Elle sortit une douzaine de cassettes de son sac à bandoulière et les laissa tomber sur le bureau de Jack. « Elle mène une enquête façon *Galaxy* sur les procédés de *Galaxy*. »

Du coin de l'œil, Jack vit Sara entrer et parler doucement à Mary Kate, mais son attention était absolument, exclusivement concentrée sur Ida. Le souffle court, murmurant presque, il demanda : « Une enquête ? Sur *nous* ?

– Sur ces bandes, expliqua Ida, il y a toi en train de te faire passer pour le Département d'État. Sara affirmant qu'elle a été victime d'un viol, qu'elle souffre d'arthrite, et enfin qu'elle est la concubine d'un extraterrestre. Nous avons aussi Binx expliquant comment les Anglais et les Australiens réussissent à travailler ici sans Carte Verte. Enfin, Massa parlant de John Michael Mercer et du régime bière-frites. »

Jack ouvrit des yeux grands comme des soucoupes. « Elle a même Massa ?

– Elle a Harsch jouant les hommes de main. » Désignant les cassettes d'un geste ample, elle précisa : « Ce que tu as ici représente neuf heures de crimes qualifiés et de simples délits. »

Jack recouvrit les cassettes de ses deux mains déployées. « Y a-t-il d'autres copies ?

– Non, je lui ai laissé des bandes vierges. » Avec un sourire d'ours polaire, Ida ajouta : « J'aimerais bien être présente à la conférence éditoriale, le jour où il les passera. Il les avait gardées chez lui pour plus de précaution.

– Ah, vraiment ?

– Oui, dans le même tiroir de table de nuit que les préservatifs. »

Sara, ayant reçu une liasse de documents des mains de Mary Kate, était déjà repartie vers son poste de travail. La regardant trotter le long des lignes noires, Jack demanda : « Et Sara ? Elle fait partie du complot ?

– Non. C'est entièrement et uniquement Perkinson.

– Si jamais cela se sait, dit Jack, quand bien même nous avons étouffé l'affaire dans l'œuf, si jamais cela se sait, je suis foutu. Elle fait partie de *mon* équipe. Il ne faut jamais faire confiance à une femme, Ida.

– Risque pas », dit Ida, tandis que Mary Kate annonçait : « Binx vient d'appeler.

– Il ne me parle plus, je me demande bien pourquoi, dit Jack.

– Ce n'était pas pour vous parler, dit Mary Kate, il voulait simplement m'annoncer qu'il était convoqué chez Harsch.

– Ah bon, dit Jack sans prêter grande attention à la nouvelle, absorbé qu'il était par le problème Phyllis Perkinson. Ce doit être Boy.

– L'espion, confirma Ida.

– Il a découvert... d'une manière ou d'une autre, il a découvert qu'elle espionnait pour *Tendances*. Alors, il l'a retournée, et l'a forcée à espionner pour son compte à lui.

– Nous ne pourrons jamais le prouver, dit Ida. Pourtant, j'adorerais. Massa n'encaisserait pas que quelqu'un introduise ici un espion dans son seul intérêt. Mais tu sais parfaitement que Cartwright est trop fort, il ne laissera jamais une seule empreinte digitale sur son passage.

– D'un autre côté, il ne peut pas nous impliquer sans montrer qu'il était au courant, dit Jack. Donc, nous sommes tranquilles du côté de Boy, à condition de nous débarrasser de Perkinson sans que le véritable motif apparaisse.

– Ou bien on la garde, mais en la neutralisant, suggéra Ida.

– La garder? Tout le monde parle, ici, Ida, tu le sais très bien, ils n'arrêtent pas de parler. L'information est notre produit principal.

– Elle pourrait tomber et se casser la jambe, proposa Ida.

– Deux ou trois semaines à l'hôpital? » Jack considéra cette éventualité. « Le seul problème, c'est que ce genre de choses finissent par vous retomber dessus et alors, la situation est encore pire qu'avant... » Il s'interrompit, fronça les sourcils en regardant Mary Kate et dit : « Harsch a convoqué Binx dans son bureau?

– C'est ce que Binx a dit.

– Quel jour sommes-nous?

– Mardi. »

Jack regarda le quadrilatère vide de Binx, de l'autre côté de la salle. « Pauvre vieux », dit-il.

De retour dans son bureau, Binx empilait ses effets personnels dans une valise et un sac à provisions sous le regard impavide d'un gardien en uniforme marron qui attendait discrètement à quelques mètres. Jack entra et dit : « Bon Dieu, Binx !

– Mort sur la croix à Jérusalem, répondit Binx. Accusé par la rumeur d'être pédé. »

Jack glissa les mains dans les poches arrière de son pantalon et se mit à arpenter le quadrilatère. « Merde, Binx, nous étions copains.

– Ce sont des souvenirs que je chérirai toujours.

– Ce que je regrette vraiment, c'est d'avoir utilisé ta vie privée pour l'article sur le coup de foudre de Mercer. Mais j'étais désespéré, tu sais ?

– Une goutte d'eau dans la mer, dit Binx, ne t'inquiète pas. J'en aurais probablement fait autant. »

Jack s'immobilisa et le dévisagea.

« Eh bien, non, Binx, je ne crois pas que tu en aurais fait autant.

– Pourquoi dis-tu ça ?

– Parce que je n'ai pas été viré. » Puis, enchaînant sans traîner, il demanda : « Tu as des projets ?

– Oh, des milliers. Monoxyde de carbone, pour l'essentiel. » Inclinant la tête en direction du gardien, il ajouta : « Tu sais, normalement, quand un type se fait saquer et que le gardien se pointe dans son bureau, les autres ne viennent pas traîner dans le coin. Ça pourrait être contagieux.

– Ne dis pas de conneries, mon vieux. Je resterai ton ami tant que tu voudras de moi.

– Pas d'arrière-pensées ?

– Telles que quoi ? Te racheter ton dictionnaire des synonymes pour trois sous ? Parlons sérieusement, Binx. Tu as d'autres idées de boulot en vue ?

– Pas exactement en vue, dit Binx en cessant un instant d'emballer ses affaires. En fait, je me demande ce que je vais marquer sur mon C.V.

– Ah...
– Huit ans à *Galaxy-Hebdo*, ce n'est pas très vendeur.
– Je reconnais que ça pose un problème.
– J'ai pensé mettre que j'avais été interné pendant ces huit dernières années, mais que je me sentais mieux maintenant. Qu'en penses-tu ?
– C'est assez proche de la vérité.
– J'essaie de me placer du point de vue de l'employeur, expliqua Binx. Un type qui souffre de troubles mentaux peut guérir alors qu'il n'existe aucun traitement pour quelqu'un qui est resté à *Galaxy*.
– Je suis content de voir que tu abordes la question avec optimisme, dit Jack. Puis, sur le point de partir, il s'arrêta, comme frappé par une idée phénoménale, et s'exclama « Ah ! » en se frappant le front.
Binx le dévisagea d'un air circonspect.
« La racine carrée de deux ?
– Tu pourrais... » commença Jack, une lueur d'espoir dans le regard. Puis il changea brusquement d'idée et se détourna en disant : « Non, laisse tomber, je ne sais pas ce qui me prend de penser à mes propres problèmes quand tu dois... Oh ! la barbe, c'est trop vache, Binx...
– Quoi ? demanda Binx.
– De t'avoir viré.
– Mais non. Que puis-je pour toi ?
– Rien, n'y pense même pas. Je regrette même d'y avoir fait allusion. Écoute, pourquoi est-ce qu'on ne se retrouverait pas, ce week-end, pour faire une liste des gens qu'on connaît dans le métier, je suis sûr qu'on pourrait trouver des noms pour te soutenir. Comme ça, tu aurais des références à mettre dans ton C.V. : travaillé pour untel, pour untel...
– C'est quoi ? demanda Binx.

– Hein ? Non, oublie ça, franchement, Binx.

– Je ne déborde pas d'énergie aujourd'hui, Jack, alors finissons-en, d'accord ? En quoi puis-je t'aider ?

– Eh bien, si tu es vraiment sûr... »

Binx, dont la réserve énergétique était au plus bas, ne répondit rien, se contentant d'attendre.

Jack haussa ostensiblement les épaules, écarta les bras et secoua la tête comme s'il dégageait toute responsabilité. « D'accord. *D'accord.* Puisque tu insistes. J'ai un problème et ce problème s'appelle Phyllis Perkinson. Mais si j'essaie de virer un membre de ma propre équipe, je vais avoir un mauvais point chez Massa, alors je ne sais vraiment pas comment m'y prendre. Tandis que toi, tu pars de toutes façons.

– Eh bien ? »

Jack inspira à fond, répugnant manifestement à laver ce linge sale en public. « Phyllis Perkinson a dragué sans équivoque deux filles de mon équipe. Bon, tu sais comment Massa réagit aux histoires de lesbiennes...

– Qui ?

– Quoi ?

– Quelles filles de ton équipe ?

– Ida et Sara. Tu comprends, ça va faire très mauvais effet sur...

– Ça, c'est l'histoire que tu veux que je serve à Harsch. Mais que s'est-il réellement passé ? »

Jack le dévisagea avec un air de parfaite innocence.

« Mais c'est l'histoire vraie ! Bon dieu, Binx, tu crois que c'est facile pour moi de parler de ce genre de choses ? Déjà dans des circonstances normales... mais avec mon meilleur copain qui vient de se faire virer à coups de pompes dans les fesses, franchement, Binx !

– Voyons si j'ai bien compris, dit Binx. Sara et Ida, craignant que tu prennes mal la nouvelle, sont venues me demander mon avis et je leur ai dit de ne pas faire de vagues, de ne raconter ça à personne. Elles m'ont obéi. Mais comme je m'en vais de toutes manières, autant mettre les choses en ordre et dire à Harsch ce que ces pauvres filles ont dû subir sur *son* lieu de travail.

– Nom d'un chien, Binx, si tu pouvais faire ça, nous serions tous tellement reconnaissants. Ça a vraiment été dur pour les filles.

– Est-ce que Sara et Ida sont au courant ? »

Jack regarda son ami, bouche bée.

« Tu ne m'as pas écouté ? Ce sont elles qui ont eu ce problème ! »

Binx inspira à fond.

« Jack, je n'attends pas beaucoup d'honnêteté de quiconque en ce bas monde, mais si tu ne peux pas être réglo avec moi pour un misérable petit détail, je ne porterai pas ton seau d'aisances chez Harsch à ta place, et un point c'est tout.

– Binx, je n'arrive pas à croire que...

– Je m'en vais, dit Binx en empoignant sa valise et son sac à provisions. Adieu. »

Jack le fusilla du regard.

« Elles seront au courant ! D'accord ? hurla-t-il. Si elles doivent l'être, elles le seront ! »

Binx posa sa valise et son sac à provisions et dit au gardien : « Il faut que je remonte un instant. » Puis, se tournant vers Jack : « Je suis bien content que tu n'aies pas oublié pourquoi tu étais venu ici. »

7

En rentrant chez elle à la fin de la journée, Sara passa devant la chambre de Phyllis et, depuis l'embrasure de la porte, la vit debout au milieu de la grande pièce, mains sur les hanches, l'air perplexe devant un mur entièrement couvert de placards. Toutes les portes étaient ouvertes, révélant une accumulation moelleuse et colorée de vêtements variés, en quantité suffisante pour alimenter le stock initial d'une boutique de fringues dans une galerie marchande. D'autres vêtements débordaient des tiroirs à moitié ouverts de la commode. On aurait dit que la chambre venait d'avoir un orgasme. Phyllis, toutefois, semblait en difficulté. « Salut, dit Sara. Que se passe-t-il ?

– Oh, salut, dit Phyllis. Dis-moi, tu ne pourrais pas me prêter tes valises pour quelques jours ? Je te les ferai réexpédier par United Parcel, c'est promis.

– Bien sûr, dit Sara, interloquée. Mais pour quoi faire ?

– J'ai gagné tellement d'argent, dit Phyllis avec un charmant haussement d'épaules. J'ai acheté tous ces vêtements, mais jamais de valise. On ne pense pas aux valises quand on s'achète des robes. Écoute, je ne vais pas te planter avec le loyer de l'appartement.

– Ah, bon ? dit Sara, qui commençait à comprendre.

– On est au *tout* début du mois d'août, dit Phyllis, alors je ne vais quand même pas payer ma part pour le mois *entier*, mais je vais couper la poire en deux. Je te réglerai la moitié, d'accord ?

– Tu as donné ta démission, dit Sara.

– Oh, non, répondit Phyllis avec un petit rire désinvolte. J'ai définitivement été licenciée, par M. Harsch en personne. On aurait dit que j'étais une morte vivante ou je ne sais quoi, vu la façon dont il me regardait.

– Licenciée ? Mais pourquoi ?

– Eh bien, ils ont dû finir par découvrir la vérité au sujet de *Tendances*, dit Phyllis, fronçant les sourcils avec la même effronterie. Mais comment ? Ce n'est certainement pas Boy qui a parlé.

– Phyllis, tout ceci n'a pas de sens.

– Oh, pardon ! s'exclama Phyllis, je suis plongée dans mes problèmes et ce que je raconte est incompréhensible. Ce qui se passe, c'est que j'ai fait de l'espionnage.

– Bah, nous en faisons tous.

– Non, pas pour le *Galaxy*, pour *Tendances*. » Phyllis se redressa, incapable de dissimuler sa fierté. « J'appartiens à la rédaction de *Tendances*. Ils m'ont envoyée ici pour faire une enquête de l'intérieur sur *Galaxy-Hebdo*. Attends un peu que ça paraisse !

– Oh, oh ! dit Sara. Pauvre Jack. »

Phyllis haussa un sourcil. « Pauvre Jack ? Qu'est-ce que c'est censé signifier ?

– Eh bien, tu fais partie de l'équipe de Jack, ou du moins tu en faisais partie, et chaque rédac-chef est responsable de ses reporters.

– Bof, dit Phyllis, balayant l'idée d'un revers de sa main patricienne. Ce qui pourrait arriver de mieux à Jack, ce serait d'être viré.

– Mais cela ne dépend pas de toi, Phyllis, dit Sara, tellement furieuse et tendue qu'elle en avait mal au cou.

– Les personnalités n'entrent pas en ligne de compte, dit Phyllis comme si elle avait appris ça en cours de sciences politiques. Nous parlons ici d'une affaire très grave, qui relève du Premier Amendement.

– Ah, vraiment ? Et en quoi le Premier Amendement est-il concerné ?

– Par *Galaxy-Hebdo*, bien sûr. L'existence même de ce genre de journalisme de bas étage est une menace pour la presse décente dans tout le pays, ce n'est pas toi qui vas dire le contraire.

– Tu veux dire que l'existence des surgelés et des céréales Fruit Loops est une menace pour le filet de bœuf.

– Allons, tu joues les idiotes, maintenant, dit Phyllis.

– L'une de nous l'est certainement, admit Sara. Dis-moi une chose que nous pourrions faire ici, une chose que le *Galaxy* pourrait faire et qui menacerait l'existence ou la réputation du *New York Times*, par exemple. »

Avec un sourire condescendant, Phyllis demanda : « Ainsi, le *Galaxy* est juste une entreprise inoffensive ?

– Non, ce n'est pas ce que je veux dire. » Le souvenir de Binx Radwell quittant le bureau l'après-midi même, sa valise et son sac à bout de bras, le gardien armé en uniforme brun lui emboîtant le pas, ses ex-collègues se détournant sur son passage ou plongeant dans leurs bouquins de référence, n'importe quoi pour ne pas croiser son regard, était frais dans sa mémoire. « Le *Galaxy* est extrêmement dangereux à plus d'un égard. Il dévore ses propres enfants. Cet aspect m'effraie parfois, mais je me dis que je suis plus maligne et plus résistante que ça, et que je m'en sortirai. Mais nos traitements pour soigner l'arthrite et nos interviews d'extraterrestres ne contreviennent pas au Premier Amendement, pour l'amour du Ciel !

– Sur ce point, nos opinions divergent, dit Phyllis, haussant de nouveau les épaules.

– En fait, cela revient à une chose très simple, dit Sara. Tu veux remuer la boue comme nous, mais tu veux te sentir sanctifiée pendant que tu t'amuses. Comme ces documentaires télévisés sur les méfaits de la prostitution infantile.

– Parce que la prostitution infantile n'est pas une mauvaise chose ?

– Autant que les films porno à la télé.

– Oh, vraiment, dit Phyllis d'un air détaché, si tu ne peux pas reconnaître la différence entre *Tendances* et *Galaxy-Hebdo*...

– C'est vrai, je ne peux pas.

– Eh bien, c'est qu'il n'y a rien à ajouter.

– Tu as raison. » Sara tourna les talons, prête à quitter la chambre, mais se ravisa soudain et dit : « Attends une minute. Qu'est-ce que c'était que cette histoire de Boy ? »

Phyllis avait déjà reporté son attention sur l'ensemble de ses possessions à la pointe de la mode.

« Hum ?

– Tu as dit quelque chose, au début, concernant Boy et le fait qu'il ne te dénoncerait pas.

– Non, il ne me dénoncera pas, donc M. Harsch a appris la vérité autrement.

– Tu veux dire que Boy était au courant ?

– C'est un garçon puissamment efficace, ce Boy, dit Phyllis avec une pointe d'admiration dans la voix. J'avais ce petit magnétophone branché en permanence dans mon sac, et j'allais toujours aux toilettes pour changer de cassette. Une de ses journalistes, entendant un déclic dans la cabine où je me trouvais – il faut dire que j'ai été idiote, je me croyais seule – et pensant avoir identifié le bruit, a foncé chez Boy pour tout lui raconter. Eh bien, tu sais ce qu'il a fait ?

– Il n'est pas allé le répéter à M. Harsch », dit Sara. L'infamie était en train de lui apparaître dans toute son ampleur.

« Ah, non, pas Boy, dit Phyllis en riant. Il s'est arrangé pour faire surveiller la voie par des filles de son équipe et a rappliqué directement dans les toilettes des dames. Il est entré dans la cabine que j'occupais au moment même où je levais le loquet et il m'a bousculée. Il s'est assis sur *moi*, qui étais retombée sur la cuvette, et il a écouté une partie de la bande. Ensuite, il a fouillé dans mon sac, où il a trouvé ma carte de journaliste de *Tendances*, et il m'a prévenue que si je ne lui disais pas toute la vérité sur-le-champ, il enverrait à David Levin des photos de moi en train de lui faire une pipe dans les chiottes. Une de ses filles était postée là avec son appareil photo, et je peux t'assurer qu'il ne plaisantait pas. »

Scandalisée, écœurée, Sara s'exclama : « Il ne pouvait pas faire ça ! Tu aurais dû hurler, refuser, tu aurais dû le mordre !

– Dommage que tu n'aies pas été là pour m'apporter ton soutien moral, dit Phyllis d'un ton sec. Toujours est-il que je lui ai dit la vérité, je lui ai tout raconté. Alors, il a déclaré que très bien, il me laisserait tranquille, mais à deux conditions. D'abord, qu'aucun membre de son équipe n'apparaisse sur une cassette ou dans un article, qu'il n'y avait absolument aucun lien entre lui et moi. Ensuite... » Là, Phyllis flancha. Son regard dériva du côté des placards et elle s'éclaircit la gorge.

Sara ne pouvait pas imaginer l'énormité qui allait suivre.

« Ensuite ? pressa-t-elle.

– Tout ce que j'avais à faire, reprit Phyllis en évitant son regard, était de lui répéter toute information intéressante que l'équipe de Jack pouvait dénicher sur n'importe quoi. »

Sara écarquilla les yeux.

« Tu veux dire, espionner l'équipe de Jack pour le compte de Boy ?

– Je le faisais déjà pour *Tendances*, releva Phyllis, alors au point où j'en étais...

– Quelle affreuse petite salope tu fais. »

Phyllis en prit de l'ombrage.

« Oh, ce n'est pas la peine de devenir grossière.

– Alors, c'est pour ça que Boy a obtenu le mariage Mercer !

– De fait, dit Phyllis en hochant pensivement la tête, tu as probablement raison sur ce point.

– Tu peux aller trouver M. Harsch immédiatement, dit Sara en faisant un vague geste vers l'ouest, tu peux éliminer ce Boy Cartwright une bonne fois pour toutes, et...

– À dire vrai, non, expliqua Phyllis d'un air emprunté. Boy a veillé à couvrir ses arrières. Il détient des photos. Je suis vraiment désolée pour Jack évidemment, mais tu ne pourras jamais me faire parler contre Boy.

– Dans ce cas, c'est moi qui l'empêcherai de continuer, s'écria Sara, brûlant d'une flamme pure. La vie de Jack est déjà assez dure comme ça sans qu'il se laisse détruire par un poids plume mental, une petite pétasse contente d'elle-même et fière de son bon droit ! » Là, n'en revenant pas de ce qu'elle venait de dire, elle recula et marmonna : « Pétasse ! C'est un mot que je n'avais jamais prononcé de ma vie.

– Je ne suis *pas* une pétasse, protesta Phyllis, profondément vexée.

– Ce n'est pas le quart de ce que tu es en réalité, vitupéra Sara en lui agitant un index sous le nez. Tu me dois le loyer d'août en entier, et si tu ne paies pas, je te traînerai devant le tribunal d'instance et ce sera mon tour de venir avec un photographe, et je me ferai un plaisir de mentionner les tours que tu jouais au bureau. Quant à te prêter mes valises, essaie encore de me le demander, je te dirai ce que tu peux en faire, de tes fringues ! Et maintenant, je vais passer un coup de téléphone, et si je te surprends à écouter aux portes, espèce de sale pétasse, pétasse, pétasse, je te ferai regretter d'avoir un miroir chez toi pour le restant de tes jours.

– Quelle horrible menace !

– Oui, mais tu es une horrible créature », rétorqua Sara, tournant les talons pour se porter au secours de Jack Ingersoll. Et elle se plongea dans son coup de téléphone avec une telle intensité qu'elle ne remarqua même pas que le bout de papier où était noté le numéro d'immatriculation de la voiture du mort avait disparu de son mur.

8

Dans sa petite cuisine où régnait un considérable désordre, Jack Ingersoll, vêtu d'un jean et d'une chemisette polo protégés par un tablier et néanmoins couverts d'une fine pellicule de farine, préparait un gâteau. C'était le mercredi 4 août, il n'était pas allé au bureau, et merde. Fredonnant une version ralentie et approximative de *Moanin' Low*, Jack, debout devant le plan de travail, mélangeait la farine, les œufs, le sucre, le beurre et, oh, un tas de choses délicieuses. Un nuage de farine blanche flottait dans l'atmosphère. Et merde !

On sonna à la porte d'entrée. Jack fronça des sourcils dans cette direction. « Encore des bonnes nouvelles », grommela-t-il en attrapant le verre doseur. On sonna derechef. « La vie m'appelle », dit-il à voix haute. Empoignant un torchon constellé de farine, il traversa la maison en s'essuyant les mains tandis que la sonnerie retentissait une troisième fois. « Très impatiente, cette vie », se dit Jack, ouvrant la porte. Sara se tenait dans l'embrasure, incroyablement pimpante vu les circonstances.

« Hein ? » demanda-t-il.

Elle le toisa des pieds à la tête, enregistrant tout à la fois, le tablier et la farine, le torchon et le reste.

« Lequel êtes-vous ? demanda-t-elle. Laurel ou Hardy ?

– Je sèche le bureau, avoua-t-il.

– Moi aussi. »

Elle entra dans la maison sans y être invitée et déclara : « Mary Kate dit que vous avez pris votre journée parce que vous vous sentiez mélancolique.

– Cette Mary Kate ! dit Jack. Elle parle, et parle, et parle. »

Se résignant à l'inévitable, il referma la porte d'entrée.

« Elle voulait vous téléphoner la bonne nouvelle, dit Sara, mais je l'en ai empêchée. Je voulais vous l'annoncer personnellement.

– La bonne nouvelle ?

– Nous partons en vacances aux frais de la princesse », dit-elle en lui souriant. Il la dévisagea.

« En vacances, aux frais de la princesse ? Je suis viré ? C'est ça, la bonne nouvelle ?

– À Martha's Vineyard, une île au large de New Bedford. Massa...

– Je *sais* où se trouve Martha's Vine... » Soudain, il émergea. « Martha's Vineyard ? Le mariage Mercer ?

– Vous avez compris.

– Mais... c'est Boy qui couvre le mariage Mercer !

– Plus maintenant. C'est désormais l'équipe de Jack Ingersoll qui couvre l'événement. »

Jack la regarda avec des yeux ronds.

« Vous avez réussi à obtenir ça !

– Absolument », dit-elle d'un ton modeste.

Il s'essuya les mains sur son tablier.

« Après, vous allez me raconter que vous avez fait réintégrer Binx.

– Non, je suis désolée, mes pouvoirs ne vont pas jusque-là. J'aimerais bien, pourtant. Binx est toujours viré. D'un autre côté, Phyllis aussi.

– Eh bien, la vie continue. Racontez-moi ce que vous avez fait, Sara. »

Plongeant la main dans son sac en bandoulière, elle en sortit une enveloppe de papier bulle.

« Mais d'abord, il y a un petit sujet que nous devons absolument faire passer dans le journal. Il faut vraiment que cela paraisse, Jack.

– Racontez-moi tout, dit-il, circonspect.

– Il y a de cela vingt-quatre ans, commença Sara en ouvrant l'enveloppe, peu avant de mettre son quatrième enfant au monde, une certaine Mme Kathleen Harrigan fit un rêve. Elle y vit qu'elle allait avoir une fille, ce qui ne posait pas de problème, mais aussi, ce qui en posait un, que cette fille était suspendue à un poteau.

– Déconcertant, admit Jack.

– Vingt-quatre ans plus tard, poursuivit Sara, ce rêve s'est incarné de la manière la plus charmante possible. Mme Harrigan a effectivement eu une fille nommée Elizabeth – Betsy pour la famille et les amis, qu'elle a en quantité, étant une jeune personne particulièrement aimable et rayonnante...

– Oh, là, là ! dit Jack. Venons-en au fait.

– Et Betsy Harrigan, reprit Sara en sortant de l'enveloppe plusieurs tirages en 9 x 13 sur papier brillant et les tendant à Jack, est devenue technicienne d'intervention pour la Compagnie du téléphone. »

Jack examina les photos. « Miam, murmura-t-il. Viens réparer mon téléphone, chère petite.

– Savourez ce spectacle, dit Sara d'un ton quelque peu acide. Prenez votre temps. »

Jack releva les yeux, la lumière se faisant dans son esprit.

« Une technicienne d'intervention. Vous avez mis la ligne de téléphone de Mercer sur écoute !

– Branché sur mon propre poste, précisa-t-elle, dans une voiture en pleine rue. Maintenant, je suis en mesure de vous dire – elle commença à compter sur ses doigts – à quelle date les tourtereaux s'envoleront au-dessus de l'océan, dans quel hôtel ils descendront, le jour du mariage, le nom et la confession de la personne qui célébrera...

– Sara ! s'écria Jack, les genoux tremblants. Il ne faut pas plaisanter ! »

Arrachant les photos de Betsy Harrigan des doigts inertes de Jack, Sara poursuivit : « Vous voulez en savoir davantage ? J'ai téléphoné au prêtre. Nous avons une interview exclusive de lui juste après la cérémonie, moyennant quoi tout ce que nous avons à faire est de publier un petit texte qu'il a rédigé sur la question irlandaise.

– Prenant parti pour quel côté ?

– Quelle importance ? demanda Sara. J'ai la date et l'hôtel ! Il se trouve que Boy avait déjà l'information pour Martha's Vineyard, mais cela ne compte plus, moi j'ai l'exclusivité du prêtre, et je suis votre reporter et cela veut dire que nous partons pour Martha's Vineyard ! »

Un nuage passa sur le visage illuminé de Jack.

« L'interview.

– C'est dans la poche, lui assura-t-elle. Le vieux prêtre est l'être le plus charmant que l'on...

– Pas celle-ci. Massa, vous vous rappelez ? Massa a déjà décidé ce que devait être l'article sur le mariage. La confession de John Michael Mercer : pourquoi, au bout de tant d'années, il se décide enfin à se marier. L'interview qu'il nous a réservée, *à nous*.

– Oh, dit Sara, assombrie par le même nuage.

– Quand John Michael Mercer voit le *Galaxy*, souligna Jack, il ne donne pas une interview, il appelle ses chiens.

– Je me rappelle », admit Sara. Le nuage de contrariété disparut de son visage, qui redevint radieux. « À chaque jour suffit sa peine, d'accord ? Nous sommes déjà arrivés jusque-là, non ? Nous aurons le reste.

– Vous croyez vraiment ? demanda Jack, la regardant avec étonnement.

– Ce que je crois vraiment, c'est que tout ça est très amusant. De toute ma vie, il ne m'est rien arrivé de plus amusant. Rien au monde ne compte en dehors de doubler Boy Cartwright sur le mariage de John Michael Mercer. »

Avec un sourire narquois, Jack demanda : « Pas même votre cadavre au bord de la route ? »

Sara éclata de rire.

« Dans quelle série télévisée apparaît-il régulièrement ?

– Aucune.

– Alors, on le laisse tomber ! Nous sommes en route pour Martha's Vineyard, voilà tout ! Et quoi que Massa exige de nous, nous l'obtiendrons !

– Nom d'un chien, Sara ! dit Jack en la considérant avec émerveillement, vous n'êtes plus du tout cette fille qui est arrivée à *Galaxy* le mois dernier en m'annonçant qu'elle était une vraie journaliste professionnelle !

– Ça, vous avez raison ! Je ne suis plus la même personne. Il n'y a plus un gramme de sérieux en moi.

– Je voudrais vous prendre dans mes bras, dit-il en baissant les yeux vers sa tenue, mais je vais vous couvrir de farine.

– Venant d'un homme du monde, la farine est un plaisir. »

Quelques heures plus tard, au lit, dans la pénombre, il demanda : « Dis-moi une chose. Ces jumeaux, c'était bien les vrais ?

– *Évidemment*. »

Le mariage

1

Avez-vous déjà essayé de trouver une chambre d'hôtel à Martha's Vineyard en plein mois d'août ? Martha's Vineyard, comme chacun sait, n'est pas un vignoble et n'appartient à aucune Martha, c'est une île de l'Atlantique au large de la côte du Massachusetts, à quatre milles au sud du Cap Cod, qui mesure trente-deux kilomètres sur seize et abrite une population inférieure à douze mille âmes pendant l'année. Chaque printemps, les hommes de lettres, célébrités du monde du spectacle et autres secteurs culturels du nord-est des États-Unis (ou au moins ceux qui ont trop de dignité pour fréquenter les Hamptons) envahissent l'île, multipliant sa population par cinq jusqu'à l'automne, lorsqu'ils reprennent la mer. Août est le sommet absolu de la vague d'invasion. Chaque ferry effectuant la traversée de trois quarts d'heure depuis Falmouth Heights ou Woods Hole apporte une cinquantaine de voitures supplémentaires et autant de passagers que la loi autorise. La plupart de ces visiteurs ont réservé leur logement des mois, voire des années à l'avance, mais il arrive encore qu'un innocent débarque à l'improviste et demande où il y a une chambre, n'obtenant pour réponse que des yeux au ciel et des sourires compatissants.

Il y a trois aérodromes sur l'île, dont l'un est normalement ouvert aux lignes commerciales. Les visiteurs arrivant par cette voie amusent parfois les chauffeurs de taxi du cru en leur demandant : « Emmenez-moi dans un hôtel sympathique mais pas trop cher, et donnant sur l'eau. » À Martha's Vineyard, *tout* est trop cher, de même que *tout* donne sur l'eau. Et tout est archiplein, hôtels et locations, jusqu'à Labor Day, le premier lundi de septembre.

Juste après seize heures, le mercredi 4 août – pas très longtemps après que Sara Joslyn, à environ deux mille cinq cents kilomètres de là, en Floride, eut entièrement rassuré Jack Ingersoll au sujet des jumeaux centenaires – un petit avion privé affrété à Boston se posa sur l'aérodrome principal de Martha's Vineyard. Ses trois passagers ne voulaient pas seulement des chambres pour eux, le jour même, mais pour *vingt-quatre* personnes, à compter du lendemain. De surcroît, pour des raisons qui n'avaient rien à voir avec le logement, ils cherchaient une maison. Il leur fallait également une quantité de voitures de location, de téléphones et divers autres articles. Et ils voulaient tout ça tout de suite.

La plupart des gens n'auraient rien obtenu, dans une quête aussi don-quichottesque, mais la plupart des gens n'étaient pas Ida Gavin. Elle formait avec Harry Razza et un de leurs correspondants à Boston nommé Sherman Sheridan l'avant-garde de l'invasion *Galaxy*. Ida sortit de l'avion en hâte et quand elle retourna à l'aéroport le lendemain à treize heures pour accueillir l'avion plus imposant qui amenait Jack, Sara et l'équipe Ingersoll au complet plus les photographes et une tonne de matériel, ce fut avec une voix à peine tremblante (séquelle de combats remportés) qu'elle annonça : « Tout est paré. »

Tout est paré. À coups de pourboires, de bluff, de cajoleries et d'intimidations, Ida avait réussi à retenir neuf chambres dans des motels de Main Road et West Chop Road, au port, là où débarquent les ferries. Plus trois chambres – fort onéreuses, celles-là, et particulièrement difficiles à obtenir – dans des auberges du côté d'Edgartown, le port chicos de l'île. La maison dont ils avaient besoin en plus pour leurs coupables activités, trouvée et louée là-bas à Oak Bluffs, de l'autre côté du port de Vineyard Haven, était en ce moment même aménagée conformément à leurs besoins. (Oak Bluffs est – je suis obligé de parler doucement, hors de portée d'oreille des enfants, parce que évidemment ce genre de choses n'existent plus de nos jours – eh bien, Oak Bluffs est le quartier noir de l'île. Des Noirs riches, mais noirs tout de même.)

Afin d'occuper toutes ces chambres, dénichées avec une détermination farouche, une bande pour le moins composite avait effectivement débarqué à Vineyard. Il y avait, pour commencer, Jack Ingersoll et son équipe de journalistes : l'ardente Sara Joslyn, l'austère Ida Gavin, Don Grove le pessimiste, le dévastateur Trio des Aborigènes et même le cosmonaute de service, Chauncey Chapperell, que l'on avait rappelé pour l'occasion de Port Radium, Great Bear Lake, dans les territoires du nord-ouest du Canada, où il pourchassait le cousin nord-américain du yeti de l'Himalaya. (Chauncey Chapperell, un individu immense, cadavérique, aux cheveux en broussaille et aux yeux énormes, qui semblait avoir été assemblé avec des élastiques de mauvaise qualité, aurait très bien pu passer pour le yeti en personne s'il avait porté un manteau de fourrure... et si quelqu'un avait su reconnaître le cri de la bête au moment de l'accouplement.)

Dix-huit Galaxiens d'origines diverses complétaient ce groupe de base. Il y avait neuf photographes, deux d'entre eux étant des employés à plein temps de la maison mère en Floride, les sept autres des pigistes occasionnels venus de Nouvelle-Angleterre. Ce qui est certain, c'est qu'en termes de désorganisation et de mauvaise réputation, les neuf atteignaient de tels sommets que la clocharde dont Sara avait hérité à Indianapolis paraissait, en comparaison, une sorte de Meryl Streep interprétant le rôle de Greer Garson. Également détachées de Floride, les quatre secrétaires étaient connues pour leur efficacité, leur discrétion à toute épreuve, leur loyauté, la piètre idée qu'elles avaient d'elles-mêmes et leur pitoyable vie sexuelle. De Nouvelle-Angleterre étaient venus cinq autres pigistes ou correspondants locaux qui travaillaient aussi bien pour le *Galaxy* que pour d'autres publications, semblables en tous points à Sherman Sheridan, celui qui était arrivé la veille en compagnie d'Ida et de Henry Razza. C'est-à-dire, chevelus, mollassons, dans la lune et probablement couverts de poux. Eux-mêmes étaient des savants, philosophes ou mathématiciens ratés dont les tâches occasionnelles pour le *Galaxy* consistaient à aborder les habituels sujets scientifiques du journal – extraterrestres, guérison du cancer, grossesses improbables – avec les membres de cette vaste communauté de professeurs, savants et ingénieurs complètement largués qui peuplaient la zone Boston-Cambridge; aucun d'entre eux ne connaissait quoi que ce fût à la culture populaire américaine de la seconde moitié du XXe siècle. Ils étaient capables de décrire la théorie qui avait présidé à l'invention de la télévision – et si la télévision n'avait pas déjà été inventée, ils auraient certainement pu le faire – mais aucun ne la regardait jamais. Pour eux, John Michael Mercer et

Breakpoint étaient des mots appartenant à une langue étrangère qu'ils n'avaient aucunement l'intention d'apprendre. Aussi se baguenaudaient-ils dans le coin, sans cesser de se gratter et de cligner des yeux, en attendant le moment d'exécuter des ordres par définition incompréhensibles.

Quand toutes ces molécules dissociées eurent mis pied à terre, plantées au milieu de bagages insultants pour la réputation du groupe, Jack les désigna d'un geste et demanda à Ida : « Vous qui avez déjà reconnu les lieux, vous pensez qu'ils auront du mal à se fondre dans le décor ? »

Ida réfléchit au problème et répondit : « C'est la confrontation entre K-Mart et J. Press [1]. »

Seize heures. Jack et Sara, s'étant assurés que leurs chambres de l'auberge d'Edgartown étaient non seulement voisines mais communicantes, prirent la route d'Oak Bluffs pour inspecter la maison louée par Ida. La voiture de location de Jack était une Chevette marron, même modèle et même couleur que celle au volant de laquelle Sara était arrivée en Floride, pour son premier jour de travail à *Galaxy*, naïve et crédule au point de croire que les gens, là-bas, allaient s'intéresser à un homme assassiné au bord de la route. Comme cela lui paraissait loin ! Elle avait tellement appris, tellement accompli depuis ce jour, elle avait même réussi à faire passer le reportage des jumeaux centenaires sous le nez de Jack, des contrôleurs de faits, de M. Harsch et de tout le monde. Cette Chevette marron dans Martha's Vineyard, c'était un symbole. Elle lui susurrait : « Tu reviens de loin, ma fille. Bon sang, tu es drôlement forte ! »

1. C'est-à-dire entre la chaîne de supermarchés et le magasin de vêtements ultra-chics pour hommes. *(N.d.T.)*

En traversant l'île dans la voiture, un souvenir revint à l'esprit de Sara : « Tu sais ce que m'a dit Henry Reed ?

– Hein ? Qui ?

– Le type qui embauche le personnel de John Michael Mercer.

– Oh, lui ! Il a dit non, n'est-ce pas ?

– Quand je lui ai avoué que je débutais, il m'a dit : " Eh bien, qu'est-ce que ce sera, quand vous aurez un peu d'expérience ! " »

Jack rit, la regarda, réfléchit un instant et lui sourit largement : « Il avait raison. » Sara lui rendit son sourire. Elle sentait qu'il était fier d'elle. « Je suis vraiment excellente », admit-elle.

Trois camionnettes de la Compagnie du téléphone, une fourgonnette remplie de mobilier de location, une Land Rover, quelques voitures de location supplémentaires et un petit camion bardé de plaques de chrome où s'étalait fièrement le nom : « CADET TRAITEUR » étaient garés devant la maison d'Oak Bluffs. Des techniciens de la Compagnie du téléphone, infiniment moins séduisants que Betsy Harrigan, s'affairaient sur le toit. Des déménageurs costauds portaient une longue table à l'intérieur de la maison. Jack se gara parmi les divers véhicules et s'arrêta un instant pour chanter « Juste a-*vant* la bataille, Mère. » Puis ils descendirent de voiture.

La maison proprement dite était une petite bicoque à deux étages, bardeaux gris et bordure blanche, typique des villages de pêcheurs de la Nouvelle-Angleterre. Ce qui était parfaitement dans les normes, vu qu'Oak Bluffs était à l'origine un village de pêcheurs et que l'île, dans son ensemble, se trouve toujours en Nouvelle-Angleterre. Distante de l'océan d'une bonne vingtaine de mètres, et de la plage publique de plus d'un kilomètre, la maison était cependant une des résidences les moins désirables des environs.

Elle était entourée d'un portique exigu, plancher gris et balustrade blanche. Jack et Sara s'y engagèrent dans le sillage des costauds qui trimbalaient la table ; Jack tint ouverte la charmante porte d'entrée vieillotte avec ses lanternes biseautées, et ils pénétrèrent dans le décor d'*Une nuit à l'Opéra* des Marx Brothers.

Le mobilier initial du salon avait été enlevé, y compris le tapis, et parqué dans les chambres du premier étage. Le mobilier de location, pour l'heure en cours de livraison, le remplaçait : principalement, de longues tables toutes simples et une quantité phénoménale de chaises pliantes, plus quelques armoires métalliques pour le classement et un tas de grosses corbeilles à papier en bois plus ou moins déglinguées. On avait loué plus d'articles que la maison ne pouvait en contenir mais ça ne faisait rien, ils réussirent quand même à tout caser.

Entre les meubles, il y avait les gens. D'un côté, Ida était en train de clouer au mur une grande carte de Martha's Vineyard. Derrière elle, deux hommes vêtus de survêtements argentés, qui leur donnaient d'autant plus un air de famille avec le camion Cadet Traiteur garé à l'extérieur qu'ils portaient la mention CADET TRAITEUR dans le dos, étaient en train de disposer des assiettes et des plats de sandwiches, beignets et autres denrées non comestibles sur une des grandes tables. Journalistes et pigistes, photographes et secrétaires étaient assis derrière les autres tables, occupés qui à manger ou à boire du café dans des gobelets en plastique, qui à taper à la machine, à manipuler ses boîtiers ou à bavarder avec son voisin, qui (en l'occurrence Chauncey Chaperrell) à ronfler bruyamment, une joue appuyée sur la surface de la table. Trois techniciens de la Compagnie du téléphone rampaient au sol comme s'ils avaient perdu leurs verres de contact. Les costauds du mobilier de location ne cessaient de déplier des pieds de table en heurtant les gens, lesquels étaient soit trop intimidés, soit trop déconnectés pour se plaindre. Et Bob Sangster, qui grattait pensivement son gros nez, se faufila au milieu du tout pour annoncer à Sara : « Il y a un prêtre pour toi dans la pièce voisine, dans ce qui était autrefois la salle à manger.

– Un prêtre ? Tu veux dire un pasteur ?

– Comment je peux savoir ? Je ne suis qu'un pauvre Australien.

– Vous n'avez pas de pasteurs en Australie ?

– Certainement pas, ce sont tous des pédales. Le tien est un petit vieux bien propre, remarque.

– C'est mon pasteur, décida Sara en faisant un signe de tête à Jack.

– Celui qui va célébrer le mariage ? demanda Jack.

– Et résoudre la question irlandaise. À tout à l'heure. »

Sara disparut dans la pièce voisine et Jack franchit le désordre et le flot de gens jusqu'à une longue table où étaient alignés une douzaine de téléphones noirs à cadran tournant parfaitement identiques. Il en décrocha un, et dit : « Watson, venez ici, j'ai besoin de vous. » Il fit de même avec le second : « Watson, venez ici, j'ai besoin de vous. » Puis le troisième : « Watson, venez ici, j'ai besoin de vous. » Puis, avec la détermination farouche d'un homme prêt à entendre le pire, insistant pour entendre le pire, exigeant d'entendre le pire, il les décrocha l'un après l'autre : « Watson, venez ici, j'ai besoin de vous. Watson, venez ici, j'ai besoin de vous. Watson, venez ici, j'ai besoin de vous. Watson, venez ici, j'ai besoin de vous. Watson, venez ici, j'ai besoin de vous. Watson, venez ici, j'ai besoin de vous. Watson, venez ici, j'ai besoin de vous. Watson, venez ici, j'ai besoin de vous. Watson, venez ici, j'ai besoin de vous. » Mais au lieu de raccrocher le dernier, il l'agita sous le nez d'un technicien agenouillé à côté de lui et cria pour se faire entendre dans le tumulte : « Pourquoi est-ce complètement mort ?

– Quelques minutes encore, monsieur, dit le technicien à ses pieds. Ils sont en train de faire venir les lignes de la route. »

Au moment où il prononçait ces mots, un abominable craquement retentit, et du plâtre tomba en pluie sur les gens, la nourriture, les téléphones et tout le reste. Levant les yeux, Jack vit un tuyau métallique qui avait percé le plafond, et un fil de téléphone qui sortait du tuyau. « Vous voyez, dit le technicien.

– Je vois.

– On nous a dit qu'il fallait faire vite, expliqua le technicien. Sans quoi, vos lignes n'auraient pas été aussi visibles.

– Ah. »

Ida, satisfaite de l'accrochage de la carte au mur, traversa la foule pour rejoindre Jack et dit : « L'endroit te plaît ?

– Ça ressemble tellement à la maison. Je n'attends plus que ce bon vieux Toutou, notre fidèle berger.

– J'ai l'impression qu'il n'est pas loin », dit Ida en fronçant les sourcils à la vue des techniciens vautrés par terre.

La porte d'entrée s'ouvrit alors et un moustachu passa la tête en hurlant : « Telly !

– Kojak ? s'écria une photographe en se jetant sur son boîtier. Où ça [1] ?

1. Jeu de mots sur *telly*, mot fréquemment utilisé pour désigner la *télé*, et Telly Savalas, l'acteur vedette de la série Kojak. *(N.d.T.)*

– C'est la télé*vision*, madame, dit le nouveau venu d'un ton glacial.

– Une toquade passagère, lui expliqua Jack.

– On m'a commandé une télévision en location, monsieur », dit le moustachu.

Jack balaya du regard son royaume surpeuplé. « Ah, bon ?

– Ça va dans la pièce voisine, précisa Ida.

– Dieu soit loué ! s'exclama Jack.

– Merci, madame », dit M. Locatélé, disparaissant pour réapparaître une seconde plus tard avec un minuscule Asiatique portant un énorme téléviseur sur son dos. Des fils électriques en sortaient, descendaient le long des jambes de l'Asiatique et traînaient par terre. M. Locatélé, l'Asiatique et la télévision se dirigèrent vers la pièce voisine au moment où Sara en sortait, les yeux hagards, tenant un manuscrit roulé en tube et souriant avec une certaine réticence à un ecclésiastique rondouillard, cheveux blancs et sourire béat, qui ressemblait au Père Noël déguisé en prêtre.

« Eh, bien, mon révérend, voilà en tout cas une approche inhabituelle.

– Je vous remercie infiniment, dit le révérend avec un sourire angélique.

– Je m'assurerai que cela paraisse en bonne place dans le journal, promit Sara en agitant le manuscrit tubulaire.

– Oh, ce serait vraiment gentil, dit le révérend, pressant ses petites mains roses et dodues l'une contre l'autre.

– Avec votre photo, la même que celle de l'interview.

– Oh, une photo ! » Le sourire du révérend s'illumina de bonheur, mais il reprit aussitôt son sérieux, quoique difficilement, et dit : « Mais ça ne peut pas être avant le mariage, vous savez.

– Non, bien entendu, dit Sara.
– M. Mercer veut que tout reste absolument secret.
– Cela va sans dire.
– Il serait terriblement perturbé, poursuivit le saint homme avec un petit sourire démoniaque, ne serait-ce que de me savoir ici. en train de bavarder avec vous.
– Je n'en doute pas.
– Aussi ferais-je mieux de filer en vitesse, dit le prêtre en saluant brièvement de la tête. Et merci beaucoup.
– C'est moi qui vous remercie, révérend. »
Sara raccompagna le révérend à l'entrée, affichant son sourire jusqu'au bout. Mais quand elle eut refermé la porte, ses commissures se ratatinèrent en un clin d'œil. Elle se retourna, se fraya un chemin parmi les livreurs et les journalistes et tendit le rouleau manuscrit à Jack.
« La question irlandaise est réglée », annonça-t-elle. Il le lui rendit d'un air soupçonneux. « Tu peux me faire un résumé ? »
Elle baissa les yeux vers le manuscrit qu'elle croyait lui avoir remis.
« Eh bien, ce n'est pas terriblement cohérent.
– Tant mieux.
– Mais cela paraît suggérer que tous les protestants d'Irlande du Nord devraient être déplacés.
– Où ça ?
– Sur la planète Mars. »
Jack hocha la tête d'un air pensif, les yeux dans le vague.
« Je vois.
– Pour travailler dans les mines, expliqua Sara.
– Hum, hum, hum, commenta Jack en agitant furieusement la tête. Tu sais, Massa pourrait tout à fait aimer ça.

– C'est aussi ce que je me suis dit », dit Sara.

Au même moment, les douze téléphones noirs se mirent à sonner à l'unisson. Chacun s'interrompit pour les regarder. DRIIIINNG ! ! ! crièrent les téléphones en chœur. Pendant la seconde où ils reprenaient leur souffle avant de recommencer, le technicien-chef regarda Jack avec fierté et déclara : « Tout est paré, m'sieur.

– Qu'est-ce... » commença Jack.

DRIIIINNG ! ! !

« Qu'est-ce que c'est que ça ?

– Vos téléphones, m'sieur ? Tout est... »

DRIIIINNG ! ! !

Les gens se précipitèrent pour répondre, rien que pour interrompre le bruit, décrochèrent et raccrochèrent aussitôt.

« Pas de sonneries ! hurla Jack. Des *voy*.... »

DRIIIINNG ! ! !

« Quoi ? demanda le technicien-chef.

– Regardez votre bon de commande ! glapit Jack. (*Sonnerie*). Des voyants lumineux sur les téléphones. Comment sommes-nous censés deviner quel appareil est en train de sonner ? Comment sommes-nous censés *réfléchir* dans cet endroit ?

– Oh », dit le technicien. Un de ses collègues rappliqua avec une planche à pince, la lui montra et désigna quelque chose dessus. Puis ils chuchotèrent ensemble, comme deux comparses tentant vainement de faire porter le chapeau par un tiers.

« Jack ? demanda Sara.

– Oui ? », dit-il en haussant un sourcil.

Elle écarta les bras pour embrasser la scène dans son ensemble, les téléphones, les techniciens, les tables louées, la carte clouée au mur, le personnel du traiteur et la nourriture, M. Locatélé et son fidèle compagnon asiatique sur le point de repartir, les journalistes, les photographes et les pigistes, les armoires de classement, eux-mêmes.

« Pourquoi ? » demanda-t-elle.

Il secoua la tête. « Pourquoi quoi ?

– Nous avons des chambres d'hôtel vachement chouettes. Pourquoi Ida a-t-elle dû venir en avant-garde pour trouver une maison privée ? Pourquoi avons-nous tout ce matériel ici ? Et d'abord, pourquoi sommes-nous dans ce gourbi ?

– Pas de standard téléphonique d'hôtel, pour commencer. Pas de clients fouineurs. Pas de journalistes concurrents qui risquent de nous piquer nos exclusivités. » Tenant sa main fermée contre sa joue pour simuler une communication téléphonique, il lança gaiement : « Bonjour, ici Jack Ingersoll de *Newsweek* ; bien sûr que vous pouvez me rappeler, je vous donne mon numéro.

– Nous avons vraiment besoin d'autant de sécurité ? Je veux dire, qui ça concerne vraiment, en dehors de nous ?

– Ça concerne le monde entier, ma chérie. Tout le monde fait semblant d'être beaucoup plus sophistiqué, de s'intéresser vraiment au contrôle international des armes, mais quand l'occasion se présente, ils rappliquent tous ici. Les hebdomadaires d'information, les magazines de ragots, les magazines de fans, les chaînes de télévision, le câble, les agences de presse, les responsables de la rubrique loisirs de chaque journal des États-Unis ayant un budget voyages, *tout le monde*.

– Mais nous sommes les seuls à savoir, pour le mariage, dit Sara.

– Aujourd'hui, rectifia Jack. Nous sommes jeudi et le mariage est prévu pour dimanche, cela nous donne une avance de vingt-quatre heures sur le reste du monde. Nous avons été les premiers à réquisitionner les voitures de location, les chambres d'hôtel, les labos pour développer les photos, les premiers à soudoyer les garçons d'étage et les prêtres, mais pas plus tard que demain, les sauterelles déferleront sur nous, tu peux me croire. »

Sara ne put retenir un sourire.

« Et John Michael Mercer qui s'imagine être tout seul pour son mariage. »

2

Sécurité. Secret. Intimité. Une assistante de production de la série *Breakpoint* effectua sous des faux noms les deux réservations en première classe sur le vol Miami-New York d'American Airlines, et téléphona aux services de sécurité de la compagnie vingt minutes avant le décollage pour révéler qui utiliserait vraiment ces billets. Le trajet en limousine entre Kennedy Airport, dans le Queens, et l'aéroport Teterboro dans le New Jersey fut organisé par une assistante du bureau d'expertise comptable de John Michael Mercer à New York, qui se chargea également d'affréter l'avion entre Teterboro et Martha's Vineyard, payant avec sa carte de crédit personnelle. Une voiture et un chauffeur avaient été retenus pour les conduire de Boston à l'île, via le ferry, et cette partie-là du plan avait été exécutée par le bureau new-yorkais de la chaîne télévisée, si bien qu'en atterrissant à Vineyard le vendredi après-midi, John Michael Mercer et Felicia Nelson trouvèrent la voiture qui les attendait, ainsi qu'un homme plein de déférence, avec une casquette noire, un étrange accent et un gros nez.

« Et voici, monsieur, dit-il avec un large geste. Et voici, madame. Votre carrosse vous attend.

– Vous êtes anglais ? demanda Mercer en montant à l'arrière de l'interminable Cad noire.
– Australien, monsieur, répondit Bob Sangster. Je ne suis qu'un simple Australien. »

Tandis qu'ils quittaient l'aéroport sous la conduite experte de leur chauffeur et s'engageaient dans West Tisbury Road puis vers l'est, Mercer dit : « Jusqu'ici, tout va bien.
– Quel endroit ravissant, s'émerveilla Felicia, qui venait sur l'île pour la première fois.
– Et discret », précisa Mercer en savourant le mot, allongeant ses longues jambes dans le spacieux habitacle, parfaitement détendu. « Et isolé. Et loin de tout.
– Monsieur ? » demanda le chauffeur australien.
Mercer regarda le visage dans le rétroviseur. Les yeux étaient fermement fixés sur la route plutôt fréquentée. « Oui ?
– Je ne voudrais surtout pas vous déranger, monsieur, dit le chauffeur en raidissant légèrement les épaules pour bien marquer la distance qu'il était censé maintenir, mais si à un moment ou un autre il vous était possible de me signer juste un petit autographe pour ma fille, ce serait le plus beau jour de sa vie.
– Bien entendu, dit Mercer. (À ce moment précis, Felicia lui serra la main.) Comment s'appelle-t-elle ?
– Fiona, dit le chauffeur. C'est votre plus fervente admiratrice.
– Vraiment ?
– À dire vrai, nous le sommes tous, dans la famille. Pour rien au monde nous ne manquerions un de vos rôles. Et pas seulement *Breakpoint*, vous savez, tout ce que vous faites. Le dompteur de rodéo aveugle, dans ce téléfilm, *Une leçon de courage*, c'est bien ça ?

C'était magnifique, monsieur, si je peux me permettre. Absolument magnifique.

– Je suis assez fier de ce rôle-là, admit Mercer en hochant virilement la tête.

– Je ne voudrais pas vous déranger, monsieur.

– Absolument pas, absolument pas. »

De tous les hôtels exclusifs de Martha's Vineyard, le Katama Bay Country Club est probablement le plus exclusif, vu qu'il limite sa clientèle presque uniquement aux amis et invités des résidents de l'île. Au fil des ans, il est apparu que ces amis et invités formaient une gamme impressionnante de célébrités, hommes politiques et chanteurs de rock prix Pulitzer et vedettes de cinéma, si bien que la direction et le personnel du Katama Bay ont acquis à l'usage un art consommé, dans la manière et sur le fond, des relations avec la presse. Aux journalistes de la presse écrite et des magazines illustrés – toutes tendances confondues –, ainsi qu'aux biographes putatifs et autres groupies, Katama Bay présentait invariablement un sourire poli, quoique invariablement peu amène. Ne jamais se montrer grossier tout en veillant à ne jamais leur lâcher quoi que ce fût, telle était la règle tacite invariablement suivie par Katama Bay.

Même pour *Galaxy-Hebdo*. Le directeur, un homme onctueux nommé Ferguson, examina la carte que l'individu venait de lui remettre – John R. Ingersoll, *Galaxy-Hebdo* – la tourna délicatement entre ses doigts comme s'il craignait d'y trouver de la vase, et demanda avec une courtoisie exemplaire : « En quoi pouvons-nous vous aider, monsieur ?

– Eh bien, je doute que vous lisiez *Galaxy*, M. Ferguson », dit Ingersoll avec un sourire entendu. Ferguson s'inclina, entérinant la supposition, et Ingersoll poursuivit. « Il y a probablement très peu de gens, sur cette île, qui lisent *Galaxy*. Un endroit comme celui-ci – Martha's Vineyard, Katama Bay – est un univers de conte de fées pour nos lecteurs. »

Passablement surpris par cette franchise et se demandant quelle traîtrise cela dissimulait, Ferguson risqua : « J'imagine que cela doit être vrai.

– L'un des attraits de *Galaxy*, poursuivit Ingersoll, est que nous emmenons nos lecteurs, en rêve, dans des endroits tels que Katama Bay, qu'ils n'auront jamais l'occasion de voir de leur vie.

– Vous voulez faire un article sur l'hôtel, c'est bien ça ? »

Affichant le sourire d'un homme qui ne se fait aucune illusion, Ingersoll précisa : « Je comprends bien que ce genre de publicité ne peut pas vous apporter grand-chose, mais ça ne peut pas vous nuire non plus, et bien entendu, nous soumettrons et le texte et les photographies à votre censure avant la publication. »

Ils savent pour Mercer, se dit aussitôt Ferguson, hochant pensivement la tête en retournant la carte d'Ingersoll dans tous les sens entre ses doigts effilés. « En d'autres termes, rien sur les clients », précisa-t-il.

Ingersoll adopta aussitôt l'air ahuri de quelqu'un qui n'a pas compris la question. « Je vous demande pardon ?

– Pas de... vedettes, de noms de personnalités. Seulement l'hôtel ?

– Oh, évidemment ! » Le visage d'Ingersoll s'illumina d'un soulagement manifeste, confirmant que le seul obstacle éventuel venait d'être franchi. Glissant la main droite dans la poche de sa veste pour prendre l'air détaché, souriant avec confiance, il ajouta : « Il ne nous viendrait pas à l'idée de déranger un seul de vos clients. Vous fixerez les règles du jeu et nous

nous y conformerons strictement. » Puis, sortant la main de sa poche pour accompagner son propos d'un geste rassurant, Jack en fit sortir en même temps, comme par mégarde, une imposante liasse de billets retenus par une bande de papier, qui tomba sur le carrelage en terre cuite du hall. « Ho ! » s'exclama-t-il, plongeant immédiatement pour la récupérer.

Le vague amusement qu'éprouvait jusqu'alors Ferguson le quitta brutalement. La colère le saisit, mais son visage n'en laissa rien paraître. Il attendit qu'Ingersoll se soit redressé, ait remis les billets en place dans sa poche, et le regarde à nouveau. Et au moment où Ingersoll allait ouvrir la bouche, il lança d'un ton doucereux : « M. Ingersoll, si d'aventure vous envisagiez de me proposer cette liasse, je peux vous assurer qu'il y a ici une quantité illimitée de grooms qui se feraient une joie de vous casser la figure. »

Ingersoll parut interloqué, scandalisé. « Comment ? s'écria-t-il. Un pot-de-vin ? De *Galaxy* ? »

Détournant légèrement la tête, Ferguson croisa le regard d'Eddie, le portier en livrée vert bouteille qui assurait le service à cette heure. Répondant à son coup d'œil, Eddie traversa d'un pas vif le hall silencieux et demanda : « Oui, monsieur ? »

Ferguson agita la main qui tenait la carte d'Ingersoll. « Voici M. Ingersoll de *Galaxy-Hebdo*. »

Eddie braqua un œil morne sur Ingersoll.

« Oui, monsieur ?

– Il nous quitte maintenant. Mais s'il revient... démolissez-le.

– Bien, monsieur.

– Au revoir, M. Ingersoll, dit Ferguson.

– M. Ferguson, dit Ingersoll d'un ton offensé, j'espère qu'un jour vous comprendrez à quel point vous vous êtes trompé sur mon compte. »

Mais Ferguson en avait terminé avec lui. Laissant l'individu à la charge du portier, il repartit vers les tâches hôtelières qui l'attendaient.

« Au revoir », dit Eddie.

Ingersoll lui lança un regard irrité.

« Ne jouez pas au dur avec moi, d'accord ?

– J'ai été flic à Boston pendant onze ans, expliqua Eddie. C'est exactement ce que je leur disais. Ne jouez pas au dur avec moi. À moins de vraiment bien connaître le rôle. »

Ingersoll jaugea Eddie d'un rapide coup d'œil, tourna la tête et regarda le vaste hall feutré. Eddie, suivant ses pensées à la trace comme si elles étaient inscrites sur son front, dit : « Pas un seul d'entre nous. Vous ne trouverez pas un employé dans tout l'établissement qui accepte de vous donner l'heure. »

Ingersoll se retourna vers lui avec un sourire compatissant. « Sur ce point, vous avez tort. »

L'homme de *Galaxy-Hebdo* sortit par l'entrée principale du Katama Bay Country Club propulsé par sa propre énergie et longea l'allée en demi-cercle jusqu'à sa Chevette marron au moment même où une interminable Cadillac noire apparaissait et se dirigeait en ronronnant vers l'entrée. Le chauffeur de la Cadillac, engagé dans une conversation déférente, quoique amicale, avec ses passagers, et l'homme de *Galaxy* qui prenait le large après sa piteuse défaite n'échangèrent pas même un regard. L'homme de *Galaxy* eut toutefois un sourire en voyant la camionnette de livraison du fleuriste remonter à son tour l'allée vers l'entrée de l'hôtel. C'était lui qui avait rédigé le compliment chaleureux, adressé à M. Mercer et Mlle Nelson, qui accompagnait les six douzaines de roses que l'on allait livrer à l'heureux couple : « Bienvenue, John et Felicia ! Que tout se passe selon vos vœux ! »

« Non, dit Mercer en raccrochant.

– Qu'est-ce que c'était, Johnny ?

– Rien, répondit Mercer en arpentant le vaste salon. Eh bien, qu'en penses-tu ?

– Ici ? C'est magnifique. »

C'était vrai. Tout au bout d'un sentier sinueux pavé de briques que bordaient des vignes et des plantes grimpant le long de treilles, ce petit pavillon à l'écart alliait le charme du XVIIIe siècle et tout le confort du XXe. Hormis ce grand salon élégamment décoré de beige, il y avait deux chambres à coucher douillettes avec salles de bains, dont l'une bénéficiait d'un jacuzzi qui fonctionnait, au choix, couvert ou à ciel ouvert. La façade du cottage était en planches grises et fenêtres anciennes à petits carreaux, tandis que l'arrière, constitué de grandes baies vitrées, offrait une vue panoramique sur l'océan Atlantique, de Chappaquiddick, à gauche, à Norton Point sur la droite. Des portes vitrées coulissantes ouvraient sur un patio de briques et un sentier pavé qui descendait jusqu'à leur petite plage privée.

Ils allaient passer les deux nuits suivantes dans cet endroit. Aujourd'hui, ils n'avaient rien de spécial à faire, sinon s'installer et dîner le soir avec des amis qui louaient une petite maison près de Gay Head, à l'autre bout de l'île. Le lendemain aurait lieu la répétition à l'église d'Edgartown, et le surlendemain, le dimanche, ce serait le mariage. Une centaine d'invités à peine avaient été conviés. La plupart viendraient, en voiture ou en avion, juste pour la journée, et quelques-uns seulement resteraient à Martha's Vineyard. Après la cérémonie religieuse, tout le monde retournerait à Katama Bay, où la salle des banquets avait été réservée pour la réception. Ensuite, le dimanche soir à sept heures, juste à temps pour décoller dans le soleil couchant – un détail qui plaisait particulièrement à Mercer – leur avion personnel les emmènerait vers le lieu de leur lune de miel, plus bas sur la côte à Hilton Head.

Un programme exquis, un décor exquis, des gens exquis, une église exquise, un temps exquis. Seule la presse était abjecte.

La salle principale de la maison *Galaxy* à Oak Bluffs ne ressemblait plus au décor d'origine pour l'évacuation de la planète Terre. L'ordre avait été fait : un ordre bruyant, incertain et plutôt crasseux, mais une forme d'ordre tout de même. Tous les livreurs et techniciens étaient repartis, les meubles loués avaient été disposés de sorte à ménager des pistes et des sentiers tordus à travers la pièce, et une feuille d'acétate punaisée par-dessus la carte clouée au mur commençait à se remplir de notations au stylo feutre. Les photographes et leur matériel avaient été relégués dans une chambre à l'étage, les pigistes étaient tous sortis humer la couleur locale et la plupart des journalistes de la rédaction étaient partis à la recherche d'employés – d'hôtel, de blanchisserie, de services de réparations divers, toutes sortes d'employés – susceptibles d'être soudoyés. La douzaine de téléphones étaient maintenant répartis dans les points stratégiques de la pièce, munis chacun d'un voyant lumineux qui clignotait poliment pour signaler les appels venant de l'extérieur. Assise sur une chaise pliante devant l'un de ces appareils, les coudes sur la table, Sara était en train de passer un appel au standard du Katama Bay Country Club.

« Mlle Nelson, je vous prie.

– Puis-je savoir qui la demande ? répondit la standardiste sur un ton déplaisant d'emblée.

– Mlle Blanchard, du magazine *Mademoiselle*. Notre reporter, la comtesse Marguerite Orvieto, aimerait prendre rendez-vous avec Mlle Nelson à l'heure qui lui....

– Je suis désolée, ils ont demandé qu'on ne les...

– Je vous demande pardon ?

– Qu'on ne les dérange pas. Peuvent-ils vous rappeler ?

– Bien entendu, dit Sara. C'est donc Mlle Blanchard, de *Mademoiselle* », répéta-t-elle en épelant les deux noms, et elle donna le numéro inscrit sur son appareil. « Je serai au bureau jusqu'à la fin de la journée.

– Je transmettrai votre message », répondit la voix cynique au moment où Jack faisait son entrée à grandes enjambées, semblable à un carnivore coincé dans un marché aux légumes.

« Veuillez bien préciser, s'il vous plaît, poursuivit Sara en secouant la tête à l'intention de Jack qui s'approchait d'elle, qu'il s'agit du magazine *Mademoiselle* et que nous avons une date de bouclage.

– Je transmettrai », dit la voix indifférente, et la communication fut rompue.

Raccrochant à son tour, Sara dit : « Ils ne rappelleront pas. »

Jack acquiesça de la tête.

« C'est le barrage, hein ? »

Le voyant lumineux blanc clignota sur le téléphone de Sara, qui décrocha en levant un sourcil interrogateur à l'intention de Jack.

« Mlle Blanchard », dit-elle.

« Passez-moi Jack Ingersoll, murmura une voix pressante à son oreille.

– Ne quittez pas. » Sara passa le récepteur à Jack. « Un mystérieux correspondant pour toi.

– Merci. » Au téléphone, il dit : « Raconte. » Écoutant attentivement, il hocha la tête. « Ils sont en route pour Edgartown ? Quelqu'un a parlé d'un hôtel ? Parfait. » Ayant raccroché, il balaya la pièce du regard. « Où sont les Aborigènes ?

– Eh bien, Bob Sangster est toujours le chauffeur de Mercer, pour l'instant.

– Ils ne l'ont pas encore démasqué ? demanda Jack avec étonnement. Super.

– Je crois que Louis et Harry sont dans la cuisine. Non, les voilà. »

Louis et Harry, portant du café et des gâteaux, entrèrent dans la pièce en bavardant dans leur idiome naturel. Jack appela « Les garçons ! » et ils s'arrêtèrent net pour regarder autour d'eux avec une certaine curiosité, n'en voyant aucun.

« Venez, venez, venez », leur dit Jack, et ils s'approchèrent, les yeux pleins de malice et la bouche pleine de gâteau. « Notre ami de l'aéroport a téléphoné, expliqua Jack. La presse internationale est arrivée.

– Ah, dit Harry Razza en tapotant sa coiffure de star du muet.

– Arrêtez-les, ordonna Jack.

– Le devoir nous appelle », déclara Louis B. Urbiton. Il secoua son gobelet de plastique, fronça les sourcils en n'entendant aucun glaçon cliqueter à l'intérieur et le tendit à Jack. « Toujours prêts, toujours partants, toujours capables.

– Braves garçons. Le nom de l'hôtel du Golf à Edgartown a été prononcé. Quand la couverture de Bob éclatera, je vous l'enverrai à la rescousse.

– Nous tiendrons le fort en attendant », dit Harry. Jetant un regard admiratif à Sara, il ajouta : « Toujours aussi jolie.

– Merci.

– Allons, Harry, il y a du pain sur la planche. »

Harry adressa un clin d'œil à Sara et les deux Australiens s'éloignèrent d'un pas relativement rapide, du moins pour eux.

« De quoi s'agit-il ? demanda Sara.

– Nous avons un employé à l'aéroport qui nous tient informés des événements intéressants, lui expliqua Jack. Deux avions bourrés de journalistes viennent de se poser sur l'île.

– Et ?

– Le Trio – pour l'instant le Duo – des Aborigènes va les arrêter, les retenir là-bas pendant que nous faisons ce que nous avons à faire. »

Sara hocha la tête, perplexe

« Je ne comprends pas. Comment vont-ils s'y prendre ?

– Essentiellement, en faisant boire tout le monde. »

Une quantité de taxis remplis de journalistes arrivèrent simultanément à l'hôtel du Golf. À la fois grand et tape-à-l'œil selon les critères de l'île, le Golf était le genre d'établissement qui garde en permanence des chambres et des suites à la disposition des cadres supérieurs de passage. Vu la complexité structurelle de la libre entreprise dans l'Amérique actuelle, la majeure partie de la presse avait accès à cette réserve de chambres en cas d'urgence ; aussi était-ce au Golf que les journalistes du pays recouraient lorsqu'ils avaient besoin d'oublier passagèrement toute pensée d'hiver nucléaire, de corruption municipale, de famine en Afrique, d'inflation rampante, d'érosion de la base industrielle américaine, de criminalité urbaine, de violences raciales et d'aspirations présidentielles, pour se consacrer aux noces d'une star télévisuelle.

C'est probablement ce sentiment d'échapper un instant aux imposants problèmes de la nation, de l'espèce humaine et de la planète qui rendait les journalistes si joviaux alors qu'ils se déversaient hors des taxis pour envahir le hall en gloussant, rigolant et s'interpellant mutuellement. Il y avait là environ une vingtaine de représentants des deux sexes, rassemblés autour de la réception, arrosant le personnel affairé de quolibets et plaisanteries bon enfant, tandis que Harry Razza, qui traînait négligemment dans les parages un verre à la main et un sourire amusé aux lèvres, approchait les rangs arrière de ses confrères de la presse. « Chester ! s'exclamait-il. Chester, est-ce bien toi ? Oh, Bullock, vieux frère ! »

Deux ou trois reporters se retournèrent pour voir qui était là, puis d'autres, et encore d'autres. « Ça alors ! Mais c'est notre Razzer [1] », s'écria celui qui répondait au nom de Chester. « Qu'est-ce que tu racontes, Harry ?

– Personne n'est en sécurité, maintenant que le *Galaxy* est avec nous », dit fort justement une journaliste.

Harry sourit largement à ses compères, qui étaient de plus en plus nombreux à détourner leur attention du personnel hôtelier débordé par les événements pour la reporter sur sa personne. De l'air le plus innocent du monde, il demanda : « Et quel bon vent vous amène par ici, chers amis ? »

Le dénommé Bullock éclata de rire : « Laisse tomber, Harry, nous sommes tous au parfum pour John Michael Mercer. »

D'un geste négligent de la main qui tenait son verre, Harry s'exclama : « Oh, ça ? Il n'y a rien de bon à tirer de ça, comme article. »

Sifflements et hurlements.

« Je vous assure, il n'y a rien de spécial, insista Harry. Il est en ce moment même au Katama Bay

1. Jeu de mots sur Razza et *to razz*, se moquer de quelqu'un. *(N.d.T.)*

avec cette fille, Felicia Nelson. Une infirmière diplômée originaire de Whittier, Californie. »

La journaliste qui avait prédit la fin de l'ère de tranquillité s'étonna : « Une infirmière diplômée ? Je n'étais pas au courant.

– Ils se sont rencontrés en Afrique, vous savez, poursuivit Harry d'un air détaché, lâchant l'information au débotté. Allons, accompagnez-moi au bar, je vous raconterai tout ça ; il y a d'autres copains qui nous attendent. »

Bullock, soudain sur le qui-vive, l'air d'un type disposé à retenir des informations, demanda : « En Afrique ? Quand était-elle en Afrique ? »

Rabattant, mine de rien, ses recrues vers le Trou 19 (quel autre nom donneriez-vous au bar d'un établissement tocard baptisé hôtel du Golf ?), Harry expliqua : « Oh, ce n'est rien, tout ça n'est qu'une pâle excuse pour faire un article, mais les rédacs-chefs s'en foutent, n'est-ce pas ? Ils nous envoient partout dans le monde pour exploiter des tuyaux foireux, hein ? Et après, c'est à *nous* de prouver qu'ils avaient raison. Allons, venez, la première tournée est pour moi. »

« Ho, ho ! s'exclama Chester. C'est Harry Razza qui régale ! »

Ainsi prirent-ils tous le chemin du bar où Louis B. Urbiton, tapi, les attendait.

Eddie le portier sortit par l'entrée principale du Katama Bay Country Club, un appareil Polaroïd à la main. Impassible, il s'avança d'un pas tranquille vers le tournant de l'allée où la limousine était garée, moteur à l'arrêt, fenêtres ouvertes, avec son chauffeur plongé dans la lecture d'une édition de poche de *Middlemarch, étude de la vie de province*. Eddie tapa sur le pare-brise. Sur le qui-vive, le chauffeur referma immédiatement son livre et tendit la main vers la clé de contact en regardant derrière Eddie, du côté de l'entrée où ses clients devaient l'attendre. Mais Eddie secoua la tête et agita la main : « Non, non, je veux seulement vous prendre en photo. »

Le chauffeur passa la tête par la fenêtre de la portière et cligna des yeux sous le soleil.

« Ma photo ?

– Pour le portier de nuit, expliqua Eddie. Comme ça, il saura que vous êtes le véritable chauffeur et pas un imposteur. Pas un de ces types qui travaillent pour un torche-cul genre *Galaxy-Hebdo*.

– *Galaxy-Hebdo*, répéta le chauffeur, l'air songeur, comme si c'étaient là des mots appartenant à une langue étrangère. Jamais entendu parler. Je ne suis qu'un simple Australien.

– Si vous voulez bien descendre de voiture une minute, proposa Eddie, pour que je puisse avoir un cliché bien net.

– Prenez-en deux si vous voulez, mon vieux, répondit le chauffeur en sortant avec bonne humeur. Comme ça, j'en enverrai une à ma maman à Sydney. Vous voulez que je reste ici, à côté du pousse-pousse ?

– Parfait, parfait, dit Eddie, plié en deux comme un arrière sur le point de faire une passe au ras du sol, l'œil rivé au boîtier noir. Relevez juste un peu la tête pour qu'elle soit plus au soleil. *Là*, voilà. » Eddie tira en souriant le cliché qui venait de sortir de l'avant de l'appareil et le glissa dans sa poche de chemise.

« Ça y est ? » demanda le chauffeur, la main sur la poignée de la portière. Puis, se ravisant, il ajouta : « Oh, non, vous deviez en prendre une autre.

– Pour votre maman, reconnut Eddie. Attendons de voir comment est celle-ci.

– Ce sont vraiment des machines formidables, ces petits appareils. Fini les inquiétudes. On prend la photo, et on sait tout de suite ce qu'on a.

– Oh, je sais ce que j'ai », dit Eddie. Prenant la photo dans sa poche, il constata que les teintes roux et sépia commençaient à se dissiper. La photo allait être bonne, claire et lisible. « Oh, excellente », dit-il en la rangeant dans sa poche.

« Je peux voir ? demanda le chauffeur en se rapprochant.

– Prenons-en une autre », proposa Eddie. Il passa alors l'appareil dans sa main gauche, avança d'un pas et balança un méchant coup de poing entre la ceinture et la cage thoracique du chauffeur. Puis il recula, leva le Polaroïd et prit une excellente photo d'un homme incapable de respirer.

« *Hnghnghnghng*, dit le chauffeur, bouche grande ouverte et bras croisés sur l'estomac.

– Attention, pas question de vomir sur le territoire de l'hôtel, lui intima Eddie en glissant la deuxième photo dans la poche de poitrine de la veste bleu marine de l'individu. Pour votre maman. En Floride, n'est-ce pas ?

– *Ehrhrhrhrhr*, répondit le chauffeur.

– Le directeur que nous avons ici, expliqua Eddie, M. Ferguson, il fait tout ce qu'il peut pour satisfaire sa clientèle. Alors il a téléphoné à la société de Boston qui a loué la limousine et les a interrogés sur le chauffeur. Ce n'était pas vous. »

Le chauffeur, ayant recouvré son souffle, inspira. Son visage devint moins pourpre, ses pupilles parurent moins dilatées, son corps perdit de sa crispation.

« Ceci était un acte d'une cruauté superflue », dit-il, encore haletant. Eddie hocha la tête d'un air approbateur.

« Vous imaginez ce que je ferais si j'étais vraiment en colère.

– Crever d'apoplexie, j'espère, bégaya le chauffeur d'une voix âpre.

– Ne comptez pas dessus. » Eddie tendit l'index, désignant la sortie. « Ouste, dehors, sur la voie publique, cafard. À pied.

– Est-ce que je peux au moins appeler un taxi ?

– D'où vous voudrez, mais pas d'ici. Tout ce que vous pouvez faire, ici, c'est foutre le camp. Et ne pas y revenir.

– Oh, ne vous inquiétez pas. » Le chauffeur avait recouvré sa désinvolture en même temps que sa respiration. « Moi, je ne reviendrai sûrement pas. Quelqu'un d'autre, certainement, mais pas moi. Ce que je vais faire, à mon avis, c'est aller à l'hôtel du Golf et m'offrir un verre. »

3

Ida dit : « Jack m'a raconté que c'était *toi* qui avais obtenu ça. Arraché à Cartwright.

– Il te l'a dit ? » Ravie, Sara sourit à Ida pour la première fois de sa vie. Elles étaient assises côte à côte dans la salle des commandes de la maison d'Oak Bluffs. C'était la fin de l'après-midi, plusieurs heures après leur arrivée dans l'île. Une sorte d'organisation des activités avait été établie, un chaos contrôlable extirpé au chaos pur, et plusieurs membres de l'équipe traînaient mollement dans le coin – jamais très loin des téléphones – dans l'attente de l'événement suivant. Étonnée, et gratifiée, d'apprendre que Jack était sorti de sa réserve pour lui attribuer le mérite de leur présence à tous dans ces lieux, Sara répondit : « C'était un pur coup de chance, vraiment.

– Tu as réussi à soudoyer une technicienne du téléphone, sans l'aide de personne.

– C'est surtout parce que j'en voulais terriblement à Phyllis. J'étais suffisamment furieuse, je crois, pour commencer à vraiment *réfléchir*.

– Il y a d'autres choses que tu fais sans l'aide de personne ? »

Elle est jalouse de moi ! pensa aussitôt Sara avec un petit frisson de joie, fixant le regard glacé d'Ida.

Elle sait que je suis une rivale, maintenant. Et c'est vrai, nom d'un chien, je suis une rivale !

« Non, rien du tout, répondit-elle, du moins pas en ce moment. Mais si je pense à quelque chose, j'irai à fond la caisse. »

Ida hocha lentement la tête, acceptant et digérant le défi. « Tu n'as pas perdu de temps, dit-elle.

– Ça, je dois le reconnaître. » Sara sourit de nouveau, très contente d'elle. Quand ce mariage sera terminé, songea-t-elle, il faudra que Jack me donne deux jours de congé, il faudra vraiment, je suis si près de la maison, je ferai un saut jusqu'à Great Barrington et je raconterai à maman...

Le sourire béat de Sara laissa progressivement place à une expression perplexe, alors qu'Ida se détournait, saisissait un stylo et commençait à jeter sur un bloc des petites notes méticuleuses. Sara fronça les sourcils, essayant de concevoir comment exactement elle allait pouvoir raconter ses prouesses à sa mère. Comment leur donner une allure... héroïque. Brillante. Amusante.

Peut-être, se dit-elle, peut-être suffira-t-il d'être là.

Debout près de la grande carte de Martha's Vineyard qu'Ida avait crucifiée au mur, Jack regardait par la fenêtre. Il se retourna, agita une paire de jumelles en direction de Sara et, désignant la vitre, dit : « Viens jeter un coup d'œil. »

Juste devant eux, de l'autre côté de la fenêtre, il y avait, derrière quelques pins et buissons, certains signes indiquant la présence d'une autre maison. Au-delà des derniers arbres, plus loin sur la droite, on apercevait Nantucket Sound, le bras de l'océan Atlantique qui enserrait l'île à l'est. Réglant les jumelles à sa vue, Sara regarda dans cette direction et découvrit un superbe yacht blanc d'au moins douze mètres de long, avec une bande bleu roi et des éléments d'une étincelante boiserie couleur miel. Le bateau mouillait au large, ou plus exactement, il longeait tout délicatement la côte vers le sud et le soleil de fin d'après-midi le balayait doucement comme une pellicule de laque, rehaussant son élégance et sa beauté en donnant l'impression qu'il se détachait sur le décor comme une carte postale. « Il est magnifique, murmura Sara perdue dans la contemplation du bateau, les yeux collés aux lentilles des jumelles. Je me demande à qui il appartient.

– À nous », dit Jack.

Sara baissa lentement les jumelles et se tourna vers lui. Elle le connaissait assez bien, maintenant, pour savoir qu'il ne plaisantait pas, ou du moins qu'il ne plaisantait pas sur le mode habituel et prévisible.

« À nous ? répéta-t-elle.

– Pas pour le garder, juste pour le donner.

– Je n'imaginais pas que nous étions aussi gentils. Et à qui allons-nous... »

Elle fut interrompue par Don Grove, qui pour une fois semblait plus effrayé que déprimé. Du fond de la pièce, il appela : « Jack ! C'est M. DeMassi !

– Viens écouter », suggéra Jack en souriant.

Sara le suivit jusqu'à la place où Don Grove, assis, tenait un récepteur de téléphone comme s'il s'agissait d'un serpent venimeux qu'il aurait eu la chance d'attraper derrière les mâchoires, se mettant ainsi à l'abri d'une morsure, mais sans pour autant savoir comment s'en débarrasser.

« M. DeMassi, murmura-t-il à Jack qui s'empara du téléphone.

– Merci, Don. »

Tout en portant l'écouteur à son oreille, Jack sortit de sa poche une feuille de papier repliée et dit : « M. DeMassi ? Bonjour, monsieur. Oui, monsieur, tout est en ordre, nous contrôlons la situation. J'ai le texte du télégramme sous les yeux et... (il consulta rapidement sa montre) Mercer devrait le lire d'ici cinq minutes. »

La nouvelle de l'appel de Massa en personne s'était immédiatement répandue dans la maison et tout le monde se pressait autour de Jack comme s'il avait été victime d'un accident. Avec la fascination morbide et le soulagement non exprimé de celui qui se réjouit que ce soit tombé sur quelqu'un d'autre. Tous, y compris Sara, regardèrent dans un silence de mort Jack déplier la feuille de papier en la secouant d'une main et l'écoutèrent poursuivre : « Oui, monsieur, c'est dedans. Voulez-vous que je le lise ? Oui, monsieur. » Jack s'éclaircit la gorge, leva la feuille à hauteur de ses yeux et lut : « John Michael Mercer, Katama Bay Country Club, Martha's Vineyard. Cher John Michael Mercer. L'Amérique tout entière frémit de joie à la perspective de votre imminent mariage avec Mlle Felicia Nelson de Whittier, Californie, et Miami, Floride. Sachant combien la discrétion et l'intimité sont cruciales pour vous à ce tournant majeur de votre vie, le *Galaxy-Hebdo* souhaite vous offrir, tous frais payés, deux semaines à bord du yacht de première classe *Princess Pat* que vous pouvez voir en ce moment même de votre fenêtre. »

Bouche bée, Sara se retourna pour regarder par la fenêtre – elle ne voyait plus le Sound d'où elle était – et fixa de nouveau Jack, qui poursuivit sa lecture.

« Vous pourrez, à bord de ce yacht, vous rendre partout où vous désirez dans le monde avec l'assurance de ne connaître aucun empêchement. Au cours de cette brève période précédant vos noces, le *Galaxy-Hebdo* serait fier de pouvoir présenter au peuple américain les réflexions que vous inspire cette étape décisive de votre existence. »

Nom de Dieu, pensa Sara, nom de Dieu ! Nous pouvons faire *ça* ! Cette organisation, *mon* organisation, nous avons tant d'argent, tant de pouvoir, tant de détermination ? La dernière parcelle de nostalgie qu'elle nourrissait encore pour le pauvre vieux *Courier-Observer*, tellement démodé, tellement inefficace, se détacha alors du cerveau de Sara comme des cendres froides plusieurs jours après l'extinction du feu.

« Notre discret interviewer se tiendra à votre disposition, poursuivit Jack, continuant de lire au téléphone. Avec nos vœux les plus chaleureux et nos sincères félicitations, John. R. Ingersoll, Rédacteur en chef, *Galaxy-Hebdo*. Et j'ai mentionné cette adresse, M. DeMassi, de façon qu'il sache que nous sommes vraiment ici. »

Nous sommes vraiment ici, pensa Sara. Elle était tellement excitée qu'elle n'arrêtait pas de monter et descendre sur la pointe des pieds.

« Oui, monsieur, dit Jack en souriant au téléphone. Je ne bougerai pas d'ici, monsieur, et je vous transmettrai la réponse de Mercer dès que nous la recevrons. »

« Non », dit John Michael Mercer. Et il claqua la porte.

4

Il était 16 heures 45, la journée de travail touchait à sa fin à *Galaxy-Hebdo*. Mary Kate Scudder, seul membre de l'équipe de Jack Ingersoll qui fût encore en Floride, gardait la boutique en tapant une lettre à sa sœur, auxiliaire féminine de l'armée à la base aérienne de Landsruhe, Allemagne de l'Ouest. « Il ne se passe pas grand-chose ici », venait-elle d'écrire lorsqu'une commotion générale lui fit lever les yeux.

Il régnait une atmosphère de ruche autour d'elle dans la section éditoriale, des gens se levaient et se dirigeaient l'air intrigué vers la rangée d'ascenseurs. Quelque chose était en train de se produire là-bas, quelque chose de perturbant. Les employés affolés trottaient vers la source de cette perturbation en s'interpellant, ce qui ne les empêchait cependant pas de respecter fidèlement les lignes noires au sol et de dessiner des crochets à angle droit pour traverser le labyrinthe. Abandonnant sa sœur, Mary Kate se leva et héla un employé qui longeait son quadrilatère en courant. « Que se passe-t-il ?

– Massa est coincé entre deux étages ! »

Et Jack qui va rater ça, songea-t-elle non sans une certaine satisfaction en se joignant au flot qui se déversait vers les ascenseurs, où deux rédacteurs transpirants s'échinaient vainement contre la porte en face de la table de conférence. Mary Kate arriva en même temps qu'un gardien agitant un trousseau de clés au-dessus de sa tête dans un geste évocateur de quelque rite religieux et criant : « Ne forcez pas la porte ! Ne forcez pas la porte ! »

Le gardien se fraya un chemin à travers la foule, talonné par Mary Kate qui profitait de la percée pour s'assurer un poste d'observation imprenable. Les rédacteurs inopérants reculèrent d'un pas, le front en sueur et les mains noires de crasse. Le gardien mit un genou à terre et inséra une longue clé étroite dans un minuscule trou rond près de l'angle inférieur de la porte. Mary Kate entendit distinctement le déclic malgré le brouhaha de la foule excitée. Le gardien se releva et les portes s'ouvrirent en coulissant, révélant le tiers supérieur du bureau de Massa ainsi que le toit de la cabine, la machinerie et les câbles de l'ascenseur. En regardant par-dessus le coude du gardien, Mary Kate put voir Massa en contrebas, le visage écarlate, les yeux braqués vers le plafond, sautant à pieds joints sur sa table dans son énervement. « Ne vous inquiétez pas, M. DeMassi, le personnel d'Entretien arrive ! »

Mais l'ascenseur coincé entre deux étages n'était apparemment pas ce qui énervait ainsi Massa. Ignorant le gardien, il continua à sauter sur son bureau, envoyant valser papiers, bouteilles de bière vides et certificats de diverses organisations dans leur cadre. « Amenez-moi Boy, hurlait-il, allez me chercher Boy Cartwright ! »

Médusé, le gardien recula tandis que Boy traversait la foule et s'agenouillait pour mieux voir le bureau à ses pieds. Il ressemblait, dans cette position, à l'un des plus infâmes vassaux d'un des plus abjects barons de l'ère féodale.

« Oui, M. DeMassi, susurra-t-il à son seigneur et maître. Vous désirez que je vous aide à remonter, monsieur ?

– Ça y est, Boy, je l'ai ! hurla Massa en agitant les poings au-dessus de sa tête. J'ai le sujet de l'article sur John Michael Mercer ! »

Boy eut l'air ravi, quoique intrigué.

« L'interview, monsieur ? C'est ce que vous avez ?

– Il ne veut pas nous accorder d'interview ! gronda Massa. Ce fils de pute ! S'il refuse d'accepter ce Bon Dieu de yacht, il n'y a aucun moyen d'arriver jusqu'à lui !

– C'est vrai, monsieur, admit Boy. Il semble que personne là-bas ne pourra arriver jusqu'à lui. »

Espèce de serpent embusqué dans l'herbe haute, pensa Mary Kate, je me demande si je ne pourrais pas t'écraser la main par hasard pendant que tu te prosternes par terre.

Massa dit alors : « *Personne* ne pourrait arriver jusqu'à cet ignoble ingrat, Boy ! Nous avons besoin d'un sujet différent, et je l'ai trouvé !

– Oui, monsieur ? demanda Boy, en état d'alerte.

– L'album de mariage ! s'exclama Massa en dansant sur sa table comme Rumpelstiltskin quand personne ne pouvait deviner son nom. Les photos du mariage, voilà le sujet !

– Oui, monsieur ! » s'écria Boy avec enthousiasme. Toujours un genou à terre, il agita les poings en l'air pareillement à son maître.

« Allez là-bas, Boy ! cria Massa sous les yeux horrifiés de Mary Kate. Allez là-bas et obtenez-moi ces photos !

– Oui, monsieur !

– Si quelqu'un est capable de le faire, Boy, c'est vous !

– Oui, monsieur ! »

En un clin d'œil, Boy se leva et disparut. Mary Kate, toujours en état de choc, baissa les yeux vers Massa en se demandant si elle allait oser défendre la cause de Jack. Mais elle savait au fond de son cœur que c'était beaucoup trop dangereux ; il suffisait de voir Massa regarder autour de lui, froncer des sourcils en constatant à quel niveau se trouvait son bureau par rapport au palier, froncer des sourcils en voyant ses propres pieds sur sa propre table.

« Qu'est-ce que c'est que ça ? demanda-t-il, prenant enfin conscience de sa position. Sortez-moi de là tout de suite !

– Oui, monsieur, cria le gardien. Voilà justement l'Entretien ! »

Quand l'Entretien arriva, Mary Kate partit en courant à travers la section éditoriale, un tour à droite, un tour à gauche le long des lignes noires, par le plus court chemin vers l'espace-bureau de Jack Ingersoll où elle se jeta sur le téléphone pour appeler la maison d'Oak Bluffs à Martha's Vineyard.

Jack était sorti, personne ne savait où il était allé exactement. C'est Don Grove qui répondit. Il prit le message de Mary Kate, mais cela ne modifia en rien son pessimisme.

Le premier coup de feu réveilla Sara, la fit sursauter, l'effraya et la laissa ahurie, consciente seulement de la résonance du verre brisé, ne sachant pas ce qui l'avait arrachée au sommeil. Jack se tourna pesamment dans le lit à côté d'elle – l'annonce de l'arrivée de Boy l'avait entraîné à boire un peu plus que de raison au dîner – et appuya lourdement son bras sur la cage thoracique de la jeune femme. *Qu'est-ce* ? se demanda-t-elle dans son demi-sommeil, les yeux à moitié ouverts, le cerveau ne fonctionnant pas encore à plein régime.

Le bruit de la fusillade les ramena tous deux dans le monde du réel et ils se dressèrent dans le lit. Un fracas de coups de feu rapprochés, accompagnés du crépitement de morceaux de verre qui tombent, puis le silence, un silence prégnant d'implosions silencieuses, de conjonctures silencieuses, d'une effrayante menace silencieuse et d'une bouffée d'odeur de poudre brûlée. « Qu'est-ce... » commença Sara, mais Jack lui plaqua une main sur la bouche et lui murmura « Chuuuuut » à l'oreille.

Des bruits éloignés, des gens qui criaient, des portes qui claquaient. Sara et Jack étaient cramponnés l'un à l'autre, elle l'enlaçait de ses deux bras, il lui entourait les épaules de son bras droit tandis que sa main gauche lui muselait la bouche. Tournant la tête sous cette main, elle regarda sur sa droite, vers la lueur rougeâtre des chiffres du radio-réveil fourni par l'hôtel et vissé sur la table de nuit : 3:07 du matin.

Ils étaient dans le lit de Jack. Ils auraient aussi bien pu se trouver à côté, dans celui de Sara, mais le petit peu plus d'alcool que de raison consommé par Jack l'avait propulsé directement vers sa chambre lorsqu'ils avaient regagné l'hôtel après le dîner, et Sara l'avait rejoint par la porte communicante. Ensuite, leur besoin mutuel de se réconforter de la réintrusion de Boy dans leurs vies avait entraîné une chose puis une autre, tout ça dans la chambre de Jack, dans son lit, et peu à peu le réconfort s'était mué en sommeil. Aussi y étaient-ils encore, quatre heures plus tard, lorsque la nuit avait été déchirée par les coups de feu.

Sara bougea la tête, se libérant de l'emprise de Jack. Plus douce que la douceur même, elle lui chuchota à l'oreille, dans l'obscurité : « La révolution, éclatant à Martha's Vineyard ? »

Les lèvres de Jack effleurèrent l'oreille de Sara et son haleine tiède murmura : « C'était dans ta chambre. »

Elle se raidit, le serrant plus fort contre elle, sentant son sang se glacer. La porte de communication était restée ouverte. La personne armée se trouvait-elle toujours dedans ?

Dans la chambre voisine, on frappa violemment à la porte du couloir et une voix masculine appela « Mlle Joslyn ! Mlle Joslyn ! »

« Attends ici », chuchota Jack en se détachant d'elle et se glissant hors du lit. Elle l'entendit enfiler son pantalon et put tout juste distinguer sa silhouette quand il passa devant les rideaux qui cachaient la porte-fenêtre coulissante. Puis il ouvrit la porte de la chambre où ils se trouvaient, glissa précautionneusement la tête dehors et s'adressa à quelqu'un qui se trouvait dans le couloir : « Ici ! »

Un faisceau de lumière dépassa Jack et éclaira doucement leur chambre. Sara jeta un regard effrayé vers la porte donnant sur sa propre chambre, qui était toujours plongée dans l'obscurité et où rien ne semblait bouger. Pendant que les voix de Jack et d'une ou plusieurs autres personnes chuchotaient dans le couloir, elle récupéra par terre le jean et le chemisier qu'elle y avait jetés quelques heures plus tôt, et les enfila.

« Un instant, laissez-moi vérifier », dit Jack avec aplomb, refermant la porte au nez de ce qui résonna comme des protestations. Comme Sara se levait, il contourna le lit en vitesse, la saisit par les bras et lui dit à voix basse, tout en la poussant vers la terrifiante obscurité de la chambre voisine : « Tu étais dans la salle de bains quand ça s'est produit. »

Elle ne voulait pas entrer dans ce rectangle noir. Résistant à son étreinte, elle murmura : « Non, Jack ! »

Il la fusilla du regard, devenu un véritable étranger, et désigna farouchement le sol de sa propre chambre. D'une voix grinçante, il insista : « Tu n'étais pas *ici* ! Tu étais dans la salle de bains. Tu avais peur de sortir. »

Elle comprit enfin ce qu'il voulait dire et se laissa entraîner dans le noir jusqu'à la salle de bains, où il alluma les lampes fluorescentes qui jetaient une lumière crue. Un coup d'œil en arrière lui révéla la surface de son lit semblable à une maquette de chaîne montagneuse, avec ses draps déchirés et retournés en tous sens, et elle se retrouva seule dans la salle de bains en train d'abaisser d'une main tremblante le loquet. Elle se laissa aller contre le peignoir accroché au dos de la porte, et le contact moelleux du tissu éponge devint son unique réconfort.

Il n'était pas question qu'elle ait pu se trouver dans le lit de Jack, c'était évident. Si la femme de César doit être au-dessus de tout soupçon, c'est encore plus vrai pour un employé de *Galaxy-Hebdo*. Les excentricités et les faiblesses que les journalistes traquaient chez les autres ne devaient en aucune manière apparaître dans leurs propres vies. Si elle avait survécu uniquement parce qu'elle se trouvait dans le lit de Jack plutôt que dans le sien, Massa les saquerait dès le lendemain matin.

Elle entendit Jack parler à quelqu'un qu'il avait introduit dans sa chambre. « Elle n'est pas là, dit-il d'une voix sincèrement surprise. À moins qu'elle ne soit dans la salle de bains. »

Une autre voix se rapprocha : « On va voir. Mlle Joslyn ? » *Tap-tap-tap* sur la porte, envoyant des vibrations dans sa joue appuyée contre le peignoir. « Vous êtes là ? »

La voix horrifiée de Jack s'éleva alors : « Regardez ce lit. Quelqu'un y a déchargé une arme à feu. Regardez, là, la fenêtre. Quelqu'un a tiré à travers la vitre. »

Le bouton de porte fut ébranlé. *Tap-tap-tap* sur le panneau, encore une fois. « Mlle Joslyn ? Vous allez bien ? »

C'était vrai. Elle avait peur de sortir.

5

Après le départ de la police, Mercer et Felicia se dévisagèrent en silence jusqu'au moment où un grattement discret à la porte annonça le retour du directeur, Ferguson, qui s'abritait derrière un sourire contrit. « Je ne pouvais vraiment pas les empêcher de venir.

– Mais non, bien sûr que non, dit Mercer d'un ton conciliant en lui tapotant amicalement le bras. Je ne vous reproche rien, croyez-moi. C'est plutôt à moi-même que je devrais reprocher d'avoir trop parlé. »

Felicia, manifestement troublée, dit : « Johnny, personne ne pense sincèrement que c'est *toi* qui as tiré.

– Mes propos ont été reproduits, et plutôt fidèlement, lui rappela Mercer. J'ai déjà menacé dans le passé d'attenter à la vie ou de blesser des reporters de *Galaxy*. La police vient de me le rappeler.

– Il n'empêche, dit le directeur, que personne ne pense vraiment que c'est vous, comme le faisait justement remarquer Mlle Nelson.

– Mais il n'empêche aussi, lui répondit Mercer, que la police vient de me demander de ne pas quitter cette putain d'île tant qu'ils ne me donneront pas leur feu vert.

– Oh, Seigneur, dit Ferguson. Et j'imagine que vu les circonstances, vous aimeriez justement partir.

– Vous avez diablement raison. Même si je n'ai rien contre votre établissement.

– Oh, j'en suis convaincu, dit Ferguson. Cependant, je comprends votre problème. » Regardant derrière Mercer, au-delà de la baie vitrée du salon, il ajouta : « Je vois que le yacht n'a pas bougé.

– Ils ne lâcheront pas prise, grinça Mercer sans se retourner pour regarder le maudit bateau. C'est bien l'une des mille et une raisons pour lesquelles je n'irais pas tirer sur ces fils de pute. D'un autre côté, je comprends très bien que quelqu'un ait eu envie de le faire, et à dire vrai, je regrette un peu qu'ils aient raté leur coup.

– Johnny ! »

Mercer balaya l'air d'un geste ample.

« Ceci est entre nous, dit-il pour rassurer Felicia. Ces murs-ci n'ont pas d'oreilles.

– Oh, quant à ça... » risqua Ferguson.

Mercer fronça les sourcils.

« Quant à quoi ?

– Malheureusement, pas plus tard que ce matin, j'ai dû renvoyer deux employés. La femme de chambre qui aurait dû nettoyer cette suite a été surprise en possession d'un magnétophone, et l'une des standardistes de l'équipe de nuit a proposé à une de ses collègues de l'équipe de jour cinq cents dollars pour enregistrer toutes les conversations téléphoniques que vous pourriez avoir.

– Mais c'est complètement dément ! s'exclama Felicia en regardant les deux hommes.

– Tu vois ? dit Mercer en haussant les épaules avec humeur. Ils ne lâcheront pas prise.

– Soudoyer les employés, dit Ferguson avec un infime sourire, est pour eux une deuxième nature. Je me porte garant de quatre-vingt quinze pour cent des gens qui travaillent pour moi, y compris la fille qui a refusé les cinq cents dollars, mais je ne doute pas que le *Galaxy* saura découvrir les cinq pour cent restants. Et si ce n'est pas eux, d'autres le feront à leur place. Je sais de source sûre que l'hôtel du Golf est maintenant rempli de journalistes.

– Des sauterelles, dit Mercer.

– Oh, Johnny, dit Felicia d'une toute petite voix. Et nous qui allions avoir un mariage si tranquille.

– Si je peux me permettre une suggestion... » avança Ferguson. Mercer et Felicia le regardèrent. « Allez-y, dit Mercer. Faites-la.

– Je me sens coupable de ne pouvoir vous garantir dans ces lieux la sécurité et la discrétion auxquelles vous avez droit. Je ne vous blâmerais aucunement si vous partiez.

– Mais les flics disent qu'on ne peut pas.

– Vous ne pouvez pas quitter l'île, du moins pas pour l'instant. Mais vous pourriez quitter l'hôtel, même si je considérerais cela comme un échec personnel. »

Mercer secoua la tête.

« Quitter l'hôtel ? Mais c'est l'endroit le plus sûr de l'île.

– En réalité, non. Et ce matin même, j'ai pris la liberté de téléphoner à une personne qui me paraissait susceptible de vous aider. Elle a accepté. Puis-je la faire venir ? »

Mercer et Felicia échangèrent un regard, puis se tournèrent vers Ferguson.

« Il y a une personne qui attend dehors ? demanda Mercer. Je vous en prie, faites-la entrer.

– Merci. » Ferguson se dirigea vers la porte, pivota pour ajouter : « Laissez-moi d'abord vous expliquer. Elle n'est pas précisément informée de ce qui se passe en ce moment. Je doute même qu'elle possède un téléviseur. Elle n'a aucune idée de qui vous êtes en réalité, sinon un charmant jeune couple dont je réponds, qui voudrait simplement se marier en paix et qui est poursuivi par la presse à scandale.

– Elle ne sait pas qui je suis, hein ? dit Mercer avec un sourire étonné. Eh bien, ça va être une vraie bouffée d'air frais. Faites-la entrer. »

Sara était encore sous le coup de la peur. John Michael Mercer aurait-il été capable d'engager un homme de main ? Cela évoquait Keely Jones et la fusillade du camion d'enregistrement. Mais là, tout s'était passé sur l'impulsion du moment, et le but était de détruire du matériel, pas des vies. Et d'ailleurs, pourquoi John Michael Mercer s'en serait-il pris à elle personnellement ? Cela n'avait aucun sens.

D'un autre côté, si l'agression n'avait rien à voir avec John Michael Mercer, à quoi était-elle liée ? Quelqu'un s'était faufilé à l'arrière de l'hôtel à trois heures du matin, s'était approché des portes vitrées qui donnaient sur la terrasse de la chambre de Sara, située au rez-de-chaussée, avait visé à travers la vitre et les voilage tirés – elle n'avait pas fermé les épais doubles rideaux ce soir-là – et avait vidé le chargeur d'un pistolet quelconque dans le lit où elle était censée dormir.

Était-ce censé représenter un avertissement de la part de quelqu'un qui savait le lit vide ? Mais comment aurait-on pu savoir avec certitude qu'elle n'y dormait pas ? La pièce était plongée dans l'obscurité et ce n'était pas si facile de voir à travers les voilages. Et de quel genre d'avertissement pourrait-il s'agir, de toute manière, et de qui émanerait-il ?

Quelqu'un a essayé de me tuer, se dit Sara, incapable de penser à autre chose, pas même à l'activité bourdonnante qui régnait autour d'elle dans le centre de commandement d'Oak Bluffs. Jack, galvanisé à l'idée que Boy Cartwright allait venir prendre l'opération en main avec une idée différente pour le sujet principal de l'article, essayait encore de préserver le concept qu'il avait lancé. Si quelqu'un était capable de sauver la situation, c'était bien Jack.

Ainsi, tout au long de la journée, la suite de Mercer au Katama Bay Country Club allait être inondée d'une manne de présents et largesses. Chaque rose rouge de chaque fleuriste de l'île, des caisses de champagne, des aquarelles originales d'artistes locaux, le nec plus ultra des matériels de pêche. L'hôtel, certainement sur les ordres de Mercer, interceptait tous les cadeaux et les renvoyait avant que Mercer ait eu l'occasion de les voir, mais Jack n'en continuait pas moins inlassablement sa campagne de persuasion avec une énergie maniaque, sentant déjà l'ombre de Boy Cartwright planer sur son dos.

Et ce n'était pas tout. Le passé de chaque employé du Katama Bay Country Club était en ce moment même épluché avec soin, en remontant jusqu'au lycée et en élargissant jusqu'aux cousins germains. On faisait feu de tout bois. Le trio des Aborigènes, teint cireux et yeux rougis mais ne baissant pas les bras, continuait de tenir le siège au bar du Golf. Le *Princess Pat* croisait toujours dans Katama Bay avec son chargement de photographes harnachés de téléobjectifs. On avait rapatrié de Floride des micros longue portée d'un modèle particulièrement sophistiqué, achetés quelque temps plus tôt à un ancien agent de la C.I.A. mis sur la touche. Placés un peu partout et orientés vers la suite Mercer, ils ne réussissaient à capter que la stridulation des insectes, ponctuée, de temps en temps, par le claquement sec d'un téléphone qu'on raccroche.

Au milieu de tout ça, Sara restait assise, hagarde, hantée, recroquevillée sur elle-même, ne pensant qu'aux huit balles qui avaient modelé son lit en équivalent plumeux d'un interlude psychotique. Qui était le coupable ? Pourquoi ? Quelle serait l'étape suivante ?

Il n'y avait aucune raison de penser au mort du bord de la route, quatre semaines plus tôt, à plus de deux mille kilomètres de là, en Floride. Aussi n'y pensa-t-elle pas.

« Nous apprécions infiniment, Lady Beatrice », dit John Michael Mercer tandis que Felicia, cramponnée à son bras, couvrait leur bienfaitrice d'un regard radieux et que Ferguson, le directeur de l'hôtel, légèrement à l'écart, se frottait les mains avec le sourire béat d'un modeste saint par une journée fertile en bonnes actions.

« Mais je vous en prie », dit Lady Beatrice avec un accent que Mercer et Felicia identifièrent comme étant anglais, mais que n'importe quel Britannique doué d'une bonne conscience de classe aurait instantanément rangé dans la catégorie aristocratie (certainement) terrienne (définitivement) installée dans un rayon de moins de quarante-cinq kilomètres de Banbury (probablement). Une vieille dame rabougrie et sans âge, façonnée dans un cuir ancien bien nourri et encore solide, voilà l'impression que donnait Lady Beatrice dans sa tenue de cavalière démodée mais d'excellente coupe. « Feu mon époux, le général Eustace Romneysholme, comte de Romney, poursuivit-elle, estimait que tous les journalistes devraient être cravachés à vue.

– Votre mari et moi nous serions très bien entendus, m'dame, répondit Mercer, devenant inconsciemment plus américain que nature au seul son de cet accent anglais.

– Feu mon époux, dit Lady Beatrice en lançant des éclairs de ses yeux d'agate, estimait qu'il y avait trois catégories de créatures superflues sur cette terre : les mouches tsé-tsé, les danseurs de ballet classique et les journalistes. Tout ennemi d'une des trois est par définition mon ami.

– Lady Beatrice, dit alors Felicia, ceci est la chose la plus merveilleuse qui me soit jamais arrivée. J'étais tellement malheureuse avant votre venue.

– Moi aussi, j'ai vécu une belle histoire d'amour en mon temps, jeune personne. Comment aurais-je pu en voir détruire une sous mes yeux sans réagir ? Il est évident que je dois vous accueillir dans mon cœur et dans ma maison.

– Mais si nous vous dérangeons, m'dame...

– Fariboles. Si vous me dérangiez, M. Murphy, je n'irais pas...

– Mercer, rectifia timidement Mercer avec un sourire chagrin.

– Mercer, si vous voulez, reprit-elle avec impatience. Donc, si vous me dérangiez, je ne vous accueillerais pas. C'est aussi simple que ça. Maintenant, il est évident que votre projet initial de célébrer votre mariage à l'église n'est malheureusement plus envisageable. Par conséquent, nous le célébrerons chez moi.

– Mais... commença Mercer.

– Lady Beatrice, objecta Felicia, nous attendons une *centaine* d'invités !

– Ah, effectivement, nous ne pouvons pas les garder tous pour la nuit, admit Lady Beatrice. On pourrait peut-être en loger la moitié à condition d'en mettre deux par chambre, mais il faudra que les autres se débrouillent ailleurs. Vous me communiquerez vos listes A et B. » Un sourire étonnamment juvénile éclaira soudain son visage parcheminé. « Ça me rappellera les fêtes que nous donnions dans le temps, quand toute la maison était pleine pendant plusieurs jours », dit-elle avec un trémolo dans la voix.

Ferguson expliqua avec tact : « Romney Hall, la maison de Lady Beatrice, est, euh, assez spacieuse.

– C'est ce que j'ai cru comprendre, dit Mercer en regardant plus attentivement la vieille excentrique.

– Nous assurerons la meilleure sécurité, poursuivit la vieille excentrique en frottant avec une satisfaction de conspiratrice ses mains boucanées, en n'informant vos invités du changement de programme qu'au tout dernier moment. Nous les orienterons vers le théâtre de l'heureux événement quand ils arriveront sur l'île.

– Oui, mais il y a un os, juste sous nos yeux, dit Mercer en secouant la tête avec une grimace, regardant automatiquement le foutu yacht à son foutu mouillage, alors qu'il s'était *juré* de ne plus jamais regarder le bateau ni admettre sa présence. La presse grouille dans l'île comme des asticots sur une carcasse de cheval. Dès que je lève le petit doigt, ils le savent dans la seconde.

– Oh, mais nous sommes prêts à affronter ces asticots, dit Lady Beatrice, adressant un sourire approbateur à Mercer. Oh, comme feu mon époux vous aurait apprécié. Lui aussi savait utiliser un langage haut en couleurs. »

Ferguson intervint alors.

« Nous avons une fourgonnette sans vitres à l'arrière que nous utilisons pour aller chercher du matériel à l'aéroport. Vous pourrez vous y installer avec vos bagages sans être vus de personne. La fourgonnette prendra la route de l'aéroport et tournera en chemin dans Pohoganut Road comme si le chauffeur avait besoin – veuillez m'excuser, Lady Beatrice – de se soulager. L'une des limousines de Lady Beatrice y sera, prête à vous emmener.

– Celle dont les fenêtres latérales sont munies de rideaux et la vitre arrière d'un store vénitien, précisa Lady Beatrice.

– Le temps que les journalistes découvrent où vous êtes passés, leur promit Ferguson, vous serez déjà mari et femme. Et puissiez-vous connaître de longues années de bonheur, de satisfaction et de tranquillité.

– Bien dit ! » conclut Lady Beatrice.

« *Partis* ? cria Jack, tel un yack mortellement blessé. *Partis* ? Ils ne peuvent pas être partis ! »

La triste mission d'apporter cette malencontreuse nouvelle au centre de commandement en fin d'après-midi avait échu à Don Grove, mais cela n'avait en rien contribué à altérer son pessimisme habituel. « Ils sont partis, répéta-t-il. Disparus sans laisser de trace. Le directeur a pris un malin plaisir à m'annoncer que le *Galaxy* pouvait louer leur suite aussi longtemps qu'il le souhaitait. Onze cents dollars par jour.

– Tu l'as prise, j'espère, dit Jack.

– Bien sûr que je l'ai prise. Mais ils refusent de m'y laisser mettre les pieds tant que la femme de chambre ne l'aura pas nettoyée. Nettoyée *à fond*. Je ne m'attends pas à ce qu'elle laisse quoi que ce soit derrière elle. »

Ida et Sara (cette dernière ressemblant toujours à une victime de catastrophe naturelle) rappliquèrent aussitôt, Ida demandant : « Que se passe-t-il ?

– Les tourtereaux se sont envolés, expliqua Jack avec une amertume sans bornes.

– Impossible, affirma Ida. Nous sommes dessus comme la petite vérole. Nos pigistes sont suspendus à leurs oreilles. »

Pour la première fois de la journée, il sembla que l'attention de Sara avait été retenue par quelque chose. « Partis ? répéta-t-elle. Partis où ?

– C'est bien toute la question, reconnut Jack.

– Seigneur ! s'exclama Sara. Ils ne vont tout de même pas essayer de quitter l'île, pas vrai ?

– Quitter l'île ? répéta Jack en promenant des yeux effarés autour de la salle. Quitter Martha's Vineyard ? Tu veux dire que quand des tourtereaux s'envolent, ils *s'envolent* pour de bon ?

– Il n'y a plus de vols aujourd'hui, affirma Ida.

– Les avions affrétés ne sont pas faits pour les chiens », rétorqua Jack ; pointant un index tremblant vers Don : « Toi, tu files à l'aéroport. »

Don fronça les sourcils.

« Qu'est-ce qu'on fait pour la suite ?

– Ida peut s'en charger. C'est la meilleure fouineuse que nous possédions. Tu vas à l'aéroport, tu loues les services de tous les pilotes privés qui se trouvent sur place, tu suspends toute activité. Personne ne s'envolera ce soir. »

Don trouva le moyen d'acquiescer de la tête tout en la secouant d'un air dubitatif, et demanda : « Je les retiens pour quelle raison ?

– Urgence potentielle. Nous avons ce petit enfant malade sur les bras... »

Sara, revenant enfin sur terre, demanda : « *Tous* les pilotes ?

– Une classe entière, décida Jack. Toute la classe de C.P. est atteinte de cette maladie mystérieuse.

– Les médecins donnent leur langue au chat, suggéra Ida.

– Il n'y a pas qu'eux, admit Jack. Allez, décampe », dit-il à Don.

Don, fidèle valet de son maître, partit. Jack, se tournant vers Sara et Ida, déclara : « Maintenant, il faut qu'on retrouve ces deux-là.

– Ce fils de pute, vitupéra Ida d'une voix rauque. Nous filer entre les doigts comme ça. Qui serait-il sans nous, d'ailleurs ?

– Absolument », renchérit Sara, à sa manière aussi véhémente qu'Ida. Jack la dévisagea avec un étonnement ambigu – avait-il envie de la voir devenir pareille à Ida ? – lorsqu'elle brandit le poing en affirmant : « Qu'est-ce que des gens tels que John Michael Mercer ont pour eux, en dehors de leur célébrité ?

– Parfaitement, confirma Ida en lançant à Sara un regard brûlant de solidarité agressive.

– Et où gagnent-ils leur célébrité ? demanda Sara.

– Chez *nous* ! glapit Ida.

– Exactement ! clama Sara à pleine voix. Lorsqu'ils ont besoin de publicité, nous leur en donnons. Mais quand nous, nous voulons quelque chose, c'est leur tour de donner ! »

Jugeant la nouvelle combativité (pas si nouvelle que ça, d'ailleurs) de Sara à la fois encourageante et perturbante, Jack dit : « Ma chère Sara, je suis impatient de te voir défendre cet argument en tête à tête avec John Michael Mercer. Mais avant que cet heureux événement ne puisse se produire... »

Il jeta un coup d'œil vers le seuil, que franchit alors Boy Cartwright, le teint terreux et maladif, l'air souffreteux mais souriant. Balayant le centre de commandement du regard, il commenta : « Quel charmant petit taudis. »

Il faut que je fasse bon ménage avec ce crapaud, s'exhorta Jack *in petto*. Et à voix haute : « Salut, Boy ! Bienvenue à Martha's Vineyard.

– Ah, Jack, répondit Boy avec son éternel sourire bouffi de mollusque. Comment avance notre fameuse interview ? »

Il va falloir que je lui annonce la disparition de Mercer, se dit Jack, dressant l'oreille pour voir comment il allait formuler ça. Mais tout ce qu'il s'entendit proférer fut un silence pesant.

Ida, qui entendait ne pas rester dans la même pièce que Boy si elle pouvait l'éviter, se tourna vers Jack : « Je vais m'occuper de la suite.

– Parfait.

– Plus question de tirer ces têtes d'enterrement », annonça Boy. Vu la vivacité qui animait son regard, il devait avaler son Valium par flacons entiers, ces derniers temps. « Nous allons tous être de bien meilleure humeur, maintenant que je suis à bord.

– Et où est donc Paul Revere, maintenant que nous avons besoin de lui ? » entendit-on Ida marmonner en sortant.

6

Sa combativité soutint Sara comme une gaine de flammes bleues, chaleureuse et protectrice, tandis qu'elle passait coup de fil sur coup de fil. « Ici Henrietta Nelson, dit-elle avec un frémissement dans la voix. Ma nièce Felicia est-elle là ? Sa mère est tombée brusquement malade. Non ? Oh, mon Dieu. Si nous ne trouvons pas cette pauvre Felicia à temps... (un sanglot réprimé à cet endroit précis.), je ne me le pardonnerai jamais. »

Les communications couvraient Martha's Vineyard de long en large, d'East Beach à Lobsterville, de Scrubby Neck à West Chop. Mercer et sa fiancée ne se trouvaient dans aucun hôtel de l'île, et pourtant, ils étaient nécessairement *quelque part* sur l'île : l'arrivée des invités était toujours prévue pour la cérémonie du lendemain. Cela signifiait donc qu'ils se terraient dans la résidence privée de quelqu'un. Sara avait contacté au téléphone toute personne possédant, louant ou gardant temporairement une maison, que ce fût des gens du spectacle que Mercer connaissait ou avait côtoyés dans des relations de travail, des gens du spectacle qu'il aurait pu connaître, ou même des gens devant leur célébrité à n'importe quelle raison, ou susceptibles à n'importe quel titre d'être liés à John Michael Mercer. Et pendant ce temps, la même liste faisait l'objet d'une vérification serrée de la part des divers mercenaires de la Nouvelle-Angleterre qui opéraient à pied ou en voiture, vendant des abonnements de magazine au porte-à-porte, relevant des compteurs, n'importe quoi. Elle faisait également l'objet d'un contrôle aérien effectué par une paire de photographes à bord d'avions privés dont les pilotes émargeaient déjà à *Galaxy*.

La peur consécutive à l'attentat de la nuit précédente, qui avait paralysé Sara toute la journée, s'était dissipée comme un écran de fumée à la nouvelle de la disparition de Mercer. La colère peut être plus forte que la peur, et Sara en voulait intensément à John Michael Mercer. Elle était furieuse qu'il soit venu compliquer la vie déjà suffisamment compliquée de Jack Ingersoll. Elle était indignée qu'il ait provoqué le parachutage de Boy Cartwright parmi eux. Et elle fulminait contre ce fils de pute *qui ne jouait pas le jeu*. Pour qui se prenait-il donc ?

Nous sommes plus rapides que vous, John Michael Mercer, pensait Sara en enfonçant les touches du téléphone et répétant inlassablement son boniment. Nous sommes plus résistants que vous, et plus habiles, et plus déterminés, et nous *n'abandonnons jamais*.

« Ici Henrietta Nelson... »

La suite de Mercer était nettoyée. Pour être absolument sûre qu'aucun indice ne risquait de traîner par inadvertance, la femme de chambre était allée jusqu'à emporter les blocs-notes, les boîtes d'allumettes, la carte des consommations servies dans les chambres, les magazines, la liste des chaînes de télévision accessibles et divers autres articles du même ordre pour les remplacer par du matériel absolument neuf. Les armoires à pharmacie des deux salles de bains sentaient le désinfectant ménager. En soulevant le tapis du salon, Ida constata que la femme de chambre l'avait fait avant elle. Lorsqu'elle fourra son nez sous les matelas, elle vit que là aussi, elle avait été précédée. En retirant les tiroirs des commodes, au cas où quelque chose se serait glissé dans le fond, elle identifia l'odeur d'un dépoussiérant en atomiseur. La femme de chambre était passée par là.

Il n'y avait rien à trouver dans cet endroit, voilà tout, et rien à voir en dehors de l'oscillation vacante de le *Princess Pat*, le yacht qui continuait de flotter en vain au large, encadré dans la baie vitrée. Accordant un dernier regard glacial à cette barcasse inutile, Ida quitta la suite, longea paresseusement les méandres du chemin pavé de briques en humant l'air de fin d'après-midi, et finit par découvrir devant elle un chariot à roulettes rempli de boîtes de mouchoirs en papier et de savons. Il était garé devant un autre cottage isolé, une suite-hutte semblable à celle de Mercer.

La femme de chambre qui s'affairait dans le salon était une petite quinquagénaire à cheveux gris, la peau sur les os, le visage décharné, le teint pâlot. Sans nul doute une épouse ou veuve de marin-pêcheur, fille de marin-pêcheur au départ, issue d'une famille qui vivait de la mer depuis plusieurs générations, pauvre mais fière et méprisant souverainement les riches estivants qui avaient envahi leur territoire. Ida qui, sans forcer son talent, ressemblait plus à la bonne qu'aux riches estivants, entra dans la suite en disant : « Bonjour. »

L'employée la regarda, un regard neutre et attentif, pas encore soupçonneux.

« Oui, m'dame ?

– C'est vous qui avez fait la suite de Mercer ? »

Là, maintenant son expression *était* soupçonneuse. « Oui, m'dame. »

Ida lui tendit un billet vert replié en disant : « Vous avez laissé tomber ça.

– Oh, non, m'dame, dit la femme de chambre avec le calme et l'aplomb de l'employée compétente. Ce n'est pas possible.

– Ah bon ? Pourtant, c'était là, répondit Ida, impatientée. Est-ce que j'ai l'air d'avoir besoin d'un dollar ? Je travaille pour *Galaxy-Hebdo*, ils me paient plus qu'il ne faut. Beaucoup plus que ma sœur qui est serveuse. Tenez, je vous assure. »

La femme de chambre prit le billet d'un air dubitatif. Ida l'avait plié de façon que les chiffres ne soient pas lisibles, aussi la femme de chambre les découvrit-elle en l'ouvrant : 100. « Oh, non, m'dame, dit-elle, prise de panique, en essayant de restituer le billet à Ida. Ce n'est pas à moi. »

Ida recula d'un pas en levant les mains, comme si le billet lui faisait également peur. « C'est un billet de 100 dollars, s'écria-t-elle. Il n'est pas à moi ! On a déjà assez d'ennuis comme ça avec la direction d'ici, je ne voudrais pas que quiconque puisse dire que j'ai pris de l'argent.

– Mais... » La femme de chambre considéra le billet dans le creux de sa paume, regarda autour d'elle d'un air désemparé comme si elle cherchait un endroit où le poser, puis leva les yeux vers Ida. « Je ne sais vraiment pas quoi faire, admit-elle.

– Je vais vous dire une chose. Peut-être que la personne qui était ici avec les Mercer juste avant leur départ l'a laissé tomber par mégarde. Si je vous le laisse, vous pourriez le restituer à... Qui était-ce, au fait ? »

La femme de chambre regarda intensément Ida. Le billet crissa entre ses doigts.

« Lady Beatrice Romneysholme, annonça Ida en détachant chaque syllabe. Veuve d'un général connu sous le surnom d'Abruti de Dunkerque. »

Jack fronça les sourcils. « Je croyais que Dunkerque avait été une réussite.

– Une retraite réussie, corrigea Ida. Il a rendu la retraite nécessaire. La presse britannique en a fait des gorges chaudes et l'a poursuivi toute sa vie, aussi ne peut-on s'étonner que sa veuve haïsse les journalistes. »

Jack hocha la tête, contrit mais digne. « On rejette toujours la faute sur le messager.

– Bien sûr. Lady B. a une espèce de château sur la côte ouest de l'île. En haut d'une falaise qui domine la mer. D'un accès très difficile.

– Des domestiques ?

– Du personnel d'Ancien Régime. Ils sont à son service depuis la Grande Charte.

– Je regarde devant moi et ne vois qu'un désert », dit Jack. Boy, son mauvais sourire vague aux lèvres, flotta jusqu'à eux : « Si je comprends bien, on a retrouvé la trace des chers fiancés.

– Tu saisis vite, Boy, dit Jack. Tu as ce que j'appelle le nez creux pour les informations brûlantes. »

Ida inspecta ses ongles. Ils étaient longs et pointus.

« Ils habitent chez une de mes compatriotes, à ce que je vois, poursuivit Boy.

– Façon de parler, admit Jack.

– Je suppose, dit Boy, que quelqu'un devrait rendre visite à cette chère vieille Lady Beatrice.

– C'est une idée formidable, Boy.

– Je suis persuadé que nous allons nous entendre à merveille, dit Boy en se laissant glisser vers la porte. Certes. »

Jack le regarda partir. Un sourire effaça lentement le désespoir inscrit sur son visage. « Maintenant, dit-il, comment expliquer que j'éprouve soudain un sentiment de bonheur inexplicable ? »

Au milieu de ce mélange de villages de pêche de la Nouvelle-Angleterre, de dunes sauvages et de demeures d'une rusticité élégante appartenant aux riches et célèbres qui contribuent à rendre Martha's Vineyard si pittoresque et charmante, une sorte de château carpatique se dressait en haut d'une falaise dominant la côte occidentale de l'île, impressionnante bâtisse de pierre, crépi et bardeaux, entourée de pelouses impeccablement tondues et arrosées, d'arbres ornementaux impeccablement situés, de délicats patios de pierre et d'un terrain de croquet, le tout ceint d'une muraille dont la seule ouverture était un grand portail de pierre. De là partait une allée gravillonnée qui s'élevait en dessinant quelques lacets jusqu'au portique en pierres rustiques précédant l'imposante porte principale.

À l'intérieur, Romney Hall était meublé en grande partie avec du mobilier provenant du Romney Hall d'origine, construction identique située au bord de la Tamise, près de Wallingford. Lorsque après la guerre, Romney Hall fut légué au National Trust à la suite d'un accord complexe qui présentait d'importants avantages fiscaux, et lorsque pour diverses raisons il parut plus raisonnable que les Romneysholme déguerpissent d'Angleterre, ce mobilier, ces tapis, ces tableaux, ces chandeliers et ces services à thé firent également le voyage, d'abord pour une brève et malencontreuse halte aux Bermudes – la Petite Angleterre, vraiment ! – et ensuite ici même à Martha's Vineyard, où Dieu merci les gens avaient la mémoire plus courte et où le beau temps n'était pas aussi contrariant dans sa régularité monotone. « Je déteste me trouver dans un endroit où seul l'homme est vil », avait coutume de déclarer le général par ces âpres journées d'hiver, debout sur sa falaise dominant la mer, le visage mordu par le vent glacé et aspergé de sel corrosif.

Depuis la disparition du général – Lady Beatrice se surprenait parfois à dire qu'il avait été « abattu » ou « descendu », comme s'il s'agissait d'un de ses chevaux ou d'une caisse de son meilleur porto millésimé – sa veuve avait parfois envisagé de retourner au pays, mais chaque fois qu'elle lisait les nouvelles dans le *Times* qui lui était expédié par avion et voyait ce que ses concitoyens qualifiaient de « conservateur », elle s'empressait de remettre son projet à une date ultérieure. Ainsi était-elle demeurée, et ses fidèles serviteurs avec elle, et dans l'ensemble on peut dire qu'elle était satisfaite de son sort. Et puis, il y avait de temps en temps un petit événement qui éclairait son paysage et ramenait la couleur à ses joues, comme ce jeune couple traqué et ses projets de mariage.

Comme ils étaient charmants, se disait-elle en les regardant de sa fenêtre du premier étage marcher main dans la main sur les pelouses, lui avec sa beauté aux traits marqués, et elle, de toute évidence une fille qui avait les pieds sur terre telle que Lady Beatrice les avait toujours appréciées. Apparemment, M. Mercer avait quelque chose à voir avec le monde du spectacle, mais c'était le cas de tant de résidents de Martha's Vineyard. D'ailleurs, d'une certaine manière, il y en avait parmi eux de tout à fait acceptables. Sir Larry (là-bas au pays), par exemple, et la petite Rossellini, et peut-être M. Reagan (quoique Lady Beatrice le soupçonnât fort d'être un arriviste). Quoi qu'il en fût, ils paraissaient tellement traqués, malheureux et tendus lorsqu'elle les avait rencontrés, et maintenant, voyez comme ils étaient joyeux et détendus, riant ensemble et se promenant avec insouciance.

Le téléphone grésilla près du coude de Lady Beatrice, c'était la tonalité d'un appel interne. Sans cesser de regarder les tourtereaux, elle décrocha et parla : « Ici Lady Beatrice.

– C'est Jakes, M'ame. »

Jakes était le gardien du portail d'entrée, celui à qui les fournisseurs et les invités avaient affaire, et qui les refoulait s'ils ne lui agréaient pas.

« Oui, Jakes ?

– Il y a un *individu*, ici, M'ame, dit Jakes avec une nuance légère mais palpable de réprobation. Il voudrait vous parler.

– À quel sujet ?

– Eh bien, M'ame, il prétend travailler pour un journal, M'ame. (Rumeurs de voix dans le fond.) Il dit qu'il vient de *Galaxy-Hebdo*, M'ame, une sorte de magazine pour les cuisinières, tout en couleurs. »

Les yeux de Lady Beatrice étincelèrent. Ainsi, la presse abjecte avait retrouvé la trace du délicieux couple, c'était donc ça ? Eh bien, il n'était pas question que leur bonheur fût détruit « Et ce vaurien a le front de se présenter à ma porte ?

– Il demande s'il peut avoir un entretien avec vous, M'ame.

– Passez-moi ce sacripant.

– Ici Boy Cartwright, Lady Beatrice. »

Dès qu'elle entendit la voix visqueuse du vaurien, son assurance vulgaire, Lady Beatrice le situa précisément et sans hésiter dans la catégorie exacte qu'il occupait au sein de la hiérarchie sociale britannique. Un fils de représentant dans un patelin genre Bradford, qui avait laissé tomber ses études dans une université populaire, de ces individus qui vendent des voitures d'occasion aux Pakistanais de Manchester ou Liverpool.

« Si je pouvais faire un brin de causette avec vous, Lady Beatrice, poursuivit le corniaud, ça me ferait plaisir. »

Tu l'as eu, ton brin de causette, mon garçon, se dit intérieurement Lady Beatrice, répondant à voix haute : « Passez-moi Jakes.

– Comment ?

– Le grand garçon vigoureux qui est près de vous. Jakes. Passez-le moi.

– Oh, bien sûr, bien sûr. À tout de suite, alors », dit la créature. Puis Lady Beatrice l'entendit ajouter, en passant le récepteur à Jakes : « Votre patronne a des instructions pour vous.

– M'ame ?

– La grande ceinture de cuir que vous portez habituellement, Jakes, vous l'avez aujourd'hui ?

– Oui, M'ame.

– Eh bien, servez-vous-en, mon vieux ! »

Lady Beatrice raccrocha et sourit en regardant l'heureux couple qui continuait de déambuler sur la pelouse en se chuchotant des secrets à l'oreille. L'allée de gravier s'éloignait sur la droite, toute en courbes. Au-delà des arbres ornementaux, quasiment hors de vue, se trouvait le pavillon de garde. Un bruit en surgit aussitôt, comme si quelqu'un criait « Ouille ! », puis de nouveau, « Ouille ! Ouille ! Ouille ! ». Dans le jardin, le couple ne parut rien entendre. Bientôt, le silence reprit ses droits et tout rentra dans l'ordre.

7

Jack n'arrivait pas à s'endormir. Normalement, quels qu'aient été les événements de la journée et la quantité d'excréments de phacochère déversés sur sa tête, tout s'évaporait le temps de dire bonne nuit, et il dormait comme un nouveau-né. C'est dire. Mais ce soir-là, dans l'obscurité, avec la chère petite tête de Sara sur sa poitrine et la douce mélodie de sa respiration dans ses oreilles, ce soir, pour quelque mystérieuse raison, il ne trouvait pas le sommeil.

Quand il y a un doute, il faut tout reprendre point par point. Qu'est-ce qui tracasse ton fidèle cerveau, alors, pour qu'il se cramponne au samedi ?

Bon, voyons ça. À l'extérieur de cette chambre, devant la porte vitrée réparée et les rideaux remplacés, un policier de l'État du Massachusetts montait la garde, du moins était-il censé le faire. Et un deuxième arpentait les couloirs de l'hôtel. Personne n'arrivait à concevoir pourquoi des coups de feu avaient été tirés la veille dans cette chambre, aussi chacun y avait mis du sien pour que ça ne se reproduise pas ce soir. Quelqu'un avait-il essayé de tuer Sara, et si oui, pourquoi ? Ou est-ce qu'ils avaient l'intention de tuer quelqu'un d'autre et s'étaient trompé de cible ? Ne s'agissait-il que d'une fusillade fortuite, dépourvue de propos et de signification ?

Humm. Quelle qu'en fût la cause, le *fait* qu'il y ait eu fusillade venait en premier sur la liste de Jack. Il l'examinait, le retournait dans tous les sens, le titillait avec son cerveau comme sa langue aurait pu agacer une dent douloureuse. Est-ce pour ça que je n'arrive pas à m'endormir ? Parce que quelqu'un a vidé un chargeur sur le lit de cette chambre la nuit dernière ?

Non. Ça ne colle pas. D'abord, ce n'est pas mon problème, ensuite, nous sommes protégés par la police, et d'ailleurs, la fusillade n'a donné aucun résultat. Donc, non.

Boy Cartwright, alors ? Deuxième article de la liste. Je suis maintenant en position d'infériorité vis-à-vis de Boy Cartwright, ma mission (obtenir une interview de John Michael Mercer) ayant été remplacée par la sienne (obtenir des photos du mariage). Est-ce pour *ça* que je ne peux pas dormir ?

Certainement pas. Même dans ses pires moments, Boy Cartwright ne saurait me garder éveillé une seconde si j'avais l'intention de dormir. Donc, non.

Le mariage, alors. Toute cette histoire de John Michael Mercer, son mariage, Martha's Vineyard et cette carte abattue au dernier moment, Lady Beatrice Romneysholme. Oui ?

Non. Le travail ne m'empêche jamais de dormir. Non.

Sara murmura doucement quelque chose dans son sommeil, soupira, changea de position en mettant sa main tiède sur la poitrine de Jack, lui chatouillant délicieusement le menton avec ses cheveux.

Sara ?

Oui.

Jack examina l'idée, la trouva surprenante, décourageante même, et finit par admettre qu'il la trouvait également plausible. La raison de son insomnie était qu'il s'inquiétait pour Sara.

Non parce que l'on pouvait lui tirer dessus. Sa préoccupation était beaucoup plus bête que ça, bien plus ridicule, trop absurde pour être regardée en face. C'est pourquoi il avait été incapable de la considérer franchement, de la régler, de l'ignorer et de s'endormir ensuite.

Il redoutait que Sara ne fût en train de devenir une trop bonne journaliste.

Cela avait probablement commencé dès le début, ou du moins avec l'épisode des jumeaux centenaires, mais cela n'était apparu avec évidence qu'ici, à Martha's Vineyard, quand la réaction de Sara aux obstacles avait été de s'endurcir de plus en plus, de devenir de plus en plus forte, de plus en plus impitoyable et déterminée. En la voyant aujourd'hui avec Ida, Jack avait vu comme les deux femmes se complétaient, comment Sara était en train de *devenir* Ida, et quelque chose de terrible s'était produit à l'intérieur de son cerveau, quelque chose d'affreux, dont il avait cru qu'il serait toujours préservé, dont il ne serait plus jamais la proie :

L'ambiguïté.

Si Sara progresse dans son métier, si elle devient de plus en plus utile, il n'y a qu'une réaction possible, pas vrai ? S'en réjouir. La satisfaction d'assister à l'épanouissement d'un autre membre puissant de l'équipe. Alors, nom d'un chien, pourquoi cette ambiguïté, ces doutes, cette insomnie morbide ?

Ce qu'il lui avait fallu d'efforts pour se libérer de toute émotion superflue, plusieurs années auparavant, Jack voulait surtout ne plus y penser. À la fac et au-delà, il avait été un garçon romantique, refusant les compromis, dégoulinant de sympathie et d'altruisme, aussi naïf qu'un agent de la C.I.A. devant un marchand de tapis, et puis il s'était endurci, blindé, dans des circonstances trop pénibles pour être rangées dans la banque de données de sa mémoire, et depuis lors, il s'en sortait.

C'est à la suite d'une décision mûrement réfléchie que quatre ans plus tôt, il s'était isolé de la race humaine, se moquant de tout, se suffisant à lui-même. Il avait de plein gré choisi un environnement où les liens affectifs de toute nature, grands ou petits, étaient littéralement impossibles. Il n'était pas concevable de s'attacher à ses collègues de *Galaxy*, par exemple. On pouvait éprouver une pitié amusée pour Binx Radwell, mais sans plus de compassion que s'il était un chiot avec une écharde dans la patte ; on pouvait se servir d'Ida Gavin et se laver les mains ensuite ; et l'on pouvait être reconnaissant à Boy Cartwright d'incarner si parfaitement l'environnement.

De même qu'on ne pouvait s'impliquer affectivement dans ce job. Pas ce job-là. Personne ne pouvait s'attacher aux misérables célébrités transitoires aux dépens desquelles ils menaient tous leur existence de parasites. Même l'État de Floride y mettait du sien. Tout individu capable de chanter les louanges de cette poubelle torride méritait l'asile psychiatrique.

Ayant tellement brûlé la chandelle par les deux bouts qu'il n'éprouvait même plus la satisfaction romantique de faire partie de ceux qui ont brûlé la chandelle par les deux bouts, trouvant refuge à *Galaxy-Hebdo* auprès de gens tels qu'Ida Gavin et Boy Cartwright, Jack Ingersoll s'était retiré en Floride pour lécher ses plaies et ne plus jamais rien prendre à cœur. Pas même des biens matériels. Non seulement son mode de vie spartiate lui permettait d'investir davantage d'argent dans des placements de père de famille, dans la perspective inévitable d'une mise à la retraite involontaire, mais il lui évitait de s'*attacher* aux choses (comme c'était le cas pour Binx le chiot). Celui qui ne possède rien n'a rien à perdre. Et celui qui n'a rien à perdre a déjà gagné la partie.

Ce n'est pas comme Sara. Je ne veux pas m'attacher à elle, se dit-il. Je veux me réjouir de la voir réussir de mieux en mieux dans son travail. Je veux me réjouir d'avoir un deuxième chien enragé dans mon équipe, presque aussi bonne qu'Ida pour l'instant, et probablement meilleure à long terme. Je veux sourire à l'idée qu'elle m'a menti, *au lit*, au sujet des jumeaux centenaires, et que je n'ai aucun moyen de le prouver. Je ne peux pas me sauvegarder parce que je ne le veux pas, et par conséquent je ne peux pas sauvegarder Sara, aussi devrais-je simplement me satisfaire de sa transformation.

Et qu'entends-je par *sauvegarder*, d'ailleurs ? Cela a une résonance diablement mélo, non ? Pardon, mon vieux, je n'avais pas fait attention à ton auréole quand tu es entré.

Ainsi Jack essayait-il, avec un mépris sardonique, de s'autoflageller pour réintégrer son enveloppe. Allongé dans son lit, éveillé, la tête chaude de Sara posée sur sa poitrine. Mais il n'y parvint pas.

8

Sinistre dimanche. À l'orée du jour prévu pour le mariage Mercer-Nelson, le ciel était clair et ensoleillé, avec une légère brise soufflant au large, et l'on s'attendait à ce que la température, qui avoisinait les 35°, atteigne 40° à l'heure nuptiale, soit treize heures. Au centre de commandement de *Galaxy-Hebdo* à Oak Bluffs, où s'entassaient Jack Ingersoll et son équipe au complet, plus Boy Cartwright, la racaille et la lie de son groupe, plus un assortiment de pigistes extérieurs, de photographes et de secrétaires, la déprime était aussi palpable qu'une mauvaise odeur.

Ce qui n'empêchait pas la pièce d'avoir son lot de vraies mauvaises odeurs, bien entendu, dont tout le monde était trop cafardeux pour se plaindre, certaines émanant de la vermine de Cartwright mais l'essentiel provenant du trio des Aborigènes, enfin rescapés de leur retranchement du Golf (où Phyllis Perkinson, qui représentait *Tendances*, avait fait partie des heureux arrosés). Que la presse du monde entier fût présente sur les lieux n'avait plus aucune importance. *Tendances* ou *Newsweek* ne seraient pas mieux traités par Lady Beatrice que le *Galaxy*. (C'est en fait une équipe du *New York Post*, tentant d'aborder à l'aviron la plage privée de Lady Beatrice, qui avait été rejetée à la mer, les jambes et le postérieur criblés de petit plomb par les tireurs d'élite, chenus mais intraitables, de sa maisonnée, mettant par là même fin aux éventuels projets de Jack de recourir au même procédé.)

Et voici que l'ultime clou avait été enfoncé dans le cercueil de leurs espoirs avec l'arrivée d'Ida, porteuse des dernières mauvaises nouvelles.

« J'ai découvert qui allait prendre les photos du mariage », annonça-t-elle à Jack.

Boy, tout proche, leva la tête et regarda timidement son profil d'airain. « C'est à moi qu'il faut parler dans ce cas, ma chère. »

Ida fit comme si de rien n'était, continuant à fixer Jack, qui demanda : « Y aurait-il moyen de soudoyer le photographe ?

– J'en doute, répondit Ida. Il se trouve que Lady Beatrice a acquis une certaine renommée dans la photographie d'amateur. »

Jack se prit le front à deux mains.

« Qu'ai-je fait pour mériter ça ?

– Pas toi, corrigea Ida. Boy.

– Merci, ma chère », dit Boy.

S'adressant toujours à Jack et à personne d'autre, Ida pérora, singeant le ton d'une bourgeoise huppée : « Ses photos de fleurs ont paru dans les *meilleurs* magazines.

– Alors, je ne risque pas de les avoir vues », dit Jack.

Bob Sangster, farfouillant dans son gros pif qui s'était nettement empourpré ces derniers jours, et encore élargi si c'était possible, eut un sourire triste : « L'heure est venue pour Ida de nous bricoler un autre incendie. »

Ida lui lança un regard noir.

« Je n'ai pas *bricolé* le premier.

– C'était une façon de parler, ma jolie », dit Bob, allant se retirer à une autre table, mais en restant à portée de voix.

Sara, l'air intrigué, désireuse d'en savoir plus, demanda : « Quel incendie ?

– Rien du tout, lui dit Ida. C'est sans importance.

– À dire vrai, intervint Jack, c'est ce que j'ai vu de plus rapide, en termes de cogitation, et ce n'est pas peu dire.

– Je veux bien le croire, dit Sara. Raconte-moi.

– Ce qui est en train de se passer en ce moment, voilà à quoi nous devrions réfléchir, dit Ida.

– Ida, dit Jack, ce qui se passe en ce moment, c'est l'échec et la défaite. Pour ma part, je préférerais largement réfléchir à un triomphe de l'an dernier qu'à la déroute d'aujourd'hui. » Se tournant vers Sara, il expliqua : « C'était un corps dans la boîte de l'an dernier, George Hamler, je crois, quelqu'un de célèbre qui... »

Sara, fronçant les sourcils dans sa stupeur, demanda : « Un corps dans la boîte ?

– C'est ça, tu n'en as pas encore rencontré, n'est-ce pas ? Il s'agit de...

– Allez, raconte-lui pour l'incendie, mec, intervint Harry Razza. C'est une fille intelligente, ça lui donnera peut-être une idée.

– D'accord, admit Jack. Nous étions dans une situation comparable à celle-ci. Nous ne pouvions pas entrer, malgré toutes nos tentatives, et nous ne pouvions tout simplement pas prendre cette photo, or il nous la *fallait*. Nous étions tous dehors avec notre camion de déménagement Mayflower qui nous servait de Q.G. en bas de la rue, quand brusquement, un incendie a éclaté dans la maison. Nous avons à peine eu le temps d'entendre les sirènes et de voir la fumée qu'Ida était devant nous, un équipement de pompier à la main. Je l'ai enfilé, j'ai pris l'appareil photo et je suis entré dans la maison en même temps que les premiers pompiers qui se précipitaient, j'ai pris ma photo, et déjà les flics arrivaient...

– Et déjà, précisa Harry Razza, les flics contrôlaient l'identité des *pompiers*, ils soupçonnaient déjà un coup monté.

– Nous n'avons pu le faire que grâce à la rapidité d'Ida, dit Jack. Elle a entendu cette sirène, elle a vu la fumée, et hop, elle était là, parée pour l'action.

– Et finalement, quand la vieille dame est morte, nous n'avons pas pu utiliser la photo. La vie est ainsi », dit Harry Razza.

Sara était complètement dépassée.

« La vieille dame est morte ? C'est ça, le corps dans la boîte ?

– Non, non, dit Harry, sa *mère*. Elle est morte dans l'incendie. »

D'une table voisine, Louis B. Urbiton leva sa tête de sanglier couverte de cicatrices gagnées au combat.

« Belle-mère, corrigea-t-il, et replongea aussitôt.

– Parfaitement juste, dit Harry. C'était sa belle-mère.

– Je suppose que la foudre ne va pas frapper cette maison, dit Don Grove. Ni rien de sympa dans ce genre-là.

– Eh bien, suggéra lentement Sara, que diriez-vous d'un naufrage ? Un bateau rejeté sur la plage.

– Non, répondit Jack. Lady B. n'a rien d'un saint-bernard.

– Même s'il y a des gens en train de se noyer ? insista Sara.

– Lady B. ferait braquer la lance d'arrosage sur eux.

– Autre chose, alors », dit Sara, absorbée dans sa réflexion. Jack la regardait, essayant de ne pas se laisser affecter mais au contraire, d'être fier de ce petit prodige.

« Un accident d'avion ? pensa-t-elle à voix haute, puis elle secoua la tête. Une quarantaine, peut-être ? Une épouvantable maladie infectieuse, tous les gens assignés à résidence jusqu'à ce que les services sanitaires les aient vaccinés ?

– Les autorités médicales prises de court, suggéra Jack. Mais Lady B. ferait les piqûres elle-même.

– Il *doit* y avoir un... » commença Sara, quand Boy l'interrompit : « Est-ce donc une lumière qui clignote sous mes yeux ? »

C'était le voyant du téléphone du bureau de Boy. Tous le regardèrent décrocher avec une assurance tranquille. Soudain, il se redressa sur sa chaise et même la chair molle de ses joues cireuses parut se figer. « Oui, M. DeMassi ! » lança-t-il, et tous se figèrent.

« Oui, M. DeMassi. »

« Non, M. DeMassi, je crains que non. »

« Eh, bien, M. DeMassi, ils acceptent notre argent. Nous avons, je le crains, enrichi plusieurs domestiques de Lady Beatrice. Cependant, après avoir pris notre argent, ils refusent d'honorer leur part du marché que nous avons conclu. Pire, ils nous chassent dehors avec des chiens et des fusils. »

« Absolument, M. DeMassi, c'est un comportement immoral et dépourvu d'éthique, mais... »

« Non, monsieur, les autorités d'ici ne sont absolument d'aucun secours. »

« Eh, bien, monsieur, je viens juste de découvrir qui va faire les photos de l'album officiel... »

Les yeux d'Ida lui lancèrent des poignards.

« ... et je crains qu'il n'y ait pas là de quoi se remonter le moral. Lady Beatrice en personne va... »

« Je le crains, monsieur. Oui, absolument. »

Les yeux de Boy s'arrondirent comme des soucoupes. Il se redressa, plus raide que jamais sur sa chaise. Chacun put observer que les jointures de la main bouffie qui tenait l'écouteur contre son oreille lépreuse s'étaient mises à blanchir. « Oui, monsieur ! cria-t-il. Oui, monsieur, nous le ferons ! Absolument, M. DeMassi. Merci, monsieur ! »

Boy raccrocha. Des billes de transpiration graisseuse stagnaient sur la chair de poisson bouilli de son front. Il dévisagea tous ces gens qui le dévisageaient. « Eh, bien, dit-il l'air hagard.

– Eh, bien ? demanda Jack. Qu'a-t-il dit ?

– Il a dit (Boy s'éclaircit la gorge, un sourire nerveux traversa spasmodiquement son visage), Massa a dit – M. DeMassi a dit – il a dit : “ *Prenez le mariage d'assaut* ! ” »

9

« Le jour de son mariage, déclara Lady Beatrice avec fermeté, la fiancée ne doit pas voir son promis jusqu'au moment de la cérémonie. »

John Michael Mercer accepta cet oukase avec humilité. « J'avais laissé ma cravate à l'intérieur, c'est tout, dit-il.

– Un domestique ira la chercher pour vous. » Lady Beatrice tapota le bras de Mercer pour l'éloigner de la porte de la chambre où – Lady Beatrice n'était pas naïve à ce point – la fiancée et son promis avaient passé la nuit prénuptiale. Ils repartirent ensemble par le couloir inondé de soleil et elle lui dit : « J'imagine que vous êtes nerveux.

– Oui, c'est vrai, admit Mercer, que cette idée parut surprendre. Jusqu'ici, il n'y a pas grand-chose qui m'ait effrayé dans la vie, Lady Beatrice, et je ne dis pas ça pour me vanter. C'est simplement la vérité. Je dois avoir une capacité d'imagination limitée, ou quelque chose. Mais *ça*. Ça, c'est différent. »

Ils atteignirent l'extrémité du couloir où une large fenêtre donnait sur la pelouse sud et la mer. Une vaste tente à rayures vertes et blanches étincelait sous leurs yeux, remplie de chaises blanches et de tables rondes de même couleur, sur un sol de pelouse artificielle destiné à protéger la vraie. Des étendards vert et blanc flottaient, portés par la brise marine, au sommet de la tente et des piliers qui flanquaient les quatre entrées. De longues tables dessinant un L prolongeaient deux angles de la tente, donnant l'impression d'être protégé sans pour autant suggérer la claustration. Des nappes de fil blanc étaient tendues sur les tables, leurs pans ondulant sous la brise, et en cet instant précis, le personnel de Lady Beatrice s'affairait à disposer dessus des assiettes, des tasses, des verres et de l'argenterie. Le buffet attendait dans les camions de Cadet Traiteur garés au bord de la route, et le moment venu, la domesticité de Lady Beatrice acheminerait le tout jusqu'à la réception, franchissant la grille et remontant l'allée gravillonnée, pour éviter que le personnel étranger ne mette les pieds dans la propriété. (Fort irritant pour les trois serveurs de Cadet Traiteur qui avaient été subornés par *Galaxy-Hebdo.*)

Les premiers invités venaient d'arriver, surpris et ravis, les hommes en veste légère, les femmes portant des tenues fort excentriques pour certaines, tous vaporeux, aériens, flirtant avec le vent. De vieilles connaissances se hélaient joyeusement d'une pelouse à l'autre et leurs voix retentissaient comme des chants d'oiseaux dans l'air cristallin. Aujourd'hui, ceux d'entre eux qui étaient des gens ordinaires – famille des mariés, vieux copains d'école – paraissaient aussi rayonnants, beaux, heureux et éternellement jeunes que les vedettes du show-business.

Quelques invités étaient arrivés par la mer. Leurs bateaux ancrés devant le rivage en une joyeuse petite flotte bavarde oscillaient de bonne compagnie, leurs drapeaux claquant au vent, leurs cuivres fourbis pour l'occasion, tandis que leurs annexes fraîchement repeintes ayant accompagné lesdits invités à terre, attendaient maintenant alignées sur la plage au pied de la falaise, pareilles à un Monet jusqu'ici inconnu.

La scène qui se déroulait à leurs pieds semblait issue d'un roman médiéval et Lady Beatrice l'approuva d'un hochement de tête satisfait.

« C'est en effet différent, reconnut-elle. Se marier ne ressemble à rien de ce que vous ferez jamais.

– Je le crois aussi.

– Mais savez-vous pourquoi ? demanda Lady Beatrice en posant la main sur le bras de Mercer. C'est parce que, pour la première fois de votre vie, vous prenez quelqu'un au sérieux. » Levant les yeux vers lui, elle surprit le sourire chargé de réminiscences qui éclaira fugitivement son visage. « Vous pensez à toutes les autres, n'est-ce pas ? »

Il prit l'air coupable et embarrassé, tout en étant assez content de lui.

« Effectivement.

– *Pensez* à elles, lui conseilla Lady Beatrice, et rappelez-vous qu'avec elles, vous avez agi comme si vous n'étiez qu'un jouet.

– Vraiment ? » Il y réfléchit. Cela ne lui faisait pas très plaisir, mais il l'accepta. « C'est peut-être vrai. Peut-être.

– Aujourd'hui, vous devenez un homme pour de bon. »

Il rit.

« C'est mon premier mariage, vous savez. Pour Felicia aussi.

– Oh, je m'en suis bien rendu compte. » Lady Beatrice pointa un index osseux et parcheminé vers lui. « Et ce sera le dernier.

– Nous ferons tout pour ça, j'en suis sûr. » Il contempla la belle journée, la tente, les invités, la mer, les minuscules nuages blancs épars dans le ciel.

« Une chose est certaine, en tout cas, c'est que nous démarrons dans des conditions formidables. »

Sur la terre sèche de la cour du centre d'équitation Rudy, près de Tisbury à l'intérieur de l'île, Sara et Jack, côte à côte, regardaient Don Grove évoluer sur un grand cheval noir. L'animal piqua un petit canter, égayé par l'activité et le beau temps, et Don rebondit furieusement sur son dos en dodelinant dangereusement de la tête. « Je crois, cria-t-il en se cramponnant à la selle, aux rênes, à la crinière et à ses propres genoux, je crois que celui-ci est cassé !

– Il a peut-être un pneu à plat », suggéra Jack.

Tout autour, d'autres Galaxiens chevauchaient avec plus ou moins de réussite. Bob Sangster, sourire aux lèvres, parfaitement à l'aise sur son rouan costaud, ressemblait de façon étonnante à un voleur de train postal, alors que Chauncey Chapperell, dont les chevilles se croisaient quasiment sous le ventre du modeste cheval gris qui lui avait été affecté, avait de plus en plus l'air d'un extraterrestre débarqué d'une galaxie lointaine.

En tout, seize employés et pigistes avaient été enrégimentés dans les Dragons de *Galaxy*. Bardés d'appareils photo, portant des vêtements épais censés amortir les chutes, les coups et le petit plomb, dirigeant leurs montures avec plus ou moins de grâce, ils ressemblaient surtout aux survivants d'une expédition punitive qui, ayant mal tourné, rebrousserait chemin par le défilé de Khaibar. Mais lorsque, fort à l'aise sur une petite jument vive à robe pie, Sara arriva au galop près de Jack, imperturbable sur un gros hongre alezan, elle s'écria, les yeux brillants d'excitation : « Regarde-les ! Notre cavalerie !

– Je les vois. »

Sara décida d'ignorer son manque d'enthousiasme. « Ils ne nous échapperont pas, cette fois ! cria-t-elle en levant le bras dans un grand geste de ralliement.

– Non, ils ne nous échapperont pas. »

L'assaut de *Galaxy* devait être porté en trois points, par terre, par mer et par air. Pendant que ceux qui se prévalaient d'un minimum de talents équestres formaient un détachement chez Rudy, un groupe mené par Boy Cartwright réunissait Louis B. Urbiton, Henry Razza et les quelques Galaxiens susceptibles de faire à peu près bonne figure en tenue de cérémonie (ou ceux que l'on ne pouvait raisonnablement pas mettre sur un cheval). Habillés sur leur trente et un, ils avaient été transportés à bord du *Princess Pat*, qui mouillait maintenant au port de Vineyard Haven. Lorsque l'heure de la cérémonie nuptiale serait suffisamment proche, le *Princess Pat* longerait la côte, dépassant West Chop, Lake Tashmoo, Makonikey Head et Lambert's Cove, pour se faufiler le plus discrètement possible parmi les bateaux déjà ancrés au pied du château de Lady Beatrice. Si le plan marchait, les non-invités descendraient à terre, se mélangeraient aux vrais invités et prendraient des photos avec les appareils miniatures cachés sur leur personne.

Simultanément, à l'aéroport, Ida Gavin montait à bord d'un hélicoptère avec sa troupe de photographes augmentée de plusieurs indépendants empruntés pour l'occasion à d'autres organes de presse qui avaient des représentants sur l'île. C'était un grand appareil capable d'accueillir de nombreux passagers, avec des portes latérales coulissantes, si bien qu'une demi-douzaine de photographes pourraient opérer de chaque côté à condition que les uns se couchent par terre, d'autres s'agenouillent derrière eux et les derniers se penchent sur les côtés de l'ouverture.

Par terre, par mer et par air. D'une manière ou d'une autre, Massa aurait son album de photos de mariage.

10

Le mariage débuta magnifiquement. Le révérend Alfred Wimms Hookey, un peu dépassé par le changement de décor et secrètement chatouillé par un rien de culpabilité pour avoir accepté de parler à ces journalistes, se montra néanmoins le représentant fort convaincant des autorités locales et transcendantes dont les prières et l'approbation étaient au cœur de la cérémonie. La mariée était tellement belle, éthérée, radieuse et quasiment diaphane que l'on cherchait ses ailes du regard, tandis que le marié était devenu en cette journée un aimable géant, courtois mais fort. Les invités, le temps, le décor, tout contribuait à rehausser la cérémonie, et Lady Beatrice, vêtue de dentelle lavande, évoluait au milieu de tout cela comme la grand-mère de Tinkerbell, prenant photo sur photo le plus discrètement du monde.

Le *Princess Pat* se glissa parmi les yachts au mouillage. Des gens fort convenablement vêtus mais avec un je-ne-sais-quoi de négligé dans leur allure générale quittèrent le bord de manière à rester hors de vue des invités sur la falaise et s'entassèrent dans les deux annexes à moteur du yacht.

Le regard de Jakes, qui, assisté de deux collègues, montait la garde près de la grille, dépassa les camions et le personnel du traiteur et se posa plus loin sur la route. « On dirait qu'il y a des cavaliers qui se rapprochent. »

« Mes chers amis », commença le révérend Albert Wimms Hookey, mais la suite de son allocution se perdit progressivement dans un bourdonnement surgissant à l'est, qui devint bientôt un grondement et se révéla émaner, lorsque futurs époux, prêtre et invités également stupéfaits levèrent les yeux vers le ciel, d'un énorme hélicoptère noir sur les flancs duquel se dessinaient quantité de visages.

« Poursuivez, intima Lady Beatrice au révérend en agitant son appareil photo dans sa direction. Allez, allez ! Dites ce que vous avez à dire, ne perdez pas de temps ! » Et tandis que le révérend Hookey, interloqué, secouait la tête et tentait de recouvrer son équilibre et sa place dans la cérémonie, Lady Beatrice appela un des serveurs affairés près des tables, dans le fond : « Benson ! Faites cesser cette chose !

– M'ame ! » répliqua Benson avec une sorte de salut, s'élançant aussitôt vers le château.

Sur l'eau, les membres de l'équipage d'un des yachts qui avaient décidé de rester à bord et de profiter de la cérémonie pour effectuer quelques réparations nécessaires, levèrent les yeux et virent les deux annexes surgir de derrière la proue du *Princess Pat* pour prendre la direction du rivage. « Merde, qu'est-ce que c'est que ça ? » demanda l'un d'eux, à quoi un autre répondit : « Des journalistes ! »

Don Grove, qui était tombé à deux reprises de sa monture au début de l'équipée et avait décidé de rattraper ces bévues lorsqu'il aurait compris comment se maintenir sur le dos de la bête poilue, fut le premier Galaxien à franchir la grille au galop, et par conséquent le premier à faire connaissance avec la corde tendue une seconde plus tôt par Jakes et ses compères à hauteur d'un torse de cavalier. Tandis que Don, isolé dans les hauteurs, effectuait une série de figures intéressantes mais objectivement impossibles dans les airs, sa monture continua de galoper sans lui vers le théâtre de la cérémonie.

En s'efforçant d'échapper au triste sort de Don, Bob Sangster ne réussit qu'à semer la confusion dans l'esprit de son cheval, qui s'arrêta net et fit demi-tour sur place pour rentrer à l'écurie, tandis que Bob lui passait par-dessus la tête et franchissait seul la grille, survolant deux ou trois mètres de la propriété de Lady Beatrice avant d'en fouler le sol. Ou plus exactement, de s'y écraser le nez.

Contraint de hurler pour couvrir le vrombissement de l'hélicoptère qui planait maintenant juste au-dessus de la noce, produisant un vent des plus inconfortables pour les invités, le révérend Hookey s'efforçait de son mieux de leur expliquer la raison de leur présence en ce lieu.

« Par-dessus le mur ! » cria Jack aux survivants de sa cavalerie. Emporté par le feu de l'action, oubliant ses doutes récents, libéré de la maudite ambiguïté qui s'était emparée de lui peu avant, il éperonna son hongre et sauta un obstacle pour la première fois de sa vie, découvrant par la même occasion ce pourquoi l'exercice est généralement considéré comme difficile. Tandis que le hongre remontait la pente en trottant sans lui, Jack déboula jusqu'aux pieds bottés de Jakes, qui baissa vers lui un regard dépourvu d'aménité.

Le vent soufflé par les pales de l'hélico emporta les chapeaux des dames, mit les piquets des tentes à rude épreuve, envoya valser les étendards et souleva d'une des tables sa nappe de fil blanc et son chargement de porcelaine, tandis que le bruit du moteur incitait les invités à se recroqueviller et se plier en deux comme si un chat-à-neuf-queues géant s'était abattu sur eux. Des larmes surgirent des yeux de Felicia au moment où la bourrasque arrachait son voile mais Mercer la prit dans ses bras et le révérend Hookey continua à hurler son texte.

Les annexes du *Princess Pat* se trouvèrent soudainement encerclées par une flottille de bateaux. De rapides canots à moteur leur foncèrent dessus en s'écartant au dernier moment, provoquant d'immenses vagues qui manquèrent les envoyer par le fond. Des bateaux plus impressionnants passèrent à l'attaque, les forçant à s'éloigner du rivage. « Arrière ! » crièrent les membres de l'équipage du *Princess Pat* qui gouvernaient les annexes. « Mettez en panne ! » crièrent-ils aussi, et autres termes nautiques qui ne produisirent pas davantage d'effet. Les annexes commencèrent à prendre eau. Les Galaxiens se retrouvèrent les pieds trempés.

Privée de montures, la cavalerie de Jack déguerpit devant Jakes et ses compères qui brandissaient des gourdins et redoubla de vitesse devant les canines féroces de leurs chiens. Jack et Sara, qui étaient dans l'enceinte de la propriété mais à pied, remontèrent en vitesse la pente qui s'élevait derrière le pavillon de garde, sans toutefois prendre la direction du château où trop de défenseurs étaient postés mais en empruntant une tangente qui allait les mener au-delà des arbres ornementaux, jusqu'à une clairière dominant la maison d'où ils auraient une vue plongeante sur la noce.

Benson braqua un fusil de chasse par une des fenêtres du grenier, fit feu à deux reprises, et transforma le pare-brise de l'hélico en rideau de douche de plastique opaque. Le pilote sursauta, se pencha pour voir ce qui avait provoqué cette soudaine averse de morceaux de verre, entr'aperçut Benson qui rechargeait son arme vite fait et cria : « Ah, non ! Plus de guerres pour moi ! ». Il empoigna le manche et l'hélico monta en flèche, loin de la scène, provoquant force cris stridents chez ses passagers.

Une annexe réussit à rallier le *Princess Pat*. L'autre fit naufrage par deux mètres dix de fond. Ceux qui regagnèrent la base à la nage ne furent pas autrement inquiétés tandis que d'autres qui prétendaient atteindre le rivage furent repêchés, méchamment corrigés et rejetés à la mer à proximité de leur yacht.

Ida hurla au pilote de retourner au mariage mais il refusa carrément. Pilotant la tête hors du cockpit, contre le vent, il longea la côte jusqu'au moment où il repéra une plage vide et suffisamment plate. Ayant posé l'appareil, il ordonna à tout le monde de descendre.

« Vous serez obligé de me sortir de force, alors », dit Ida avec un regard intraitable. Il envisagea l'idée, haussa les épaules, répliqua : « Pilotez-le vous-même, dans ce cas ». Il sauta à terre et s'éloigna en s'enfonçant dans le sable tandis que plusieurs appareils enregistraient la scène, clic, clic, clic.

« Il faut que nous passions ! » s'exclama Sara, complètement gagnée par sa cause. Haletante, poussée par l'énergie du désespoir, elle continua de gravir la pente avec Jack qui peinait dans son sillage et dépassa les arbres ornementaux, mais chaque fois qu'ils approchaient de la scène du mariage, ils étaient détournés par la domesticité menaçante qui s'approchait armée de fusils de chasse et de bâtons impressionnants.

« Oui ! » lança John Michael Mercer d'une voix de stentor qui retentit clairement, le vrombissement s'étant tu dans le ciel.

Sur le flanc de la pente qui montait de la maison, Sara glissa et faillit tomber, mais Jack la rattrapa par la taille. La tenant toujours enlacée, il contempla le mariage à leurs pieds et dit : « Regarde. »

L'attaque aérienne avait été détournée. Les envahisseurs venus en yacht avaient été rejetés à la mer. La cavalerie avait été démontée, couverte de boue, bastonnée et mordue. Les montures débarrassées de leurs cavaliers paissaient maintenant en toute tranquillité de-ci, de-là, ajoutant au charme bucolique du spectacle, alors que les cavaliers, à pied, essayaient de rejoindre North Road à travers champs.

« Oui ! » dit Felicia Mercer, née Nelson, souriant à travers ses larmes.

« Je les vois ! » gronda Sara, grinçant des dents, en réponse à l'injonction de Jack, à la vue du couple debout, main dans la main, devant le prêtre. La mariée était complètement décoiffée, son voile et sa traîne avaient été déchiquetés, ses demoiselles d'honneur étaient entassées en désordre comme un tas de vieux bouquets flétris, les invités semblaient hébétés, comme s'ils avaient été passés à la moulinette, les tables du buffet étaient retournées et la tente gîtait, de la boue suintait par les plaies béantes du gazon artificiel. Les yeux de Sara brillaient encore du feu de la bataille, sa poitrine se soulevait sous le coup de l'émotion : « Ils nous ont battus, les salauds ! » s'exclama-t-elle.

John Michael Mercer embrassa la mariée. Leurs invités les ovationnèrent.

Jack sentit le corps tendu de Sara frémir dans le creux de son bras. « Les salauds, gronda-t-elle. Les salauds, les salauds. »

11

Oh, le soleil doit briller ardemment, quelque part dans cette contrée bénie des dieux. Quelque part, il y a des cœurs légers et un orchestre qui joue. Et quelque part, des hommes rient tandis que de petits enfants crient. Mais il n'y a aucune joie au centre de commandement d'Oak Bluffs en ce lundi matin : le *Galaxy-Hebdo* a lamentablement échoué.

Boy, qui, l'après-midi de la veille, avait encaissé deux raclées monumentales des membres baraqués, joyeux, sains et vigoureux de l'équipage du *Big Daddy*, la première pour avoir tenté de gagner la rive à la nage après le naufrage de son canot, la deuxième pour avoir protesté contre ce mauvais traitement avec un accent britannique, était assis devant sa table, morose, silencieux et plus bouffi que jamais, tandis que ses lieutenants et l'équipe démoralisée de Jack ne cessaient d'apporter des brassées de mauvaises nouvelles supplémentaires. On avait découvert le lien existant entre l'hélicoptère et le *Galaxy*, et il y avait du procès dans l'air. Une ancienne standardiste du Katama Bay Country Club était allée se plaindre à la police d'une tentative de chantage et d'intimidation de la part d'un employé de *Galaxy*, affirmation malencontreusement appuyée par la bande que la petite salope avait enregistrée en douce.

Pire, dans la confusion et la débandade de la veille, ils avaient perdu les jeunes mariés qui avaient apparemment été escamotés à bord d'un de ces foutus bateaux ancrés devant la plage. Ils pouvaient être n'importe où dans le monde, et personne n'en savait davantage.

Le *Galaxy* n'avait rien. Le *Galaxy* n'était pas capable de produire un mot, une image, une déduction concernant le mariage de John Michael Mercer que les lecteurs n'auraient trouvé aussi aisément dans *Time* ou *People*, ou pire, ce fichu *New York Times* !

Dans la déprime générale de la veille au soir, Jack avait porté un deuil solitaire, pleurant une tragédie différente de celle qui affectait son entourage. Il ne s'agissait pas de la perte de l'innocence de Sara en tant que telle, qui pourtant le rendait mélancolique ; il s'agissait de l'effondrement de sa propre dépravation. Avec quelle *pureté* la fureur de Sara avait brûlé lorsqu'elle avait contemplé la noce décoiffée, en lambeaux, à ses pieds, alors que lui-même cédait si mollement à la honte et au regret. Qu'est-ce que John Michael Mercer avait à faire de Jack Ingersoll, hein ? Hein ? Voilà ce que tu dois garder à l'esprit, si tu peux.

Il ne peut pas. Il ne pourrait pas. Que le mariage de Mercer fût en soi sans importance, trivial, ne le dérangeait pas. Mais qu'il pût encore y avoir dans cette vie, sur cette terre, des choses qui comptaient vraiment, qui avaient réellement de l'importance, voilà qui le perturbait profondément. Suis-je perdu pour ce job ? se demanda-t-il. Et si la réponse était oui, il se trouvait dans de sales draps parce qu'il était déjà perdu pour tout le reste.

Hier, tard dans la nuit, passablement éméché, il avait essayé d'aborder le sujet avec Sara, mais comme il suffisait d'évoquer le mariage Mercer pour la mettre dans une colère noire, elle n'avait Dieu merci pas entendu ce que Jack voulait lui confier. Elle était déjà partie quand il s'était extrait du lit en fin de matinée, avec sa gueule de bois et ses remords, et il ne l'avait pas encore vue de la journée, mais il était quasiment sûr qu'elle n'avait pas soupçonné, la nuit précédente, les autres raisons de sa déprime.

Le voyant du téléphone de Boy clignota sur sa table. Il le regarda comme si c'était de la ciguë. La lumière réapparut. Tous ceux qui étaient présents dans la pièce la regardèrent à leur tour comme si c'était le verre de lait d'Alfred Hitchcock. Elle clignota de nouveau. Un soupir collectif s'éleva, semblable au bruit des âmes de défunts qui n'ont pas reçu l'absolution et qui s'éloignent dans les branches supérieures des arbres avant le lever du soleil. Boy décrocha et dit avec une modestie inhabituelle :

« Boy Cartwright à l'appareil. Oui, M. DeMassi. »

Autre soupir collectif.

« Non, M. DeMassi, je crains que nous... »

« Nous avons essayé, M. DeMassi, mais... »

« Oui, monsieur. Nous avons aussi essayé ça. Et un hélicoptère... »

La voix de Sara, forte et confiante, attira l'attention de tous.

« Attendez une minute. »

Jack la regarda, éberlué. Tous la regardèrent, bouche bée. Elle franchit le seuil de l'entrée, la tête haute, le regard clair, la démarche assurée. Et demanda à Boy : « C'est M. DeMassi ? »

Trop déconcerté pour réagir autrement, Boy acquiesça d'un hochement de tête. Certains le lui confirmèrent à voix basse et essayèrent de la faire taire, mais elle avança sans les écouter. « Je veux lui parler », dit-elle en continuant d'avancer, laissant tomber au passage une grosse enveloppe sur la table de Jack. Une enveloppe blanche avec des découpes bleues et orange.

Boy la dévisagea, n'en croyant pas ses yeux. Les reporters ne s'adressaient jamais directement à Massa, ils attendaient qu'il leur adresse la parole. Les reporters n'interrompaient jamais une conversation entre Massa et les rédacteurs en chef. Les reporters ne signalaient jamais leur présence lorsque Massa avait une conversation avec un rédacteur en chef autre que le leur. Sara violait là une telle quantité de règles qu'il ne réagit même pas lorsqu'elle arracha le récepteur de sa main inerte.

« M. DeMassi ? M. DeMassi, je suis Sara Joslyn, une des journalistes de l'équipe de Jack Ingersoll. »

Jack passa une main sur son front brûlant.

« Oui, monsieur, c'est ce que je voulais vous annoncer. Je viens de remettre à l'instant même l'album officiel des photos du mariage de John Michael Mercer à mon rédacteur en chef, Jack Ingersoll. »

Jack regarda l'enveloppe avec des yeux écarquillés et arracha le rabat.

« Oui, monsieur DeMassi, les photos prises par Lady Beatrice Romneysholme. Nous serons peut-être contraints de négocier avec elle, mais comme elles sont en notre possession, cela ne devrait pas être impossible. »

Quatre petits cylindres de plastique noir à couvercle gris roulèrent sur la table de Jack. À l'intérieur de chacun, un rouleau de pellicule 24 x 36.

« Oui, monsieur, les pellicules sont maintenant en possession de Jack Ingersoll. Il les rapportera en Floride. Merci à vous, M. DeMassi. » Elle tendit le récepteur à Boy, ajoutant : « Il veut vous parler. »

Pendant que Boy se mettait à bafouiller et couiner au téléphone, Sara rejoignit Jack en souriant, inclinant la tête au passage pour accepter les manifestations muettes de félicitations et de joie que lui adressaient ses collègues. Jack chuchota d'une voix inaudible, comme s'il redoutait ce qu'elle allait répondre : « Qu'est-ce que tu as fait ? Comment astu... ?

– Ça a été facile », répondit-elle. Elle avait bien grandi de dix centimètres depuis la veille. « Lady B. est une photographe amateur. Où les amateurs font-ils développer leurs pellicules ? Au drugstore. »

Jack considéra l'enveloppe blanche, orange et bleue déchirée sur son bureau.

« Donc, ce matin, je l'ai attendue devant chez elle, puis je l'ai suivie quand elle est partie à bord d'une de ses limousines. Ensuite, j'ai repéré dans quel drugstore d'Edgartown elle se rendait. Vingt minutes plus tard, j'y suis entrée à mon tour et leur ai dit que je venais ramasser les pellicules pour le labo de développement.

– Sara... » commença Jack, s'interrompant aussitôt car les mots lui manquaient. Il secoua la tête avec émerveillement.

« Oh, Jack ! » appela Boy, qui évoquait de plus en plus une chose que l'on aurait décemment dû enterrer une semaine plus tôt. « Jack, M. DeMassi aimerait te dire un mot. »

Jack se leva d'un bond, se cognant douloureusement le genou contre la table et envoyant les rouleaux de pellicule valser vers le sol. Sara les rattrapa d'un geste prompt et Jack traversa la pièce en boitant pour aller prendre le récepteur des mains de Boy. « Oui, M. DeMassi ? »

Jack sourit avec modestie. « Merci, M. DeMassi, mais vous me connaissez. Je crois que toute mon équipe est exceptionnelle. »

Ses yeux brillaient de plaisir. « *Merci*, M. DeMassi ! Oui, monsieur. Oui, monsieur. » S'emparant d'un stylo aligné dans la poche de poitrine de Boy et d'une feuille de papier coincée sous le coude de Boy, il prit rapidement quelques notes. « Oui, monsieur. Sur-le-champ. Merci à *vous*, M. DeMassi. »

Jack raccrocha. Il tourna le dos à Boy qui avait atteint l'état de liquéfaction, et sourit à son équipe. « Nous avons reçu notre récompense, annonça-t-il.

– Alors ? Alors ? »

Le doute était effacé, la certitude triomphait.

« On nous a accordé un corps dans la boîte. »

Le corps dans la boîte

1

Ici. Le mort près de la route. C'est ici qu'elle l'avait trouvé. Sara regarda l'emplacement dans son rétroviseur. Cela faisait si longtemps qu'elle n'avait pas pensé à cet incident. Puis elle regarda droit devant elle, les yeux fixés sur l'immeuble de *Galaxy-Hebdo* qui se rapprochait de plus en plus derrière le pare-brise.

Fin d'après-midi, lundi. Tandis que Jack et le reste de l'équipe se rendaient à Norfolk, en Virginie, pour installer le nouveau centre de commandement (cela avait quelque chose à voir avec le fameux corps dans la boîte), le *Galaxy* avait affrété un avion pour transporter Sara et ses précieuses pellicules du mariage Mercer à JFK, où un avion de ligne à destination d'Orlando avait attendu son arrivée pour décoller – elle considérait maintenant ce genre de choses comme tout à fait normal. À Orlando, elle était montée à bord d'un autre avion privé qui l'avait ramenée ici, où elle avait récupéré sa Peugeot dans le parking de l'aéroport, et maintenant, elle fonçait sur la route de Massa en direction du journal, très en avance sur l'heure de fermeture des bureaux.

Elle adressa un signe de tête au gardien habituel, se gara le plus près possible de l'entrée du personnel et se rendit directement au Service des Photos du deuxième étage, où les employés se jetèrent sur les rouleaux de pellicule avec des cris de joie. Sara monta ensuite au Service Éditorial pour ramasser ce que Mary Kate aurait à lui confier pour Jack.

Tout en bavardant avec Mary Kate, elle promena son regard sur l'ensemble des espaces-bureaux et aperçut Binx Radwell qui passait par là, l'air plus abattu et désespéré que jamais. « Tiens... N'est-ce pas Binx ?

– En personne, confirma Mary Kate.

– Mais... Il n'a pas été licencié, finalement ?

– Bien sûr qu'ils l'ont licencié, dit Mary Kate. En fait, il a supplié Massa de lui accorder une deuxième chance. Il a pleuré pour de bon, et tout ce qui s'ensuit. Si bien que Massa a accepté de le reprendre, mais comme reporter.

– Comme reporter !

– Avec un salaire de reporter débutant.

– Oh !

– Et il l'a affecté à l'équipe de Boy Cartwright, dit laconiquement Mary Kate.

– Oh, pauvre Binx ! s'exclama Sara en regardant le malheureux garçon s'installer, le dos voûté, à l'une des longues tables réservées aux reporters tout au fond de la salle.

– Ils l'ont viré à titre d'exemple, expliqua Mary Kate, et ensuite, ils l'ont repris à titre d'exemple à long terme.

– Il ne peut pas se permettre de retourner dans le monde réel », conclut Sara.

C'est fou ce que l'appartement avait l'air grand et désert. Phyllis n'avait déménagé que le mardi précédent, et Sara n'était partie rejoindre l'expédition de Martha's Vineyard que le jeudi, et pourtant ce vaste espace froid faisait penser à un mausolée déserté depuis des années. Sara traversa le salon, baissa la climatisation, regarda l'infatigable océan Atlantique, la plage plongée dans l'ombre de l'immeuble, et le silence pesant augmenta son malaise.

Elle n'avait pourtant pas d autre solution que d'y passer la nuit, comme prévu, pour prendre, comme prévu, l'avion du matin pour Washington D.C., où un vol de correspondance l'emmènerait à Norfolk. C'était trop loin pour faire le trajet en voiture pendant la nuit, et même si elle trouvait une place sur un vol allant vers le nord, il n'y en aurait pas pour elle à Norfolk ce soir. Et puis, qu'allait-elle donner comme excuse à Jack ? « Mon appartement ne me plaisait plus ? »

Il y avait des trucs à manger dans le congélateur. Le téléviseur fonctionnait. Elle avait de quoi survivre pendant une nuit. D'ailleurs, c'était une excellente occasion de jeter un coup d'œil sur ses romans en cours. Encore sous le choc du mariage Mercer, elle se sentait trop énervée pour s'atteler à un travail sérieux, mais elle pouvait au moins apporter des corrections à ses manuscrits, se rappeler que c'était *cela* son véritable objectif dans la vie.

Les événements de Martha's Vineyard avaient été tellement excitants qu'elle s'était laissée entraîner par le rythme et la pression, mais maintenant, elle voyait combien il était dangereux de se laisser emporter ainsi. Que risquait-on de devenir, si tout ce que l'on attendait de la vie était les photos du mariage Mercer, ou la fête d'anniversaire des jumeaux centenaires, ou le corps dans la boîte (restait à savoir ce que c'était au juste) ? Non, la pression et l'exaltation étaient certes très amusants, mais les romans, voilà la vraie vie.

Assise à son bureau, le manuscrit de *L'Heure du héros* étalé devant elle mais son attention encore flottante, Sara remarqua soudain un blanc parmi les différents papiers et articles punaisés ou scotchés au mur sous ses yeux. Les détails concernant la voiture du mort de l'autoroute avaient disparu.

Elle fixa l'espace vide et un frisson traversa son corps. Elle était tout à fait sûre de l'avoir placé là. Elle se rappelait les parenthèses isolant la dernière lettre incertaine de la plaque minéralogique (G/O/Q). Elle se souvenait de l'y avoir mis, mais elle ne pouvait pas se rappeler quand elle l'y avait vu pour la dernière fois.

Suis-je bien seule ici ?

Mais oui, évidemment qu'elle était seule. D'un pas d'abord hésitant, puis plus assuré, elle fit silencieusement le tour de l'appartement, ouvrant brusquement les portes des placards, s'arrêtant dans l'embrasure des portes pour jeter un coup d'œil précautionneux dans les pièces, morte de trouille mais s'exhortant au courage, et *bien entendu*, elle était seule dans l'appartement. Le morceau de papier avait dû être enlevé par quelqu'un il y a pas mal de temps.

Par Phyllis.

Mais voilà. Qui d'autre aurait pu le faire ? Personne d'autre qu'elle n'était venu ici.

Phyllis se trouvait à Martha's Vineyard.

Phyllis était sa voisine à la table des reporters lorsque le premier papier concernant le mort de la route avait disparu.

Retournant en hâte dans sa chambre, Sara ouvrit la porte de sa penderie, écarta jupes et chemisiers, et constata que les deux cartons contenant les papiers de Jimmy Taggart y étaient toujours, par terre, là où elle les avait laissés. Ainsi, Phyllis ne les avait pas trouvés. Mais Phyllis avait quitté l'appartement deux jours seulement après que Sara y eut rapporté ces papiers et les eut, par chance, aussitôt cachés, alors que le numéro d'immatriculation était resté exposé à la vue de tous. Si bien que Phyllis avait pu le voir, et en tirer des conclusions.

Phyllis avait-elle essayé de me tuer en tirant à travers la porte-fenêtre ? Ou voulait-elle simplement m'intimider parce qu'elle avait vu ce morceau de papier dans l'appartement, au-dessus de ma table ?

Sara retourna à son bureau, poussa le manuscrit étalé, installa la machine à écrire, introduisit deux feuilles de papier et un carbone en sandwich, et se mit à taper :

Le 12 juillet, alors que je me rendais à *Galaxy-Hebdo* pour ma première journée de travail, j'ai découvert une Buick bleu foncé au bord de la route déserte, et juste à côté, un homme mort allongé par terre. Il avait reçu une balle dans le front. J'ai signalé la chose au gardien de service à l'entrée de *Galaxy-Hebdo*. Ce gardien, dont le nom est ou était James Taggart, a disparu le même jour et n'a pas été revu depuis, ni à son travail ni à son domicile. D'après ce que j'ai pu établir jusqu'ici, aucune déclaration officielle n'a été faite auprès d'un commissariat de police concernant l'homme assassiné que j'ai trouvé au bord de la route.

Les renseignements afférents à la voiture du mort étaient inscrits dans un carnet que je garde en permanence dans mon sac. Après avoir été présentée à mon rédacteur en chef le matin de ce premier jour de travail, j'ai pris place à l'une des tables réservées aux reporters à côté d'une jeune femme nommée Phyllis Perkinson. (De fait, elle m'a hélée. Ce n'était pas une coïncidence.) J'ai fait la connaissance de Phyllis Perkinson un certain temps après mon arrivée dans les locaux de *Galaxy-Hebdo*. Il est tout à fait possible qu'elle soit arrivée dans l'immeuble après moi, ce matin-là.

Ce même jour, Phyllis Perkinson m'a proposé de partager l'appartement qu'elle louait en ville. J'ai accepté, et j'y habite encore à ce jour.

Le vendredi de cette première semaine, quatre jours plus tard, j'ai découvert que la page contenant les renseignements sur la voiture de l'homme assassiné avait été arrachée de mon calepin. J'ai l'habitude de laisser mon sac sous ma chaise quand je m'absente pour aller soit à la section de référence, soit aux toilettes. Il aurait été très facile pour Phyllis Perkinson de subtiliser ce renseignement dans mon sac.

Non sans difficulté, j'ai reconstitué l'information et l'ai retranscrite sur un morceau de papier que j'ai scotché au mur, devant mon bureau à la maison. C'est-à-dire, dans l'appartement que je partageais avec Phyllis Perkinson.

Il y a une semaine, le mardi 3 août, Phyllis Perkinson a été licenciée par le *Galaxy-Hebdo* après que l'on eut découvert qu'elle travaillait en réalité pour *Tendances*, sa mission étant d'effectuer un reportage destiné à traîner *Galaxy-Hebdo* dans la boue. Dans le même temps, son secret avait été découvert par un rédacteur en chef de *Galaxy*, qui, au lieu de la dénoncer à ses supérieurs, l'avait forcée à espionner les autres rédacteurs en chef du journal pour son propre compte.

La semaine dernière, alors que j'étais en reportage à Martha's Vineyard, quelqu'un a tiré plusieurs coups de feu sur mon lit à travers la porte-fenêtre de ma chambre d'hôtel. Heureusement, je me trouvais dans la salle de bains au moment où c'est arrivé.

Je viens juste de découvrir que l'information concernant la voiture du mort a disparu à nouveau, cette fois de l'appartement.

1) Phyllis Perkinson aurait facilement pu subtiliser l'information dans mon sac à *Galaxy*.

2) Phyllis Perkinson se trouvait à Martha's Vineyard, pour le compte de *Tendances*, lorsque les coups de feu ont été tirés dans ma chambre.

3) *Seule* Phyllis Perkinson peut avoir enlevé le morceau de papier du mur, juste au-dessus de ma table de travail, dans l'appartement que nous partagions. Personne d'autre n'y est entré.

Je n'ai aucune idée de l'identité de l'homme assassiné, ni de ce qui le lie à Phyllis Perkinson. Je sais en revanche qu'elle paraît en permanence mener une sorte de double vie. Pendant tout le temps où nous avons partagé cet appartement, elle est partie chaque week-end de son côté, comme si elle allait retrouver un petit ami, mais elle ne m'a jamais rien confié concernant cet homme, et je ne sais rien de sa véritable destination.

Selon moi, il est évident que Phyllis Perkinson a assassiné l'homme au bord de la route, qu'elle a également fait quelque chose pour que le gardien James Taggart ne signale pas le crime, qu'elle a pris l'information qui se trouvait dans mon sac avec l'espoir que cela m'empêcherait de mener une enquête, et que, voyant que j'avais reconstitué l'information, elle 1° l'a de nouveau subtilisée, et 2° a tiré des coups de feu dans ma chambre d'hôtel soit pour me tuer de sang-froid, soit pour m'intimider.

Je suis maintenant décidée à découvrir qui était l'homme assassiné, et quel était son lien avec Phyllis Perkinson.

Elle signa et data l'original et le double au carbone, puis (consciente d'agir de façon mélodramatique, mais avec une ferme détermination), elle tapa À OUVRIR APRÈS MA MORT sur deux enveloppes dans lesquelles elle glissa les deux exemplaires de sa déclaration. Elle plaça ensuite l'enveloppe contenant le double dans une enveloppe plus grande en papier marron qui portait l'inscription I POUR INCOMPLET (roman sur la fac), rangea l'autre enveloppe dans les bagages qu'elle allait emporter à Norfolk et s'installa dans le salon pour réfléchir à tout cela.

Je n'ai aucune preuve de quoi que ce soit.

Je suis reporter à *Galaxy-Hebdo* et je n'ai aucune preuve de quoi que ce soit.

Je suis reporter à *Galaxy-Hebdo*, et je n'ai aucune preuve de quoi que ce soit, ce serait donc une erreur d'aller trouver la police pour cette affaire.

Phyllis a-t-elle gardé une clé de l'appartement ?

Elle passa la nuit dans un motel proche de l'aéroport.

2

La mort de Johnny Crawfish fit l'effet d'une bombe dans le monde civilisé. Âgé de trente-huit ans, ce chanteur de musique country né de parents ouvriers agricoles avait connu une enfance misérable et crasseuse. Baladin à la voix rocailleuse, il avait découvert à la fois Dieu et sa muse dans une prison du Tennessee où il purgeait une peine pour homicide involontaire. Parolier et homme d'affaires autodidacte et millionnaire, il chantait à trente-cinq ans devant la reine Elizabeth d'Angleterre et le président Reagan. Et voilà qu'il venait de mourir en ce lundi matin de causes pour l'instant inconnues à La Cabane, sa somptueuse résidence de trente pièces au bord de la baie de Chesapeake, au nord de Newport News en Virginie. Lorsque la nouvelle crépita sur les téléscripteurs du monde entier, quatre milliards d'individus eurent l'impression qu'ils venaient de perdre leur meilleur ami.

Les médias, du moins la plupart d'entre eux, ne furent informés de l'extinction soudaine de cette étoile du firmament qu'au bout de vingt-quatre heures, d'abord parce que l'équipe de médecins personnels de tout premier ordre attachée à Crawfish fit son possible pour le ramener à la vie, ensuite parce que sa famille et ses associés voulurent connaître les causes exactes de son décès avant de divulguer la nouvelle. En conséquence, bien que Johnny Crawfish ait passé l'arme à gauche le lundi matin, son décès ne devint l'information principale des journaux télévisés que le mardi soir. Le *New York Times* du mercredi fut le premier à sortir l'affaire en couverture, sous la pliure, avec une photo de Crawfish chantant à la Maison Blanche, et lui consacra même une autre photo (un de ses premiers concerts) dans les pages du milieu, avec la nécro. Des photos de Crawfish – des clichés différents, mais un sourire immuable – firent dans la semaine la couverture de *Time* et de *Newsweek*.

Des déclarations officielles vinrent illustrer l'affreuse nouvelle. « Un grand Américain, un excellent musicien, une source d'inspiration pour les riches autant que pour les pauvres », déclarèrent le président Ronald Reagan, l'archevêque de New York John J. O'Connor, le producteur de cinéma et de télévision David Wolper, son collègue Frank Sinatra, le sénateur de Virginie John Warner et le prédicateur Billy Graham dans des communiqués de presse séparés.

L'espion de choc de *Galaxy* à La Cabane était un menuisier nommé Moe Kerlie, chargé d'effectuer les réparations et aménagements nécessaires dans le hangar à bateaux et sur les jetées qui longeaient la rive de la propriété au bord de la baie. Personne (ou presque) d'autre que la nombreuse famille de Johnny Crawfish, et les anciens compagnons de captivité qu'il employait comme chauffeurs, gardes du corps, producteurs exécutifs et partenaires de belote, n'était autorisé à pénétrer à l'intérieur de l'enceinte de murs coiffés de barbelés qui encerclait la propriété. Mais la menuiserie n'étant dans les cordes d'aucun de ces anciens taulards, il fallait bien recourir de temps en temps aux talents d'un spécialiste venu de l'extérieur.

Cela faisait près de sept ans que Moe Kerlie travaillait occasionnellement pour Johnny Crawfish, et chaque fois que cela se produisait, il était simultanément rémunéré par le *Galaxy-Hebdo*. Il avait ainsi glané des renseignements sur les projets de voyage de Crawfish, ses petites amies successives et les disgrâces frappant divers fidèles et pique-assiettes de son entourage, mais jusqu'à ce fameux lundi matin, lorsque Johnny Crawfish déclara « Ce café a un goût de merde » et piqua du nez dans son omelette à la pomme et au fromage, les renseignements transmis par Kerlie justifiaient à peine les modestes émoluments que lui versait le *Galaxy*. En ce fameux lundi matin, toutefois, les suborneurs de Moe Kerlie eurent lieu d'être fiers de lui.

Entendant une rumeur inhabituelle dans la maison de maître et voyant des caméristes (cousines) et des valets de chambre (libérés sur parole) franchir au pas de course, et en désordre, les nombreuses portes-fenêtres, Moe se pointa mine de rien sous prétexte de demander que quelqu'un le conduise en ville avec le pick-up parce qu'il avait besoin d'acheter du contreplaqué. Il trouva la maisonnée dans un tel état de confusion que personne ne lui accorda la moindre attention et qu'il put tout entendre. Crawfish est mort ; on a appelé les médecins ; Crawfish est *mort* ; on l'a porté sur son lit ; *Crawfish est mort* !

« Il faut que j'aille en ville chercher du contreplaqué, dit Moe à un ancien homme de main de la mafia.

– Allez-y, allez-y », lui répondit le malfrat qui vaquait à ses propres occupations, le teint cireux, l'air vieilli et préoccupé.

Et c'est ainsi que le *Galaxy-Hebdo* fut le premier à savoir.

3

Au numéro 147 d'Edger Street à Norfolk, Virginie, pas terriblement loin de la base navale mais à plusieurs rues de la mer, se dresse une petite maison de planches jaunes à deux étages, au fond d'une cuvette où s'alignent des petites maisons similaires, des terrains vagues, des blocs de ciment abritant des carrossiers et des marchands d'alcools. Cette maison spécifique, avec un vaste sous-sol et un grenier en soupente, une salle de bains et trois chambres à l'étage, un salon, une salle à manger et une cuisine au rez-de-chaussée, était restée vide pendant deux mois après que les derniers locataires, une famille qui aurait drôlement mieux fait de s'informer sur les méthodes contraceptives, se furent taillés sans régler leurs trois mois et demi de loyer d'arriéré.

Cependant, pour la plus grande joie du propriétaire médusé, un nouveau locataire venait justement de surgir, qui acceptait de verser *en espèces* l'équivalent de dix mois de loyer pour occuper la maison un mois seulement. Le propriétaire, un retraité polonais, ancien ajusteur de tuyauterie, qui vivait près de Richmond du revenu de vingt-sept maisons mises en location dans des zones équivalentes de Norfolk et de Portsmouth, n'avait posé que deux questions, le lundi après-midi où l'affaire fut conclue : « Est-ce pour tenir un bordel ? Est-ce pour faire une maison de jeux ? » Ayant été rassuré sur les deux points et ayant empoché la moitié du loyer d'avance – l'équivalent de cinq mois ! – le propriétaire s'était empressé avec joie de repartir chez lui, près de Richmond, et de penser à autre chose.

Une grande activité se déploya aussitôt au n° 147. Une entreprise de nettoyage professionnel déferla comme l'apprenti sorcier par un bon jour, suivie des camions d'une société de location de mobilier de bureau sise dans la capitale qui livrèrent bureaux, corbeilles à papier, meubles de classement, tables de bibliothèque, tableaux d'affichage et réfrigérateur. La compagnie du téléphone arriva simultanément et installa quinze appareils correspondant à quinze lignes distinctes (avec des *voyants lumineux*, pas des sonneries). Un négociant en boissons apporta des casiers de bouteilles de bière et de soda, ainsi qu'un distributeur d'eau et de gros conteneurs d'eau minérale, et des électriciens vinrent poser au rez-de-chaussée deux circuits supplémentaires destinés à alimenter les systèmes de climatisation (également loués), les photocopieurs et le téléviseur livrés dans la foulée. Parallèlement, des équipes de plombiers et de menuisiers s'affairaient à transformer la cuisine en chambre noire pour le développement des pellicules.

Pendant que tout cela suivait son cours, le *Galaxy-Hebdo* était en route.

À Dulles International, ils montèrent dans un car de location, qui prit l'Interstate 95 jusqu'à Richmond, puis l'I-64 en direction de Norfolk. On était mardi matin. L'équipe avait quitté Martha's Vineyard au petit jour, après avoir passé la veille à tout nettoyer sur son passage, distribuant pots-de-vin et enveloppes réparatrices, calmant les victimes quand c'était possible, éliminant toutes traces de son activité là où ses membres risquaient d'être poursuivis pour des crimes manifestes. Maintenant, les nouvelles d'hier appartenant au passé, les mercenaires de la Nouvelle-Angleterre ayant regagné leurs tours d'ivoire poussiéreuses, l'équipe ne pensait plus qu'au nouveau défi qui l'attendait.

Jack prit place à côté du chauffeur, bloc-notes sur les genoux, et se mit à envisager des angles d'approche. Un corps dans la boîte n'était jamais chose aisée. Quelques kilomètres après Richmond, Ida Gavin vint le rejoindre. Se laissant tomber dans le siège côté couloir, elle dit : « Sara Joslyn.

– Une collaboratrice fiable et loyale, répondit Jack. Qui nous retrouvera plus tard dans la journée.

– Elle n'était pas aux chiottes quand on a tiré sur son lit. »

Jack regarda attentivement son chien enragé.

« Ah bon ?

– J'ai fait un tour dans sa chambre après son départ, expliqua Ida. Il y a un espace pour l'aération en bas de la porte de la salle de bains. Quand la porte est fermée, on peut voir de l'extérieur si la lumière est allumée.

– Ah ! » dit Jack. C'était décidément une journaliste d'investigation, cette Ida. « Et quelle conclusion en tires-tu, Ida ?

– Si elle était aux chiottes, celui qui a tiré les coups de feu l'aurait su. En voyant le rai de lumière filtrer sous la porte, il aurait su qu'il n'y avait personne dans le lit. »

Jack acquiesça de la tête. « C'était peut-être exprès, suggéra-t-il. Ils l'ont peut-être fait pour donner un avertissement, une sorte de signal, sans l'intention de tuer quelqu'un. »

Ida accueillit l'hypothèse avec l'expression de mépris qu'elle méritait. « Un *seul* coup de feu est un avertissement. On ne vide pas un chargeur entier dans une chambre d'hôtel à moins de vouloir s'assurer que la cible est vraiment morte. On ne va pas perdre du temps et faire tout ce bruit pour un simple avertissement. Ni prendre le risque qu'elle sorte des chiottes, vous voie et soit capable de vous identifier plus tard.

– Humm, dit Jack. Et que proposes-tu, dans ce cas ?

– Elle était dans ton lit.

– Ah ! Ça expliquerait tout, effectivement.

– Vous avez menti parce que Massa vous virerait si la chose devenait publique.

– Mœurs dissolues, reconnut Jack. Est-ce que tu m'apportes cette histoire en tant que reporter s'adressant à son rédac-chef, Ida ?

– Personnellement, tu peux te taper des chèvres si ça te fait plaisir, du moment que cela ne change rien dans l'équipe.

– Ida, dit Jack avec une totale sincérité, jamais, au grand jamais mon jugement professionnel ne sera altéré par une histoire de fesses. J'espère que tu me connais mieux que ça. Et que tu sais que mon sens des valeurs se situe plus haut que ça.

– Elle était dans ton lit, n'est-ce pas ? » insista Ida.

Jack la considéra longuement.

« Ida, serais-tu en train d'enregistrer cette conversation ?

– Oui.

– Au cas où tu aurais le sentiment d'être injustement traitée par la suite ?

– Oui.

– Sara était dans mon lit, articula clairement Jack. Nous avons menti.

– Merci », dit Ida, et elle retourna à sa place.

On se sentait vraiment chez soi. Sara entra dans la maison d'Edger Street et découvrit un vrai centre de commandement de *Galaxy*, plein de matériel photo, de bouteilles vides, d'assiettes en papier, de gens suspendus au téléphone, de conversations hystériques. Dominant l'ensemble, Jack était l'incarnation même d'une bombe sur le point d'exploser dans la pièce principale.

Il n'a sans doute pas envie d'apprendre la nouvelle, pour Binx, pensa Sara en traversant la pièce vers l'endroit où Jack parlait avec intensité aux membres de base de l'équipe. En arrivant à sa hauteur, elle entendit : « Non, ce n'est pas une histoire, nous n'avons aucune... – Bonjour, Sara, assieds-toi. – histoire, nous avons un tas de merde.

– Des cousins de merde, rectifia Harry Razza.

– C'est effectivement un de nos problèmes. La famille et les amis de Johnny Crawfish forment une bande d'*affreux* comme nous en avons rarement rencontrés.

– Il y en a quelques-uns dans le coin, dit Don Grove, qui essaient de vendre des *cheveux* de Crawfish, mis de côté depuis quatre ans après chaque coupe.

– Plutôt récupérés sur le sol de quatre douzaines de coiffeurs », suggéra Jack.

Don acquiesça : « D'après ce qu'ils m'ont montré, les cheveux de Johnny poussaient d'un tas de couleurs différentes.

– Je me demandais... intervint Louis B. Urbiton. Est-ce que l'ignominie même de ces gens ne pourrait pas constituer notre sujet ? Le merdier dont Johnny Crawfish a dû se sortir pour devenir l'éminente personne pour qui nous baissons notre culotte aujourd'hui.

– Je vais te dire ce qui coince, dans cette approche, Louis, dit Jack en secouant la tête à regret. Penses-y du point de vue de Massa, tu verras que ces tarés et ces déchets de l'entourage de Crawfish se comportent précisément comme se comporteraient les lecteurs de *Galaxy* s'ils se découvraient soudain un cousin riche et célèbre. C'est à ces tas de merde que le lecteur va s'identifier, aussi nous ne pourrons jamais leur donner leur vrai nom.

– Qui est Crétin.

– Tout juste.

– Ils ont tous une petite histoire à nous vendre, dit Bob Sangster. À ce jour, j'ai trois versions complètement différentes de ses dernières paroles, toutes certifiées juré craché par des cousins différents.

– " J'ai vu Johnny monter au ciel sur un gros nuage blanc, Elvis le tenait par la main. " J'ai un cousin qui est prêt à jurer que c'est vrai », dit Harry Razza.

Chauncey Chapperell allongea ses interminables jambes sur une table et annonça :

« Moi, j'ai un OVNI qui a été vu au-dessus de la baie de Chesapeake l'instant précédant sa mort.

– Encore de la merde.

– Sait-on de quoi il est mort ? demanda Ida.

– Désolé, Ida, dit Jack. D'abord, Massa est un fan de Johnny Crawfish, il ne *veut* pas entendre dire que Johnny s'est payé une overdose, ou qu'il avait le sida, ou qu'il s'est suicidé parce qu'il ne savait pas déchiffrer la musique ou tout autre truc un peu alléchant. Ensuite, ils ont fait venir la moitié de l'Académie de Médecine là-bas. Même s'il n'est pas mort d'une embolie, ils ont eu amplement le temps d'arranger le coup, et vu leur notoriété, nous ne pourrons jamais rien prouver. Allons, mes preux chevaliers, dit-il en levant les mains, où-est il, mon sujet d'article ? »

Interloquée, Sara dit alors : « Mais il est *mort.* Ce n'est pas ça, le sujet ?

– Mais non. Quel est notre titre ? La mort de Crawfish. Notre journal sort samedi, c'est un *hebdomadaire*. D'ici là, des enfants de l'Oubangui qui sont encore dans le ventre de leur mère sauront déjà la nouvelle. Le *Galaxy* doit dépasser le fait brut pour pénétrer dans le royaume de l'excitation, de la romance, de l'aventure et du totalement fantastiquement inattendu.

– Le corps dans la boîte, hasarda Sara, espérant qu'elle allait enfin découvrir de quoi il s'agissait.

– Ça aussi, admit Jack. Mais ce n'est que la couverture, la première page. Il nous faut malgré tout un gros titre. » Il balaya l'espace du bras en suggérant des titres : « “ Crawfish a été victime d'un complot. ” Sinon que c'est faux. “ Crawfish a eu la prémonition de sa propre mort. ” Sinon qu'il n'a rien eu du tout. “ Crawfish travaillait pour la C.I.A. ” Sinon que ce n'est pas vrai.

– Bon, dit Sara, et le corps dans la boîte ?

– Nous y viendrons lorsqu'ils l'exposeront, dit Jack pour la rassurer. Chaque chose en son temps.

– Sara et moi pouvons nous en occuper, le moment venu », proposa Ida.

Apparemment surpris, et plein d'espoir, Jack demanda : « Tu crois vraiment ? Parfait, il est à vous. »

Oh, chouette, pensa Sara. Je ne sais même pas ce que c'est et on vient de me porter volontaire.

4

Mardi après-midi au centre de commandement. La réunion de Jack et son équipe s'était terminée en queue de poisson : Où est le sujet ? Quel est le sujet ? Donnez-nous un sujet. Qui a un putain de SUJET ? Et maintenant, ils étaient tous suspendus au téléphone :

« Bonjour, docteur. Ici Maurice Fischback de *Psychology Today*. Vous attendez-vous à des suicides collectifs après le décès soudain de l'idole des foules Johnny Crawfish ?

– Diriez-vous que Johnny était une source de réconfort pour les autres détenus ? Est-ce que vous le regardiez tous avec admiration, est-ce le souvenir que vous gardez de cette époque ?

– Puis-je vous citer pour avoir dit que sa mort vous réjouissait ? Bon, puis-je vous citer pour avoir dit que vous ne le ramèneriez pas à la vie si c'était en votre pouvoir ? Bien, puis-je répéter que vous avez reconnu avoir éprouvé un certain soulagement ?

– Quand il était tout gosse, est-ce que le reste de la famille *savait*, d'une certaine manière, qu'il deviendrait un grand homme ? Y a-t-il des incidents remontant à cette époque que vous aimeriez partager avec nos lecteurs de *Modern Maturity* ? »

Au milieu de la ruche, Sara était également au téléphone, mais pas tout à fait de la même manière. Rognant sur son temps de travail à *Galaxy*, utilisant une ligne téléphonique de *Galaxy* pour passer des appels longue distance, elle ne s'activait aucunement dans l'intérêt du journal mais, très égoïstement, pour sauver sa propre vie. S'entourer d'enveloppes à ouvrir après sa mort ne suffisait pas. L'heure était venue de prendre des mesures pour éviter que ces enveloppes soient ouvertes. C'était le moment de passer à la contre-attaque. « Bureau des plaintes pour vol, je vous écoute », annonça la voix lasse qui répondit à son dernier appel. S'étant assurée qu'il s'agissait bien du Registre des plaintes pour vol de Dade County en Floride, et qu'elle était en communication avec le bureau du shérif, Sara déclara : « Ici l'inspecteur Helen Sonoma, Département de la Sécurité publique, Norfolk, Virginie. Nous sommes en train de vérifier la déclaration d'un suspect.

– Vous êtes de la police de Norfolk ? C'est quoi, votre nom, déjà ? »

Sara répéta son identité frauduleuse, épelant son nom et précisant « Comme le comté qui produit des vins en Californie ». Elle avait appris que les noms inhabituels vous paraient (allez savoir pourquoi) d'une certaine aura de crédibilité, et que toute personne prétendant s'appeler Helen Sonoma avait moins de chances d'être une menteuse qu'une vulgaire Helen Smith.

« Bien, reprit Sara d'un ton sec lorsque son identité fut admise, nous avons ici quelqu'un qui prétend avoir assisté à un enlèvement dans une voiture volée, ou de location, qui était immatriculée en Floride. Dade County.

– Un enlèvement ?

– C'est ce qu'elle prétend, mais l'histoire est bizarre et nous ne sommes pas sûrs de vouloir donner suite. Nous avons besoin d'une vérification.

– Quel genre de vérification ?

– Bon », dit Sara d'un ton qui demeurait sec et légèrement irrité, genre “ si j'étais un *homme*, je serais sortie faire une patrouille ou une planque, je ne serais pas coincée au commissariat à passer des coups de fil stupides ”. « Voici la description du véhicule : Buick bleu foncé à quatre portes, vieille de deux ou trois ans, plaque d'immatriculation avec un Z. La plaignante n'en sait pas davantage, mais elle affirme qu'il s'agissait d'un véhicule volé. Et qui aurait été volé au cours des quatre dernières semaines. »

La voix répondit : « Donc, vous voulez vérifier si nous avons sur nos registres une Buick bleu foncé à quatre portes, en location ou en location-vente, pour juillet ou août ?

– Exactement », dit Sara. Elle avait dû essayer quatre numéros, à commencer par la police de l'État de Floride, avant de tomber sur l'endroit où l'on gardait ce genre de fichiers, aussi n'avait-elle pas tant de mal que ça à prendre l'air exaspéré.

« Ne quittez pas, répondit la voix. Ou vous préférez que je vous rappelle ?

– Comme vous voulez. Je peux vous laisser mon numéro. Combien de temps ça va prendre ?

– Si je le fais tout de suite...

– Faisons-le tout de suite, alors, répondit Sara, comme si elle était vraiment irritée, et elle l'était.

– Deux trois minutes, dit la voix. Ne quittez pas. »

Sara ne quitta pas, et quand Jack passa à côté d'elle, elle demanda au récepteur muet : « Mais à ce premier rendez-vous, si vous avez pu pressentir le pouvoir qu'il aurait un jour, pourquoi n'avez-vous pas couché avec lui ?

– Hein ? dit la voix.

– Je parlais à quelqu'un d'autre, dit Sara, Jack s'étant éloigné hors de portée de voix. Vous avez trouvé ?

– Réponse négative », dit la voix.

Sara s'étonna. « Non ? Pas de Buick volée ?

– C'est un enlèvement imaginaire, dit la voix. Il y en a tout le temps. Il paraît que ça a à voir avec la pleine lune.

– Bon, très bien, dit Sara. Et merci beaucoup. »

Elle raccrocha et resta un moment pensive, la main sur le téléphone. Ainsi, après s'être débarrassé du corps, le meurtrier, ou quelqu'un d'autre, avait restitué la Buick à l'agence de location. Mais, si elle avait été achetée en location-vente, il l'avait encore. Et là, Sara n'avait aucun moyen de retracer le numéro de la voiture.

Alors, que faire ?

La nuit à Edger Street. Toutes les lampes étaient allumées dans la maison du n° 147 qui crépitait d'activité. Des photos aériennes de La Cabane, la propriété de Johnny Crawfish sur la baie de Chesapeake, prises en début de journée et monstrueusement agrandies, étaient punaisées et scotchées aux murs du salon. Dans l'une des chambres du premier étage, photographes, pigistes et divers individus d'aspect peu recommandable essayaient une quantité de costumes et uniformes, se transformant tour à tour en policiers, nonnes, chauffeurs d'ambulance, facteurs, prêtres, infirmières, livreurs de paquets recommandés, éclaireuses de mouvement scout (avec biscuits) et plongeurs de la Marine des États-Unis. Dans l'ancienne cuisine devenue chambre noire à l'état naissant, on chargeait de pellicules ultrarapides tout ce qu'on avait pu trouver comme appareils photo de petite taille et faciles à dissimuler. Des artistes assis à la table de la salle à manger étaient en train de fabriquer une gamme de faux papiers. Sous le portique de la façade, le Trio des Aborigènes bavardait et buvait des coups avec un assortiment scabreux de cousins Crawfish, qui les écoutaient bouche bée.

Toutes les tentatives pour trouver un sujet Crawfish digne de ce nom s'étant soldées par un échec, ce qui signifiait que le corps dans la boîte allait être le seul butin qu'ils pourraïent déposer au pied de l'autel Massa en rentrant de leur expédition, et vu que le corps dans la boîte n'allait pas être facile à obtenir cette fois, Jack et les membres clés de son équipe fixaient toute leur attention sur les photos aériennes de la propriété Crawfish. « Regardez ces types », dit-il en tapotant de l'index l'immense tirage en couleurs. Sara, Ida, Don Grove, Chauncey Chapperell et deux photographes (dont un vêtu en Washington Redskin, le casque sous le bras, son appareil photo planqué dans le casque) obtempérèrent docilement. « Ceux-ci sont des gardes armés, des potes de Crawfish, qui patrouillent dans le secteur à bord de Jeep », dit Jack.

« Ce n'est pas bien, pour des libérés sur parole, de porter des armes comme ça », dit Don Grove d'un air chagrin.

Jack le dévisagea.

« Tu veux aller le leur dire, Don ?

– Je ne crois pas, non.

– Bon. »

Jack se replongea dans la contemplation de la photo, sans amour. « Ici, tout du long, c'est du barbelé renforcé. Vous voyez l'antenne qui oscille sur le toit de la Jeep ? Ils peuvent se contacter à tout moment.

– Et par la mer ? » proposa Ida.

Jack secoua la tête. « Comme à Martha's Vineyard ? Cela n'a pas marché là-bas, et pourtant nous n'avions pas affaire à des criminels. Ici, oui. » Il désigna des taches le long du rivage. « Dans ce double hangar à bateaux, là, il y a une cigarette, grande, rapide et dangereuse avec sa proue armée. Ils s'en sont déjà servi deux fois pour éloigner des étrangers trop curieux. Le hangar abrite également un gros bateau à moteur *inboard*, huit mètres de long, capable de contenir une armée, de nous pourchasser jusqu'à Cape Charles et de nous *abîmer*. Et ils ne s'en priveraient pas.

– En parachute, suggéra Chauncey Chapperell.

– Ils vous feraient descendre de là vite fait, dit Jack. À coups de feu.

– Personnellement, je n'envisageais pas de sauter, précisa Chauncey.

– Le problème, dit Jack en s'adressant à la cantonade, est que Crawfish s'entourait de casseurs et de tueurs, et qu'ils sont toujours là. Les cousins sont de la même espèce, mais en plus bêtes.

– Pourquoi est-ce que nous n'irions pas jeter un coup d'œil ce soir, Sara et moi ? proposa Ida.

– Le corps n'est pas encore exposé, lui fit remarquer Jack. Si vous y alliez ce soir, ça servirait à quoi ? Vous ne pouvez faire le corps dans la boîte avant demain, de toutes façons.

– Excusez-moi », dit alors Sara.

Pourquoi tant de courtoisie ? Jack leva un sourcil et la regarda d'un air soupçonneux. « Oui, Sara ?

– Ça m'embête de passer pour une idiote, mais vous n'arrêtez pas de parler de ce corps dans la boîte et je ne sais pas ce que c'est.

– Tu ne sais pas de quoi nous parlions pendant tout ce temps ? lui demanda Jack, éberlué.

– Franchement, non. »

Un souvenir flotta à la surface de sa mémoire, celui de la nuit où la descente de la jeune femme dans le tourbillon l'avait troublé. Eh bien, voici une autre marche qui mène au gouffre, voyons comment elle la descend. « Le corps dans la boîte, expliqua-t-il, est exactement ce que ça paraît être. C'est la photo d'un mort, ou d'une morte, dans son cercueil. »

Sara le regarda, attendant la suite. « Et puis ?

– Pas de " et puis ". Quand une célébrité trépasse, Massa réclame le corps dans la boîte, et nous le lui apportons.

– Mais... mais pourquoi ?

– Parce que c'est ce que veut l'Amérique. Ne me demande pas de te l'expliquer, je peux seulement te dire que c'est ainsi. Quand une personnalité populaire de grand renom disparaît, l'Amérique veut voir sa photo dans son cercueil, surtout si c'est quelqu'un de relativement jeune et au sommet de sa réussite. Les photos du type à la Maison Blanche, ou en train de danser, de rire, de manger des pizzas ou de sauter des jolies filles, on s'en fout. Ce que l'Amérique demande, c'est son cadavre, allongé sur le dos, les mains jointes sur ses couilles ratatinées, les lèvres scellées, les paupières curieusement creusées, avec une doublure de soie mousseuse tout autour de la boîte.

– C'est parfaitement dégoûtant, dit Sara. Qui peut vouloir une chose pareille ? Pourquoi voudrait-on ça ?

– Demande-leur, la prochaine fois que tu iras au supermarché. On vend cinq millions d'exemplaires de *Galaxy* chaque semaine. Quand la photo de couverture est un corps dans la boîte, celui d'une grande vedette qui vient de clamser, nous en vendons six ou sept millions. Quand Elvis est mort, on en a vendu huit. D'ailleurs, nous continuerions à vendre ce numéro-là s'il n'avait pas fallu libérer le marbre pour le numéro suivant.

– C'est comme... » Sara hésita, ses mains esquissèrent un geste vague. « Je ne sais pas à quoi ça ressemble. Quelque chose de primitif, de tribal. Comme les hommes des cavernes. Ça ressemble au *maillon* manquant, Bon Dieu.

– Sara, dit Jack d'une voix douce, pour qui prenais-tu nos lecteurs ? Des étudiants de dernière année du MIT ? »

5

Sara s'assit dans le lit et regarda défiler lentement les chiffres rouges du téléviseur-radio-réveil. 7 : 08. 7 : 09. 7 : 10.

Elle était réveillée depuis plus d'une heure et son esprit se débattait dans des flots de pensées confuses tandis que le jour se levait dans sa chambre d'hôtel, spacieuse mais anonyme. La Buick bleu foncé dont elle ne retrouvait pas trace. Le corps dans la boîte, horrible idée. Phyllis Perkinson devenue quelqu'un qui tire au pistolet dans des chambres d'hôtel.

À cet égard, cette chambre-ci offrait une parfaite sécurité. Elle était au septième étage et il n'y avait pas de balcon derrière les fenêtres protégées par des doubles rideaux. La veille au soir, Sara avait verrouillé la porte par tous les moyens disponibles, et vérifié deux fois que tout tenait bien. De plus, elle était officiellement inscrite dans une autre chambre à un autre étage, et elle avait pris soin d'y entrer, de défaire le lit et de laisser traîner vêtements et articles de maquillage pour donner l'impression qu'elle l'occupait vraiment.

Quant au corps dans la boîte, pourquoi cela l'avait-il tellement choquée ? Mariages, obsèques, cela revenait au même, pourtant ? La photo de la cérémonie. Que font les parents et les amis d'un défunt, pour établir un dernier contact avec lui ? Ils vont saluer son corps.

Ainsi, le corps dans la boîte n'était que l'illustration du souhait collectif du public américain : être traité comme la famille. Les gens de l'extérieur qui écrasent leur nez contre la vitre pour essayer de voir la même chose que ceux qui sont admis à l'intérieur. Même si le corps dans la boîte était un peu plus macabre qu'un album de mariage ou la célébration d'un centenaire, ce n'en était pas moins un élément de plus dans le grand cycle d'événements concernant la Minorité de puissants auxquels la Majorité, contenue par les cordons de sécurité, rend hommage en se pressant pour voir, bouche bée. N'est-ce pas ?

Je me demande, pensa Sara à contrecœur, quelle photo Massa exige lorsqu'une grande vedette féminine met un enfant au monde. Elle détourna le regard pour échapper à cette question et se pencha sur une autre, l'attitude de Jack à son égard. Elle avait l'impression que d'une certaine façon, Jack la mettait à l'épreuve, et cela depuis un certain temps. Lorsqu'il lui avait expliqué ce qu'était un corps dans la boîte, la veille, elle avait senti l'intensité du regard qu'il posait sur elle, comme s'il se demandait encore, après tout ce qu'elle avait accompli, si elle était à la hauteur. Elle avait veillé à dissimuler sa réaction spontanée, de pure révulsion, pour montrer combien elle savait s'adapter vite à tout ce qu'il décidait de lui jeter au visage. Elle avait même participé avec enthousiasme à la dernière phase de la discussion : comment être admis à voir le corps exposé ?

Avait-il apprécié ? C'était difficile à dire. Il n'en avait pas reparlé dans la chambre, il n'avait fait aucun commentaire. Mais Sara avait envie que Jack Ingersoll ait une bonne opinion d'elle, et cette prise de conscience ne lui plaisait que modérément. Si cela impliquait de rester de glace à l'idée de prendre des cadavres en photo, très bien. Elle serait aussi insensible, capable et solide qu'il le souhaitait.

Elle lui jeta un coup d'œil, encore endormi à ses côtés. Il était affreusement tôt – 7 : 17, 7 : 18 – mais elle avait très envie de lui parler. Pour sa part, elle se sentait incapable de se rendormir et n'avait pas envie de rester éternellement à ruminer ses pensées de la sorte. Elle avait besoin de parler à Jack. Pas du corps dans la boîte, de la Buick bleu foncé.

Comment vais-je la retrouver, maintenant ?

Allons, Jack, réveille-toi.

Jack était réveillé. Il étudiait le profil de Sara par les fentes de ses yeux à peine entrouverts. À quoi peut-elle bien penser ? Au corps dans la boîte ? Seigneur, elle s'y est habituée drôlement vite. D'abord, elle a eu une réaction normale – Oooh ! mais c'est dégoûtant, etc. – mais ensuite, elle a immédiatement enchaîné, contribuant à trouver des solutions pour s'introduire dans la propriété Crawfish, s'approcher de la bière, se pencher au-dessus du cadavre dans son cercueil.

Quel est le problème ? Pourquoi ai-je envie que cette fille échoue dans son travail ? J'interroge mon cœur et je me demande si je ne suis pas simplement en train d'en faire un autre moi-même en lui offrant toute *mon* innocence inutilisée et la lâchant ensuite en pleine mer sur cette fine couche de glace – ici –, juste pour voir une fois de plus jusqu'où l'innocence peut vous mener. Mais pourquoi elle ? Si je tiens à cette fille – et je tiens à elle, autant l'admettre –, donc si je tiens à elle, pourquoi la mets-je continuellement en situation de se planter ?

D'autant qu'elle ne manifeste aucun intérêt pour ce genre d'exercice. Alors, de quoi s'agit-il ? Parfois, je ne me comprends plus moi-même.

Sara devenait de plus en plus agitée, assise à côté de lui. Elle changeait de position, arrangeait les oreillers, lui donnant de temps en temps, et comme par hasard, des coups de pied dans le tibia. Elle a besoin de compagnie, se dit-il, et il décida que le moment était venu de se réveiller pour de bon. Il bâilla ostensiblement, se retourna dans le lit en réussissant à lui rendre un de ses coups de pied et, ouvrant à moitié les yeux, la regarda en demandant « C'est le matin ?

– Oui. »

Il se souleva légèrement et consulta les chiffres rouges, en haut et à droite de l'écran de télévision vide. 7 : 23. « Sara, il est affreusement tôt.

– Je voudrais te demander quelque chose. »

Il se redressa à côté d'elle, clignant des yeux pour les décoller.

« Bonjour, dit-il. Tu es magnifique.

– Toi aussi, tu es magnifique, répondit-elle machinalement. Je ne me suis pas encore brossé les dents.

– Moi non plus.

– Je sais. Écoute-moi, j'ai une question à te poser.

– D'accord. (Sous les draps, il posa sa main sur sa cuisse.) Vas-y.

– Comment puis-je retrouver une voiture dont j'ai la description, dont je sais qu'elle a été louée et qu'elle est immatriculée à Dade County, mais dont j'ignore le numéro d'immatriculation ?

– Hummmm », grommela-t-il. Il réfléchit à la question. Et à la question qui se cachait derrière, c'est-à-dire : Pourquoi veut-elle savoir ça ? « Est-ce que ça n'aurait pas un lien avec l'homme mort que tu as trouvé au bord de la route en venant pour ton premier jour de travail ? demanda-t-il.

– Ce n'est pas pour le travail que je m'interroge. C'est pour moi.

– J'ai compris. Dois-je en déduire, par conséquent, que dans ton esprit, il pourrait y avoir un lien entre les coups de feu à Martha's Vineyard et cet homme ?

– C'est une possibilité.

– Comment se fait-il que tu n'en aies pas parlé ? Au moment où c'est arrivé, je veux dire. »

Elle lui lança un regard entendu.

« Pourquoi l'aurais-je fait ? Dans quelle série télévisée me voit-on régulièrement ?

– Oh, allons, Sara », dit-il en enlevant sa main comme s'il s'était soudain brûlé. Il se redressa complètement dans le lit. « Et si quelqu'un veut ta peau ?

– Il va falloir que je fasse quelque chose à ce sujet. Je sais, je suis d'accord avec toi. Mais c'est à moi de le faire, pas à toi. Pas à *Galaxy*.

– Et les flics ?

– Tu as vu comme ils se sont préoccupés de l'affaire, à Martha's Vineyard, quand je leur ai dit que je travaillais pour le *Galaxy* ? Du coup, ça ne les intéressait plus du tout.

– C'est l'inconvénient de ne pas être digne d'attention, répondit-il. Mais nous sommes également méprisables. D'accord, parle-moi de cette voiture.

– C'est une Buick bleu foncé, une Riviera, je crois. Vieille de deux ou trois ans. Louée ou en location-vente. Immatriculée à Dade County. Elle n'a pas été volée, j'ai vérifié auprès du bureau du shérif de Dade. »

Il fronça les sourcils, le regard perdu sur l'écran de télévision vide. « Deux ou trois ans. Et une Buick, en plus. Propre, en bon état ?

– Un peu crade, à vrai dire.

– Parfait. Donc, ce n'était probablement pas une location-vente à long terme, parce que en général, ça concerne des voitures neuves et celle-là est trop vieille. Et ce n'était pas une des grandes sociétés de location genre Hertz. Plutôt une de ces compagnies locales qui louent des voitures d'occase pour trois fois moins cher. Combien peut-il y en avoir ?

– Dans tout le comté ? À Miami ? Des milliers.

– Non, quand même. Des centaines, peut-être. Écoute, je vais appeler Mary Kate pour qu'elle trouve un reporter qui nous doit quelque chose et on va le mettre sur le coup, lui demander d'appeler toutes les officines de location de vieilles caisses qu'il trouvera dans les pages jaunes de l'annuaire de Miami.

– Oh, Jack, ça serait génial. » Son entrain revenait à vue d'œil.

« C'est vraiment dommage que Binx se soit fait lourder, dit Jack d'un air pensif. Il a toujours été bon pour ce genre de conneries.

– Ben... » dit Sara.

Jack la regarda en fronçant les sourcils.

« Aurais-tu une révélation à me faire ?

– Binx est de retour », dit Sara.

Jack en fut à la fois abasourdi, ravi et consterné. « De retour ? C'est incroyable ! Massa ne les ressuscite jamais. De retour dans son quadrilatère, vraiment, aussi gai que d'habitude ?

– En fait, non. Il a été repris comme reporter, avec un salaire de départ.

– Oh, *merde* !

– Affecté à l'équipe de Boy Cartwright.

– Et il a *accepté* ? »

Sara préféra ne pas répondre. Jack soupira, hocha la tête et dit : « Nous travaillons pour l'empire du mal, ma chérie. Ne l'oublie jamais.

– Je n'en ai pas l'intention.

– En tout cas, Binx pourrait peut-être sécher le bureau aujourd'hui.

– J'apprécie beaucoup, Jack. Vraiment.

– Allons, ce n'est rien. Et puis, tu es une bonne journaliste et un membre précieux de l'équipe, alors s'il y a une chance de te garder en vie, ça vaut la peine. »

Elle lui sourit.

« Tu es un chouette patron, après tout.

– Après tout quoi ?

– Attends-moi là. Je vais me laver les dents. »

6

Les documents produits à flot continu par la maison d'Edger Street étaient expédiés sans tarder à Massa en Floride. Témoignages de personnes ayant vu des ovnis à la mort de Johnny Crawfish mais aussi à sa naissance ; prémonitions ; souvenirs de détenus s'exprimant avec une élégance surprenante ; parallèles insoupçonnables entre sa vie et celles de Mozart, Thomas Jefferson et John Lennon ; romans d'amour bidons avec trois vedettes de séries télévisées ; une évocation peu connue (parce que inexistante) de Johnny en volontaire des Peace Corps ; et autres déchets variés. Une partie de ce monceau d'ordures serait traitée directement par le stylo rouge personnel de Massa, une autre ne passerait pas le barrage des vérificateurs de faits, du Rewriting et des évaluateurs, et le reste paraîtrait effectivement dans le journal. Mais cela n'avait de toutes manières aucune importance, du moment qu'ils obtenaient le corps dans la boîte.

Ça n'allait pas être facile. La police de l'État de Virginie contrôlait l'unique route nationale qui passait à proximité de la propriété, et s'était déjà montrée particulièrement agressive avec Don Grove lorsqu'il avait candidement arrêté sa voiture près de la muraille pour enlever des bestioles collées sur son pare-brise. À l'intérieur de l'enceinte, les égorgeurs et autres brigands avec qui Johnny avait eu coutume de partager ses loisirs montaient une garde belliqueuse, ayant déjà expédié à l'hôpital trois fans ordinaires de la défunte idole qui croyaient, dans leur innocence, pouvoir impunément lui faire leurs ultimes adieux.

Le dernier espoir, c'était les cousins. Johnny Crawfish avait grandi au sein d'une famille prolifique et scrofuleuse dont chaque membre était prêt à vendre sa petite sœur à un orang-outan à condition d'en obtenir un bon prix. (« Ne t'inquiète pas, sœurette, ils m'ont juré que tu aurais un manteau de fourrure à toi. ») Les cousins furent donc abordés individuellement et par groupes, éblouis par une pluie prometteuse de dollars, instruits dans le maniement d'appareils photo simples et faciles à dissimuler, et assurés de toucher un substantiel complément de récompense s'ils parvenaient à rapporter une photo lisible de leur parent défunt, entier, reconnaissable, convenablement cadré et dans la boîte.

Il y aurait deux séances d'exposition du corps, et aucune ne serait ouverte au public. Elles étaient exclusivement destinées à la famille (cousins), aux amis (repris de justice) et aux pairs du monde du show-biz. Les cartons d'invitation, jalousement conservés par ceux qui en avaient reçu un, faisaient l'objet d'intenses convoitises. (La visite que Chauncey Chapperell rendit à l'imprimeur eut pour résultat, au lieu des exemplaires de passe qu'il escomptait, un superbe cocard sous son œil gauche et un drôle de couac dans la gorge pendant quelques jours.) Les deux séances – mercredi de 17 à 22 heures et jeudi de 18 à 21 heures – furent réparties fort démocratiquement entre les différentes catégories de privilégiés, de sorte que cousins et repris de justice pourraient dans les deux occasions deviser familièrement avec les grands et presque grands de ce monde.

L'idée de racheter des invitations à un ou deux cousins et d'envoyer Don Grove ou je ne sais qui à leur place fut rayée de la carte (au grand soulagement de Don) quand on apprit qu'il y aurait en permanence un planton familial à l'entrée pour empêcher ce genre de substitution. Les obsèques ayant lieu à l'intérieur, la force aérienne de *Galaxy* ne pouvait exercer ses talents. Et la flotte Crawfish étant sur le qui-vive, la marine de *Galaxy* était contrainte de rester au port. Et compte tenu des murs couronnés de barbelé renforcé, plus les criminels armés sillonnant le territoire en Jeep, cette fois, on ne pouvait envisager le renfort de la cavalerie.

Tout reposait donc entre les mains des cousins.

Mercredi, 16 h 30. La première rame de cousins équipés d'appareils photo avait été expédiée, mais on n'avait encore aucun résultat. Sara était assise à son bureau du centre de commandement, aussi silencieuse que les autres, et lorsque le voyant de son téléphone se mit à clignoter, elle ne put imaginer d'abord qui diable l'appelait à un moment pareil.

« Est-ce bien la charmante et ravissante Sara Joslyn ?

– Binx ! Comment allez-vous ?

– Raisonnablement bien, répondit-il. Je me repose, je me nourris.

– Vous vouliez parler à Jack ?

– Je ne pense pas. Ça ne m'est jamais arrivé jusqu'ici. En fait, c'est vous que j'appelle. Je crois tenir votre Buick. »

Le cœur battant, Sara attrapa un stylo et du papier.

« Vraiment ? Génial !

– Vu que Mary Kate a été muette comme une carpe quant au motif de tout ça, se plaignit gentiment Binx, je ne savais pas exactement ce dont vous aviez besoin, alors j'ai ramassé ce que j'ai pu.

– C'est très bien comme ça, dit Sara, aussi carpe que Mary Kate. Tout ce que vous aurez trouvé me conviendra parfaitement.

– D'accord. La Buick a été louée à la société Location de Voitures A-Betta, près de l'aéroport. (Binx épela le nom de la société.) La personne qui l'a louée, en payant avec une carte American Express, a donné le nom de Michael Hanrahan.

– Un Irlandais ? » s'étonna Sara. La musique de salsa, le visage buriné, tout la portait à penser qu'il s'agissait plutôt de quelqu'un du Sud. Trafiquant de drogue, quelque chose dans ce genre. Qu'est-ce que ça pouvait être, alors ? De la contrebande d'armes ?

« Si Hanrahan est un nom irlandais et qu'il n'a pas menti en le donnant, c'est qu'il est irlandais, j'imagine. C'est important ?

– Je n'en ai aucune idée, lui avoua Sara en toute sincérité. Il y a autre chose ?

– M. Hanrahan a donné une adresse professionnelle à Los Angeles, sur Sunset Boulevard. » Il la lui communiqua et ajouta : « D'après le numéro, ça doit être assez loin à l'est, en dehors de la partie chic. La société s'appelle Western States Investigations. »

Sara digéra l'information.

« Des détectives privés ?

– Probablement, dit Binx. Je leur ai téléphoné et ils m'ont répondu que Michael Hanrahan ne travaillait plus pour eux.

– Ont-ils dit quand il est parti, ou pourquoi, ou quoi que...

– Sara, Sara, dit Binx. Je ne suis qu'un être humain. À peine, en fait.

– Oui, vous avez raison. Je suis désolée.

– Je peux vous dire quand la voiture a été restituée, si vous voulez.

– Je veux bien.

– Le 12 juillet. »

Le jour où elle avait trouvé le mort. La voiture avait été rendue le jour même.

« Ah, ah ! dit Sara.

– Ce qui est intéressant, du moins je pense que ça l'est, c'est que c'était le deuxième jour alors que la voiture avait été louée pour une semaine. Ils ne l'attendaient pas avant le week-end.

– Eh bien, dit Sara, c'est que Hanrahan n'en avait plus besoin, j'imagine.

– Voilà tout ce que j'ai réussi à apprendre. J'espère que ça servira à quelque chose.

– Merci, Binx, je suis sûre que oui. Je vous suis vraiment reconnaissante.

– *De nada.* On se verra à votre retour.

– D'accord.

– Oh ! Et... Sara...

– Oui ?

– J'ai pas mal réfléchi », dit Binx, soudain hésitant et un peu embarrassé, l'air nerveux et pas très sûr de lui. « Je crois que le moment est venu pour moi de quitter Marcy. Je veux dire, pour le bien de tout le monde. Je me disais que... euh... euh... à votre retour, peut-être qu'on pourrait dîner ensemble, tous les deux, et parler un peu de tout ça, vous voyez, euh, enfin, vous pourriez me donner votre point de vue de femme.

– Euh, euh, dit Sara.

– Je pensais que vous pourriez comprendre ma situation. Enfin, vous savez, m'écouter avec une oreille compréhensive.

– Euh, euh.

– Une épaule pour s'épancher, ce genre de chose.
– Euh, euh.
– Bien, dit Binx en s'éclaircissant la gorge. Alors, à bientôt, hein ?
– Euh, euh », conclut Sara.

7

Si un homme habitant la Californie est assassiné en Floride, il doit bien y avoir quelqu'un, chez lui, pour remarquer son absence, non ?

Oui. Le Département des Personnes disparues de la police de Los Angeles confirma au sergent Helen Sonoma, du bureau du shérif de Dade County, qu'un certain Michael Xavier Hanrahan avait été porté disparu le 3 août par son frère, Nicholas Hanrahan, 27500 Banetree Drive, Northridge, Californie, téléphone personnel 818-555-6904, téléphone professionnel 818-959-9999. Comme il était dix-sept heures pile à Norfolk, Virginie, et par conséquent quatorze heures à Northridge, Californie, banlieue éloignée de Los Angeles au nord (comme son nom l'indique) de la vallée de San Fernando, Sara composa aussitôt le numéro professionnel de Nicholas Hanrahan, et tomba sur une voix féminine.

« Parking Nuit et Jour.

– Nicholas Hanrahan, s'il vous plaît.

– Nicholas n'est pas encore arrivé. Réessayez après six heures. »

Elle appela donc chez lui où elle obtint le répondeur. Une voix agréablement rauque, suggérant un type d'une quarantaine d'années, plutôt dur mais avec le sens de l'humour, répondit : « Ici Nick Hanrahan. J'ai filé quelque part. Laissez votre message après le signal sonore.

– Ici Helen Sonoma, confia Sara à la machine après le signal sonore, de la société Locations de Voitures A-Betta, Norfolk, Virginie. Nous essayons de joindre Michael Hanrahan au sujet d'objets personnels oubliés dans un véhicule qu'il a loué à notre agence de Miami le 11 juillet de cette année. » Elle laissa le numéro de téléphone de sa ligne et ajouta : « Veuillez me rappeler en PCV. »

Au moment où elle raccrochait, les deux premiers cousins Crawfish entrèrent avec fracas dans la pièce, riant, très excités, débordant d'adrénaline, incapables de la boucler, agitant leurs appareils photo en clamant leur réussite : « On l'a, on l'a ! Vous pouvez laisser tomber, on l'a ! C'est là-dedans ! » Et ainsi de suite, jusqu'à ce que deux techniciens blasés arrachent les appareils photo de leurs mains tremblantes pour les emporter dans la chambre noire. On persuada les cousins d'aller attendre sous le portique et le silence s'établit soudain, les yeux de chacun rivés sur la porte de l'ancienne cuisine.

Un autre cousin, nerveux comme un rat dans un chenil, entra furtivement et tendit son appareil, que Jack prit en lui demandant : « Vous avez la photo ?

– Ouais. Donnez-moi mon fric et je me taille.

– D'abord, on regarde la photo.

– Elle est dedans, elle est dedans, ne vous inquiétez pas.

– Ça me plaît de m'inquiéter, dit Jack. Allez attendre dehors. »

Dix minutes plus tard, un technicien sortit de la cuisine-chambre noire avec le verdict pour les premières photos : « Non.

– Non ? s'étonna Jack. Pourquoi non ?

– Elles sont presque toutes cadrées sur une oreille, expliqua le technicien, plus quelques-unes qui montrent le couvercle du cercueil. Je pense qu'un de ces gars a tourné l'appareil dans le mauvais sens. C'est *son* oreille que nous devons avoir.

– Donnez-les moi. » Jack s'empara des tirages puants et humides, sortit et les laissa tomber sur les genoux des cousins qui hurlèrent : « Ce ne sont pas les nôtres ! Vous essayez de nous entuber !

– Si vous restez sous ce portique une minute de plus, menaça Jack, il y a des gros costauds qui vont sortir avec leur batte de base-ball pour vous transformer en pâtée pour chiens. »

Les cousins jetèrent les oreilles et les couvercles de cercueil par terre et s'éloignèrent, écœurés mais dignes. Le cousin face-de-rat resta, fumant une cigarette nichée secrètement dans le creux de sa main. Il regarda Jack sans ciller.

Jack repartit à l'intérieur et quelques minutes plus tard, deux autres cousins arrivèrent. Ceux-là n'avaient pas de photos, ni d'appareils d'ailleurs, et ils saignaient abondamment en divers endroits de la tête et des mains. Ils insistèrent pour que le *Galaxy* leur paye le taxi. Pendant que Don Grove, dodelinant de la tête, sortait régler la course, Jack écouta le récit des cousins. Au-delà du baratin explicatif et des descriptions inutilement imagées des sévices corporels que leur avaient infligés les gardiens de La Cabane, le fond de l'histoire était assez simple : les cousins n'avaient pas pris leurs précautions. Ils avaient agité leur appareil photo dans la pièce où reposait le défunt alors qu'il y avait des témoins. Jack leur donna cent dollars et l'adresse d'un hôpital qui avait un service d'urgences.

Les photos du cousin face-de-rat n'étaient pas du tout cadrées, pas une seule d'entre elles.

Le pire était à venir. Les deux cousines qui arrivèrent ensuite en poussant des gloussements de rire n'avaient apparemment pas réussi à concentrer leur attention sur autre chose que le bas-ventre de leur défunt parent : soixante-douze clichés de mains grises croisées, ornées de bagues rosâtres. Un cousin plus âgé était parvenu à prendre cinq excellentes photos, parfaitement claires, du cercueil, mais depuis l'autre bout de la pièce. On ne voyait pas un seul cheveu de Johnny Crawfish. Un cousin adolescent avait mitraillé la façade de la maison noyée sous des projecteurs pour le seul bénéfice d'un reportage de la chaîne ABC et d'un documentaire filmé de Crawfish Productions, le parc, les gardiens, plusieurs célébrités présentes, les buffets chargés de mets et boissons dans le hall d'entrée de La Cabane, l'orgue construit spécialement pour le salon de musique où Johnny Crawfish avait composé d'éternels succès tels que « Bedroll Woman » et « My Semi-Drivin'Heart's in a Demihemiquaver Over You », le coin petit déjeuner où Johnny avait trouvé la mort, et puis c'est tout : en arrivant devant le cercueil, il n'avait plus de pellicule.

Et il représentait leur dernière chance. À cette heure, suffisamment de cousins avaient eu la sottise de laisser voir leur appareil pour que les affreux postés à l'entrée flairent une anomalie et dorénavant, on fouillait les nouveaux arrivants. La découverte d'un appareil entraînait automatiquement une raclée accompagnée de la suppression du carton d'entrée. La route qui longeait la propriété fut bientôt constellée d'appareils abandonnés et les salles d'urgences des hôpitaux de Hampton, de Newport News et de Norfolk regorgeaient de cousins Crawfish escagassés. Quant à la circulation le long du pont tunnel de Hampton Roads reliant Hampton à Norfolk, elle s'effectuait dans un seul sens : vers le sud, le plus loin possible de La Cabane. La retraite était devenue une déroute.

« Et merde, dit Jack à Sara. Allons dîner. »

« Le problème maintenant, dit Jack attablé devant des *scungilli* et une assiette de spaghettinis aux trois fromages, c'est que trop de célébrités sont au courant, pour cette histoire de corps dans la boîte, cela ne leur plaît pas et ils essaient d'empêcher que cela arrive.

– Comment ? » demanda Sara, qui avait commandé des *scampi fra diavolo* et des courgettes.

« La crémation est un des moyens, dit Jack, buvant une gorgée de chianti. Il y a aujourd'hui des vedettes de Hollywood respectueuses de la loi qui spécifient dans leur testament qu'après leur mort, elles ne veulent ni exposition du corps ni publicité, et demandent la crémation dans les vingt-quatre heures qui suivent le décès. C'est à cause de nous.

– Mais sont-elles vraiment au courant ? demanda Sara avec étonnement.

– Bien sûr qu'elles le sont. Les gens célèbres font partie de nos lecteurs les plus assidus. Nous leur assurons la gloire et l'importance. Plus ils lisent de conneries les concernant dans le *Galaxy*, plus ils sont sûrs d'avoir encore ce public.

– Et ils ne veulent pas, une fois morts, que huit millions de gens les voient.

– C'est vraiment un point de vue étriqué, je l'admets. Et qui nous rend la vie bien dure, quelquefois. » Il sourit. « Mais il y a aussi de bons moments.

– Vraiment ? Tels que... ?

– Tels qu'un petit morceau de bande-vidéo que j'ai gardé. Je te le ferai voir, un jour. On m'y voit habillé en prêtre, à Bel Air, interviewé pour le journal télévisé devant la demeure d'un célèbre chanteur qui vient de disparaître. Je suis le Père Mulroney, et je dis... » L'air à la fois pieux et malicieux, Jack joignit les mains au-dessus de ses *scungilli* et déclara : « Dans des moments tels que celui-ci, parlant tant comme vieil ami de la famille que comme conseiller spirituel, j'estime indispensable que les médias laissent la famille en paix, et cela vaut également pour vous. Laissez-les pleurer leur défunt dans l'intimité et la dignité. » Jack éclata de rire et s'adossa à sa chaise. « Cet idiot, devant moi, avait tellement honte de faire son métier de journaliste sur leur pelouse qu'il était pratiquement en larmes. Et moi, je sortais à l'instant même de la maison et j'avais encore l'appareil photo dans ma poche.

– Le corps dans la boîte.

– Lui-même.

– N'avons-nous pas envoyé quelqu'un déguisé en prêtre à La Cabane ?

– Si. Et ils ont essayé de lui tourner la tête pour la rétablir dans le bon sens par rapport à son col. Ils n'ont pas un grand respect de la religion, là-haut.

– Quelles sont les autres choses que tu as faites ?

– Pour avoir un corps dans la boîte, tu veux dire ? » Jack chercha pensivement dans ses souvenirs. « Ida a été une mère célibataire, un jour, serrant dans ses bras le bâtard du défunt. Elle était farouchement déterminée à ce que le rejeton voie son père au moins une fois dans sa vie.

– Oh !

– Une autre fois, Chauncey a incarné un fils de famille disparu depuis longtemps, qui n'était finalement pas mort alors qu'on l'avait cru perdu dans cette avalanche en Suisse, et qui réapparaissait au bout de tant d'années, juste à temps pour les obsèques de son papa.

– Oh, mon Dieu !
– Oui. Ce coup-là a été un peu délicat à gérer par la suite.
– Je veux bien le croire.
– Et puis, il y a eu l'incendie d'Ida, quand j'étais pompier.
– Pas moyen de faire brûler La Cabane, en tout cas.
– Malheureusement non. »
Sara dit alors, lentement : « Jack ? Que va-t-il se passer si on ne l'a pas ?
– Quoi donc ?
– Le corps dans la boîte. Il nous arrive d'échouer, non ?
– Jamais ! » Jack se redressa de toute sa hauteur au-dessus de ses *scungilli*. « S'il y a une chose que Massa veut plus que tout dans ce monde, ou dans un autre d'ailleurs, c'est le corps dans la boîte. Chaque fois. La crémation dans les vingt-quatre heures est la seule excuse qu'il accepte.
– Nom d'un chien ! »
Jack haussa les épaules. « Ida prétend avoir quelque chose, dit-il. Elle nous tire souvent d'affaire. Nous verrons en rentrant. »

Le break gris garé devant le 147 Edger Street était coiffé d'un gyrophare rouge officiel, éteint pour l'instant. Les plaques minéralogiques étaient officielles et l'inscription en lettres blanches, au-dessus du blason sur les deux portes latérales, annonçait : COMMONWEALTH DE VIRGINIE, SERVICE SANITAIRE DE L'ÉTAT. « Ça y est, dit Jack, ils vont nous forcer à fermer.
– Sincèrement, je ne peux pas les blâmer », dit Sara.
À l'intérieur, ils trouvèrent Ida vêtue en visiteuse de prisons ou je ne sais quoi : une toque grise avec

une sorte d'écusson en cuivre sur le devant, un tailleur gris perle de coupe austère avec un chemisier blanc à col montant, des bas noirs et de solides souliers noirs de bonne sœur. « Voilà pour toi, dit-elle à Sara en lui désignant une housse en plastique de teinturier pliée sur une chaise. Ton uniforme. Essaie-le.

– Ida ? demanda Jack. Ce véhicule, dehors, est-il à toi ?

– C'est un vrai de vrai, répondit Ida. Ça nous a coûté un max.

– Peu importe, si ça permet de passer les barrages.

– Nous passerons. »

Sara souleva la housse par le cintre en fil de fer et vit un uniforme identique à celui d'Ida. Il y avait également sur la chaise une pochette de bas noirs, une toque et une paire de ces chaussures qui ressemblaient à des remorqueurs.

« Je suis censée m'habiller avec ça ?

– Nous n'avons pas beaucoup de temps, souligna Ida. Il est huit heures passées et l'exposition du corps se termine à dix.

– D'accord. » Sara alla se changer dans la salle à manger inoccupée. Tout en se transformant en une créature aussi repoussante et anémiée qu'Ida, elle se demanda ce que celle-ci avait en tête et si cela allait marcher ou non. Ces gens qui gardaient La Cabane, étaient-ils capables de tabasser des femmes ayant pareil aspect ? À la fois excitée et tremblante d'appréhension, elle retourna dans le salon en marchant comme un grenadier avec ces chaussures qui d'ailleurs lui allaient parfaitement. Les vêtements aussi, même le chapeau, étaient à sa taille.

« Délicieux ! s'exclama Jack. Ma chérie, fuyons ensemble. Tu n'as jamais été aussi jolie.

– Merci, Jack. »

Don Grove l'interpella de son bureau.

« Sara ? Est-ce qu'Ida t'a dit, pour ton coup de téléphone ?

– Mon coup de téléphone ? » Avant de partir dîner, Sara avait scotché sur son appareil les noms « Helen Sonoma » et « Location de voitures A-Betta » de sorte que si, voyant la lumière clignoter, quelqu'un répondait à sa place, il n'y ait pas de malentendu. Elle demanda à Ida : « Qui était-ce ?

– J'ai marqué ça sur ton bloc-notes, là. Tu pourras en prendre connaissance au retour.

– J'aimerais y jeter un coup d'œil, dit Sara en se dirigeant vers sa table.

– Jack, nous n'avons pas beaucoup de temps, dit Ida.

– J'en ai seulement pour deux minutes, promit Sara.

– Vas-y », dit Jack. Mais l'impatience d'Ida sautait aux yeux.

C'était un message de Nick Hanrahan, qui laissait son numéro personnel. Sara appela, se présenta comme l'employée d'A-Betta et la voix agréablement rauque de Nick Hanrahan répondit : « Vous n'êtes pas la seule à chercher Mike. Moi aussi, j'essaie de le retrouver. Son proprio m'a téléphoné le 1er août. Quant est-ce qu'il vous a loué cette voiture ?

– Il l'a rendue le 12 juillet.

– Ouais, il a pris l'avion pour Miami le 11. Je l'ai vu sur son agenda de bureau quand je suis allé y faire un tour. Mais je n'ai plus trace de lui après ça. Qu'a-t-il laissé dans la voiture ?

– Un pistolet.

– Oh ! dit Nick Hanrahan. Sapristi ! Effectivement, je comprends que votre boîte soit un peu irritée, enfin, embêtée.

– Cela nous aiderait beaucoup de savoir pourquoi M. Hanrahan a pu avoir une arme en sa possession.

– Ben, c'est un privé, vous savez. » Il eut un petit rire embarrassé. « Enfin, ce n'est pas ce qu'on pense, pas comme dans les films.

– Je ne suis pas sûre de comprendre, dit Sara.

– Voyez où il travaille. Bon, commençons par moi. Je suis associé dans un groupe de parcs de stationnement.

– Parking Nuit et Jour.

– C'est nous. Nous avons plusieurs sites autour de Los Angeles. Bon, il y a pas mal d'argent qui circule dans des boîtes de ce genre, alors nous avons de temps en temps des gens indélicats qui essaient de piquer dans la caisse. C'est pour ça que nous louons les services d'une société comme Western States – c'est pour eux que travaille Mike...

– Oui, c'est l'adresse qu'il a mise sur son contrat de location. Enquêtes Western States.

– Exact. Pour l'essentiel, ils assurent la sécurité des entreprises, des gens comme nous. Ils planquent des gars en civil chaque fois que nous pensons avoir un trou dans la caisse. On ne va pas au tribunal pour ces choses-là, vous savez. Alors c'est Western States qui règle l'affaire pour nous, vous voyez ce que je veux dire ?

– Nous rencontrons le même genre de situations dans notre secteur, dit Sara.

– Je veux bien le croire. Si vous louez des voitures, vous devez savoir de quoi je parle. Bon, toujours est-il que Mike travaille pour eux, je les ai mis en contact quand il est venu s'installer ici, et lorsqu'ils ont besoin d'une enquête régulière, pas des petits chapardages d'employés, c'est lui qui s'en charge.

– Donc, il est vraiment détective privé, dit Sara, veillant à parler de Michael Hanrahan au présent.

– Plus que Western ne le voudrait, parfois, dit Hanrahan en riant. Il est simplement censé suivre la routine, vous voyez ? satisfaire le client, *basta.* Mais pour ce voyage à Miami, par exemple, il a dit à Klein – Klein est son patron, à Western – il a dit à Klein qu'il allait devoir engager quelques frais, pour cette riche cliente...

– Quelle cliente ?

– Je ne sais pas, une femme riche, la veuve d'une vedette ou un truc comme ça. Bref, Mike a dit qu'il allait devoir engager des frais, et qu'il aimerait quitter la ville quelques jours. C'est là qu'il est parti pour Miami. Et maintenant, il a disparu et vous me dites qu'il y avait un flingue dans sa voiture. Cette arme, vous avez une description ? »

Sara s'était préparée à ça. Elle lut les caractéristiques qu'elle avait relevées dans un magazine spécialisé. « Un Colt Cobra 38 Special.

– Oh, oh ! Un truc facile à cacher. Je ne sais pas. C'est possible, mais ça ne ressemble pas aux armes qu'il portait habituellement. Enfin, on ne peut pas savoir. Il a laissé autre chose ?

– Non, monsieur.

– Il a laissé une adresse sur place ?

– Aucune, dit Sara. Seulement Western States, Sunset Boulevard.

– Bon, écoutez, dit Nick Hanrahan, j'ai signalé la disparition de Mike à la police de Los Angeles. Je vais leur communiquer ces nouveaux éléments et ils se mettront en contact avec les flics de Miami qui viendront chercher l'arme. Ça vous va ?

– Parfait, dit Sara. Merci beaucoup de votre aide, M. Hanrahan. »

Quand elle raccrocha, Ida se tenait près d'elle, l'air furieux.

« Ça faisait largement plus de deux minutes.

– Désolée. Maintenant, je suis prête.

– Je vous souhaite bonne chance à toutes les deux, dit Jack.

– Merci, répondit Sara. Mais j'aimerais bien avoir un jean ou autre chose pour me changer au retour.

– Je te rapporterai ce qu'il faut de l'hôtel », promit Jack. Puis, se tournant vers Ida, il demanda : « Ida, serait-ce possible de savoir ce que tu mijotes ? »

Ida prit sur son bureau une de ces sacoches que les médecins utilisaient autrefois.

« Nous allons mettre fin à l'exposition du corps.

– Pourquoi ?

– Le défunt avait le Sida. »

8

La Cabane resplendissait dans toute sa blancheur, grande maison de planteur à colonnades datant d'avant la guerre de Sécession, bloc d'albâtre étincelant parmi les ténèbres avoisinantes. Des lumières blanches l'inondaient, des barres, des murs et des tours de lumière dont l'intensité effaçait les couleurs de la vaste bâtisse. Sous un tel éclairage, le bois devenait de la porcelaine et la peinture, du lait gelé. Prises dans un tel embrasement, les fenêtres n'avaient rien à montrer ; elles restaient noires entre les murs d'ivoire, réduites au concept de fenêtres voulu par l'architecte.

L'herbe était grise autour de la maison et le chemin qui menait à la porte d'entrée ressemblait à un serpent noir. Les silhouettes qui remontaient ce chemin à pied paraissaient à la fois noires et courbées. Sous ce torrent de lumière, on avait l'impression qu'aucun bruit, aucune couleur, quasiment aucun mouvement n'était possible. Mais au-delà des lumières, dans la nuit grise de tout le monde, des milliers de gens bougeaient, vivants colorés et bruyants.

Une foule hétéroclite d'individus venus pleurer le défunt sans y être invités avaient envahi la route qui longeait la propriété, frissonnant au contact des barbelés et hélant les célébrités encore en vie qu'ils voyaient entrer dans le champ lumineux et avancer, courbées sous le poids imaginaire de cette chape de lumière, vers la demeure principale pour y faire leurs adieux au « Troubadour perturbé de notre époque perturbée » (*Newsweek*). Des policiers en tenue, à pied, à cheval et en voiture, patrouillaient à la périphérie de la propriété, dégageant la route, séparant la Plèbe de l'Élite, maintenant l'ordre en cette « heure de souffrance nationale » (*Time*). Les vieux compagnons de route du défunt, des durs prêts à tout, jouaient les huissiers, escortant « les pairs de celui qui n'avait pas d'égal » (*People*). Des opérateurs d'ABC (vidéo) et de Crawfish Productions (film) transformaient le sinistre paysage lunaire qui apparaissait dans leur objectif en images d'une beauté ténébreuse où s'intercalaient les visages célèbres abîmés dans la réflexion que leur inspirait la disparition du « Fils Prodigue devenu le chouchou de l'Amérique » (*USA Today*). Tout autour, le charivari de la vie continuait, avec les mouvements de la foule, les murmures des invités, les commentaires et les indications chuchotés par les huissiers, les cris des cousins qui s'interpellaient.

Tout d'abord, dans cette pagaille bruyante et animée, on entendit à peine la sirène qui se rapprochait. Un premier officier de police, puis un deuxième, levèrent les yeux de la populace infinie qu'ils avaient à contrôler et virent le gyrophare rouge clignoter vers eux, réalisant soudain qu'il ne s'agissait pas d'une ambulance ordinaire. (Il en était déjà venu quelques-unes dans la soirée, à l'intention de ceux pour qui l'émotion avait été trop forte ou des huissiers, ou de quelques autres qui, ayant perdu l'équilibre, étaient tombés sous les pieds de la foule.) Mais celle-ci était différente, un véhicule officiel, et qui roulait à vive allure.

« Reculez ! Reculez ! Dégagez ! Libérez cet espace ! Sortez de là ! »

Le break gris apparut en vrombissant à leurs yeux et dépassa la foule ahurie, incapable d'identifier les deux femmes au visage impassible tout juste visibles à l'intérieur. Le break fonça dans un feu d'artifice de lumières et de crissements de pneus, négocia un virage serré accompagné d'une forte odeur de gomme brûlée pour franchir la grille et s'arrêta brusquement à quelques centimètres du flanc d'une Jeep Crawfish qui bloquait l'accès de l'allée.

Policiers, gardiens et producteurs de la télévision surgirent en courant de tous côtés tandis que les deux femmes descendaient de voiture, aussi grises et sinistres que le flot de lumière qui les inondait.

« Que se passe-t-il ? hurla un capitaine de la police de l'État. Qui êtes-vous ?

– Décision du tribunal, répondit sèchement Ida en faisant claquer sur le capot du break des documents dont il faudrait plusieurs heures pour établir qu'ils étaient falsifiés. Cet endroit est officiellement *fermé*. »

Dans la chambre d'hôtel qu'il partageait avec Sara, Jack découvrit sous une pile de petites culottes, en lui cherchant des vêtements pour se changer plus tard, une enveloppe portant l'inscription À OUVRIR APRÈS MA MORT.

Quoi ? Il la palpa et la soupesa, se demandant s'il s'agissait ou non d'un canular. Sara était-elle le genre de personne à cacher dans un tiroir une enveloppe de ce genre contenant du poil à gratter, une phrase assassine ou une blague quelconque ? Non. Ce n'était pas son style.

Alors ? Jack réfléchit et parvint à la conclusion que cela avait probablement un lien, une fois de plus, avec le mort du bord de la route. De plus, estima-t-il, dans une situation pareille, il avait au double titre de rédacteur en chef et de petit ami certains droits et privilèges. Finalement, prenant conscience de la curiosité qui le rongeait, il cessa de débattre avec lui-même et déchira le rabat.

Il lut le contenu lentement, d'abord avec un étonnement croissant, puis avec un malaise croissant. Il y avait quelque chose qui clochait là-dedans. Ayant terminé sa lecture, il recommença, et cette fois, il repéra l'endroit où Sara avait commis une erreur. Phyllis Perkinson n'était ni la meurtrière de l'homme du bord de la route, ni la personne qui avait tiré à travers la fenêtre de la chambre d'hôtel. Dans sa lettre, Sara avait formulé une hypothèse qui était complètement fausse.

Ce qui signifiait que...

« Nom de Dieu ! » s'exclama Jack à voix haute. Et il sortit de la chambre en courant.

9

C'était tellement bizarre de se retrouver seule dans cette immense maison avec tous les projecteurs braqués de l'extérieur, déformant les lignes, transformant le mobilier en vision de science-fiction. Sara traversa songeusement l'ensemble, les talons de ses remorqueurs claquant sur le sol et résonnant dans les pièces vides.

Ida, armée en tout et pour tout de son irrésistible intrépidité, de faux documents et d'une sacoche de médecin en cuir noir, avait vidé la maison comme si elle tenait une mitraillette, expédiant loin de toute cette lumière les gens sous le choc, qui se tordaient les mains. Le Sida ? Johnny Crawfish ? C'était l'horreur pure. Personne ne voulait rester à proximité de la maladie qui tuait impitoyablement. Et personne n'acceptait de croire que *Johnny Crawfish* avait pu en être porteur.

« Maladie contagieuse », avait déclaré Ida au capitaine de la police de l'État d'un ton officiel et glacé, non sans une pointe de mépris, tandis que Sara, à ses côtés, essayait de se composer une expression aussi froide et impénétrable que la sienne. « Dans les cas de mort par maladie contagieuse, la loi de l'État interdit l'exposition publique du corps ainsi que tout service religieux, quel qu'il soit, tant que l'autopsie n'a pas été pratiquée. Cette propriété est fermée conformément à la loi jusqu'à l'enlèvement du corps. Mlle Twitchell et moi-même assurerons la sécurité des lieux. Vous, capitaine... capitaine... ?

– Ogilvie, avait répondu le capitaine, les yeux écarquillés.

– Vous tiendrez le public à l'écart. Suivez-moi, Mlle Twitchell. »

Et Ida s'était engagée d'un pas martial sur le chemin, noyée sous le flot de lumière, suivie de Sara qu'un trac affreux ne quitta pas de tout le trajet jusqu'à la porte d'entrée noire et même au-delà. C'est seulement à l'intérieur, à l'abri de la lumière, qu'elle parvint à se détendre un peu, riant nerveusement, et demanda : « Fallait-il vraiment que je sois Mlle Twitchell ?

– Nous n'avons pas beaucoup de temps devant nous », dit Ida, aussi imperturbable et déterminée que jamais.

Elles traversèrent donc la maison, trouvant leur chemin pour avoir vu les photos du cousin adolescent, et tombèrent enfin sur la bonne pièce, avec les immenses couronnes de fleurs pêche et corail qui dégageaient une lueur feutrée et une odeur de pourriture caractéristique. Le cercueil était bien là, sur le catafalque, la moitié supérieure du couvercle relevée comme un piano de concert vu par un peintre cubiste. Et dans le cercueil, Johnny.

Elles étaient loin des projecteurs maintenant, absolument seules dans les profondeurs de La Cabane. Ida posa la sacoche sur un guéridon et en sortit un appareil photo. « Prends le premier rouleau, dit-elle.

– Un rouleau ?

– Il ne va pas s'en aller. Prends-les toutes. »

Sara saisit l'appareil à flash incorporé, alla se poster au pied du cercueil et regarda l'angle d'ébène étincelant que dessinait le couvercle relevé, la soie blanche qui bouillonnait le long de la doublure, le corps dans la boîte. Oh, mon Dieu, se dit-elle, regardant la pauvre dépouille abandonnée. Je ne suis pas sûre de pouvoir le faire. Regarde cette mâchoire, comme elle est grise. Je ne suis pas sûre de pouvoir le faire.

Il faut pourtant que je le fasse. Ida est là, Jack attend à Edger Street, puisque je suis allée jusque-là, il faut que je le fasse. Pourvu que mes mains ne tremblent pas, implora-t-elle, et elle leva lentement l'appareil vers son visage.

Ida dit alors, du ton de la conversation la plus banale : « J'imagine que tu as fini par découvrir que Jack avait tué Hanrahan. »

Sara faillit lâcher l'appareil. Elle tourna la tête et dévisagea Ida qui était toujours debout près du guéridon, la main sur la sacoche de médecin. « Quoi ? Qu'est-ce que tu as dit ?

– J'espérais que tu laisserais tomber, poursuivit Ida. C'est pour ça que j'ai tiré ces coups de feu dans ton lit.

– C'était *toi* ?

– Je savais que tu étais dans la chambre voisine avec Jack. Je comptais sur lui pour te convaincre d'abandonner.

– Il n'a pas... Il n'a jamais...

– C'est parce que je n'ai jamais pu lui en parler, voilà le problème, expliqua Ida, du ton de quelqu'un qui a raté son rendez-vous pour déjeuner. Je ne voulais pas qu'il sache que je le savais coupable, j'avais peur qu'il ne soit pas sûr de pouvoir me faire confiance. Pourtant, il peut. Complètement.

– Mais... » Le monde entier était en train de se brouiller sous les yeux de Sara, comme les photos des cousins qui n'avaient pas su faire le point, glissant et se fondant tour à tour.

« Mais pourquoi aurait-il fait ça ?
– Hanrahan était un détective privé.
– Ça, je le sais.
– Sybille Hamler l'avait embauché. »
Sara secoua la tête.
« Je ne sais pas... Je n'ai jamais entendu ce nom.
– La veuve de George Hamler », dit Ida, citant une grande star du rock décédée l'année précédente.
Le contact s'établit alors dans l'esprit de Sara.
« L'incendie !
– Quand nous avons été chargés de faire le corps dans la boîte, poursuivit Ida, Jack est entré dans la maison déguisé en pompier. La mère de Sybille Hamler se trouvait à l'intérieur. C'était une invalide en fauteuil roulant ; ils n'ont pas pu la sortir à temps. Elle est morte.
– Oh, Ida, dit Sara, le cœur serré. Qu'est-ce que tu me chantes là ?
– C'est Jack qui a allumé l'incendie.
– Non !
– Si, insista Ida d'un ton implacable. C'était le seul moyen de prendre la photo. Sibylle était persuadée qu'il s'agissait d'un incendie criminel et que la mort de sa mère était un meurtre. Elle a embauché Hanrahan, qui pensait tenir de bonnes charges contre Jack. Il est allé en Floride pour vérifier son hypothèse. Jack n'avait pas le choix. Tu comprends ça, non ? Pourquoi toi et moi, nous ne pouvons pas le lâcher, quoi qu'il arrive. Parce qu'il n'avait tout simplement pas le choix. »

Sara essaya de réfléchir, d'intégrer tous ces éléments, de leur donner un sens. Jack – Hanrahan – Ida tirant des coups de feu à travers la fenêtre de la chambre pour la dissuader de poursuivre ses recherches. Le mort au bord de la route...
« Non », dit-elle.

Ida la regarda attentivement.

« Non ? Qu'est-ce que tu veux dire, non ?

– Jack était déjà là quand je suis arrivée à *Galaxy* ce matin-là, dit Sara. Il y est resté toute la journée. Il n'aurait pas pu se débarrasser de la voiture. Il n'aurait pas pu se débarrasser du gardien. Oui, Taggart, lui aussi !

– Sara, ceci est très important, dit Ida. Pour le salut de Jack. Il a fait ce qu'il devait faire, et nous devons rester à ses côtés.

– Non. Ce n'était pas lui. Il m'a bousculée quand je suis sortie de l'ascenseur et il n'a pas quitté le bureau de la journée. Et la seule autre personne qui soit au courant de ça, Ida... (Sara dévisagea cette femme froide et impitoyable), c'est toi. »

La main d'Ida ressortit de la sacoche de médecin. Cette fois, elle tenait un pistolet.

10

Ils refusaient de le laisser avancer. Il klaxonna, klaxonna, appuyé de tout son poids sur l'avertisseur, passant la tête par la fenêtre pour hurler, et pourtant les lentes marées humaines le remarquèrent à peine, ne s'écartant mollement qu'au moment où le pare-chocs ou les ailes de sa voiture les frôlaient, clignant des yeux d'un air torve dans le faisceau de ses phares, se déplaçant avec la lenteur sous-marine des rêves. « Question de vie ou de mort ! criait-il. De vie ou de mort ! » Qu'est-ce que ça pouvait leur faire ? Eux-mêmes étaient à peine vivants et la mort, c'était l'excitation de Johnny Crawfish.

Un policier de l'État de Virginie, l'air de quelqu'un qui n'aurait jamais eu l'occasion d'exercer pleinement son autorité, se fraya un chemin jusqu'à la voiture, se baissa vers Jack tel un orage qui se présente de front et aboya : « Vous vous prenez pour qui ? Vous n'avez pas le droit de rouler ici.

– Les deux femmes du service sanitaire ! Il faut absolument que je les joigne !

– Et pourquoi ? demanda le flic, ayant remarqué le caractère résolument civil de la voiture et l'absence d'uniforme sur son chauffeur. Qui êtes-vous censé être ?

– C'est une question de vie ou de mort, nom d'un chien ! Je vous ferai mon rapport après ! Faites-moi traverser cette putain de foule ! »

La véhémence de Jack, conjuguée avec son mépris absolu pour l'autorité du policier qui suggérait la supériorité incontestable de la sienne, produisit son effet. « Suivez-moi », dit le flic, agissant comme si c'était lui qui donnait les ordres, et il précéda la voiture, hurlant aux gens de dégager la route, de rester sur les côtés, de se bouger le cul. Un policier monté se joignit bientôt à lui, et ils se creusèrent un chemin tous les trois parmi les vagues de denim, de polyester et de bas-reliefs de cheveux aux motifs élaborés, suivis par des yeux vaguement intrigués. Est-ce que c'est intéressant ? Ça n'a pas l'air intéressant, mais ça l'est peut-être, après tout ?

À l'entrée principale, Jack descendit de voiture et fut escorté jusqu'à un capitaine de la police de l'État qui se présenta sous le nom d'Ogilvie. Derrière Ogilvie, La Cabane se dressait dans la nuit, sinistre sous son flot de lumière. Tout le monde était rassemblé dans le fond, au-delà de la frontière entre ombre et lumière, tassé contre l'enceinte de la propriété. À première vue, rien ne bougeait dans la maison. C'était comme si la vie même prenait fin au seuil de cette porte.

Le capitaine Ogilvie, un homme las, l'air maltraité, la mâchoire projetée en avant, les poings sur les hanches et les coudes écartés, fusilla du regard ces nouveaux intrus. « Eh bien ? demanda-t-il. Qui êtes-vous au juste et que voulez-vous ? »

Jack ouvrit la bouche. Derrière l'épaule du capitaine, la maison vide brillait et rutilait, avec seulement Ida et Sara à l'intérieur. Fais-je erreur ? Suis-je devenu fou ? Le corps dans la boîte ! En ce moment même, à cette minute même, elles sont en train de me prendre le corps dans la boîte ! Vais-je risquer de le perdre ? Si j'ouvre la bouche, le *Galaxy* n'aura pas son reportage Crawfish. Ai-je raison ou ai-je tort ?

« Eh bien ? insista le policier, se rapprochant d'un air pressant.

– Les, les-les-les-les deux femmes du service sanitaire !

– Oui, qu'est-ce qu'elles ont ?

– Elles... Ce sont des usurpatrices ! En fait, elles viennent de *Galaxy-Hebdo*, pas du tout du service sanitaire ! »

Le capitaine écarquilla les yeux.

« Vous avez perdu la tête ou quoi ? Elles ont des papiers d'identité, un jugement du tribunal, elles...

– Tout est faux ! Archifaux ! » Jack sortit sa propre carte d'identité, la vraie, et la mit sous le nez du capitaine. « Je suis leur rédacteur en chef ! C'est moi qui les ai envoyées ici ! »

Le capitaine ne voulait rien croire de tout cela, et il ne voulait certainement pas croire un mot de ce que prétendait un type qui avouait travailler pour *Galaxy-Hebdo*. Écartant les papiers de Jack comme une mouche importune, il déclara : « Nous vérifierons ça quand elles ressortiront.

– Mais nous devons entrer ! hurla Jack. L'une d'elles est une meurtrière ! »

Une demi-douzaine de flics faisaient maintenant cercle autour d'eux, persuadés que Jack était fou. Ogilvie se cambra légèrement en arrière. Sa mâchoire avait repris sa place normale. « Une meurtrière, hein ? Et vous êtes leur rédacteur en chef. Et nous sommes supposés entrer et... »

La détonation ramena le silence.

Cela ne pouvait pas être autre chose. Elle claqua à l'intérieur de cette énorme maison vide, inondée de lumière, et fit table rase sur son passage comme un avion qui passe le mur du son. Le capitaine Ogilvie, dont la mâchoire pendait maintenant, se retourna pour voir. Jack, à l'agonie, trébucha et se retint au flic le plus proche. Appuyé sur ce bras gainé d'un uniforme lisse, ses yeux couverts de poussière fixés sur la maison, il dit, la gorge nouée « Je l'aimais, nom de Dieu, et je ne le lui ai jamais dit. Merde ! Merde ! »

CLAC !

La seconde détonation immobilisa une douzaine de corps en mouvement à la lisière de la zone de lumière. Dans le silence figé Jack releva la tête. *Deux* coups de feu. « Il y a encore de l'espoir », murmura-t-il.

11

Quand Ida lui dit : « Sors par cette porte, là-bas. Allez, avance », Sara pensa : Elle veut m'emmener au sous-sol ou dans un endroit où la détonation sera étouffée. Ensuite, elle ressortira en racontant qu'elle m'a laissée de garde auprès du corps et elle repartira en voiture, et elle assumera une autre identité avec ce génie particulier qu'elle a, et ils ne la retrouveront jamais. Et moi, je serai morte, dans le sous-sol de La Cabane. Avec ces chaussures !

C'est alors qu'elle prit la photo d'Ida. Non pour le plaisir de la prendre en photo, mais pour l'éblouir avec le flash et *filer* !

Ida appuya sur la détente et un bruit assourdissant, impressionnant, retentit dans la pièce. Un vase de fleurs qui se trouvait derrière Sara se pulvérisa en une infinité d'éclats humides, de gerbes d'eau et de lys fauchés.

La détonation dut également surprendre Ida, ainsi que le flash sous son nez, car lorsqu'elle tira à nouveau, Sara franchissait la porte d'un bond, telle une biche. Entendant le *chlouk* du plomb pénétrant le bois, Sara poussa un cri, perdit l'équilibre, battit des bras, lâcha l'appareil photo et se mit à faire de drôles de pas de danse. Enfin, elle se rétablit et traversa à toutes jambes l'antichambre transformée en piste de course de haies par des rangées de chaises pliantes. Elle gifla et renversa les chaises sur son passage, essayant de ralentir la course de quelqu'un qui pouvait simplement expédier une balle au-dessus de chaque obstacle, directement dans son dos qu'elle aurait voulu rendre le plus petit possible.

Même si elle avait eu le temps de jeter un coup d'œil par-dessus son épaule, elle ne l'aurait pas fait. Quelque chose était en train de la rattraper. La porte suivante, et la suivante, et à gauche dans un interminable couloir dallé de marbre qui semblait s'étendre jusqu'au bout du monde, comme dans un rêve où quelque chose vous poursuit et qu'on n'arrive pas à courir assez vite et que la porte n'arrête pas de reculer.

CLAC ! CLAC !

Une abeille lui piqua l'épaule gauche, ses genoux flanchèrent, toute son énergie fut absorbée par le sol de marbre. La porte se précipita à sa rencontre, devenue enfin une alliée, et elle se jeta au travers, malgré le poids de ses grosses chaussures de marche qui la retenait en arrière, la morsure de l'abeille qui engourdissait son épaule, et la LUMIÈRE la gifla en plein visage lorsqu'elle se vomit sur le trottoir, arrachant son ombre aux projecteurs, gommant son équilibre, appelant toute sa force à la rescousse. « Oh, mon Dieu ! » s'écria-t-elle en s'emmêlant les pieds, et elle s'étala de tout son long sur l'herbe grasse qui bordait l'allée en courbe.

Sara roula sur le dos, bouleversée, au moment où Ida sortait à son tour, grise et blanche, impitoyable, obsédée par une seule chose au monde, la mort de Sara Joslyn. Ida leva son arme et quarante policiers la découpèrent en lanières avec leur pistolet.

12

Dans l'ambulance, Jack ne cessait de lui parler, le médecin accouru sur les lieux lui ayant recommandé de « la maintenir en contact » parce que, même si l'éraflure de la balle sur son épaule était sans gravité, elle était « traumatisée » et Jack ne devait pas la laisser glisser dans « l'état de choc ». C'est moi qui suis en état de choc, pensa Jack, mais il continua à lui parler. « J'ai lu ta lettre, celle que tu avais cachée sous tes petites culottes. »

Elle était allongée sur le brancard, enveloppée dans une couverture bleue râpeuse, et elle le fixait des yeux en silence. L'ambulance tangua et Jack tangua aussi, ainsi que le policier assis à côté de lui sur l'autre brancard, mais Sara resta immobile, sans broncher, elle ne cilla pas et ne tangua même pas.

« Là où tu t'es trompée, vois-tu, poursuivit Jack, c'est en pensant que Phyllis étant la seule autre susceptible d'entrer dans l'appartement, qu'elle était la seule capable d'avoir enlevé ce morceau de papier de ton mur. Seulement *Ida* était allée là-bas. Je l'avais chargée d'une mission en apprenant que Boy avait un espion dans notre équipe. Ida a enquêté sur tout le monde, elle a découvert le lien entre Phyllis et *Tendances*, elle t'a vérifiée aussi, elle a retourné votre appartement de fond en comble. Ida savait fouiller un endroit comme personne de ma connaissance. Quand elle en est ressortie, elle connaissait ta taille et ta pointure. Et elle détenait ton morceau de papier. Sara, sais-tu pourquoi elle a tué l'homme au bord de la route ? Parce que moi, je l'ignore. »

Sara continua à le fixer sans ciller, elle ne s'arc-bouta même pas lorsque l'ambulance gîta en prenant un large virage.

Jack hocha la tête et passa sa langue sur ses lèvres. « Ce que je pense, c'est qu'elle allait à *Galaxy* avec lui pour une raison que j'ignore, qu'elle lui a demandé de s'arrêter et qu'elle a tiré. Tu es passée en voiture. Elle s'est accroupie dans la Buick. Elle a vu les lumières de tes freins s'allumer, en a déduit que tu allais revenir, et s'est échappée pendant que tu faisais demi-tour. Elle est allée se cacher de l'autre côté de la barrière en béton qui sépare les deux côtés de la route. Après tout, il n'y avait aucune circulation. Quand tu es revenue sur tes pas, elle t'a observée. Tout ce temps où tu es restée avec le mort, elle t'a observée depuis sa cachette. »

Sara ne réagit pas, ne fit pas un geste.

« Elle ne te connaissait pas, enchaîna Jack. Ne voyant pas d'autocollant *Galaxy* sur ton pare-brise, elle en a déduit que tu allais t'empresser de signaler la chose ailleurs. Tu es repartie, elle a mis le corps dans le coffre et a roulé jusqu'à *Galaxy*, où le gardien lui a raconté que tu venais de lui signaler que quelqu'un s'était fait tuer dans cette voiture. Elle a répondu que c'était une de nos mises en scène, et il n'avait aucune raison de ne pas la croire. *Tout* est toujours une de nos mises en scène. »

Sara déglutit, humecta ses lèvres. Ce fut le seul changement. Jack reprit : « Elle lui a dit qu'elle aurait besoin de son aide plus tard pour sa mise en scène, et est allée se garer dans le parking officiel sans autocollant. Il l'a laissée faire parce qu'il la connaissait, c'était une employée de vieille date, fort appréciée. Ensuite, elle est montée et s'est arrangée pour que tout le monde la voie en faisant tout un foin avec cette histoire de Keely Jones. Elle s'est assurée que personne ne prenait ton histoire au sérieux. Puis elle est repartie et a convaincu le gardien de l'accompagner. Après, elle a enterré les deux corps dans le maquis et est allée rendre la voiture. Tout ce qu'elle voulait, c'est t'empêcher de poursuivre l'affaire. »

Jack secoua la tête avec un rire amer. « À *Galaxy*, elle ne courait pas grand risque. Qui irait enquêter sur une affaire *réelle*, je te le demande ! Toi aussi, tu commençais à oublier tout ça, non ? Jusqu'au moment où elle s'est mise à tirer des coups de feu dans les chambres d'hôtel. En fait, elle n'avait qu'à attendre son heure, elle pouvait escompter que le *Galaxy* finirait par te laminer, que tu oublierais. Elle a manqué de patience, voilà tout. »

L'ambulance freina, ralentit, s'arrêta. Des portes claquèrent.

Sara soupira, un bruissement prolongé.

« Hanrahan », dit-elle. Jack se pencha en avant. « Le mort ? C'était Hanrahan ? Qu'y a-t-il à son sujet ?

– Il pensait que tu avais allumé l'incendie, dit-elle d'une petite voix perdue. Il venait pour te parler. Ida savait qu'à vous deux, vous découvririez qu'elle était la coupable. Puisque ce n'était pas toi qui avais allumé l'incendie, c'était forcément elle. Et la mère, c'était un meurtre.

– Oh, Seigneur, dit Jack en hochant la tête. Je n'ai jamais voulu regarder de trop près cet incroyable coup de chance. Je ne voulais pas être sûr. »

Les portes de l'ambulance s'ouvrirent et des infirmiers affairés apparurent, prêts à emporter Sara. La voix du policier, qui n'avait pas ouvert la bouche de tout le trajet, s'éleva. « Juste un instant, avant que vous l'emmeniez. »

Les yeux écarquillés de Sara se dirigèrent vers lui.

« Oui ? » demanda Jack.

Le policier s'approcha de Sara.

« Après le premier coup de feu, dit-il d'une voix neutre et impassible, quand M. Ingersoll ici présent vous a cru morte, il a dit, et je le cite : “ Je l'aimais, nom de Dieu, et je ne le lui ai jamais dit. ” J'ai pensé qu'il fallait vous le signaler. »

Les yeux de Sara s'étaient écarquillés davantage. Elle regarda Jack.

« Vraiment ? Tu as vraiment dit ça ? »

Jack lança un regard incendiaire au policier. « Merde. Maintenant, tout le monde va être au courant. »

Le magazine
qui saisit l'instant

De son bureau personnel, David Levin, rédacteur en chef chargé des Projets Spéciaux à *Tendances*, le Magazine qui saisit l'instant, avait une belle vue vers l'ouest, dominant les décombres organisés de la 40e Rue Ouest et ses voisines, la vaste étendue de l'Hudson River et la rive de Jersey avec ses gratte-ciel rectangulaires dépourvus de grâce qui surgissaient, solitaires, de-ci, de-là au bord de l'eau, comme si comté par comté et ville par ville, l'État du New Jersey s'efforçait de son mieux de faire la niche à la ville de New York. Derrière ces exemples honteux de l'enseignement dispensé par les instituts d'architecture s'étendait l'Amérique proprement dite, sous un ciel en perpétuel changement. Au nord, un aperçu des Palissades, et au sud, un coup d'œil sur le port de New York. C'était vraiment une belle vue, bien méritée après tous les efforts que David Levin avait fournis pour *Tendances*, et il aimait à se tenir près de la baie vitrée, mains serrées dans le dos, pour la contempler chaque fois qu'il en avait l'occasion.

C'est justement ce qu'il était en train de faire lorsque Myra, sa secrétaire, entra avec une mine incertaine et annonça : « Il y a deux personnes qui veulent vous parler. L'homme dit qu'il s'appelle Jack

R. Ingersoll et que vous le connaissez par *Galaxy-Hebdo*. »

David Levin blêmit instantanément. *Galaxy-Hebdo* ! Cette femme incroyable, répugnante ! Elle avait volé ses bandes magnétiques, il en était sûr mais il ne pouvait pas le prouver, et il ne pourrait jamais la retrouver, et jamais il ne pourrait raconter à personne ce qui s'était passé. Aussi avait-il été contraint de décider, en sa qualité de rédacteur en chef, que le reportage sur *Galaxy-Hebdo* n'était finalement pas assez élaboré pour présenter un quelconque intérêt pour les lecteurs de *Tendances* et qu'on ne le sortirait pas. Ce qui écœura la pauvre Phyllis Perkinson, qu'il amadoua partiellement en l'envoyant couvrir le mariage de John Michael Mercer (lui accordant ainsi des vacances tout en réussissant par la même occasion à se sortir de ses griffes).

Or John R. Ingersoll – Jack Ingersoll – avait été le rédacteur en chef de Phyllis dans ce ramassis de ragots. Levin se rappelait le nom. Que venait faire cet homme ici ?

« Il n'en est pas question », répondit-il.

Myra lui tendit une cassette en disant : « Il m'a dit de vous remettre ceci. »

Levin la prit d'une main soudain tremblante. C'était une de celles que la femme avait volées, il reconnut ses gribouillis dessus. Que mijotent-ils ? Pour mon propre salut, se dit-il, je ferais mieux de le découvrir. Et s'ils veulent ma garantie que *Tendances* ne va pas lâcher les loups sur leurs traces, après tout, je la leur donnerai avec plaisir, nom d'une pipe !

« Très bien. Faites-les entrer. »

Myra introduisit un couple d'aspect plutôt plaisant. La femme était jeune et jolie ; l'homme, l'allure désinvolte, tenait un journal roulé sous son bras. « Salut, dit l'homme avec un large sourire. Je suis Jack Ingersoll et voici mon associée, Sara Joslyn.

– Salut », dit Sara Joslyn, également souriante.

Nerveux, Levin tapota les jointures de sa main gauche avec la cassette.

« Oui ? Vous vouliez me parler de *Galaxy-Hebdo* ?

– Oh, non, répondit Jack, rayonnant. Nous avons quitté l'endroit.

– Dans ce cas, je ne vois..

– Nous sommes venus pour travailler avec *vous*, dit Jack d'un ton suave.

– *Moi* ? Non, vraiment, il n'y a pas la moindre...

– Attendez une seconde », dit Ingersoll. Il y avait quelque chose de troublant dans l'assurance tranquille de cet homme. « Sara et moi sommes d'excellents journalistes d'investigation, je peux vous l'assurer.

– Il n'empêche que...

– Juste pour vous donner un exemple, dit Sara Joslyn en sortant une autre cassette de son sac et la brandissant sous son nez. Voici notre premier reportage en exclusivité, rien que pour vous, si nous travaillons pour votre magazine. »

Levin regarda la cassette d'un œil torve. Malgré lui (mais il ne put s'en empêcher), il demanda :

« Qu'est-ce que c'est ?

– Vous, expliqua Ingersoll. En conversation avec une femme nommée Ida Gavin ancien reporter du *Galaxy*. Il semble que vous soyez au lit, tous les deux. Ida décrit en détail ce que vous êtes en train de faire. »

Levin s'adossa à la baie vitrée qui commandait sa vue. Il se rappelait la voix de cette femme, la façon dont elle n'arrêtait pas de commenter la situation. Nom de Dieu !

« De fait, ajouta Sara Joslyn avec un charmant sourire parfaitement incongru, il y a un moment où vous demandez deux ou trois choses, sur cette bande.

– Vous ne vous souvenez peut-être pas d'Ida Gavin, dit Ingersoll. Du moins pas sous ce nom-là. Voici de quoi vous rafraîchir la mémoire. » Il déplia le *New York Post* roulé sous son bras, l'ouvrit à la page cinq et le tendit à Levin.

Non ! La folle de la veillée mortuaire de Johnny Crawfish. La journaliste de *Galaxy-Hebdo*, trois fois meurtrière. Les yeux froids qui le dévisageaient depuis la banale photo de presse lui rappelaient effectivement quelque chose. Levin était tellement absorbé par la contemplation de ces yeux qu'il ne remarqua pas le manège d'Ingersoll, qui, jaugeant le bureau d'un air satisfait, semblait envisager de s'y installer dans, oh ! disons, quatre ans à tout casser.

Détournant enfin ses yeux de ceux de la morte du journal, Levin les porta sur la cassette que tenait Sara Joslyn. « Comment puis-je savoir... ? » commença-t-il, mais la voix lui manqua et il dut s'y reprendre une deuxième fois. « Comment puis-je savoir que c'est l'unique exemplaire ?

– Qu'est-ce que cela peut faire, demanda aimablement Ingersoll, du moment que nous travaillons pour vous ?

– Les projets spéciaux du *Tendances*, dit Sara Joslyn avec un sourire angélique. Vous verrez, nous ferons du travail super. »

Ils allaient le faire. Ils le pouvaient. Rien ne permettait de penser le contraire. Levin posa le journal sur une table proche. Il tendit la main, et Sara Joslyn y déposa la cassette. Il referma les doigts sur la petite boîte en plastique.

Jack Ingersoll dit gravement : « Aucun de nous ne reparlera jamais de ceci. C'est promis. »

Levin les regarda l'un après l'autre. Le décor bascula. Il les vit sous un jour nouveau. Ces gens... Ces gens étaient effectivement des *journalistes d'investi-*

gation ! L'équipe qui travaillait avec lui était composée de collégiens, en comparaison. Avec ces gens-là, David Levin pouvait... régner sur *Tendances* !

Brusquement, un sourire franc éclaira son visage. Il glissa la cassette dans sa main gauche, tendit la droite et dit : « Bienvenue à bord ! »

Jack Ingersoll la lui serra d'une poignée virile qui inspirait la confiance.

« Vous n'aurez pas à le regretter, M. Levin. »

Les yeux de Sara Joslyn se mirent à briller.

« Du journalisme propre, dit-elle dans un souffle. Enfin. »

Table

Rivages/noir

Joan Aiken
Mort un dimanche de pluie (n° 11)

Robert Edmond Alter
Attractions : Meurtres (n° 72)

Jean-Baptiste Baronian
Le Tueur fou (n° 202)

William Bayer
Labyrinthe de miroirs (n° 281)

Marc Behm
La Reine de la nuit (n° 135)
Trouille (n° 163)
À côté de la plaque (n° 188)
Et ne cherche pas à savoir (n° 235)
Crabe (n° 275)

Tonino Benacquista
Les Morsures de l'aube (n° 143)
La Machine à broyer les petites filles (n° 169)

Bruce Benderson
Toxico (n° 306)

Pieke Biermann
Potsdamer Platz (n° 131)
Violetta (n° 160)
Battements de cœur (n° 248)

Michael Blodgett
Captain Blood (n° 185)

Daniel Brajkovic
Chiens féroces (n° 307)

Wolfgang Brenner
Welcome Ossi ! (n° 308)

Paul Buck
Les Tueurs de la lune de miel (n° 175)

Edward Bunker
Aucune bête aussi féroce (n° 127)
La Bête contre les murs (n° 174)
La Bête au ventre (n° 225)

James Lee Burke
Prisonniers du ciel (n° 132)
Black Cherry Blues (n° 159)
Une saison pour la peur (n° 238)
Le Bagnard (n° 272)
Une tache sur l'éternité (n° 293)

W.R. Burnett
Romelle (n° 36)
King Cole (n° 56)
Fin de parcours (n° 60)

Jean-Jacques Busino
Un café, une cigarette (n° 172)
Dieu a tort (n° 236)
Le Bal des capons (n° 278)
La Dette du diable (n° 311)

Daniel Chavarría
Adiós muchachos (n° 269)
Un thé en Amazonie (n° 302)

George Chesbro
Une affaire de sorciers (n° 95)
L'ombre d'un homme brisé (n° 147)
Bone (n° 164)
La Cité où les pierres murmurent (n° 184)
Les Cantiques de l'Archange (n° 251)
Les Bêtes du Walhalla (n° 252)
L'Odeur froide de la pierre sacrée (n° 291)

Andrew Coburn
Toutes peines confondues (n° 129)

Michael Collins
L'Égorgeur (n° 148)
Rosa la Rouge (n° 267)

Robin Cook
Cauchemar dans la rue (n° 64)
J'étais Dora Suarez (n° 116)
Vices privés, vertus publiques (n° 166)
La Rue obscène (n° 200)
Quand se lève le brouillard rouge (n° 231)
Le Mort à vif (n° 241)
Bombe surprise (n° 260)

Peter Corris

La Plage vide (n° 46)
Des morts dans l'âme (n° 57)
Chair blanche (n° 65)
Le Garçon merveilleux (n° 80)
Héroïne Annie (n° 102)
Escorte pour une mort douce (n° 111)
Le Fils perdu (n° 128)
Le Camp des vainqueurs (n° 176)

Hélène Couturier

Fils de femme (n° 233)

James Crumley

Putes (n° 92)

Mildred Davis

Dark Place (n° 10)

Jean-Paul Demure

Milac (n° 240)
Fin de chasse (n° 289)

Pascal Dessaint

La vie n'est pas une punition (n° 224)
Bouche d'ombre (n° 255)
À trop courber l'échine (n° 280)

Thomas Disch/John Sladek

Black Alice (n° 154)

Wessel Ebersohn

La Nuit divisée (n° 153)
Coin perdu pour mourir (n° 193)
Le Cercle fermé (n° 249)

Stanley Ellin

La Corrida des pendus (n° 14)

James Ellroy

Lune sanglante (n° 27)
À cause de la nuit (n° 31)
La Colline aux suicidés (n° 40)
Brown's Requiem (n° 54)
Clandestin (n° 97)
Le Dahlia noir (n° 100)
Un tueur sur la route (n° 109)
Le Grand Nulle Part (n° 112)

Un pied dans la tombe (n° 49)
Obédience (n° 70)
Le Noyé d'Arena Blanca (n° 76)
Pente douce (n° 79)
Le Garçon enterré ce matin (n° 104)
Un pays de vieux (n° 155)
Le Livre de Bohannon (n° 214)

John Harvey
Cœurs solitaires (n° 144)
Les Étrangers dans la maison (n° 201)
Scalpel (n° 228)
Off Minor (n° 261)
Les Années perdues (n° 299)

Vicki Hendricks
Miami Purity (n° 304)

George V. Higgins
Les Copains d'Eddie Coyle (n° 114)
Le Contrat Mandeville (n° 191)
Le Rat en flammes (n° 243)
Paris risqués (n° 287)

Tony Hillerman
Là où dansent les morts (n° 6)
Le Vent sombre (n° 16)
La Voie du fantôme (n° 35)
Femme-qui-écoute (n° 61)
Porteurs-de-peau (n° 96)
La Voie de l'Ennemi (n° 98)
Le Voleur de temps (n° 110)
La Mouche sur le mur (n° 113)
Dieu-qui-parle (n° 122)
Coyote attend (n° 134)
Le Grand Vol de la banque de Taos (n° 145)
Les Clowns sacrés (n° 244)
Moon (n° 292)

Chester Himes
Qu'on lui jette la première pierre (n° 88)

Dolores Hitchens
La Victime expiatoire (n° 89)

Geoffrey Homes
Pendez-moi haut et court (n° 93)
La Rue de la femme qui pleure (n° 94)

Dorothy B. Hughes
Et tournent les chevaux de bois (n° 189)
Chute libre (n° 211)

William Irish
Manhattan Love Song (n° 15)
Valse dans les ténèbres (n° 50)

Bill James
Retour après la nuit (n° 310)

William Kotzwinkle
Midnight Examiner (n° 118)
Le Jeu des Trente (n° 301)

Jonathan Latimer
Gardénia rouge (n° 3)
Noir comme un souvenir (n° 20)

Michel Lebrun
Auroroute (n° 165)
Le Géant (n° 245)

Elmore Leonard
Zig Zag Movie (n° 220)
Maximum Bob (n° 234)
Punch créole (n° 294)

Bob Leuci
Captain Butterfly (n° 149)
Odessa Beach (n° 290)

Ted Lewis
Le Retour de Jack (n° 119)
Sévices (n° 152)
Jack Carter et la loi (n° 232)
Plender (n° 258)

Richard Lortz
Les Enfants de Dracula (n° 146)
Deuil après deuil (n° 182)
L'Amour mort ou vif (n° 206)

John D. Mac Donald
Réponse mortelle (n° 21)
Un temps pour mourir (n° 29)
Un cadavre dans ses rêves (n° 45)

Le Combat pour l'île (n° 51)
L'Héritage de la haine (n° 74)

John P. Marquand
Merci Mr Moto (n° 7)
Bien joué, Mr Moto (n° 8)
Mr Moto est désolé (n° 18)
Rira bien, Mr Moto (n° 87)

Richard Matheson
Échos (n° 217)

Helen McCloy
La Somnambule (n° 105)

William McIlvanney
Les Papiers de Tony Veitch (n° 23)
Laidlaw (n° 24)
Big Man (n° 90)
Étranges Loyautés (n° 139)

Marc Menonville
Jeux de paumes (n° 222)
Walkyrie vendredi (n° 250)
Dies Irae en rouge (n° 279)

Ronald Munson
Courrier de fan (n° 226)

Tobie Nathan
Saraka bô (n° 186)
Dieu-Dope (n° 271)

Jim Nisbet
Les damnés ne meurent jamais (n° 84)
Injection mortelle (n° 103)
Le Démon dans ma tête (n° 137)
Le Chien d'Ulysse (n° 161)
Sous le signe du rasoir (n° 273)

Kyotaro Nishimura
Petits crimes japonais (n° 218)

Jack O'Connell
B.P. 9 (n° 209)

Liam O'Flaherty
L'Assassin (n° 247)

Jean-Hugues Oppel
Brocéliande-sur-Marne (n° 183)
Ambernave (n° 204)
Six-Pack (n° 246)
Ténèbre (n° 285)

Abigail Padgett
L'Enfant du silence (n° 207)
Le Visage de paille (n° 265)

Hugues Pagan
Les Eaux mortes (n° 17)
La Mort dans une voiture solitaire (n° 133)
L'Étage des morts (n° 179)
Boulevard des allongés (n° 216)
Last Affair (n° 270)
L'Eau du bocal (n° 295)

Andrea G. Pinketts
Le Sens de la formule (n° 288)

Bill Pronzini
Hidden Valley (n° 48)

Bill Pronzini/Barry N. Malzberg
La nuit hurle (n° 78)

Michel Quint
Billard à l'étage (n° 162)
La Belle Ombre (n° 215)
Le Bélier noir (n° 263)

Diana Ramsay
Approche des ténèbres (n° 25)
Est-ce un meurtre ? (n° 38)

Philippe Setbon
Fou-de-coudre (n° 187)
Desolata (n° 219)

Roger Simon
Le Clown blanc (n° 71)
Génération Armageddon (n° 199)
La Côte perdue (n° 305)

Pierre Siniac
Les mal lunés (n° 208)
Sous l'aile noire des rapaces (n° 223)
Démago Story (n° 242)
Le Tourbillon (n° 256)

Femmes blafardes (n° 274)
L'Orchestre d'acier (n° 303)

Les Standiford
Pandémonium (n° 136)
Johnny Deal (n° 259)

Richard Stark
La Demoiselle (n° 41)
La Dame (n° 170)

Richard Stratton
L'Idole des camés (n° 257)

Vidar Svensson
Retour à L.A. (n° 181)

Paco Ignacio Taibo II
Ombre de l'ombre (n° 124)
La Vie même (n° 142)
Cosa fácil (n° 173)
Quelques nuages (n° 198)
À quatre mains (n° 227)
Pas de fin heureuse (n° 268)
Même ville sous la pluie (n° 297)
La Bicyclette de Léonard (n° 298)

Ross Thomas
Les Faisans des îles (n° 125)
La Quatrième Durango (n° 171)
Crépuscule chez Mac (n° 276)

Jim Thompson
Liberté sous condition (n° 1)
Un nid de crotales (n° 12)
Sang mêlé (n° 22)
Nuit de fureur (n° 32)
À deux pas du ciel (n° 39)
Rage noire (n° 47)
La mort viendra, petite (n° 52)
Les Alcooliques (n° 55)
Les Arnaqueurs (n° 58)
Vaurien (n° 63)
Une combine en or (n° 77)
Le Texas par la queue (n° 83)
Écrits perdus (1929-1967) (n° 158)

Le Criminel (n° 167)
Écrits perdus (1968-1977) (n° 177)
Hallali (n° 195)
L'Homme de fer (n° 196)
Ici et maintenant (n° 229)
Avant l'orage (n° 300)

Masako Togawa
Le Baiser de feu (n° 91)

Armitage Trail
Scarface (n° 126)

Marc Villard
Démons ordinaires (n° 130)
La Vie d'artiste (n° 150)
Dans les rayons de la mort (n° 178)
Rouge est ma couleur (n° 239)
Cœur sombre (n° 283)
Du béton dans la tête (n° 284)

Donald Westlake
Drôles de frères (n° 19)
Levine (n° 26)
Un jumeau singulier (n° 168)
Ordo (n° 221)
Aztèques dansants (n° 266)
Kahawa (n° 277)
Faites-moi confiance (n° 309)

Janwillem Van De Wetering
Comme un rat mort (n° 5)
Sale Temps (n° 30)
L'Autre Fils de Dieu (n° 33)
Le Babouin blond (n° 34)
Inspecteur Saito (n° 42)
Le Massacre du Maine (n° 43)
Un vautour dans la ville (n° 53)
Mort d'un colporteur (n° 59)
Le Chat du sergent (n° 69)
Cash-cash millions (n° 81)
Le Chasseur de papillons (n° 101)
Retour au Maine (n° 286)

Harry Whittington
Des feux qui détruisent (n° 13)
Le diable a des ailes (n° 28)

Charles Willeford
Une fille facile (n° 86)
Hérésie (n° 99)
Miami Blues (n° 115)
Une seconde chance pour les morts (n° 123)
Dérapages (n° 192)
Ainsi va la mort (n° 213)

Charles Williams
La Fille des collines (n° 2)
Go Home, Stranger (n° 73)
Et la mer profonde et bleue (n° 82)

Timothy Williams
Le Montreur d'ombres (n° 157)
Persona non grata (n° 203)

Daniel Woodrell
Sous la lumière cruelle (n° 117)
Battement d'aile (n° 121)
Les Ombres du passé (n° 194)
Faites-nous la bise (n° 296)

Rivages / mystère

Charlotte Armstrong
Le Jour des Parques (n° 13)
L'Inconnu aux yeux noirs (n° 15)
Une dose de poison (n° 21)

Francis Beeding
La Maison du Dr Edwardes (n° 9)
La mort qui rôde (n° 12)
Un dîner d'anniversaire (n° 18)

Algernon Blackwood
John Silence (n° 8)

Jypé Carraud
Tim-Tim Bois-Sec (n° 22)
Le Squelette cuit (n° 25)
Les Poulets du Cristobal (n° 31)

Collectif
La Griffe du chat (n° 28)

F. W. Crofts
Le Tonneau (n° 24)

Amanda Cross
En dernière analyse (n° 23)
Insidieusement vôtre (n° 26)
Justice poétique (n° 27)
Une mort si douce (n° 30)

Mildred Davis
Crime et chuchotements (n° 14)
Passé décomposé (n° 16)
Un homme est mort (n° 20)

Michael Dibdin
L'Ultime Défi de Sherlock Holmes (n° 17)

John Dickson Carr
En dépit du tonnerre (n° 5)

Jacques Futrelle
Treize Enquêtes de la Machine à Penser (n° 29)

William Kotzwinkle
Fata Morgana (n° 2)

Alexis Lecaye
Einstein et Sherlock Holmes (n° 19)

John P. Marquand
À votre tour, Mister Moto (n° 4)

Anthony Shaffer
Absolution (n° 10)

J. Storer-Clouston
La Mémorable et Tragique Aventure de Mr Irwin Molyneux (n° 11)

Rex Stout
Le Secret de la bande élastique (n° 1)
La Cassette rouge (n° 3)
Meurtre au vestiaire (n° 6)

Josephine Tey
Le plus beau des anges (n° 7)

Achevé d'imprimer
par Maury-Eurolivres – 45300 Manchecourt